傩神

陈德胜 著

APGTIME 时代出版
时代出版传媒股份有限公司
安徽文艺出版社

阮德胜，男，安徽池州人。1971年出生，1991年入伍，2012年转业。曾就读于第二炮兵指挥学院新闻干部班、鲁迅文学院第十四届高研班、解放军艺术学院。艺术硕士，中国作家协会会员，中国散文学会会员，安徽省作家协会理事，安徽省文学艺术院签约作家。

1987年开始创作，先后在《人民日报》《中国青年报》《解放军报》《清明》《作品》《飞天》《绿洲》《山花》《解放军文艺》等报刊发表作品千余篇。主要作品有：长篇小说《一二一》《父子连》《大富水》（上下），中短篇小说集《靓嫂》，随笔集《血的蒸气》《血的方向》，散文诗集《红太阳永不落》，报章文学集《热爱》，文化读本《贵池傩》等14部。先后获中国当代小说奖、全国梁斌小说奖、中国人口文化奖、全军战士文艺奖、全军军事题材中短篇小说评奖一等奖等60多个奖项。

傩神

NUO SHEN

阮德胜 著

时代出版传媒股份有限公司
安 徽 文 艺 出 版 社

图书在版编目(CIP)数据

傩神/阮德胜著.—合肥:安徽文艺出版社,2015.2
ISBN 978-7-5396-5322-8

Ⅰ.①傩… Ⅱ.①阮… Ⅲ.①长篇小说-中国-当代
Ⅳ.①I247.5

中国版本图书馆CIP数据核字(2014)第311168号

出 版 人:朱寒冬
封面题字:贾平凹　　　　插　　图:吴祥忠
责任编辑:宋潇婧　王婧婧　　装帧设计:褚　琦　许含章

出版发行:时代出版传媒股份有限公司　www.press-mart.com
　　　　　安徽文艺出版社　www.awpub.com
地　　址:合肥市翡翠路1118号　邮政编码:230071
营 销 部:(0551)63533889
印　　制:安徽新华印刷股份有限公司　(0551)65859551

开本:710×1010　1/16　印张:24　字数:400千字
版次:2015年2月第1版　2015年2月第1次印刷
定价:49.00元

(如发现印装质量问题,影响阅读,请与出版社联系调换)

当然,此书献给我的故乡,和她。

戴上脸子是神，摘下脸子是人。

——(中国)池州民谚

我见过傩神！

在皖南秋浦青峰山、白水河之间的“九金十三梁”外加“二钱三芬四李”的三十一个傩村，说过这话的只有我，也只有我敢说。因为傩村里我是唯一见过傩神的人，而且见的还不止一次，至今已有两次。

头一回，我八岁。九个金姓村的大人听见我说看到了傩神，吓得一个正月不敢喘大气，都在提着心、吊着胆，生怕我触犯了傩神他们会遭到什么报应。正月十五，总算有头有尾地送走了傩神。出了年，我大金高榆瞅准了时机，把所有的担惊受怕集聚到一根扁担上，将我夯倒在老屋里——尽管那个时候，我大的气血随着送走傩神而泄得所剩无几，但那根扁担里没有一丝半毫的怜子之情——我大用“卖棺材恨人不死”的狠劲，逼问我什么时候见到过傩神。那一刻，我抬头看到挂在西墙上的我姆芬翠翠的画像，脑壳里仿佛泼进了一瓠子瓢冷水，顷刻灵醒了过来：我即使原原本本地将见到的傩神说给了我大，他仍然会固执地再次让扁担告诉我“不准胡说”。那时，我还没有学会撒谎，只能保证以后不再说“我看到过傩神”。即便这样，我大也没有放过我，还是用扁担头差点捅碎了我的额头骨，一个月牙形的疤子烙成了我的标记。等我翅膀硬到足以进入金氏祠堂一口气唱完所有全本傩戏的时候，才知道：我这么个要家势没有家势、要人样没有人样的邋遢孩子能长一双眼看得清人世的草木、锅碗里的饭菜就是傩神的保佑了，怎么能见到傩神呢？不是什么人想见傩神就能见到傩神的，况且人怎么可能见到神呢？只有神能见到人——傩村自古都这么认为。

金姓族长、“傩神大会”总年首金高柽和“头号金”的前山金村轮值年首也就是我大，一个在二月二外、一个在清明节里相继而亡。傩村人嘴上不说，心里比镶了一块镜子还要明：前山金村犯了傩神。“犯了傩神，年首不死也要掉层皮。”一年死了总年首和轮值年首，可见将傩神犯大了。

我敢保证，能把傩神犯到这么大的不是我。我说过我见过傩神，但这是千真万确的事，犯不着傩神。我大也好，其他人也好，信不信是他们的事。金大杉好像有点信，又不那么全信。

在前山金村，金大杉是我最好的朋友，我们俩比过小鸡鸡，我比他前头的皱皱皮长，他叫我哥。那晚，金大杉主动从祠堂里跑出来，靠在门框上替我瞅着戏台上的角色出场，好让我适时往火堆里扔竹节，有的竹节能爆，很多直接烧成了火。金大杉让我少跑了两趟路，在他报完"宋仁宗"的"出场"时，我对他说：我看到了傩神。

好多年过后，确实还有个别人说犯傩神的是我，真正的前因后果，当年傩堂执事的人都知道，那是因为姑姑金双美。他们当然不知道里边多少有我脱不了的干系，这些我不敢说，说了前山金村甚至整个金姓村的人会像当时要撕了姑姑一样撕了我。我相信，傩神看到了，只是大神不记小人过而已，否则我也活不到这么大岁数。

时隔八十年，我又一次见到了傩神。这回，我却没有对任何人说。说了，又有谁信呢？闹不好，我在人家背地里还落个老糊涂的笑柄，连我差点儿也不信。我是老了，年景再好，八十八岁也是个老人了。我眼明耳聪脑壳清，一丁点儿不糊涂，我清清亮亮地看到了是我们金姓村的傩神，跟八岁时见到的一模一样。

三十一个傩村，共有五堂傩。钱芬李三姓是"新来户"的小姓，"二钱"供十三尊面具的"脸子"，称"十三太保"，"三芬"和"四钱"都供十八尊，称"十八学士"。"九金十三梁"是大姓，也是青峰山、白水河迁移最早的先民，"十三梁"供的"脸子"最多，有三十六尊，称"三十六天罡"；我们"九金"供的是二十四尊，称"二十四诸天"。

因为是在他乡，生怕有错，我还按照"龙床"上傩神恒定不变的摆位，一一数过，一个不差的是我们金姓村的"二十四诸天"。不同的是，八十年前那次他们是来，八十年后这次他们是走。傩神来去都戴着"脸子"，看不出他们的喜怒哀乐。

“傩神的表情在人的心里!”第二天在机场匆匆离开新加坡时,我对自个儿说。

我姓金,也姓过钱,终究还是到金氏祠堂朝老祖宗磕下响头改回了金姓。无论姓什么,傩村都叫我“傩傩”。八十六岁那年,国家将我列为傩戏传承人时,没有人征求我的意见,直接在证书上将我的姓名写成“金傩傩”。傩傩是我的小号,我也有大名——按“高大全有”的辈分,以及不知是哪代祖公与梁姓村的约定:依着青峰山林地为居的金姓男丁起名得带“木”,白水河下游赖以水田为生的梁姓男丁起名得带水——我叫“金大松”。我家门口有一棵松树,比灶屋里的水缸还粗,我用草绳量过。既然国家都这么认定了,傩村人也差不多忘了我的大名,再提它也没有什么意义了,干脆从今天起,我把“金大松”忘了吧!

在傩村,起个“傩”字小号的人很多,经常出现重名。如果不是同姓,便加上姓氏来做以区别,光我知道叫“傩生”的就有梁傩生、李傩生、芬傩生,金姓还有个“金傩生”的老祖。要是同姓中也有重名的,则在孩子头门心长合起来的时候,家人请族长在各房头的小祠堂里当着分支祖宗的面,顺着字音改过来,所以叫“傩送”“傩胜”“傩盛”的,起先都可能叫“傩生”。小号叫到踏进学堂门,便很少有人叫了。

直到我二十八岁戴上脸子成为“傩神”上台演出的那个晚上,我顿时明白过来,傩村人转着脑子用“傩”字起小号不单单是为了祈得傩神的护佑,而且是一种神秘的掩饰,因为有的人就是“傩神”直接“送来”的。我敢肯定地说,我不是“傩神”的儿子。我出生在“鸡蛋晒得鸭蛋熟”的六月六,“傩神”的孩子都出生在九月底或十月初,傩神只在每年的正月初七至十五办傩期间“送子”。话说回来,不能说所有出生在九月底或十月初的孩子都是“傩神”的儿女。正因为有这么一说,所以让所有男丁起“傩”字小号,是傩村祖辈的智慧:旺了族群,和了家庭。

女儿金三红是十月初三的生日。从小到大，我只叫她一个字："红。"按时间算，红有可能是"傩神"的女儿，这一年还真办了傩，不过年首不是我。即使后来复傩，"傩神送子"再也不办了。到给女儿起名落户时，傩是白水河最大的"四旧"，提都不敢提半个字。但是，女儿在法国留学的时候，自己却给自己起了网名：傩喜儿。她那中文说得比羊拉屎好不了多少的男朋友劳森，还特别喜欢憋着劲地喊她"傩喜儿"，听着就像在田畈里驱赶偷吃粮食的鸦雀：啰唏——啰唏儿！

金姓村和钱姓村的人，咒骂过我的人不在少数。

金姓村最早还是骂我这一门子里触犯傩神的事，姑姑跑到了山外的青阳，我大埋到我姆身边的土堆里，他们只有骂我这个有人生无人养、有人养无人教的孩子。待我给钱姓人当了子孙，他们骂得最狠的是说我"见个坟包乱磕头"，现尽了这支八代祖宗达九代的世。

钱姓村里有两个人从骨子里咒我，一个是我老婆钱谷子，一个是钱运刚的老婆梁腊梅。

钱谷子咒我不出声，她专门从香纸厂找来一块松树桩子当菜墩，拿着菜刀剁一下咒我一回，见咒不死我，她把自己吊上了屋后的柿子树。

梁腊梅是点名道姓地骂我，在背后，只要有人提到"傩傩"两个字，她张口就骂："他那屄样子，一辈子也就能那么九天！"要是不巧，我和她有个照面，她用手掰也得掰个茬子指着我的鼻子骂："你个骡子货，除了那九天，你要是能多雄挺一天，老娘把脑壳砍下给你当尿壶。"

人到了这个岁数，日子是在往回路上过了。梁腊梅的骨头早已烂成了土，有时想想她骂我的话，还真是那么回事：这辈子，我只活了九天。

正月初七
（丁卯年癸丑月戊辰日·人日）

1928年1月29日
（星期日）

宜　修饰垣墙　平治道途　入殓　移柩　余事勿取

忌　嫁娶　移徙　入宅　开光

子时要“迎神下架”，金高榆这是第三遍到族长金高柽窗户根下“问钟”。往日，金高榆的觉就是钟，第一觉是二更，小便后接着睡。第二觉便到五更，起来烧上水，喝下两开茶，天开始打门拍窗。要是夜半有个什么大紧的事，心里过上一遍，让卯时醒绝不会睡过寅时的底儿。他从来没有到族长金高柽家问过钟，可初六夜里，他不敢相信自己的觉。“迎神下架”是祖上传下来的规程，动不得，早了晚了都会触犯傩神。他不得不一趟又一趟地从金氏祠堂里跑到村北边的族长金高柽家去问钟。前山金村只有族长金高柽家有一只钟，它能把日子算计得如同屋檐下的滴水：“滴答——滴答——”日子都这么过，人就成神了。

族长金高柽的声音裹挟着去年才翻盖的新房子味儿：“还有半个时辰呢！”话硬得能当拐棍子戳。

金高榆站在雪雾里，抬头看了看村子头上的青峰山，青峰山睡在天里，跟他儿子傩傩一样睡得比糍粑还实成三分。

对几辈才能轮到傩事年首的金高榆来说，这天是个聚人的好天，人越多傩神越乐呵。初三午后，金高榆新春头件事是上山砍了一担柴，意在来年“有财”。天是在他下山进村的时候开始变的，先是细雨引着，等他将两捆硬柴垛到柴堆上，斜着看到大松树上托了白——下雪了。雪下得小得很，晃着腿，闲闲的，仿佛也是在过着正月，天上下，地上化，要不是露在外边的脸啊手啊时不时地接着凉，跟没有下似的。别看雪这么有一搭没一搭地下着，最能拴人，想走亲戚的不敢出远门，谁晓得去了山外，猛地下大了把山封住回不来咋办，家里有祖宗要倒茶供饭，族里有傩神要高接远送。办傩事，这种天最好，天也在帮金高榆。

听了族长金高柽的报钟，金高榆轻轻地出了门头上画有八卦图的院子，凑着马灯低着头找着路拐到了家里。初三下午，他将所有参加傩事的执事、唱匠请住到祠堂，便一直没有回家。

山里的傩村，只有梁姓大祠堂"公堂"田亩多，早年又有几个在外做官经商后人的支助，依然出了年门槛便将执事、唱匠集中起来吃住，其他族群好多年都不再集中了，其主要原因是大多轮值年首无力过多地贴补傩事"公堂"中的不足。集中执事、唱匠，既能温故差不多荒下一年的傩戏唱词声腔，又能教习族里指定下的男童学戏，同时还确保严格遵守礼神的禁忌：凡是执事、唱匠三天前就得沐浴更衣，与妻室分居。

今年前山金村能将执事、唱匠集中起来，是在去年正月十六定下的。当初族里议事决定下年轮值年首时，族长金高柽想将金高榆家跳过去。跳过不让做轮值年首，哪个族群里都有过，多是家里无后，极个别是实在无能为力才含着泪让给了下家。先年河东芬姓有户人家被跳过轮值年首觉得愧对先人，一家四口正月初七跳进了白水河。"一年受累，百年受用"，说的就是办傩。有人算过，前山金村要是按户头一年接一年不断线地办，得一个甲子才能轮上一回。

金高榆少年丧父、中年亡妻，家里有个待出阁的妹妹金双美洗衣浆裳，能续接祖上烟火的独苗儿子傩傩才穿上满裆的裤子，日子落得半边锅热、半边锅凉，他们家怎么能主持好一年一度的傩事呢？但金高榆是大辈，又是"九金"中"头号金"的直根，族长还旁了两支呢。金高榆听到族长的话风，赶紧抢过话头，咬定要做来年前山金村傩事的轮值年首，并承下三件事：一是全年做庄稼活时一律先尽“公堂”后做家里，二是送傩神一套全新的二十四尊脸子的布套，三是开年在祠堂为执事、唱匠集中办四天的吃住。其他八个金姓房头都看出金高榆要主持傩事的铁心，说不出其他话，即使金姓傩事总年首的族长金高柽心里不愿意，头却点了下来。

金高榆从耳门进的家，点亮油灯，熄灭马灯，打了一盆清水，洗净手脸，拨了拨火桶里的炭火，孵了进去，又在怀里掏出其实早已烂熟于心的“请阳神簿”从头至尾一字不差地看了一遍。这本毛边糙纸上详细记载着金姓族群傩仪、傩舞和傩戏三规六律的“请阳神簿”，是祖爷从家族傩事“总稿”上抄下来的“副本”，到他这辈子终于用上了，是件上对得住祖宗、下对得起后人的光鲜事。

脚热乎了，身子和心就暖了，子时也到了跟前。金高榆掖好“请阳神簿”，用媒纸从油灯上引火点了马灯，再用手招灭了油灯。他如今只要招一次，即能将油灯、烛火招灭。傩堂里所有的火都不能吹，口有浊气，只能用手招，这一年他家的油灯都是用手招灭的，起先要十下八下才能灭，有次不小心沾到了油，把小拇指烧了一层皮。

金高榆一身暖气，雪沾不了身。从谁家窗子里透出给孩子把尿的灯火里能看得出，雪还在若有若无地下着。进入祠堂，金高榆手脚更轻了，祖宗在腊月二十四已请了进来，吵不得、惊不得，他到东西厢房拍醒了所有的执事、唱匠。

“迎神下架”的吉时已到，族长金高柽跪到了祠堂左后边的阁楼下，其他得空的执事、唱匠都跟着跪下。轮值年首金高榆赶紧沐手焚香，门外嗵嗵嗵放了三声响铳，喊醒了整个青峰山，墙根下的狗呼地爬起来一声接着一声地吠叫着黑漆漆的天。金高榆上到戏台上，一一点着“亮匾”里的蜡烛，祠堂里比进了日光还亮。“亮匾”包括中堂屏风、对联，以及戏台两侧的“出将”和“入相”。屏风上写的是唐代诗人李白来秋浦作的《宿虾湖》：“鸡鸣发黄山，暮投虾湖宿。白雨映寒山，森森似银竹。提携采铅客，结荷水边沐。”从对联“负义宋中阴谋逼欠三千贯，怀仁李夔襄助和番十八年”不难看出，前山金村初七开场唱的是

"刘家戏"《刘文龙》,横匾写着"古道犹存"。管脸子的金高棣和管戏服的金大桐,顺着梯子爬到设有神龛的阁楼上,掀开幔帐,细细地清扫干净了两只大木箱,一只箱头上写有"日",另一只写有"月"。这时,金高榆双手柄握着一把纸扎的五色神伞立到戏台中央,见箱子起动时,他转动起神伞并高声诵起"迎神下架"的"吉断"。傩事中的诸多颂词,都叫"断",有"吉断""诗断",也有"舞断"。

金高榆喊:"都来呀!"

"贺!"祠堂里所有人都在齐声应和。

"新年上七接神明!"金高榆接着喊。

"贺!"众人再应。

顶礼躬身品物亨,(贺!)庆贺良辰佳节景,(贺!)名成利就万年春。(贺!)

都来呀!(贺!)

三杯御酒敬神灵,(贺!)保佑前山日日新,(贺!)堂上众神齐会集,(贺!)驱邪逐疫保安宁。(贺!)

……

喊声响亮,和声更响亮,整个祠堂都在回音。

"日"箱、"月"箱字儿齐头朝外,摆到了台口中间。金高棣打开箱盖,背背相靠,"日"箱盛的是傩神的面具脸子,"月"箱装的是傩事的服饰。金高榆将转动着的五色神伞立在两只箱子中间,以为覆荫,尔后恭敬地请来"二十四位戏神"牌位放在箱前,点上一对粗壮的长明红烛和香炉内的一支香。

"咚咚哐——咚咚哐——"戏台左边传来一锣一鼓的击奏声。

"迎神下架"结束。

族长金高柽回家补觉去了,晚上还要以总年首的身份主持"启圣"和"开脸子”。过了初七，他只需要每天随着脸子，监督着金姓各村严丝密缝地按规照矩地办傩仪、跳傩舞、唱傩戏，直到十五元宵节青峰山庙会，他才会再以总年首的身份与其他姓氏的年首交涉村与村、户与户、人与人的事端矛盾。

送走族长金高柽，其他人也都回屋接着睡觉。金高榆换下牌位前的一对红烛，哪个来讨要，他也不会给，要给金双美留着。他这才得闲坐到台前天井边上，和金高棣各吸了一袋烟。金高棣是金高榆的没有出三服的叔伯兄弟，金大桐是金高棣的三小子，选他们父子俩管脸子和服装，金高榆不放心也放心。要是担心有差错，金高榆最怕的还是自己别出什么漏子。

“高棣兄弟，”金高榆又装满了一锅烟，用手反复窝了窝烟袋头，感到没有了一丝口水和气味，吹着了媒纸，才递给金高棣，“我是头一回办傩，你在下头除管好脸子，还得朝台上多盯盯，你不看族长那眼里对我还是没有一丁点儿放心劲?”

金高棣吧了一口，见烟丝火不旺，又吧了一口，他说：“哥把傩神都敬到天上了。”

“双美这几天做的伙食，没有人讲话吧?”金高榆接回烟袋，将媒纸在石板上蹭灭了。

“你放心地照着‘总稿’规程办，怎么会差呢？来做傩事的哪个就是吃糠腌菜齁着喉管也不会扣一句、落一口的。”金高棣答着牙，吸了口凉气，“你那表弟的娘娘腔还真能顶得住。”

“族长听他唱了半本《孟姜女》，才同意让他来顶戏。”金高榆又点起烟。

轮值年首家必须得有人上台顶戏，否则傩神以为他家无后。傩傩还小，自然上了不台面。到今年轮空的“七号金”的黑槐金村“买人”唱戏也行，但那是两担稻的酬谢。好在“傩神照五服”，于是想到让二舅家的末脚儿子吴根旺过来顶戏，他十二岁来到前山金村读私塾，学会了金姓傩戏旦角的唱功。

正如轮值年首金高榆凌晨在“迎神下架”的“吉断”中喊的“日间暂且权息

驾,夜来灯烛闹喧天”,整个白天,只有一锣一鼓在单调地“咚咚哐——咚咚哐——”,锣鼓手是一炷香换一个班,不得间断。该备的都备齐了,该看的都看了不止一遍,金高榆猛地闲下来似乎一双手都是多余的,他又不能离开祠堂,得盯着香烛不断烟火,没有事就踩着锣鼓点子从门后天井转到台前天井,又从台前天井转到门后天井,一直踩到黄渣渣的日头浮悬到青峰山上。

“嗵!”司铳在祠堂门前鸣了头遍铳。时辰到了酉正二刻,有女人扯着嗓门喊男人和孩子回家吃晚饭,说是吃饭,其实人人都不吃米粒,只是用些酒菜垫垫肚子的底儿。傩神还没有请到,先吃饭是一种犯忌。

金高榆快手快脚地在台前天井后摆上四排供案,出来门正好接住了金双美的担子,见傩傩跟着,硬硬眼神说:“你别再乱跑了,跟你姑在家迎了神,就来祠堂,唱戏时你来扔爆竹。”

“嗯!”傩傩看了看祠堂大门前火塘边上码着的两排青愣愣的竹节,哪一节都是由他扶着、金高榆一锯一锯锯下的,三根指头就是因为这落下了冻疮。

金高榆突然顶着脚,慢慢地调转过担子,他是怕篮子里的酒菜洒了,补问道:“你表哥咋一天不见人呢?我跟你高棣哥讲好了,上戏前,他到顺手边的‘喜门’外接脸子和戏衣,可别岔了!”话是对金双美说的。

金氏祠堂算是大堂了,依着堂内前后天井左右各开两扇门,靠正门后天井的是丧门,对着戏台前天井的是喜门。族里办什么事进什么门,规矩得很。

亲眷顶戏,不能当着祖宗的面戴脸子、穿戏服,否则祖宗不高兴,而是要到祠堂戏台边的“喜门”外,穿戴好之后,直接上台,祖宗认不得——哄祖容易,糊神难。金双美虽说是个女的,但傩事她晓得多,比小表哥吴根旺都多。小时候俩人在一起耍,她教他的总比他教她的时候多,他没少吃她的脑瓜蹦。

“他在补觉呢。”金双美低着头说,“哥专心在台上,我盯着他!”

金高榆把担子挑到台前天井里,分两路在案板靠戏台的边沿摆上一路二十四只碗,盛上饭;又摆上一路二十四只盅,倒满酒。再在酒饭的中后部,放上一个竹筛子,里边摆上自家的供品。熟食祭祖,生食供神。有一方带皮的猪肉、一尾没去鳞的鲤鱼、一只留着尾翅羽毛盘成凤凰样子的公鸡，还有豆腐、米粑和酒茶，样样荤素，全都剪上红纸贴着，喜庆得很。

大约过了三刻，第二遍铳响起。金高榆在门外看到金改水家老婆在骂金改水：“你耍得好死啊！人家供盘都快上案了，你还在跑尸打屌地东家串串、西家钻钻。”金改水一门在前金山村是例外，他是祖爷时才进的山，虽说辈分不同，名字不合，但一样的金子不放两样的光，脚落得很顺当，过了一代到两代，便彼此不分了。金改水看祠堂前有好多人，顶了一句嘴：“这不才二遍铳吗？船上人不急，你岸上人急断了腰。”“那你就别回来呗！”也是看着人多，金改水老婆甩着屁股回家了。

司铳在装第三遍火药时，各门各户的家长陆续端着盛着三牲、素供、香烛、纸鞭的供盘在等着“献供”，枪管刚举起来，家长们蜂拥进祠堂争着抢着往案板上放自家的祭品，随即点燃香烛鞭炮。顷刻间，又长又宽的供案挤得满满当当，台前天井里火灰冲天、纸屑飞舞、硫硝弥漫。

金高榆估摸着“献供”差不多上了案，示意金大桐点上黄表、放了鞭炮，众家长双手捧香一齐登上戏台，面朝大门跪下，族长金高柽和金高榆最后跪到中间。

金高榆开始“请阳神”——

伏以：

神通浩浩，圣德昭昭。凡有祷祈，必蒙感应。今年今月，此日此时，虔备信香，一心拜请。拜请：滚灯、走马、仙童、回子、二郎大圣。再焚尊香，一心拜请。拜请：金宅搬演唐文，一夜之后，祈保家门清吉，人眷平安。请神上马，乞求圣筶。……

金高榆每诵到“一心拜请”时，家长们应声磕头礼拜。

随着金高榆的音落，鼓、筛金及大锣、铙钹、小锣齐鸣，家长们回到案板前点上长长的挂鞭，之后相继撤供。

族长金高柽接过提灯引路，金高榆擎着五色神伞紧随其后，接着的是金高棣挑的“日”“月”箱和事先定好的九个金姓村的九位家长托着的九个三牲供盘，压阵的是自发组成仪仗的“銮驾”，男丁们依次执掌着“肃静”“回避”牌各一张，“傩神大会”牌、高灯、柄斧、瓜锤、钺和关刀成对，一面帅旗，蜈蚣旗、飞虎旗、五色大纛和罗伞也是成双，童男童女们扛着十多面彩旗。长长的队伍浩浩荡荡地沿着先祖走过的小路，前往前山金村西北角的社坛“启圣”，也就是请神。

听到第三遍铳声，金双美将黑乎乎的小方桌子顶着门口，地不平，找了块瓦片垫牢，擦了两水抹布，再将鸡鱼肉等供品摆好，又到灶屋里扎了一把稻草，靠在门外。边喊傩傩，边进里屋从米粉罐里抓了一把麦芽糖，傩傩跑过来时，塞到他的裤子口袋里，嘱咐道：“傩傩听话，在家看着门，我到村口接你小表叔顶戏，千万不要耍心大，记住傩神到家门口时，点上稻草把。”金双美说的是“焚燎”，也是门户对傩神的一种礼敬。

傩傩点点头，很乖的样子。

“这洋火，省着点用。”金双美把火柴藏得比钱还紧，她说，“傩神走后，你关上门去祠堂。”

傩傩接过火柴，喜滋滋地说：“晓得了，姑。”

金双美换了一身小袄紧裤，出了门。

“锣鼓响，脚板痒。”傩傩瞅着“启圣”彩旗队的屁股出了村，过了一会儿，他便点着了稻草把，回头看看呼呼的火苗，上脚踩灭了明火，一股烟灰直直往天上长。他撒开腿跑向村北，他要去听听金高榆喊的“社坛伞断”。

社坛是大枫香下的一个大石臼，也叫阴石。族长金高柽用扫帚扫去树枝烂叶，一一摆上供盘，点香烧纸，鸣鞭叩拜。

“都来呀！”金高榆开腔喊“社坛伞断”，同时，用力转动并时时托举着五色神伞。

“贺!”众人的和声吓得大枫香上的一只猫头鹰拍打着树丫飞向白水河东边。

傩傩跑到社坛,只听到了金高榆喊断的一节尾音。

……

鼓乐喧哗接号响,执盾扬戈福自朝,且喜众神齐发驾,成民礼拜乐今宵。

声落身转,金高榆大步走到“启圣”队伍的前边,在与族长金高柽对光示意后,迈步回到祠堂。队伍紧跟着步子。

此时,傩傩看到一道又一道光束落到五色神伞飞转的纸条上,很快伞上站满了一油瓶大的小人。

傩傩揉巴揉巴眼,定神再看,每个“小人”都戴着一副脸子。他们用着各自不同的方式打着招呼,分明是请来的傩神,有的抱拳,有的躬身,“和仙”调皮地伸手扯了一把“土地”的白胡子,“土地”一个蹒跚,要不是又有一张伞条快快地转过来接着,他定会跌将下来,看得傩神们都在笑,傩傩也笑出了声。

这就是八岁的傩傩一生中第一次见到傩神的情形。当时,他完全不知道这意味着什么。

“傩神!”等傩傩醒过来,想喊人指着看傩神时,“启圣”的队伍已经出发了,导致他慢下了步子,再也挤不过去将村道塞实了的队伍。待他来到家门口,傩神已进了祠堂,那把仅烧了一截黑的稻草被踩在屋檐滴水沟下的泥沙里。

金高榆先是缓缓地沿着村内的另一条小路行走,沿途各户一律摆案、焚燎,等拐过村中水井能见到祠堂半个屋角的时候,他突然狂奔起来,几步之后,他的脚仿佛不再沾地,随着五色神伞的旋风在飞行,他飞入祠堂,飞过天井,飞上戏台——傩神带着他在飞。“好!”“噢——噢——”村道上、祠堂里喝彩声一片。

金高榆轻稳地落在戏台中央,气定神闲地呼喊“进门伞断”——

灯烛辉煌照四方,恭迎圣驾到华堂,

貌相端居新世界,神通转放玉毫光。

……

与“社坛伞断”一样,金高榆每段前一人喊完“都来呀!”,祠堂内外的人,哪怕是正在上茅厕的,凡听到喊断也都在大声附和:“贺!”

金高棣担着“日”“月”箱气喘吁吁地上到台中,他不停地颠抖着扁担,既是祖传的有意表演,又是傩神附体的象征。“进门伞断”落音,“日”“月”两箱下肩,“銮驾”也都归了位。

族长金高柽和金高棣当众沐手。金大桐端来一盆放有檀香的清水,将一块从未用过的生布递给了族长金高柽。也是傩事总年首的金高柽开始“开脸子”,他拿生布沾了沾清水,拧干,右手接过金高棣从“日”箱里取出的最上层的“皇帝”脸子,左手轻轻地由上到下、由前至后,到边到拐地擦拭一遍——他是个左撇子,而后双手捧着“皇帝”将之摆到“龙床”上。“龙床”团箕大小,竹篾编制,斜放在戏台右边“喜门”前的架子上。架子,上有帐、下有帏,前方设有供台。脸子坐“龙床”,严格按照傩神品位的高低排列,金高柽摆放得分毫不差。

傩舞

舞伞

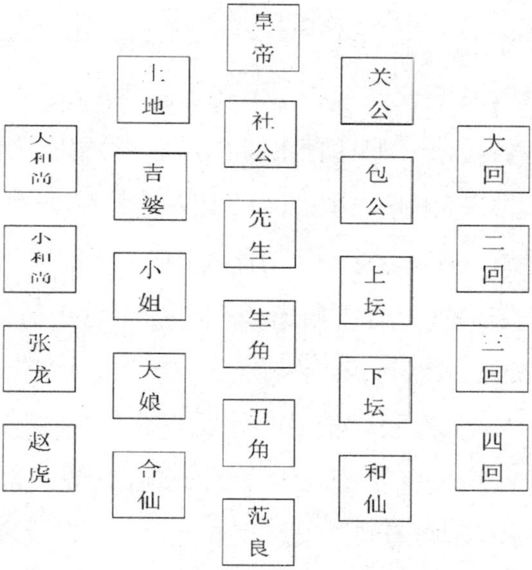

脸子上了“龙床”，戏神牌位和香烛移到跟前，金高榆又将“公堂”备的供品端上，祠堂里掀起又一轮敬神高潮。

最后一抹夕阳，从天井里进来抢着看了一段热闹。要是正月十五就好了，“大演”到通宵，是个“两头红”的好日子。

戏台起奏“大批水”的锣鼓点子。一位面戴漆画着三块荷花形黑发、眉清目秀、鼻梁高挺、牙齿齐白的“和仙”脸子的“童子”上到台上，他上着蓝土布短袄、白土布水袖，外罩红印花镶白边大襟坎肩，下身围白土布裙，跟着金高榆圆场一周。金高榆执伞面对祖先牌位，“童子”面向门口对立，锣鼓戛然而止，金高榆不停地托举转动的神伞，再次喊起断来：“都来呀！”

其他人都在应“贺”，“童子”抿嘴不语，他举起双手，以示应诺。

金高榆朗诵“舞伞诗断”的头一个——

神伞出金台，（贺！）四面人列开。（贺！）

大家齐喝彩，（贺！）舞出吉祥来。（贺！）

诗断诵完，金高榆将伞直立，双手递给“童子”，“童子”双手接过伞。锣鼓起奏“大介”，金高榆退到后台，拿出“请阳神簿”等着“童子”舞完第一段，喊第二个诗断。今年逢闰，伞舞比往年多一段，诗断也要喊十三个。

透过天井，能看到天上一颗两颗寒弱的星辰。祠堂里几位上了年纪受不了冻的老人由家人搬来火桶孵在里边，大多数人站立着，妇女一律在不得过于台前天井的地方观看，孩童们在人缝里闹着空隙。

台上，“童子”在后左拐方位开始起舞。只见他双手前后平握伞柄，将伞顶指向右前方，顺向旋转三次，再指向左前方，旋转三次。接着，右手平握伞，左手伸直，双腿横跨半蹲做骑马式，招手三次，之后左右手对换，重复舞姿；随后，双足靠拢，足尖呈 V 形，全身下蹲，足尖着地，足跟提起放下数次。双手平握伞柄并旋转，直到锣鼓点子转奏到“跳槌”时起立。如此在戏台的后左拐、后右拐、前左拐、前右拐四个方位各舞三次。之后，“童子”圆场一周至台中心，右脚前跨半步，左脚在后，右手在前，将伞放在身子左侧，横旋伞柄，从右向左移动双臂，使伞顶斜着旋动……伞儿翻动着人心，人心沸腾着热血。

突然，三四个青年男子扑到前台，哄抢一张旋飞下来的五色条。他们都是年前刚结婚，企盼抢到五色条置于床枕下保佑早生贵子。

哄抢五色条像个插曲，并没有影响“童子”有条不紊地舞伞，他再次对调左右手脚，在身体右侧旋动。之后，右脚前跨半步，右手在前将伞柄置于左侧，右手伸直，手与嘴呈水平，向上斜举并旋转伞柄。

金高榆数着“童子”回到后左拐的步子，掐时卡秒地喊上了第二个诗断。二段舞只是变化第一段的伞顶向着身后、伞柄朝前，其余动作一样，“童子”舞起来顺溜多了。

舞到第三段，“童子”右手在前，左手在后握伞，置伞于右肩旋转。锣鼓点子重复三遍后，换双手位置，置伞于左肩旋转。之后，左脚横跨一步，半蹲，脚尖着地，脚跟提起，上下起落脚跟至锣鼓“跳槌”结束时起立。如此舞完四个方位。

第四段将伞倒置，手握伞尖旋转，其他雷同于第三段。

金高榆的诗断喊得恰在时候，族人的彩喝得满堂红。进入第五段，神伞在“童子”的身上要风招风、要雨来雨，戏台上人是伞，伞也是人。一口气舞到第十一段，只见“童子”将伞顶着地，双手并拢握伞柄端部，于胸前斜旋三次。顺着五色条的风势，只见他左脚横跨一步，半蹲下身子，右手握伞柄，左手伸直向左招手，三遍后，提足跟，踮脚尖，进到锣鼓点子由“跳槌”转奏为“长槌”的节奏里，“童子”到达台心，金高榆喊着第十二个诗断，上台接过“童子”手中的神伞，圆场一周至前右拐，面朝后左拐，这段舞也算结了。锣鼓“咚咚哐”地又转至“介槌”，“童子”踩着点子“入相”。

金高榆要接着舞第十三段，他将伞柄着地，双手握住伞顶，其他仿照着“童子”的第十一段，动作有点生疏但有模有样地边喊诗断边完成了“舞神伞”的收尾。

金高榆将神伞送于“龙床”左侧，立住。

司铳在祠堂外放响了入夜的第一铳，一直守在火塘边烤火的傩傩往火里抱了两抱竹节，有几声爆得挺响，炸出了火星。

傩戏《刘文龙》第一出要出场的三个唱匠由金大桐协助换上斜襟大领长袍，清一色由山栀子染成的土黄。金高棣给他们分别按角色戴好脸子，“刘文龙”戴的是“生角”脸子，头有黑色小生巾，白面大耳，温文尔雅。“宋中”戴的“丑角”和“刘文龙”都是共用脸子，金氏傩堂的“先生”却有着专门的脸子，大概与金姓在傩村当年头一个开私塾有关。金高榆也扮上了，他戴的是傩戏《孟姜女》中“范杞良”的脸子“范良”。

“范杞良”和“刘文龙”上到台中“报台”。

范杞良：（白）正月元宵是上元，村村处处鼓乐喧。我子弟，好心宽，乔装舞戏与人观。杂字不成曲，不称君子观。观之者做笑端。

无论是初七择段子“小演”，还是正月十五全本“大演”，金氏傩事“总稿”上写的就是“正月十五”，什么时候来演都得报“正月元宵是上元，村村处处鼓乐喧”。他问道：“这子弟搬演谁家故事？”

刘文龙：（白）我把刘文龙天下做状元，细语一番是也好，是也好。

范杞良：（白）昔日邓州南阳县，有一书生刘解元。当初娶得萧氏女，夫妻三宿去求官。不贪花色与柳叶，一心只要赴公门。当初只说三年转，屡次蹉跎念一年。宋中秀才来入赘，正撞文龙转回还。

收拾完灶房的妇人和走亲戚的三姑六姨七大舅姥爷都涌进祠堂，宽大的屋宇里满满当当。

傩傩一手拿着一根竹节，靠着门框等着“刘文龙”出场时“爆竹”。俩司铳夹着铳在吸烟，他们只要听到锣鼓点子就能准时地放铳。

“一打 一个 | 哐 一打 一个 | 哐 一打 一个 |……| 哐哐 令哐 儿令 | 哐 一打 一个 | 哐 ‖ ”

锣收鼓休。

傩傩看到“刘文龙”从“出将”下的竹帘里迈开方步、持着纸扇刚一露面，身子便弹到火塘边，快快地将两节竹段扔了进去。“嗵——嗵——”铳也响了，很炸耳。屋里有人在点鞭，稀稀的。不是什么角色出场都要鸣铳放鞭，今晚演的是《刘文龙》和《陈州放粮》，只给“刘文龙”和“宋仁宗”鸣响。

傩傩这回扔进的两根竹节，一根没爆，他伸手在火里暖了暖，挤到了戏台前。金大杉见到傩傩时，推下和他同站在矮凳上的妹妹金小四。金大杉母亲在他之前还生了两个“睡胎”，“大杉”听着也是“大三”，他的妹妹便随口喊了“小四”。

“哥，这儿有凳子。”金大杉在招手。

傩傩看了一眼满脸不乐意的金小四，站了上去，高高的能一眼从戏台沿上看到底根。

“先生”已坐到台上。

傩戏开演！

“哐 咚 | 哐咚 咚咚 | 哐 咚 | 哐 咚 | 哐‖”

先生:(白)一块沉香木,看看做响板。轻轻敲打动,引得宋中来。

宋中(跑上台):(白)来了,来了,一么来了!

仨人:(唱)明窗下,十余年,满腹文章甚高强。闻得汉朝开南选,便将纸笔去求官。

“好,好,好!”几个老人在台下叫好。

仨人:(白)十年窗下辛勤读,只望身荣照九州。高官贵职贵人听,真个皇宫开选门。仰望四方人皆下,吟作对贵人听。只说贵人吟口吐,口吐明珠无尽藏。

宋中:(唱)辞别贤兄好几春,一番相见一番新。有缘千里来相会,无缘对面不相逢。

刘文龙:(白)哪有许多新?

宋中:(白)宋中有个大礼新。

先生:(白)大的什么礼?

宋中:(白)大的轻小礼。

先生:(白)小的什么礼?

宋中:(白)小的两边看戏的风灯照癞痢。

台下有人扭头朝后看,一个比蜡烛亮三分的癞痢头冲着他骂:“看你大个屌啊——看!”引起了更多人的哄笑。他身旁的老婆抽了他一巴掌:“你个现世宝！自己把自己往裤裆里摁。”

戏还接着演。

先生:(白)这厮莫在人前打瞌睡。莫不是松柏树下土地十大王神?文龙书生在此,如何不识君子,好好作揖。

刘文龙(起身作揖):(白)我也好好作揖。

宋中:(白)即是恭维代后,重者纳福。尊兄高姓?

“即是恭维代后,重者纳福”,哪个也听不懂,但“总稿”就是这么记抄的,只得说唱——傩神肯定晓得是什么意思。

刘文龙:(白)小子姓刘。

宋中:(白)你还是楼上楼、楼下楼?二十四间走马楼?高楼、低楼?

先生:(白)我教导你得知,人姓哪有许多楼,莫不是百家姓上“祖武符刘”?

宋中:(白)尊兄莫不是百家姓上“祖武符刘”?

刘文龙:(白)小子便是。

宋中:(白)尊兄大表?

刘文龙:(白)小子文龙。

宋中:(白)你是天龙、地龙?蛇钻老鼠大大的窟窿?

先生:(白)我教导你得知,人名哪有许多龙,莫不是百家姓上“景詹束龙”?

宋中:(白)尊兄莫不是百家姓上“景詹束龙”?

刘文龙:(白)小子便是。

……

先生:(白)你二人既要去求官,不可离开诗书。你可记得那诗书?

宋中:(白)小子记得那诗书。

先生:(白)你可记得那幼年的“上大人”?温与我老先生听一听。

宋中:(白)小子记得“上大人”:上大人,丑八脚,田畈上打鸦鹊。鸦鹊打不着,打了先生娘子一只大左脚。

先生:(白)学生不要胡言!好好作揖。你可记得那《孟子》“告子”?

宋中:(白)小子记得那《孟子》“告子”:孟子告子,昨日拖枪杀虎。虎没有杀着,杀了老先生的屎肚。

台下起了笑声。

先生:(白)顽皮!你可记得那“梁惠王”?

宋中:(白)小子记得“梁惠王章句上”:学生吃白米,先生吃粗糠。学生坐交椅,先生挂篱笆桩。

先生:(白)顽皮!你可记得那“公孙丑”?

宋中:(白)小子记得那“公孙丑”:公孙丑,公孙丑,昨日下河去洗手。撞见一只大黄狗,吓得小子连忙走。连忙走,回头看,原来是先生家的大母舅。

……

台下“哗”地鼓起掌。

“这话好吗?”金大杉问傩傩。

傩傩说:“好不好先听着。”

……

先生:(唱)文龙听,听我言,一个为官都做官。一举状元金榜上,将来相请做高官。

仨人:(唱)仨人发愿上长安,一个为官都做官。若有一人心思异,举头三尺有神明。

锣鼓停。

先生:(白)天子重英豪,文章教尔曹。万般皆下品,唯有读书高。劝君为学要辛勤,真个文章可立身。不信满朝朱紫贵,纷纷尽是读书人。

锣鼓又起,仨人下场。

金高榆在后场,催着第二出演员上场。

金小四从后边拉了拉傩傩的棉袄:“你姑叫你!”

“去去去!”金大杉拐了傩傩一肘子,“别答她,她想上凳子呢。”

傩傩低下头:“我姑在哪?”

“门后天井边上。”金小四说,“她还给了我一块麦芽糖。”

傩傩跳下凳子。台上锣鼓大作,“刘文龙父亲”上场,第二出唱的是“辞亲”。

金小四没说瞎话,金双美是在找傩傩,见到他矮矮地从一堆人屁股里钻出来,没好气地说:“眼珠子都看进去了吧,喊多少声都听不见?走,等下你小表叔就要上台了,戏衣和脸子还没有拿呢。”

傩傩跟着金双美出大门顺着祠堂绕到后边的“喜门”,门边上已经放了一只凳子。“小表叔呢?”

“上厕所了。懒驴上磨,屎尿多!”金双美气呼呼地说,“你进去,先到后台找到你大桐哥,把旦角的衣服取了,再到‘龙床’边让你高棣叔将‘小姐’的脸子给你,就讲小表叔在门外等着要穿戴。这点小事,能办吧?”

“能!我去讲。”傩傩吸了吸鼻涕。

吴根旺来前山金村顶戏,傩堂里都知道。傩傩进去很快将衣服和脸子取了出来。

“放在凳子上！”金双美说，“你去看戏吧，第三出唱完，再来把衣服和脸子送进去，记得没有？”

“你不能送啊？”

“我是个女的。要是能送，叫你做什么？”

傩傩从“喜门”直接进了祠堂，远远地看到金小四站在凳子上，他便挨着台前天井的烛台边站着，暖和和的，挺好。《刘文龙》第二出唱的是刘文龙辞别双亲去求官，戏很短。傩傩听到了最后一段唱白——

刘文龙：（唱）记得爹爹来教训，求官及第早回程。磨穿铁砚坚心记，求取功名少壮时。青云有路终须有，金榜无名定不归。

刘老爷：（白）我儿早去早回。

刘文龙：（白）自有分晓。

“都别吵吵，第三出有萧氏女唱腔，是轮值年首家的那个娘娘脸表弟来顶的戏。”有个落光了上门牙的老汉说，“前两天在祠堂对戏，要是不看真人跟女的一个粑模子脱的，声音软得能当裤腰带系。”

“他爷，这是什么比方？”旁边有个养过人的妇女说，“也不晓得在讲人家唱得好，还是唱得孬？”

“好不好，你一听就晓得。”豁牙老汉把话说得“扑滋扑滋”的。

说话间，戴着“合仙”脸子的“刘文龙”妻子“萧氏女”的丫头“梅香”上了场。

梅香：（唱）月里弯弯照九州，几人快乐几人愁。几人罗帐哀哀哭，几人吹唱上高楼。

刘文龙：（唱）劝君勤学莫蹉跎，只说长安有举科。眼前只嫌知事少，算来唯欠读书多。(白)年少初登第,皇都得意回。禹门三级浪,平地一声雷。

……

戴着“小姐”脸子的“萧氏女”身穿团花帔走三步退一步地来到台中站下,原地轻轻地踏着步子,摇动着身子,手持一条方巾在手臂的摆动中如柳招风。

豁牙老汉又说话了:“这小子前生肯定是个女的投胎的!”

萧氏女:(唱)香阁里,二九年,婚嫁文龙刘解元。夫妻三宿同罗帐,恩情未久去求官……

“萧氏女”的声音跟白水河里的水一样,春天湿湿的,夏天凉凉的,秋天鼓鼓的,冬天细细的。两个大小伙子一边叫好,一边各点了一节鞭扔进天井噼里啪啦一层红。傩傩倒不觉得小表叔吴根旺有什么好,一个大男人扭腰摆屁股的没样子,唱唱戏文还差不多。

萧氏女:(白)丈夫共奴三宿夫妻,恩情未久,云雨未长,堂上公婆又未识,百客诸亲未散筵,你思何意,便要去求官?有甚事不足之处?莫不是一来娘家多贫贱,二来行嫁不周全,三来奴家生得丑,月里嫦娥有两般,三般不中丈夫意,抽身便是去求官。

刘文龙:(白)娘子不是如此说,一来娘家多富贵,二来行嫁实周全,三来娘子生得好,月里嫦娥无两般。娘子莫在房中烦恼,我去求些细小名利回来,多则三年少两载,回归依旧合团圆。

萧氏女:(唱)思量苦,好心酸,必定生前无福缘。只嫌奴家缘分浅,抛奴独自受孤单。堂上公婆又未识,百客诸亲未散筵。不识丈夫头共面,不知厨灶哪边安。(白)丈夫既要去求官,奴有三般表记与夫带上,回归依旧合团圆。

……

金大杉什么时候挨到了傩傩边上，傩傩不知道。

金大杉小声问："你小表叔是妖精变的？"

"你小表叔才是妖精变的！"傩傩瞪着眼说，"你大、你姆、你妹，你全家都是妖精变的。"

金大杉说："又不是我讲的。"

傩傩说："我耳朵里听到就是你讲的。"

豁牙老汉不愿意了："你们俩小屌孩子不看戏，出去！"

"我家办傩呢，"傩傩认得他是后山金村的一个好管闲事的老头，便顶了一句，"要出也是你出！"

"哎！"豁牙老汉不算眼花，看清是傩傩，"这个傩傩……"他本想说傩傩没大没小，可一想人家孩子还是他爷字辈呢，也就瘪住了嘴。

"戏没看头，"金大杉说，"出去放鞭吧。"

傩傩摇摇头，待了好一会才说："我还要等着给我小表叔取脸子坐'龙床'呢。"

金大杉转身嘀咕道："看你那了不起的样子。"

"我就了不起了，"傩傩脸对着戏台说，"有本事，你了一个不起给我看看。"

"萧氏女"已经将一根金钗、半边明镜、一只藕丝鞋给了"刘文龙"。"刘文龙"正在以海棠花为题赠诗妻子。

刘文龙：（唱）海棠花发后园栽，休把珠帘别个开。莫学后园桃李树，逢春千万莫先开。

萧氏女：（白）丈夫前面两句话说得好，后面两句话打奴家。

我也以海棠花发为题，吟诗四句，答还我夫。

（唱）海棠花发正当时，一处埋根定不移。秋风紧时奴相守，单留枯枝等夫回。

……

“真好啊！”豁牙老汉摇着头，拿袖头揌了揌眼眶。

傩傩看不出什么好，倒是惦记着戏还有多长，四周多是跟他差不多的秧把长的孩子们，可刚刚用硬话顶了人家豁牙老汉，没脸去问他，假装空对着人问了一句：“唉，这出快完了吧？”

豁牙老汉哪计较一个孩子的话，很快接住嘴：“只剩几句白啰！”很惋惜戏太短的意味。

傩傩还是打算从“喜门”走，挤到“龙床”前时，他对金高棣说：“叔，待会儿，我送脸子过来。”金高棣两只眼拴在戏柱子上，用乌黑的大手往后拨拉了两下，跟在茅草地里找野鸡蛋似的。

傩傩无趣地出了门，不小心一脚踩落到屋檐淌水沟里，咔吱，天！上冻了。一股阴风顺着沟底钻到他的裤管里，在裤裆里打了旋又往肚子上爬。傩傩并起双脚，在淌水沟里跳着，“咔吱——咔吱——”他要踩碎这里的薄冰。

祠堂后边伸出一个人头，头上包着黑围裙，见到是傩傩，又很快缩了回去。傩傩不怕，他走了过去，“黑布头”推了推他，还了“嗯”了一声，是个女人。

“深更半夜，不在家，不看戏，撂在屋角里做什么事呢？也不怕鬼。”傩傩心里犯嘀咕。他转身的时候，“喜门”开了，一块光板子倒在了地上，随即门关了，光板子又竖了起来。“萧氏女”立于光板倒在地上的痕迹里，来回扭着头在看。

“小表叔！”傩傩喊。

“萧氏女”指指方凳子，快步走向反手边上的一处厕所。这时，祠堂后边的“黑布头”跑将出来，“萧氏女”听到脚步声，扭头一看，没有进厕所，一折身，隐进了巷子，“黑布头”也拎着裤脚跟着追。

傩傩不晓得这是在做什么事？“多大的人了还在躲猫猫呢？”等了好一会，还不见吴根旺过来，脚冻得仿佛被鳖啃了。他跑到祠堂前，孩子们把火塘围得跟好木匠箍的火桶一样，里边的火苗也大。“你们家的柴呢，想怎么烧就怎么烧？”他抓出一把鞭炮甩进火塘里，噼噼啪啪，吓得孩子直往后退，有个女孩还一屁股退倒在地上，手又被人踩着了，嗷嗷直哭。傩傩笑了，自语道：“这火烘得好吧？!”

傩傩趁机靠近火塘，把脚伸了进去，布鞋起着湿烟，远看还以为烧着了呢，他倒换了两次脚，有了热气。他再次回到“喜门”边，“萧氏女”的脸子和团花女帔已叠放在方凳上。

金双美从茅厕边上走过来：“外边冷，赶紧送进去。”

“小表叔呢？”傩傩问。

“你舅爷病了。”金双美说。

“这么晚还翻山回青阳啊！”

“有傩神送他，没有事的。快去吧！”

傩傩抱着脸子和戏服进去，戏台上在插演傩舞“魁星点斗”，它既是对傩戏《刘文龙》情节的延续，期盼“刘文龙”及第，也是祈愿前山金村读书人科场传捷。相比较傩戏，有几个傩舞傩傩挺喜欢，“魁星点斗”算一个。

“魁星”戴着“张龙”的青面獠牙、双角赤发的脸子，凶巴巴的却不吓人，他上身穿着花披肩，披肩里襟襟条条地挂着跟箭头一样的绣有花头的短片，腰里扎着围裙，下边穿的是黑绿色的老布裤，赤着胳膊光着脚。他右手握着一头漆着红的大木笔，左手捏有红布包着的墨斗。他在台上，时而跷着冻得红火火的大脚在踢斗，时而举起大木笔在点点写写。他就这么顺着锣鼓点子满台子地踢呀点呀……直到全身起着热烟时，锣鼓才肯罢休。

“傩傩，”金高榆在喊，一声不应，又喊一声，“傩傩！”

傩傩转头对上了金高榆的眼，看到那里边也在冒着热烟，金高榆远远地用指头点着傩傩：“你还在看呢，上台来吧？!”

傩傩缩进了人群，小声自语："要不是你办傩，我就是在台上呢。"往年，傩傩站在锣鼓家伙后边看戏，大人以为他准备学打点子，其实就是图个看台子无遮无挡的舒服。

"包家戏"《陈州放粮》年年演、村村演，演的是：宋朝仁宗年间，陈州三县遭灾，皇亲国戚大肆搜刮民脂民膏，饿死灾民无数，民怨鼎沸，在老臣王丞相的保荐之下，宋仁宗重新启用被罢官当了和尚的包拯到陈州放粮。

"宋仁宗"头一个出场，佩戴的是"皇帝"脸子，后边打有罗伞，威风凛凛。这回傩傩没有再趴在门框看"宋仁宗"出场，而是金大杉。如果没有金大杉，傩傩也不准备靠着门框跟要饭似的，他只要看着司铳的放铳就行，既然金大杉主动来了，那就让他"报场子"吧。金大杉报得很准，傩傩将两节粗大的竹节丢在半空时，铳响了，接着祠堂里鞭炮齐鸣。傩堂里的鞭不能捡，俩人便没有动弹了，在火塘边烤了一会儿火。不一会，傩傩对金大杉说："我看见了傩神。在社坛'启圣'的时候。"

不想这话被过来凑着火塘点烟的两个司铳听见了。"小屌孩子瞎讲什么话呢?"是哪个司铳在说，傩傩没有看清。

金大杉扭着头看着傩傩。

"真的!"傩傩起了毒誓，"扯谎烂屁眼。"

金大杉打了一个哈欠，傩傩也打了一个。金大杉说："晚上又不'吃邀台'，还不如回去暖被窝。"

"傩神让你多活一天，你能困十二个时辰的觉。"傩傩站起来，"我大也唱呢，你不去听听?"

傩傩和金大杉削尖着脑袋往里钻，人堆里有人说他们是小黄鳝钻田埂，好不容易钻到台前，戏已第三场了，台中间坐着"宋仁宗"，"王丞相"和"包拯"分立，还有"文武"和"皂隶"。

后台：(唱)……仁宗皇帝传圣旨，说与包文相一人。赐汝紫袍金腰

带，去做监仓粜米人。包公见说前来奏，我王万岁纳微臣。

小臣怎敢陈州去，都是金枝玉叶人。我王差出小臣去，去到陈州丧了身。皇帝道言不妨事，重封官职不叫轻。

听声音后台唱的不像是金高榆，不是金高榆会是谁？他是轮值年首，只可能是他。《陈州放粮》唱的不是本嗓子的傩腔，是又叫“青阳腔”的高腔，本嗓子里夹着小嗓子的甩音。金高榆唱得像兔子拉的屎，一粒挨着一粒。傩傩这时才感到金大杉那话有点道理：金姓村族长金高柽的戏唱得最好。傩傩想：金大杉小子还能看出门道呢，但他嘴上不说。当初他顶金大杉拍族长金高柽的马屁是“老鼠想吃猫奶子”。

傩傩看中族长金高柽的不是唱戏，而是无论酷暑霜冻，无论是厚棉单衫，他里边都穿着一件白老布衬衣，尤其是二八月天，解开黑色或蓝色的外罩，前胸露着一片白的样子最衬人。前山金村只有族长金高柽一人穿白衬衣。早年私塾先生也穿，但先生过世时，傩傩还在他母亲芬翠翠的肚皮里。关于族长金高柽穿白衬衣，傩傩搁在心里，没有对人说，也没有问人，包括金大杉。

宋仁宗：（白）寡人封你四个太使，将丈二红罗御笔亲书八字。御书到处，如朕亲行。特封值仓使、节度使、仓廒监运使、陈州监仓粜米使。

后台：（唱）仁宗皇帝封官职，封与包文拯一人。包公看了王丞相，幞头不动半毫分。包公不把皇恩谢，依了青州王相公。皇帝当时传圣旨，再封官职与包公。

宋仁宗：（白）职轻，再加你四个太使，仓廒都转运使、江南八十一州转运使、西川五十四都督使、内府朝前提调使。

后台：（唱）仁宗皇帝封官职，封于包文拯一人。包公见说心欢喜，不敢擅自谢皇恩。仁宗皇帝心纳闷，包公怎见不谢恩？青州王相前来奏，伏望我皇纳微臣。封得包家官职小，今朝未敢谢皇恩。

皇帝当时传圣旨，依了青州王相公。官家说与王丞相，再封官职与包拯。

宋仁宗：（白）寡人又封你四个太使：五府台前宰相使、十五府提督使、十二开封使、选院使、东厅三省枢密使。陈州粜米回朝，一保上殿，当时文武众官尽皆失色。违法者先斩后奏，正授开封府尹。

"包公要这么多官，怎么能当得过来？"金大杉说：

"你尽讲'屁眼痒抓不到'的话。"傩傩拿话顶他。

后台：……若要包公陈州去，八般法物要随身。松木大枷松木棒，要断百姓不平人。黑漆大枷黑漆棒，要断官豪宰相家。黄木大枷黄木棒，要断官亲与国亲。桃木大枷桃木棒，夜间灯下断鬼神。只要皂罗旗一面，斩断皇亲剑一根……

"'亮匾'着火了！"傩傩一声大喊。

果然，戏台后左上方的"入相"小匾从里边起火烧着了，祠堂里顿时乱了开来。"皇帝""王丞相""包拯"都从前台跳了下来。金高榆一个箭步冲上去，脱下棉袄，扑打着越来越大的火苗。还是金高棣机智，他端起"龙床"旁的一盆沐手的清水，准准地泼了上去，断了一场大祸。大半边"亮匾"湿透了，竹帘丝丝地往下滴着水。

族长金高柽来到"龙床"前，点烛上香，作揖跪下："金氏弟子叩请傩神保佑，来年打造'龙亭'，大供神灵！"

祠堂静肃得只能听到身边人的吸气声。

家长们都过来跟着下跪磕头，金高榆蹲到戏台的后侧，仿佛那盆冷水不是泼到"亮匾"上，而是他的心上。族长金高柽找到他时，他的下牙正在打着上牙，嘴还在不停地嘀咕："包拯没有上陈州啊！包拯没有上陈州啊！"

"不打紧的！元宵还要回来'大演'献神。"族长金高柽突然暴起喉咙，"你起来！傩神在看着你呢，今年提前问问土地神。"说完，族长金高柽出了祠堂。

傩仪"问土地"一般都是正月十五演完《刘文龙》最后一出"团圆"再举行，有事的傩堂才提前咨问。土地是本家的神，早一天晚一天，不大计较。

"哪里出岔子了呢？开戏前新换的蜡啊，根根插得笔直，怎么就歪倒了呢？"金高榆痛苦地摇着头，有了族长金高柽两句打气的话，瘫下的腿总算硬了起来。

祠堂里开始有人端火桶、搬凳子要走，门外再次放铳，他们又都回身住了手。

"土地"戴着专用脸子，上到台中，他白须垂胸，长袍及地，手持拐杖。

土地：(唱)预报满门吉兆，喜事重重叠见，财源滚滚来朝，读书求名姓氏高，学堂毕业早报，吾非别者，吾乃前山金村老土地是也，今乃人日佳节，天官赐福，玉帝敕旨，我老神领了旨意特地前来开赦加福，开天赦而开地赦，天有天赦地有地赦，人有皇恩大赦，除以往之愆特赐将来之福，因此特来报喜，特来贺喜！

土地坐到金大桐搬于台中的一把椅子上，轮值年首金高榆上前三叩拜，跪下。前山金村各户家长也都上台朝土地公公跪下。

轮值年首(持香礼拜)：(白)老土地公公在上，前山金阖门人等新春以来，求问人口一事。

土地：(白)人人清吉，个个平安。老者颜如童少，又加福寿，而添康泰。少者似海水长留，又得名利，而招喜财。男增百福，女纳千祥。一年十二月，月月保平安；一日十二时，时时多吉庆。天上五星来送福，人间九跃去除灾。

之后是问读书、问务农、问工匠、问商业、问天花、问丝蚕、问六畜，“土地”均是好言吉语。当问之火盗一事——

土地：（白）火盗消除一切大吉，家家壬癸当权，户户丙丁退位，纵有不测之灾危，我能抽土埋藏。

“亮匾”着火，事必在傩，金高榆等的就是这最后一问，他拜了又拜。

轮值年首：（白）老土地公公在上，前山金阖门人等新春以来，求问傩戏一事。

土地：（白）在于中堂之上，鸣锣击鼓，铳炮连天。金炉内香烟焚焚，银台灯烛辉煌。尔等香烟齐敬立，神必赐福于满门。

扮“土地”的是金高棣。

金高榆听是听清了，心还是掉在脚后跟上。他扫完祠堂里最后一片纸屑，再次上香时，又朝“龙床”重重地磕下头。

金高榆在台前天井沿上坐到初八的日子里，霜什么时候下到身上，一点不知道。

后山金村早饭前后接走了傩神。金高榆关上祠堂，回家。走时，他没有忘了揣上那两根红烛——金双美的事也是大事——长兄如父啊！

我大太把傩神当神了！他到死也没有弄明白：请神容易，送神难。但有一点我多少是听出了一点话外之音，他后悔了。二月初一傍晚，他吃下了我喂的半小碗菜杂饭，叹了一口深气，能入地三尺，他说：“命里只有七格米，走到天下不满升啊!”他死在这个夜里,第二天早晨我就喊不应他了。其实后来老人在底下嘀咕,这年哪个办傩都不会落好,立春在年后,是正月十四——虎年打两春,黄历翻破了也没有翻到有这样的年份。傩比年来得晚,年份不好,傩只能尽力而为了。能怪傩吗?

我大办傩把自己办进去了,他最该后悔是他把这个家也随手搭了进去。

从族长金高柽头年正月十六应允下我大任下年前山金村“傩神大会”轮值年首,我大十七就牵着牛、扛着犁下到“公堂”,也就是宗族里专供祠堂办傩开支的两亩三分水田里。淌着活水的白水河两岸边上都生着一指厚的冰,水牛在冰冻嘎嘎的田里冷得几次都犟脱了轭头要上埂,我大硬是拽着牛鼻子翻完了田。走亲戚回来的金改水看到租给我大的水牛,心疼得上门大骂我大不是人,我大一副有理的样子:“我怎么不是人了?我光着腿杆子都能下田,还冻死牛了?况且犁的是‘公堂’。”金改水点着指头说:“你就不是人!”这一年,我大只租到了族长金高柽家的一头老牛。

接着,我大一担担地往“公堂”里挑粪,先挑猪屎坑里的,挑完又去挑茅厕蹲缸里的,小半个正月,他身上沾着的都是猪的、人的屎尿气。我最受不了的是,挑空一坑一缸之后,隔一两天他会拿着粪瓢在坑里、缸里刮粪,能刮个半担他也挑到“公堂”里泼泼。刮得木粪瓢白生生的,比供在祠堂里的十二把茅镰还要利——“姓能丢,谱能丢,十二把茅镰不能丢”,说的是我们金氏祠堂里的十二把镰刀。从记事起每年请祖、送神,族长金高柽都要跪着讲十二把茅镰的故事:祖公涉白水河上青峰山,面对四野荒蛮,艰苦砍荒垦地,用坏茅镰一十二把,为表先祖之功业,供柴刀于先祖列位之下,以告后人铭记。

有一回,我大又在蹲缸里拉锯条似的刮粪,我正好要拉屎,他伸过粪瓢说:“就屙到粪瓢里吧?”我屙半天也屙不出一截来,挤出的一线尿滋到了地上,我大照着我屁股就是一脚:“败家的货,就这么一口尿也尿不进瓢里,碗里要是有肉你比哪个都眼尖。”

关于挑粪的事姑姑说过一回:“‘公堂’轮到家里种,施肥是应当应分的,可菜地里，还有家里佃着族长家的一亩水田、青峰山里的一块开荒地不能望天收啊？”我大哼了哼，但还是三天两头地在刮粪。不久，我发现，姑姑在倒我姆留下的那只马桶时不上茅厕了，而是直接拎到菜地里。我大可能看见过，不好作声。

为了“公堂”，我大生了一堆奇闻，说了，有人恐怕不信。其实这话都是别人说的，我听了，立马就信。

我大在田畈里干活，只要一泡屎尿来了，他必会憋着屙到“公堂”里。早稻带肚子打苞的一天，村里几个放水的远远地看到我大拎着裤子往“公堂”方向跑，故意撺掇金改水老婆走到“公堂”附近，好看我大的笑话。也不巧，我大那几天拉肚子，他几次劝金改水老婆回家，保证看好她家田里的水。她故意说：“你想心思呢，等你给‘公堂’里水放满了，我家田早旱死了。”我大在“公堂”边转了两圈，实在憋不住，屙到了裤裆里，让人看到了笑话。等金改水老婆撇着嘴走后，我大走到“公堂”的秧苗中间，脱下裤子洗了三遍，还招水洗了屁股，连一滴屎星都施进了“公堂”里。

家里的那块荒地，听姑姑说，从我姆进门那年雷打不动地种芝麻，一家人的油水全靠它的收成。我大坚持种了棉花，以至于给他办后事，家里找不到一勺油，只得将圈里比我重不了几斤的黑毛猪杀了刮刮进了锅——金大杉他姆过来帮助做饭，给我盛了半碗肉，越吃越香。从摘下第一朵棉花起，我大盯着姑姑天天晚上吱呾吱呾地纺线，纺到冬至，有了两大箩筐。我大挑到山外的秋浦县城的池口，换回了两丈黑老布，请老裁缝做了二十四个脸子套。我多少还沾了点光，多出的布，姑姑让老裁缝给我做了一条裤子，其实我想做褂子。姑姑说：“你多大了，得晓得点丑了。”我这才知道：下身比上身重要。

我大眼里，全是傩，从年头办到年尾。“公堂”有了从来没有过的丰收，两亩三分田，风车扇去瘪籽，十七担半稻谷。族长金高柽直到亲眼见到才相信，他馋着口水对我大开玩笑说：“明年你别再租田了，干脆我把田都交你来种，你把田种进银窖里了。”而家里佃的一亩水田呢？我和姑姑连毛带草地只抬回了九稻箩,不到四担。姑姑气得抹着眼泪说:“办完傩就不吃饭了?明年等着喝西北风吧!”哪晓得我大连西北风也没有喝着。

腊月初八,我大卷着铺盖住进了祠堂。一天三餐,少一餐不送,他饿一顿。送饭成了我的专职,起初我都拉着金大杉陪我去送,突然有一天发现金大杉对送饭比我还尽心,有两次在外头玩,要不是他及时提醒,会误了我大的饭点。很快我便晓得,金大杉去祠堂是冲着彩纸去的,因为他用红纸把金小四的脸蛋染得跟桃花一样。自此,再也不让他陪我送饭了。

办傩有许多纸扎活儿,首当其冲的是五色伞。五色伞是神伞,哪个傩神都要靠它才能降到傩堂。我头一回看到傩神,正是在五色伞上。伞巾都是用红、黄、蓝、白、黑五色纸裁成条糊在伞骨上的,每张纸条上都要画上字。傩神不识字,写得不行,得画上。我看过我大画的几张,人也能看懂,他画四个柿子加一根如意棒,指的是“事事如意”;要说“步步高升”呢,便画两只向上走的脚丫子和一条方片大糕。五色伞往年只扎十二层,我大办傩既轮到了四年一闰的年份,又是闰二月,得十三层。扎完伞,我大还要扎戏台上的“亮匾”、引神的提灯和仪仗队的高灯、官扇,以及傩舞“舞鲍老钱”的钱模、《刘文龙》中“刘文龙”和番时持的节符、祠堂十八对大柱子的对子,都得用纸。金大杉捡的就是我大做纸扎的边边角角,那些天,我一去就帮着扫地,哪次都能拾几口袋彩纸,还得了我大的好脸。有了彩纸,前山金村的孩子们十有八九的跟在我的屁股后边。我给了金改水儿子一张绿纸,他告诉我,他姆说过姑姑的坏话:金双美的屁股比筛箩都大!我说:“你姆长了一个马桶腰。”他不恼,还咯咯地笑。

说实在的,我从内心里对我大产生过敬意,也就这个把月时间,他不是篾匠,却能劈竹片编扎;他不是木匠,却能动斧子用刨。我也是在那时候才知道,我大还会打算盘,并且打得呱呱响,之前我以为全金姓村只有族长金高柽会打。虽说“公堂”有十七担半的稻谷和一百担竹子,但哪一样都讨不来,伸手就要花钱。代表九个金姓的三荤三素的供盘、每个傩神一套共二十四套酒饭的祭品、足够神案香火不断的香烛鞭纸、迎送傩神放铳的火药……哪样也少不得。要是“公堂”有余额,还不能拿回一分,得拿出来修桥补路;不够呢,轮值年首家里贴,我大再向着傩神也会清楚家里的底子,想贴也没有的贴,只能在算盘子上敲打了。

我看出,年前最让我大劳心的不是纸扎花钱之类,而是敲定办傩的事宜。他是轮值年首,每一环每一节都得由他来起调,但定音的得是族长金高桎。听他那几天抓翻头皮地在犯嘀咕,我才晓得是指定执事的事,他前后五趟地跑村北族长家才一笔一画地将人名落到了红纸上。他本初也是想找个人做管事来帮他把握把握仪式和演出,可用心在前山金村摸了一遍,只得摇头,合心的不合意,合意的不合心。管脸子和衣箱,最先定下了金高棣父子;唱戏的选了九个,加上小表叔吴根旺,十个。“总稿”上定的是八到十二人,比上不足比下有余;锣鼓四人,原本都有老人,族长金高桎却要换“小锣”。“小锣”一直是金有文在打,他辈儿不大岁数不小,锣点子打得从来没有听到台上说过一句话。换就换,可换了三个,族长金高桎都不下笔,最后还是族长老婆拉着满脸苦瓜相的我大说了一个人,总算定了下来。这个人是个外姓,叫周庚。当年周庚讨饭似的从太湖来到前山金村落户正是族长金高桎的主张。周庚的眼往上看,在金姓村,他只看得见族长。我大想起了腊月初吃族长金高桎新房圆水的酒席,族长给周庚“敬酒”时故意大声说:“有些本姓的还比不上一个外姓……”他指的是盖房子。来帮忙的不一定记得住,没有来伸手的记得怪清。我大也只是下桩打地脚那阵子去给砖匠打了两天的下手。司铳的俩人是铁定的,一个年轻时一枪撂倒了青峰山的金钱豹,一个因为想老婆从武汉国民革命军里跑了回来,都是喜欢玩枪的主儿。“銮驾”仪仗队要的人就多了,不过到时全村男丁都出动,真不够,孩童凑。

“苦点累点没什么,就是不能办出岔子。”这是腊月二十三,我大回家过小年,在门口遇到金高棣时说的话,我正拎着猪食桶叉着脚去喂猪。

初七晚上“亮匾”的“入相”一着火,我大吓得半死。我坚信,他狠着命地在寻找触犯傩神的细枝末叶。其实,初八一大早梁姓族长梁尚涛就听到了这边犯傩的根由,但他没有说,一直等到十五。否则,金姓村那年的傩事肯定办不到元宵节,我们家也过不完那个年。

我也吓得半死。那时,我大还不知道我对人说过我见到过傩神。我一门心思地担心我大追问“启圣”队伍路过家门焚燎的事,当时他转着五色伞跑在最前边,只要朝家里瞥只眼角,我的老底子立马被揭穿。我实在不知道,那把稻草是什么时候熄火的。傩神保佑,我大没有朝家里看或他路过时稻草还在冒着烟。初八一整天,我都没有沾家门。早上从锅里顺了一个炆蛋出来,和金大杉顺着白水河往下跑得肚皮贴后背。中午吃了金大杉拿出来的一块焦锅巴,苦得几天后见到黑东西都还泛酸水。

我实在是怕,要不怎么着初八我不会瞎跑,不用偷少说我还能吃到一两个炆蛋。初八家里要来客人,年前我就记住了——七道梁村的梁尚洲家要来给二儿子梁崇泓和姑姑下牒定日子。姑姑要结婚成别人家的人了!

在外耍了不踏实的一天,挨到家门时,屋里黑灯瞎火,看得眼发胀才看清两只火桶一个里边孵着一个人,左边是我大,头朝右奋着;右边的是姑姑,头埋在怀里。不是吵了吧?不会呀,我大从来不跟姑姑吵,这是……?我大突然直起脖子,从火桶里站起来,踩得火桶的档塞吱嚓响。我吓得把身子往墙根里塞。这时,听到他撂石子似的说:“天已经黑成锅底灰,人是不会再来了。这事,得跟族长讲讲,十五朝庙,他梁姓村不给个说法,老子就放铳!”我大出了门,我的心顺着墙站了起来。

“锅里有炆蛋,”姑姑的话像炒菜没有放盐,“烧把火,去吃吧。”

我以为姑姑发现我早上顺了一个蛋吃了,拿话撬我呢,站着没有动。

“叫你去吃蛋,你还站着跟木桩一样做什么事呢?”姑姑生气了,“还要我剥着喂到你嘴里啊?”

我到灶房里吃了两个炆蛋,不敢再吃了。等后来才晓得,初八那天家里的客人根本没有来,肠子悔青了没有再多吃两个。

我大恨不得把地踩出水来地回到了家，他一脚门里一脚门外地对姑姑说："双美，你也别上心，族长讲了，梁姓村欺人太甚，他要把你这门亲事的主做到底。"

"锅里水烧好了……"姑姑只说了半句我大和我都听得懂的话，她不高兴时，都这么说。

族长金高柽在元宵节傩村参加的青峰山庙会上，带着我大气势汹汹地去质问梁姓族长梁尚涛"无端退亲"时，梁尚涛从鼻子里哼出了笑声："你们金姓还有脸当着社公昭明太子的面问我这话，还是回去问问你们家老祖宗吧？金姓再无人，也不能让女人顶戏啊！"青峰山庙供的是南梁太子萧统、谥号昭明的太子菩萨。

"金姓有女人顶戏？"族长金高柽仿佛被雷击了，"梁族长空口无凭！"

"金姓要是不怕家丑外扬，可以当着所有傩村年首的面，"梁尚涛气势夺人，"如若话有不实，我以梁氏大社的石柱担保。"

梁姓大社的石柱，据说很早是金姓社石一对中的阳石，有年发山洪冲到了下游，梁姓便据为己有，两姓为此打斗几代——到了梁尚涛这代，梁姓什么事都想压金姓半头。金姓族长金高柽死老婆再娶，别人看着眼痛也说不上话。梁尚涛不声不响，顶着傩村老祖"穷不卖妻、富不纳妾"的老规，硬是把家里一个侍女纳了小——梁尚涛敢以石柱做赌，可见他的理有多硬、据有多足。

族长金高柽可不是"桑树条子见风就弯"的主："丑都做下了，还怕讲？"

"我们梁姓嫁到你们金姓的一个妇女一直怀不上，初七想着请'傩神'给她送子，结果呢？"梁尚涛说，"你们的'萧氏'还真是个女的！"

我大这回真的瘫下了，半天才从嘴里挤出来："不会是双美吧？"

"回村！"族长金高柽咬出了一口血，扭头对另几个金姓村的轮值年首说，"我要活埋了那块骚屄！"

我正好在青峰山庙会上，什么话顺着小风全灌进了我的耳朵，我趁大人都没有在意，将打"銮驾"的一根彩旗塞给了高大杉，转过背疯似的往山下跑。

我越跑越清醒，从初六半夜到初七，以及后来的初八的事一件一件地跟串荸荠一样，成了一大挂——

初六夜里我并没有睡成实心糍粑，夜里后门响了三回。头两回是哪个我不晓得，多少年后，姑姑才说是我大。第三回是小表叔，他在仅和我隔着一层木板鼓壁的姑姑屋里说话。

“小表哥，小表哥，”是姑姑在惊慌，“你来干什么？”

“我一人睡着冷。”小表叔的娘娘腔，我挡耳就能听得出来。

“你到傩傩床上去，小表哥……哎——吴根旺，你把手拿出来，听到没有？我喊人了？”

“我只摸摸。”

“你想什么呢？你沾女身就不怕犯了傩神遭报应。”

“傩神又不是我们家的神。小时候，你都让我摸过。”

“小时候是小时候，现在是现在。”

“你不让我摸，我就不给你家顶戏。”

“顶也不让你摸，不顶也不让你摸。我还要嫁人呢！”

过了一会，后门又响了，小表叔出去了。

那时，我不懂大人的事，想不到姑姑不让小表叔摸什么，当然更不晓得小表叔没有摸到什么就真的不给我家顶戏。

初七清早金大杉过来喊我去捡鞭炮，“人日大似年”，村村户户给祖宗拿完早茶，得在门前屋后祭人生日。我是前山金村捡鞭的高手，只要我进村，有几个口袋捡满几个口袋，顺带也给金大杉的装满。我胆子大，放炮的人只要将鞭离了手，我便冲上去用脚踩那满地生火的鞭炮，时常踩上一挂一挂的，金大杉他们得等到鞭全放完了才去抢散鞭，捡的最多的是没有捻子的哑鞭，只能折断了，倒出硝来，点上火滋着玩。我捡鞭炮捡饿了，回到家，见姑姑孵在火桶里死死地盯着门外看，我也扭头看了看，门外干干净净的。逛天街的小雪停了，铺了一层阳光，地很快干了。我蹭了一下，见姑姑不吭声，打算往灶房去找找有没有填肚子的，她突然喊起声来："糟了，糟了，还没有给你大送饭呢。傩傩，快把锅点着！"说着，她从火桶里蹦出来，一下踩翻了档塞，踢倒了火桶，火星满屋子滚，跟起了火似的，我憋不住笑出了声。姑姑说："你把火桶扶扶，我去做饭。"

现在想来，姑姑死死地盯着门外看，是在看小表叔，结果小表叔真的回山外青阳的家里去了，将答应好好的顶戏当成了儿戏。初七傍晚，姑姑让我焚燎，她说去接小表叔是骗我的。

那么，姑姑让我给小表叔取脸子拿衣去唱傩戏，也都是假话。她是见小表叔没有来，便自作主张地上了台。结果戏演完了，出门时，被那个"黑布头"女人追上看清了脸面。"黑布头"就是梁姓族长梁尚涛说的他们村嫁到金姓的妇女。到底是哪个，我一直不知道。别看梁姓村和金姓村世世代代都疙疙瘩瘩，但一直通着亲，年年都有嫁娶。那个长腿长舌的妇女不仅回到娘家村子告发姑姑"大逆不道"上傩堂，而且要求梁姓族长梁尚涛出面不许梁尚洲家初八下牒定日子娶"犯了傩神"的姑姑。

我满头大汗跑进家门时，姑姑在给我打鞋底。"姑姑！赶快躲起来，族长他们要回村来活埋你，他们知道你顶戏了。"

姑姑的脸唰地白了，仿佛扑了一层石灰粉。

姑姑缠了麻绳，夹着鞋底往后门跑。我一把拉住了姑姑，那天我的手劲特别大："你爬进阁楼的棺材里去，他们找不到！"我姆死的时候，家里连我大的棺材也一起箍了。我是怎么知道那里好呢？有次与金大杉他们躲猫猫，我钻到里边，他们差点找死了也没有找到我。

姑姑听了我的话，藏进了我大的棺材里。我把前后门关好，离开家。

族长金高柽说到做到，他指使金姓村家长把我家围得老鼠都钻不进去，当然他不可能想到在棺材里找人。家里被倒腾了几遍，没有见到人影之后，他高声骂道："哪个只要见到这个骚屄，一棍打死她，有事我负责！"

这年元宵，金姓傩神大会的脸子"坐殿"临时改在了后山金村。亥时三刻，我大勉勉强强地支撑身子,同前山金村的家长们扯下戏台上的“亮匾”、扛着五色神伞还有一堆本来十五要派上用场的“舞鲍老钱”的钱模子、刘文龙和番持的节符等礼神和戏舞的纸扎,来到社坛,一把火烧成了一堆黑不黑、白不白的灰,算是送了傩神。我趁这个时候,支上梯子将姑姑从棺材里接下来。之后,我又在前边探路,一直将姑姑带出村子。分手时,姑姑一把抱住我:“傩傩,别恨姑姑。告诉你大,我去找吴根旺。”

我大用扁担头捅了我的额头,又用老布给我包扎好,本该我躺到床上,不想他却躺下了,并且再也没有正儿八经地起来过,直到十五天后紧紧地闭上了眼。傩神收走的人,再怨再恨,也是瞑目的。我和金姓村人都百分百地认为,我大是跟傩神走了。

我大死的当天,金大杉过来对我说:“我大几天前在你家青峰山荒地里,看到你大的魂灵在拔棉花秆,他还讲今年要种芝麻,多换些油。”

“你大也快死了!”我说。

“我大死不了。我大又不办傩。”金大杉说,“要死,也是族长。”

“你咒族长,”我说,“也不怕族长活埋了你。”

“你不晓得吧,”金大杉想伸过嘴贴着我耳朵,我朝他脸上推了一巴掌,我最恨他那鬼屄屄的样子,他捏着喉咙说,“族长也起不了床了。”

我不信,上午族长金高柽还进了我家,给我大上了一炷香,惊乍乍地骂完姑姑“骚屄”坑了这一门子风水之后,跺着地走的。

“什么时候?”我问。

“中午!是他二老婆在井口边上讲的,”金大杉肯定地说,“谁叫他是总年首?”

族长金高柽在金大栎他姆死后的“七七”里,从秋浦城讨个比金大栎大四岁的二老婆。人长得水济济的,就是好吃懒做。族长金高柽只要一伸手打她,她能把青峰山老洞里的蛇都喊出来。村里人在背地里说他不是讨了个老婆,是讨了个老姆。

“你不是一直讲族长的好吗?”我说,“你的话变得也太快了吧。”

金大杉狠狠地擤了一坐鼻涕:“他拿鱼叉叉死了我家的小花猪。”

这事我晓得,前山金村人都晓得。前年,一只小花猪进了族长金高柽的烟地,将四垄烟苗拱得一棵不剩,断了族长金高柽一季烟,他便气得七孔生烟,拿起家里的五爪倒刺鱼叉,抛了出去……

“族长不是赔了你家一担稻吗?”

“稻又喂不活小花猪!”

“花猪长大了还不是杀了吃肉?你留着做烧锅的呢。”

每次和金大杉说话,不能顺着他扯,最好是一两句给他顶死,否则准这么扯到要理没理、要由没由的话上。我还有正事要办呢——把我大像当初埋我姆一样地埋到黄土地里。

前山金村,我大没有什么直亲,捋得最近的是金高棣。等清楚我大死了,我最早跑去告诉的人也就是金高棣家。他正在喝粥,我喊了声“叔”,又说:“我大死了!”

金高棣急忙放下碗,对屋里的三个儿子说:“吃完都过去!”他出门时,摇着头说:“怎么这么快?过个二月二也好啊。”我不晓得多活一天能好到哪里去?

我姆娘家在隔河东望的芬姓村,她有六个兄弟姐妹,把信捎过去,很快来了两拨人。只是哭了两嗓子,都不拿主见。生怕话沾了手,甩不脱。金高棣让金大桐去了青阳,第二天,舅爷和小表叔进了家门。我一直没有答理小表叔,但见到他们时我直想问:我大死了,我还能不能活?还能活多久?

棺材是现成的。坟地也不用看,我姆的顺手边早留下一个位置。金姓村办老事有一套班子,小表叔按照金高棣的指点,带着我跑了四个村,磕下八个头,人都来了。本来舅爷是想让我大在家多停一两天,请“应付和尚”给我大念念经,末了还是没有念成,早早地陪到了我姆身边。等到了青阳,我才知道“应付和尚”不是和尚,他们吃肉娶老婆,只是学了佛家法事,为七里八乡做斋醮吃饭要钱。

族长金高柽的儿子金大栎到了我家，他没有给长他一辈的我大烧香磕头，进门问都没问，照着小表叔的面门就是一闷拳，打得小表叔一个仰八叉，小表叔的右膀子还磕到了我大的棺材板上，前边的架凳动了动，要是靠劲再大点儿，装了殓的我大还会再摔一跟头，那就不值得了。

金大桐眼快脚快，及时拦住了还要提脚踢小表叔的金大栎："大栎，你这是闹哪门子呢？"

"叫他把那个'骚屄'交出来！"金大栎比不上他大，同样是骂姑姑，金大栎的话泛着阴黑恶臭。"要是害了我大，我把这个门子的根给断了。"

狗日带猪拱的金大栎，我白喊了他几年"哥"，这赖着我什么事，你家即使死得光秃秃的，也不能拿鱼叉叉我啊？狗日带猪拱的金大栎！

所有办事的人都聚到堂屋，小表叔被拉着到灶房里洗那一脸的血浆去了。

金高棣拉下脸："大栎，你有大有小没有？"按辈儿，金大栎也叫姑姑"姑姑"，我亲耳听到他还我家一柄锄头时，叫过"姑姑"。"金姓村还没有轮到你出来讲话的份吧？是你自己来的，还是族长叫的？"

金大栎哭了，伤心得好比族长金高柽真的死了："傩神也要收我大了！"

"死人大三分！给你叔办老事呢。"金高棣推了推金大栎，"你先回，待会我去看看族长。"

"是我做主来的。"金大栎说，"金双美和吴根旺合灶过日子了。"

金大栎走后，舅爷拉着金高棣说："他叔，法事就不做了吧？明天上山，早埋早安生啰！"

小表叔吴根旺成了姑父？听到金大栎的话，我的头开始痛，不是前额的月形疤子，而是后脑勺。我不好去问小表叔，也不好问任何人，但很快姑姑就告诉了我，她真是嫁给了小表叔。

金大栎当着我死去的大的面一拳打了小表叔的这天晚上，作为唯一孝子，我得守夜——我大定于明天上山。上半夜，我在听风，风是起着劲吹口哨的那种。我喜欢听这种风声，无论大小都喜欢，不用出门，闭上眼立马觉得风到了头顶上，好比旋转的五色伞一样，要多少圈就能转多少圈，也可以想让它上边站多少天兵天将就能站多少天兵天将……“喵噢——喵噢——”一只不要脸的猫在叫春。好猫叫，只叫“喵”，不带“噢”，这是金大杉说的。叫春的猫声一次又一次地想旋进风圈里，很快就被抛了出来，可它还是往里钻，钻得风哨子吹得乱七八糟。我气得抓拳咬牙恨不得借来族长金高柽家的鱼叉，叉死谁家的这只叫“喵”带“噢”的不要脸的猫，赔稻子我也愿意，一担不行，两担。

这时候，小表叔一手轻轻地从棺材头前取下我大的灵位，一手拉起我，嗡嗡地说：“别出声，你姑在河滩的大柳树下等你，抱好这个。”小表叔说话不是娘娘腔吗？什么时候开始“嗡嗡”了，他的娘娘腔是不是被金大栋打死啦？要是这样，族长金高柽家也得赔，少了一担稻，我赖在他家不走。

姑姑胆子可真大，她还敢跑回到青峰山来，也不怕被族长金高柽抓着活埋了？

我把我大的灵位塞到棉袄怀里，正要出门，小表叔问：“你不怕吧？”

“我抱着我大呢。”我也没想到几天来搭理小表叔的第一句跟上了冰一样。

外边真黑，也冷。我举头听了听，哪里有风？叫春的猫呢？它要还是不要脸地叫，我非得找到它，没有鱼叉，就用我大的灵位拍它，拍它个头破血流。

天再黑也不影响我走路，前山金村哪条路我闭着眼也走不歪，何况河滩上的大柳树，它上边几根枝杈我都记得。但我还是把眼睁得圆咕溜溜的，是怕别人没有闭眼盯上了我，继而发现了姑姑，我不想让族长金高柽活埋了姑姑。

我下到河滩上，大柳树比天还黑地画在那里，一时没有看到人影。我正起心思想是不是小表叔要害我，突然，大柳树好像被斧子劈下一块。

“傩傩！”是姑姑的声音，她不像小表叔那么不经打地被打掉了娘娘腔，姑姑的声音一点没变。

“姑姑！”我也不知怎么就哭了，吸着气地哭。我大入殓，金高楝让我摔老盆哭几声,我怎么也哭不出来,只好哼了哼。我听到有人在背地里嚼蛆:“这孩子恐怕被他大的死吓傻了?”放他姆的“老桑树弯不了犁辕”的直筒子屁,你们家前后十八代傻了,我也不会傻。

姑姑扑过来一把抱住我,她跪在地上呜呜地哭。既然小表叔让我抱着我大的灵位来,肯定是有用的,我便从怀里掏了出来,灵位被我焐得温温的。姑姑抓过灵位贴到心口上,嚎出了声:“哥啊,我害了你啊,哥!我也不想活了,你把我带走吧?!哥啊——”这一句话,姑姑哭了上百次。她还把灵位摆好,一遍遍地磕头,“哥,我给你和嫂子保证,就是下跪讨饭也要把傩傩养大成人。”看来姑姑是不想让我大带走了,我也不想。

“不哭了,姑姑!”我有些冷,河边的风比村里的风尖,往怀里钻,“族长也快要死了!”

姑姑果然卡住了哭,我一直以为她是听到族长金高槿快要死了她不可能再会被活埋才止住了哭。她捧起我大灵位,用衣摆擦了擦下边的托子。那里可能有灰,冬天的白水河滩被风轻轻一吹,便起一层砂皮。我和金大杉在去年还进行了一次揭砂皮比赛,尽管他揭了一块比屁股还大的砂皮,我也没有判他赢,因为我发现那块砂皮里有一根稻草,我的只是小点,可全是百分百的砂皮。金大杉冻得鼻涕扯多长也没法子。

姑姑将灵位递给了我:“傩傩乖,把你大送上山,就跟舅爷到青阳来。”

“你嫁给小表叔啦?”我忍饥忍渴忍屎忍屁都能忍住,就这句话实在忍不住。

“走时把门关好,钥匙不能丢了。”姑姑交代后,站起来搂着我,我又不冷了,她说,“回吧,乖!”

姑姑将怎么走,我没有问,她能来,肯定就能走。

“梳头盒带不带,姑姑!”我问。

“还是傩傩有心。”姑姑明显愣了一下,“带着!梳头盒的钥匙在堂心你姆挂像背后。”

梳头盒是我姆的嫁妆，里外有三层，红火火的，上边漆着“龙凤呈祥”，镜子在里边，要打开了才能照人。我姆在世时，小铜锁的钥匙在她身上，她死后就归姑姑管了。梳头盒不光是梳头用，我大在田里、山上抓回来几块钱都放在那里边。我早晓得，藏钥匙不是藏别人就是藏我。姑姑把钥匙的藏地儿告诉了我，梳头盒就不用锁了，这个家在我大死后才朝我全部打开。

回到家，我先从窗户里看了看人，堂屋里只有小表叔和我大的棺材，我那房里好像还有大人在说话。办老事的人不瞌睡，不光是给我姆和我大办，给村子里所有的人办，我都没有见他们睡过。我溜进门，急忙将我大的灵位放到棺材头上，正在打瞌睡的小表叔醒了。小表叔掖了掖袄子，出了门，他百分百是去河滩了，姑姑成了他老婆，他就得管，还得管好。

我搬了条凳到西墙边，站上去一伸手便从我姆挂像后摸到了那把铜钥匙，只有我半个小指宽，金黄金黄的，比我大灵位上金水写的字还要黄。我把它放到袄子口袋里，从外边拍拍感觉不到，又掏出来，脱下反脚的鞋，塞进靠脚窝一处破了的口子里，穿上后，只要扭一下脚，就硬硬地在那里放着，跟放在心里没有两样。

我看着我大被埋到了我姆身边。

从山上回来，舅爷泪汪汪地拉着我冰冷的小手说：“傩傩跟舅爷去青阳好不好？”

姑姑不说，我多少也晓得舅爷家。舅爷是青阳十里八乡都有响名的“吴木匠”，他家住的是二十八根合围粗的杉木穿梁的大瓦房，舅奶做的豆腐可好吃了。

“你一个人在这屋里哪个也放心不下啊？舅爷会跟爷爷一样地疼你！”见我抿着上嘴唇没有吭声，金高棣在一边帮衬着说，“这边的屋子我替你照应着，大了想回来娶老婆生人，还是你的家。”

我没有马上答应，不是我不想去，我是想跟金大杉说一声，别让哪个害鬼在我家柴堆边上玩火。我在家时，哪个也不敢，不在，那就不好说了。金大杉跑来跟我说完“族长也起不了床了”之后，再也没有来家里伸头，莫不是也被傩神带走或者被族长金高樫活埋了？活该他嘴长，族长也敢咒。

我跑到姑姑屋里，抱上梳头盒，又在堂里的木扦上启下挂着的大铜锁，对舅爷说：“走吧，舅爷！”

舅爷从我怀里接过梳头盒放到桌子上，眼里的泪洇了回去，他说：“傩傩就是听话的孩子！等请了给你大办事的人吃完饭，明天带傩傩回舅爷家。”

在前山金村又有了一晚上，足够让我搞清金大杉为什么几天不来找我，我骂是骂他被傩神带走了或被族长金高樫活埋了，全都是不可能的事，傩神都长着两只眼，有的还长着三只眼——我后来大了仿着石城的傩堂刻了“四季”脸子，每个脸子的顶上都有三个小菩萨佬，也就是说一个“四季”傩神多达八只眼——看得比人清亮，带我走也不会带金大杉。族长金高樫敢活埋姑姑，却不敢活埋金大杉，金大杉他姆喉咙那么大，一嗓子能喊透青峰山，他要是活埋了金大杉，金大杉他姆必定把族长金高樫八代祖宗都喊活了到他家去吃喝，他家再有钱，也供不起满坟山的八代祖宗，那他家就真的要穷死了。

金大杉得了天花！

天擦黑，我在他家屋前屋后喊了好几声，他才在后窗上应了我。“我得天花了！”他不敢见风，开不了窗。我说：“没什么事，我明天跟舅爷去青阳，你得把我家柴垛照应着，别让小害鬼们在边上玩火烧了。”金大杉说：“你不讲我也会的。你让我姆回来给我做点吃的，我快饿死了。再不回来，明天就要送我上山了。”毕竟是好朋友，我还是多说了他几句：“天花没有什么大事！初七土地公公讲了‘圣母娘娘保佑赤子，麻痘稀稀朗朗，粒粒周圆，半月以后，成功结靥，人人清吉，个个平安’！我走了？”金大杉也不知道听清没有，他拍着窗户喊：“叫我姆快点回来给我做点吃的。”我点了点头，他哪能看得见？

再见到金大杉时，他满脸的坑坑凼凼，没有一颗麻痘是圆的。

出了青峰山，天就暖了。山外青丝丝的，嘴边上的鲜气能让人吃个饱。到舅爷家，我再也没有饿过，山里和山外的区别就这么大。

让我没有想到的是，姑姑在前山金村当家，到青阳的舅爷家也当家。前山金村的家当不当，就那么回事。记得有一回，姑姑上菜地忘记关门，我大说了一句“出去也不晓得把门关上”，姑姑一句话噎得我大几个礼拜不作声，姑姑说：“你家有金子还是有银子让人偷呢？”舅爷家可不一样，屋里哪样东西都是有模有样，是木的就是木的，是铜的就是铜的，椅子有扶手有靠背，桌子有栏格有雕花。舅爷家也有一只钟，不晓得比族长金高柽家是大还是小，族长金高柽把钟放在睡觉的房里，生怕别人看一眼少一块。舅爷家的，放在堂心的条台上，不怕别人看，村里人只要站在稻场上就能看见。我到舅爷家生活头几年，舅爷还出工，除了小表叔，后头跟了四个徒弟，五月端午光绿豆糕送来八盒，第二年我就不爱吃了。舅爷有五个子女，大表叔和二表叔早都分开单过，下来的两个女儿，一个嫁到了江北的安庆，一个嫁到秋浦的城里，只剩小表叔没有成家，一起过日子。

我心里一直别着小表叔的劲。在青阳，我连头搭尾地过了十个年头，也没有叫他一声“姑父”，至多叫叫“小表叔”。我问过姑姑，姑姑说：“叫什么姑父？原来怎么叫，现在还怎么叫！”

姑姑是带着三分理走进舅爷家的。

当初，姑姑小心着青峰山的金钱豹，一身汗热了冷、冷了热，叩响舅爷家大门铁环时，公鸡正叫二遍。门是小表叔开的，当他见到在棺材里憋了一天又在山上跑了一夜的姑姑，吓得以为见了鬼，但他很快醒了过来：“双美，你来啦，快进屋！”

“我先不进，你叫舅舅出来，”姑姑太累了，一屁股坐到门边的石墩上，“舅舅叫我进，我就进；不叫我进，我就碰死在这石墩上。”

“地上冷呢！”小表叔气短了三尺三。

“你不是巴望着我死啊？”姑姑说，“我死了你多安生呢！”

小表叔缩到屋里，很快舅爷披着大袄出来：“快进屋啊，双美！”

"舅,我进来就不走,"姑姑说,"你和小表哥想好了!"

"大新正月里,这讲的什么话呢,"舅爷说,"孩子,舅听不懂你讲的话。"

"舅爷,小表哥他听得懂……"姑姑站在门槛外,"他讲好初七、十五给金家顶两场傩戏,结果他走了……你问问他做什么事要走?"

舅爷扭头瞪着小表叔:"你不是讲金姓村不用顶戏了才回来的吗?到底是什么事?"小表叔不敢作声。

姑姑要脸,没有说小表叔进她房的事,她说:"等到天黑,小表哥也没有回来,我只好顶着唱了一场……"

"你顶着唱了傩戏,这不要人命啦!"舅爷裹了裹袄子,"你也太……下来呢?"

"当晚有个从梁姓嫁过来不生伢的妇女以为我是小表哥,追着让'傩神送子',"姑姑说,"应该还是被她看到了。初八,梁崇泓家没有来下牒子,退亲了。舅……"姑姑哭了,"昨个族长在青峰山朝庙,晓了我顶戏的事,要不是傩傩跑得快,我已经被他活埋了,我没有地方去了。"姑姑擦了一把泪,咬着字说,"我只能嫁给小表哥了!"

舅爷是吃百家饭的,挡耳听出了话根子,姑姑"没有地方去",凭什么不找别人,来找到小表叔。"是你小畜生起的坏捻子吧?"舅爷见小表叔低下了头,伸手牵进了姑姑,"双美,舅舅家就是你的家。先不说嫁,那样太便宜这个小畜生了。再好好想想,还得和你哥商量一声。亲事不成,舅把你当小女儿嫁,绝不委屈你一分。"

姑姑是踩着小表叔肩头进的这个门,舅爷后来问过姑姑几次,姑姑一口吃定要嫁给小表叔。

这都是姑姑后来告诉我的,姑姑说:"吴根旺害了我一家,我要他驮一辈子!"

我来到青阳,听到过姑姑和小表叔的一次像吵嘴也不像是吵嘴,头子我没有听见,这是尾巴,短短的,很刺,打人也能痛到心上——

“怎么啦？给金家养人你憋屈，那你就连我一块用斧头砍了呗！”这是姑姑的话。

“我哪是这话？我从来没有把傩傩分彼此，我大也喜欢他，有口好吃的都留着给他。只是……只是……想趁年轻让你把那草药断了。”这是小表叔在说。

“吴根旺，别给你一把米，你要一箩稻。正是看在你爷俩对傩傩好的分上，我才把裤带子给你解了。不瞒你说，出前山金村的时候，我发誓一辈不让你尝到女人是什么味儿。你现在还来想要儿子？我给你生，别人愿意，我哥在地下也骂我分不清好歹。”

“你心也太狠了吧。”

“是我心狠，还是你心狠？你毁了我前程不讲，金高榆是怎么死的？金高柽又是怎么死的？都是我害的?!”

“那你就来害我呗。”

“你自找的，哪个叫你的手贱？我跟你讲，你好好地待傩傩，老来还会有人给你端茶倒饭。”

……

姑姑跟小表叔张嘴便是竹竿子撑喉管的话，但对两个老人和外人，细话能说得糍香糍香的。屋里屋外做起事来，姑姑手脚没有闲的时候，把心全放在过日子上。邻里都说，姑姑即使摔个仰八叉，也会抓一把草塞进锅洞里炒半碗菜。

吴家待我不薄，十年里，无论是舅爷、舅奶在世，还是姑姑、小表叔独立门户，没有对我黑过眼、红过脸。舅爷在我十四岁那年死的时候，我哭得很伤心，是那种不由自主的真哭。青阳人看到，都说我是个有良心的孩子。

在青阳，起先最想不通的是姑姑让我学傩。我家因为办傩遭的灾还不够大吗？舅爷也有些不大理解，他说：“傩傩从山里出来了，上私塾读几年书，再跟着学木工手艺，大了不愁没有一碗饭吃。”

姑姑不作声。舅爷便开始点烟。舅奶进了灶屋又来到堂屋，搓了几搓手才说：“儿孙自有儿孙福。傩傩不缺胳膊不少腿，哪里还能把肚子饿了？”

我不想学傩！

每年傩村办傩，别看我和金大杉在前山金村跑得最欢，其实我俩都不喜欢傩，金大杉有句话说得和我想的差不多：“年年就那么一套，有什么演头？”我俩喜欢傩，主要是喜欢热闹。

“你要什么都行，”姑姑拉着脸说，她经常给小表叔拉脸，从来没有给我拉过，“傩，不但要学，还要好好地学，得当着本事来学。”

见我半天不吭声，姑姑拿来吹火棍，嗵嗵两下夯到了我的腿杆上，当时就一片青紫。“学不学？”

“给我做一件白衬衣，我就学。”我想到了族长金高柽，其实这个时候，他也死过了。

姑姑做梦也没想到我会八竿子打不着地提出要白衬衣，但听出我同意学傩了，答应道：“给你做两件，用白洋布。”姑姑说到做到，秋后家里来裁缝做衣裳，量了我的尺码，不仅给我做了两件白衬衣，而且还做了夹袄、夹裤。

我没有任何理由再不学傩！

我学傩，起初很简单，白天姑姑要是有空了，她一句一句地教我；晚上小表叔收工回来，也让他教。一年下来，反正我把他俩教的傩舞吉断背得滚瓜烂熟，傩戏唱词唱得比他俩差不到哪里。那时，他俩知道的也都教完了，我以为傩就学到这里了。哪想天冷下来的时候，有天晚上，姑姑当着我的面，对小表叔说：“抽空你进趟前山金村，把家里抄的‘请阳神簿’的‘副本’拿来！”

“那不能拿吧？”小表叔说，“戏本子不得外传啦，那年我抄了几段《孟姜女》的戏词，还被表哥夺下来撕了。”

“传哪个了？傩傩不是金家的子孙啊？”姑姑要做的事，三头水牯也拉不转头，“你只管想方设法从家把本子找来，别的你不管。”

我晓得那个抄本放在我大的小床头柜里，但我没有说，我实在不想再学傩了。

不清楚小表叔是怎么进的前山金村，又是怎么进家翻到了"请阳神簿"。八九上十天的工夫，金姓傩事抄本到了青阳。拿到抄本，它认识我，我不认识它——没有踏过学堂门，我是睁眼瞎。

姑姑把我送到邻村私塾先生老许元家。

老许元是秋浦最后一茬秀才，科举关了门，只得回到青阳教书育人。近些年，孩子们都被家长领走读新学，他只靠给九华山寺院抄写经书维持一家生计。

姑姑将"请阳神簿"递给了老许元，轻声地说："请先生按这个本子，一字不落地教我们家傩傩。一年十担稻，直到教会为止。"

老许元翻了翻"请阳神簿"，直摇头："教书识字，蒙学为初；科举进试，《四书》《五经》为本。此乃乡野俗物，怎能教材，定会误人子弟。"

"先生，你也别讲那么多，"姑姑拉着我的手要走的样子，"要教就教，一年十担稻，不教，我另请他人。"

老许元说："老朽试试。"

姑姑嘱咐老许元和我，对任何人只讲在先生这里识字读书。要是我说出与傩的半个字，扒一层皮，赶出家门；先生要是说出去了，一粒稻谷也没有，白教。

厚厚的一本金姓傩堂的"请阳神簿"，老许元教了我五年，他教得很细心，先是一页一页地瞎子念天书。这很关键，每天晚上，姑姑都要考我，她也识不了几个字，但我背一句，她指着"请阳神簿"数一句，少一个字也过不去。等能背下几页之后，老许元再一个字一个字地教我认它、写它。五年里，我认全了"请阳神簿"里所有的字，后来什么书都能读个顺溜。我要谢谢我姑姑逼着我学傩才有机会识字断文，更要谢谢老许元，他太对得起那五十担稻了。即使后来老许元不再教我，我还经常去他家，不过那另有企图，这是后话。

让我更没有想到的是，姑姑对我学傩有着更长远的打算。从出老许元家的第二年正月起，她让小表叔背着干粮陪着我进山到傩村“看傩”。要知道这时候的小表叔已经成了持小斧子师傅的老表叔了，但他仿佛越来越听姑姑的话，姑姑也开始给他说暖话了。“看傩不能只用眼看，要用心！老许元教的是习字断句，台上的一招一式、嘴里的一腔一调都得到傩堂去学。”这是我十四岁那年正月初六，姑姑把我和小表叔送到上青峰山脚下时说的话。

又是一个五年，我看通了所有傩村的傩，学会了五个姓全部的傩仪、傩舞和傩戏。

一九七九年，傩村复傩的时候，五个傩堂来请的都是我，可以这么说：没有我，秋浦傩复不了。可惜这事，姑姑已经看不到了。

正月初八

（戊寅年甲寅月庚午日）

1938年2月7日

（星期一）

宜　嫁娶　祭祀　冠笄　修饰垣墙　置产

忌　经络　探病　盖屋　作灶　动土

傩傩紧赶慢赶，还是没有赶上前山金村的接傩神。

傩傩跨过青峰山的老佛岭，一阵风呼地抱了过来，他不仅没有扣上解开的两粒襻扣，而且将下边的几粒全都解了开来。半天的路，他只走了一个时辰，现在要是跳到白水河里恐怕能化了半边河的油冰。

“哐——哐——”一面筛金的击打声跟会走路的人一样踩着风爬上了岭头，爬上了傩傩的心头。傩傩收住脚，盖了盖眼皮，侧耳对着东山金村，声音是从那里传来的，细听到第三声，筛金突然敞开着响，基本断定出了村子，正在往白水河的堤岸上走。“前山金村接神的脚也太快了吧！”傩傩往腰里扤了扤竹篮，另一只手张开护着里边的米面、糕糖、炒粉、炆蛋，便撂开腿，向着山下狂跑。

下到青峰山庙脚下，应该是前山金村东头的金有棋家点着了接傩的鞭炮，接着是金大模家、金高横家……再接着是一片，这家架着那家。鞭炮再响，耳边的风再大，傩傩还是一声比一声清晰地听到筛金的声音：“哐——哐——”

在傩村把傩看到第四个年头，傩傩真正品到了“金锣梁铳芬夹板，钱家旗子李姓的伞，河东河西干呐喊”这句话的味道。梁姓村的大祠堂有一杆铳，请神前要用两个壮劳力抬着架到大祠堂门前石琢的铳墩上，一次能装进三瓢子瓢火药，现在一年只放两响，请神一响，送神一响。听老人讲，清军追着太平军进山前，这杆大铳每年八月十四在秋浦西门外朝觐梁昭明太子的昭明会上还要放一响。有人言之凿凿地说，他在九华山上都听到过这声铳响；夹板不稀罕，就是傩戏里"皂隶"手执的四尺来长的竹板，芬姓村奇就奇在这副夹板是由一棵罗汉竹劈开而制的，"七世和尚一世猫，万代古木生佛腰"，听说秋浦境内活着的罗汉竹只有一棵，在万罗山，窝在山里的傩村人谁也没有专门跑着去看过；钱姓村的旗子也没有什么大的新鲜，就是多，他们祠堂里专门编了两个大大的竹箦装旗子，主要缘由是他们给傩神还愿送的都是旗子，傩傩亲眼见到有家给老人还八十岁的寿愿，子女们一下送了八十面旗，堆在"龙亭"前，跟开布草行的一样；李姓的伞，不是指一年一度迎神的神伞，而是祠堂里的一对罗伞，上上下下刺着绣，一幅图，里外不分样。可靠的说法是李姓出了一县令，在江浙纳了个青楼女子为妾，正是凭着送给祠堂的这一对罗伞才得以认祖归宗，现今还落有款文："大清顺治己丑年季秋月沐恩弟子李维根敬酬"；"干呐喊"有两则含义：一是指傩事的喊断与应和声响彻白水河上下，二是指傩戏唱腔中的高腔，音高而悠长。一句傩事谚语进了傩傩的心，往后还汩出了一些事端。

金姓村的锣，傩傩这回算是听得真了。小时候，为了金大杉手里的一把炒苞谷，打着赌去偷敲过一棒槌，但依然是生在锣中不知锣，看不出它的好，甚至它比梁姓村的还小一个边。锣不在大小，在音。记得老族长金高榁说过："我们金姓筛金，传到五里地不败色。"

傩傩住了脚，他没有听到铳声，却清晰地听到了筛金的收音——傩神进金氏祠堂了。傩傩狠狠地朝地上跺了一脚，吓落了几根稻草上的霜皮，它们趁着朝阳的温度快快地融化了。山风改上了河风，傩傩没有觉察到，直到开始流清鼻涕时，才晓得受了寒。他一直在恼自己，去年十一月初六，已决定今年初八要回到前山金村来接傩神，结果路跑短了一截。

金姓村的傩神脸子自老族长金高榁死后，不再年年十五回到前山金村的金氏祠堂"坐殿"了，元宵轮到哪个村就留在哪个村的小祠堂里。傩傩记得牢，头年是东山金村，按前山、后山、大屋、中屋、小屋、白杨、黑槐、西山、东山的九个金村团团转的轮次，初八是前山金村接神。时辰他也算过，都在箩里，怎么就出了筐子呢？好多天后，金大杉才告诉他，前山金村轮值年首金大栋中午在下水钱村有个“二斤半”的媒人腰篮礼要吃，初七晚上便定下提前一个时辰到东山金村接傩。傩傩气打不一处来：“他的心在哪呢？吃着那腰篮礼好死啊！”金大杉劝他少说两句。

傩傩是中午边上进的前山金村，他特意多走了一里多路拐到往社坛的村口，精心选了往年傩神“启圣”回祠堂的老路进的村。这一路上，户门大的人家多。老族长金高柽家门对着这条路，金大杉家也对着这条路，他自己家的门向为了避开村里的老龙口水井，错了一步，跟有的女人见人怕丑似的，别过脸去。

傩傩在青阳什么都长成了青年小伙子模样，只是个头不如意，要是能往上扯一个拳头的高就好了。早年金双美也愁过，找人给他挑过不长个子的“懒筋”。老辈人讲，孩童腰脊里都藏着一根最喜欢瞌睡的“懒筋”，要是不长个子，得给它挑醒；又听说野竹笋吃了拔骨节，金双美是春笋、冬笋和笋干轮着让他吃，都不管用，后来还是吴根旺在被窝里说“傩傩袭他外婆家的根”，傩傩的舅姨全是倭瓜个儿，想到这个份上，也就算了。

傩傩走进村里，阳光有着九分正，什么树啦、墙啦都没有阴着他的身子，可就是想遇的人没遇着一个。奇怪的是什么时候门前院内都热闹的老族长金高柽家也一个人没有，院门半开着，出来一只黄狗到墙外翘着腿撒泡尿，回头看了看傩傩，吭都没吭一声，又进去了，看着还会以为这狗养顺了知道家里家外，其实它滋的还是自家的墙根。

是先回家收拾收拾，还是找金大杉？傩傩过了老族长金高柽家的院子，又过了两户人家，才决定先开锁进门。

傩傩去开锁，钥匙捅不进去。看了看锁眼，里边不知被谁插了一根竹片。“这个金大杉给我家照应得真好，锁眼都照死了。”傩傩又是掏又是扣才将锁眼里的竹片取了出来。推开门，屋子里的凉顺势将被河风吹的凉全部推了上去，鼻涕丝也就是从这个时候痒痒地溜了下来。

傩傩找到了一把竹枝扎到晒衣篙上，开始从上到下地打扫屋子。屋子里的灰结了十年，一年一层灰，每个地方得扫十次才见到底儿。几扫把下来，满屋子起烟。金高棣正是看到门里腾出的灰烟，才过来看看这屋里出了什么事，听到响动，在问："哪个啊？"

"是高棣叔吧！"傩傩说，"我从青阳回来了。"

"腊月二十八不回来扫邋遢，大新正月里倒腾什么屋子？"金高棣说，"回来正好，傩神今天接回了村，晚上替着这个门子请请神，快十年没有烧香献供了吧？"

"我就是回来请傩神的，叔！"傩傩吐了吐嘴上的灰，赶忙出来给金高棣卷了一根烟点上，"是讲把屋扫了，就去给叔和婶拜年呢。"

"自己回来的？"金高棣看清了从灰帐里出来的傩傩，口气朝大人的高低上问话。

"嗯！"傩傩说，"晚上唱什么本子？"

"还是'范家戏'和'刘家戏'，就是段子上有点区别吧，我也不大清楚，是大栎在张罗着办傩。"金高棣抬脚要走，"家里有客，先不讲了。"

"叔，你慢走！"傩傩说。

金高棣走出几步，又回过头："缺什么，到家里去拿。"

"存情叔了。"傩傩心里梗下一块：怎么没有先把金高棣的年拜了呢？有点不懂事了。

傩傩把屋里扫得能下脚、抹得能落屁股时，拍了拍满身灰，洗了一把脸，剥了两个炆蛋吞了，急急地给金高棣送去一条糕、一包糖，拜了年。在金高棣家吃了两片生姜、喝了一口茶，他又回家拿了另一条糕和另一包糖进了老族长金高柽家。接应他的是金大栎的老婆，女人睁开围着灶台熏黄了的眼珠子半天没有认出傩傩是哪个，等问明白了，脸皮子跟围裙似的耷了下来，没有应答傩傩问的"我大栎哥在家吗？"而是朝里屋喊了一声："起来吧？"便从后门出去了。

傩傩看到老族长金高桎的像挂在正堂上，人画得是很像，可细看看就不像了，心里嘀咕："他什么时候这么笑眯眯过？"老族长金高桎天生的不会笑，金姓村人都知道。"难道死了做上鬼就会笑了？"

金大栎披了件下摆磨破底子的大氅，扶着房门站着。傩傩认得大氅是老族长金高桎的，他里边穿的是黑的也许是灰的衬衣，酒气很大，很快朝傩傩扑了过来，他眯着眼问的"哪个？"就跟说"罗锅"一样。

"大栎哥，我是傩傩！"傩傩说，"给你拜年来了。"

"傩傩！噢——傩傩，是到青阳的那个傩傩吧，"金大栎抬脚踩到门槛上，"回前山金啦？"

"家在前山金，能不回来？"傩傩听不惯金大栎的口气，伸手解开了袄子上的襻扣，他穿的是白衬衣。

"前山金盼着你回呢！"金大栎笑了笑，"听讲你把五个傩堂的戏学成了精，晚上要不要给老祖宗演一演？"

"听哥的吩咐。"傩傩没有想到，他没有张口提到演傩，金大栎倒先说了，是不是金大栎看他早不回、迟不回，正月初八回是要替他那一门子祭傩神？

"好事，好事。"金大栎又笑了笑，他的笑全泡在酒臭里，看不出真假，"你先回吧，我中午喝得有些高，再睡会儿，晚上还要主持办傩呢。不留你了，东西搿在桌子上吧，你个光屌两大块……还吃你的东西。"

傩傩看到那条黄狗正穿过大门，真想将一条糕、一包糖扔给它。他忍了忍："大栎哥，那我走了。"屋里没有应声，倒让他听到了里面溜出来的"滴答、滴答——"钟声，跟吴根旺家的声响一模一样。

日子不欺人，只有人欺日子。

傩傩去找了金大杉，金大杉母亲告诉傩傩：金大杉去河边上接人去了。说完话，才听清是傩傩，金大杉母亲拉着他的手，左看看右看看，大声得像跟谁在吵架："真是翠翠和高榆保佑啊，看傩傩长得光玉玉的。"傩傩起初没有听明白，金大杉母亲怎么这么夸他，等见到金大杉时，黑屋子点蜡烛一下明了。

“傩傩！”金大杉粗大着声，连喊着进了傩傩家，“傩傩，你回来啦！”

前山金村两个儿时好得恨不得穿一条裤子的伙伴，眼打眼的时候，都有些硬戳，尤其是傩傩看到金大杉生天花时落下的一脸白麻子。金大杉长得壮壮实实的，比他父亲还要壮实，往傩傩身边一站，高一个头。

“你家这么多年拿什么种田的啊？”傩傩一本正经地在问。

“粪啊！”金大杉说。

“不都被你吃了吗？长这么高。”

“你又长了捣人的本事。”

俩人说了一会话，看到锅灶塌了半边，傩傩让金大杉帮着和泥垒灶台，一直忙到金氏祠堂放到第二遍铳总算能架锅通烟。金大杉先回去了。

傩傩没有准备供盘，直等到“启圣”的队伍进了祠堂，他才过去。

金大栎舞着胳膊仿佛在田里拢稻草似的拢着家长们赶快上戏台，还是因为供台上没有傩傩这门子的祭品，他不能上台。只在心里对着“龙床”说：“傩傩明年杀猪头请神仙！”

傩傩找了几次也没有找到金大杉，他随眼看到台前天井右边柱子旁有两个姑娘，她俩来回谦让着面前的一只火桶，后来一个先孵了进去，这样也就让傩傩前后看了个大概。先孵进火桶的姑娘扎着一根粗辫子乌溜溜地甩在背上，白生生的脸对着烛火照，湿济济的，跟春上水沟里长的野芹一样，生的全是水；侧着照，粉面面的，又泛着比媒纸还薄的一层红，不像是扑的粉。一件有点小的格子袄把上身裹得鼓鼓囊囊，看得傩傩赶紧把眼光抓了回来。因为这时，金大杉挤到了他身边：“我姆让你待会儿到家里吃夜饭。”

各户家长们在台上跪了好一阵子，金大栎才跟着从中屋金村赶过来的族长金高楼上了台。老族长金高柽死后，金姓为选族长差点翻了脸。钱姓村多少年前为选族长，一个房头不服，丢家带口地跑过了“三芬”“四李”七个村子，在白水河快到出山口的地方开荒立业，这就是后来河东钱姓村才分出的“水上钱”和“水底钱”两个村。金姓村当时，首先说直根的房头犯了傩神，不能再在直根里选族长了，吵了两个月，只得讨了神筶定夺，怪得很，直根房头三筶都是反筶，旁系房头一筶便顺，于是辈分高还有着一定威信尤其是他家祖父当年为了与梁姓村争夺石柱时被打断了一条腿的金高楼当了又一任族长。

门外铳响，前山金村开始“请三官”，金大栎酒气依然很大，一张口冲得围在台前的孩子们全都退到天井里，他哪像是在“请三官”，实在像是与傩神对饮——

……今据大汉民国江南秋浦金氏大社居住奉神信士弟子金大栎阖门人等，照依常规迎请太上三元三品三官大帝监看戏文，自监看以后，祈保家门清吉，人口平安，男臻百福，女纳千祥。老者精神康泰，少者寿命延长。孩童播种天花麻痘稀稀朗朗，个个均匀，轻隐薄过，关煞消除……

“那年，要是先请‘三官’，我麻子也不会一个不圆。”金大杉嘀咕道。

“方圆几百里只有锣是圆的。”傩傩说，“那两个女的是哪家的？”

“柱子边的那个啊？”金大杉的白麻子有几个在泛红，“你家妹子都不认识啦？还没有当贵人呢。”

傩傩又看了一回两个姑娘，正好那个鼓鼓囊囊的姑娘也朝这边看，他就把眼光移到旁边的那个姑娘身上，有了金大杉的提醒，是看出了点小时候的样子，可她像一粒被风车扬出来的瘪壳，根本没有长成，还是个孩子样。“噢，那小的是咱家的妹子小四啊？我问的是那个大的。”

“她小什么小？都讲婆家了。”金大杉说的是他妹妹金小四。“等会再讲，‘请三官’呢。”

金大栎声音越来越哑，有些话在舌根里就埋了——

……再保弟子看养六畜，成群长旺，长旺成群，豺狼虎豹，狐狸毛狗，远去他方。再保弟子家下红莲火烛，高来高过，满天飞散，低来低过，凑地埋藏。凡百事等，总赖神祇阴中保佑，暗地扶持。神圣聪明，不敢多言再奏。来有香烟奉请，去有纸锞钱财。钱财虽少，火化成多，多则多分，少则少漂。请安神位，今夜监看戏文，敢不奉送。

傩傩忍不住还是往右边柱子边上看，这回，金小四孵进了火桶，那个鼓鼓囊囊的姑娘一手扶着金小四的肩膀，稳稳重重地立着。这时，金小四朝傩傩这边伸着胳膊在指着，鼓鼓囊囊的姑娘看过来，笑了笑，又低头顶着金小四的耳在说话，金小四也笑了。

“你妹在干什么呢？朝这边指指画画。”不等金大杉回话，傩傩又补了一句，“你姆讲你下河边接人，接的是那个女的？你大姨家的？”傩傩知道金大杉大姨家有个好哭的女儿，小时候来过前山金村，有大人开玩笑说她是个尿气泡孩子，不能碰，碰一下就哭得一脸泪。

金大杉用手捂着一个筒子，大头套着嘴，小头顶着傩傩的耳朵，说：“她是我要讨的‘烧锅的’。”傩村人把定过亲的女人，叫“烧锅的”；等娶进门，改口叫“家里的”；生了孩子呢，喊的是孩子名字加上两个“姆”字，比如金高榆过去喊芬翠翠“傩傩个姆姆”；再到孩子娶亲生人时，就剩一个字了：“喂”。

“后生的白麻子——不怕人笑，”傩傩说，“是不是？”

“来年正月请哥吃喜酒，看你信不信？”金大杉说，“她是水底钱的。”

金大杉不像是在诓人，傩傩抬头从天井里朝天看了看，那弯月亮仿佛是金姓村老祖先扔到天上的开山镰，刀口薄亮，刀背黝黑。还有稀稀朗朗的星星呢，天花，天花，是不是就这么来的。所以人得了“天花”生麻子不可能稀稀朗朗，天多大！人脸有多大？傩傩想把这个想法告诉金大杉，当他的眼光从天井上顺下来时，他就不想说了，说了金大杉也长不了天大的一张脸。那个鼓鼓囊囊的、金大杉说是他“烧锅的”的姑娘，还是那么立着，看着好像比艾艾还顺溜，天气要是暖起来穿得单薄些，他一眼就能看出哪个比哪个顺溜，但他还是认定她比艾艾顺溜。

“长槌”锣鼓点子跟撒网的绳子一样将傩傩牵到了戏台上，戴着无须白肤“四回”脸子的“小杨”，身着大襟长袍，手里拿着一只漆成红嘴灰身的木鸟上了台。将演的是傩舞《打赤鸟》。只见“小杨”从戏台的后左拐，左手执木鸟于胸前，右手平抬，做抱拳状，随即侧身斜行，左脚横跨，右脚靠拢，再跨再靠，跟孩子们小时玩后脚尖打前脚跟看哪个跑得快的游戏一样，跳跃到戏台中央。

“赤鸟做得最好要数梁姓村的，”傩傩用手在比画着说，“他们的鸟是活鸟，身子与尾巴分成两截做，中间有榫，下边按了个小竹弓。跳时，手捏着小竹弓，鸟尾可以摆动。要讲，前山金村做一个也不难。”

“这么多年，你真的是年年到各个大社看傩戏啊？”金大杉说，“有一年听讲你在你外婆家看傩，等我撵到三头芬村，你又走了。”

“谁叫咱生在傩村呢？”傩傩说的这话是金双美经常翻过来掉过去说的，什么“生在傩村就得学傩！”“傩村人都不会傩那叫什么傩村？”“把傩学通了就能在傩村过上好日子。”“傩村所有的人都是傩神送的。”“傩村的人不学傩也是犯傩！”……这些，他都记得。

锣鼓骤停，傩傩能看到金大栎站在锣鼓家伙边上歪着个身子在喊断。“年首都得在后台，那是孩子们站着学戏的地方。”傩傩把话想到了这里，却没有说。

“都来呀！”金大栎嗓子比不上他家的老公鸭。

“贺！”傩傩狠狠地喊了一嗓子，反而他没有听到别人的应和。

“用那么大劲干什么？”金大杉说。

好多人都看到了傩傩，开始有人嘀咕话，傩傩听到了几句：“这不是高榆家的小子吗？什么时候回来的？”“他不是过继给他姑了吗？老吴木匠家可是个殷实人家，这苦孩子也该到米箩里滚滚了。”“下午捡屋子修灶，不会是被赶回来了吧？”……傩傩很想在祠堂里对嘀咕他话的人说上一句两句，尤其是要说“我回村子里住了”，可他将头反转转、顺转转，说话的都止了声，也许是被金大

傩仪

钟馗捉小鬼

栎的喊断声和大家的应和声盖去了。

我是官人小舍人,(贺!)官人差我放飞禽,(贺!)

放了飞禽回家去,(贺!)回家封我大官人。(贺!)

傩傩只得把眼丢到戏台上。

这时,戴着头立双角、面现黑棕、眉如烈焰、獠牙狰狞“张龙”脸子的打鸟人上场,他身着对襟绣花马褂、红裤外套靠腿,手执红色弓箭,碎步行到戏台后左拐,将弓箭举过头顶,继续碎步至台口、再至台中,又至前右拐。与“小杨”对角。锣鼓奏起“跳槌”的点子,该喊第二遍断了,金大栎的公鸭嗓子却没有按时叫起来。

打鸟人和“小杨”只得钉在台上。

“喊断了!”有人在后台喊。

“哪个在喊?”傩傩问,“不会睡着了吧?”傩傩还真说着了,金大栎靠着台柱子打呼噜。

金大杉说:“是大桐哥。”金大桐在金高榆当轮值年首那年管了服装,之后前山金村的“月”箱一直是他起箱、收箱。

“哦,哦!”金大栎被人推醒了,撑着眼接着喊舞断。

锣鼓转打“大批水”,打鸟人侧身跳跃,拉弓射鸟,“小杨”避逃,打鸟人追赶,俩人按台上方位呈对角线起舞,如此三遍。锣鼓改奏“跳槌”,第三个舞断总算落在点子上。锣鼓节奏转快,追逐越来越激烈。

“哪里是在跳舞?跟打土砖踩泥一样。”傩傩实在看不上台上俩人将台板跺得“咚咚响”。

金大杉好一会儿才冒出一句:“要你讲,怎么跳才是舞。”

“钱姓村那么个小社,”傩傩说,“六十多岁的老人跳《打赤鸟》,起不了一粒台灰。”

“你会不会跳?”金大杉把白麻子脸对过来。

“比他俩跳得好。”傩傩伸手指了指台上。

突然,有个孩童在台前天井后喊:“鸟打着了! 姆,鸟打着了!”

“打着了好噻!”孩童的母亲不是本地人。前两年,很多湖北佬往秋浦来讨生活。山里进来了十几二十户,他们大多落脚在河东的“二李三芬四钱”,河西的“九金十三梁”很少,金姓村只有一两家。

鸟被射中后,“小杨”下场,打鸟人站到戏台前右拐。最后一个舞断“砂滋,砂滋”地喊了起来——

> 都来呀,(贺!)
> 赤鸟,赤鸟,(贺!)年年下来害我禾苗,(贺!)
> 今朝穿心一箭,(贺!)打了回去过元宵。(贺!)

在“长槌”点子的慢打中,执鸟人“入相”。

傩傩看到金大栎从台上下来,想上去喊声哥,问问能安排唱哪出,心里得有个早准备。哪晓得金大栎揪揪鼻子,把头伸过几个孩子对他说:“你先别急,等等。到时我叫你。”

“好的,哥!”傩傩应着。

“你真唱啊?”金大杉说,“哪出?”

“哪出都会!”傩傩转头朝金小四那边看了看,人声潮起,三三两两、两两三三说话的说话、出门的出门,孩子们都跟他们小时候一样拢在烛台前。金小四和可能是她嫂子的那个鼓鼓囊囊的姑娘不见了,火桶却还在。

金大栎再次上到台中,也不扮,也不唱,直接“报台”:“接下来唱的是《孟姜女》第九出戏‘扶阳镇搜检和过湘江’。”

既不扮也不唱的“穷报台”,好多小祠堂都这样,傩傩记得前山金村可一直是“富报台”，金氏祠堂是金姓的总祠堂，这不让老祖宗在牌位上看着笑话啊？

“大杉，你知道吗？孟姜女送寒衣到扶阳镇被务官搜检和得船夫相助过湘江，在梁姓村分成两出戏，在芬姓村就没有过湘江这出，而钱姓村更有意思，水上钱村过湘江，船夫给孟姜女唱的是‘十二月花歌’，到了水底钱村唱的是‘增广贤文’。”傩傩说。

“十傩九乡风。”金大杉也朝金小四那边看了一眼。

不等看戏的人都回祠堂，《孟姜女》跟着锣鼓点子上演。

扶阳镇“务官”戴的是蓝面红睛、上边还立着一个青色小人的“赵虎”脸子，傩傩再看上台来的“孟姜女”戴的却是裹头皮皱的“大娘”脸子，一下让他看不懂了。

“搞错了吧？”傩傩用腿拐了拐金大杉，“‘孟姜女’应该戴‘小姐’脸子啊。”

“没错！‘孟姜女’戴‘大娘’有四年了吧。”金大杉说，“你不知道啊？金姓傩堂的脸子丢了。”

“哪个偷脸子呢？是傩神戴走了吧！”傩傩说，“丢多少？”

“听我大讲，在白杨金村小祠堂里丢的，头年十五明明装了箱，到第二年初六一打开，少了‘皇帝’‘上坛’‘下坛’和‘小姐’。”金大杉低着头说，“族长不让往外讲。”

“都这么多年了，也不想法子再雕一套。”傩傩说，“办傩哪有这么凑合的。都不讲，有空了我找族长讲去。”

“讲了，”金大杉说，“哪个讲，族长都点头，但来年的‘龙床’上还是用四张红纸写着脸子的名号替着。”

他俩说他俩的，傩戏照演不误——“务官”盘问过“孟姜女”，放她一条路。

孟姜女：（唱）市镇过，到湘江，一望湘江水渺茫。雪浪滔天风波起，如何过得那湘江。离了务，到湘江，万丈波深水茫茫。渡口讨船无觅处，望天保佑我过江。（白）行到湘江，渡船全无，不免祷告天地水府、龙神，唯愿风平浪静，早过湘江。

艄公（执桨上）：（唱）江儿水，水连天，两岸依依柳带烟。撑船一夜眠不得，却与江水对愁眠。【船歌】河里撑船河里眠，麻麻耶唔唠唠唔耶。风吹荷叶盖郎船，麻麻耶唔唠唠唔耶。竹篙插在江心里，麻麻耶唔唠唠唔耶。一夜贪花不得眠，麻麻耶唔唠唠唔耶。

……

"哪个在演船夫呢？"傩傩紧锁着眉，"多好的'船歌'被他唱成箍寿材拉大锯。"

"你讲是哪个？还不是你们一门子人。"金大杉说，"高棣叔。"

"难怪了，"傩傩说，"他什么时候唱过戏？"

"好几年都这么唱过来的。"金大杉顿了一会儿道，"好好看吧，祖宗都不吭声，你在挑三拣四的，让人听到又讲你。"

"能讲我什么？"傩傩说，"我不也是望金姓的傩唱得好才讲嘛。"

"等你办傩了，尽请好的唱匠，"金大杉说，"都由你。"

"那就得由我！"说完，傩傩蹲下来擤了擤鼻子。

就这，扮艄公的金高棣还一段不落地要"唱点小调与小娘子开心"。

艄公：（唱）正月采茶贺新年，奴在家中典茶园。典得茶园十二亩，当官写契便交钱。二月采茶茶排芽，奴在园中采芽茶。郎采多来妹采少，见郎回头揸两揸。左手揸来有四两，右手揸来共半斤。半斤四两犹自可，费了茶郎一片心。三月采茶茶叶青，奴在家中绣手巾。两头绣起茶花朵，中间绣起采茶人。四月采茶茶叶黄，奴在家中两头忙。家里忙忙蚕又老，外头忙忙麦又黄……

"高棣叔也真是的，唱得让人听着出一身汗。"傩傩说，"李姓村中傩戏《章文选》的第八出有一段《官采茶》带着剧情唱,很有意思。”傩傩说后,等了半天没见金大杉回音,回身发现金大杉走了。抬眼看到他在金小四那边,身子跟块屏风一样挡着,看不见他做什么。“重色轻友!”

……

艄公:(白)且喜娘子,船已到岸,请上岸去。

孟姜女:(白)多谢艄公送我过湘江。

(下船。唱)过了渡,到岸边,幸得风平浪静时。自古高山容易过,对河半步也难行。过了渡,到高山,古木参天险峻峰。山高路远无人过,寒风冷冷好伤人。一程去,过山林,见一大虫在路中。忽然金神来显现,手持宝剑显威灵。

台上“孟姜女”凄婉地唱着,台下轮值年首金大栎站到屋前的天井边,他手捧一艘半人长的纸船。

傩傩晓得这是要“放河灯”,连忙挤了过去,正好接上了跟着跑的各户家长。“傩神没有接上,送瘟神的河灯不能不放。”傩傩这么想着时,后背被人拍了一下,原来是金大桐。他差点喊了,被金大桐挡住了嘴。放河灯,去时要悄声熄火。傩傩抓过他的手,拉了拉,俩人对视着笑了。

众人跑到白水河边,金大栎大吼一声:“放河灯啰!”顿时,锣啊鼓啊、铳啊炮啊,争着抢着喊叫。

金大栎将船放入水中,点亮船上的油灯,照得“范门许氏孟姜女之神位”一半红一半绿,阴森森的。金大栎使着暗劲将船送入河中,纸船很快入了流,顺水而下,消失在夜里,融合在天中。

傩傩想起那年抱着金高榆灵位与金双美在河滩上见面的情形,本来那天应该是一个有月亮的好夜,因为金高榆死了就阴天了吗?不可能,金高榆要有那么大的魂灵,傩神也带不走他。

回村的路上，傩傩和金大桐说了一会儿话，才晓得中午他才从铜官山的丈人家拜年回来。傩傩说了“还请当哥的往后多照应”的话，就跑着走到人前边，挨着了金大栎：“下来是唱《刘文龙》吧，哥！”

金大栎走出八九上十步才嗯了一声，又走了八九上十步，他说：“前两出是早请好的，又都在……我正讲着，给你单加一出。你想唱哪一出？”

“谢哥了！”傩傩说，“金姓村的傩戏我都会唱，哪一出都行，只要有搭戏的。”

“没有人搭，哥给你搭呗，”金大栎说，“搭得不好，不要埋怨哥就是了。”

傩傩说：“那哪能呢？”

天上的星，有些睡去了。要是只有这么几颗落到金大杉脸上，可能还真是稀稀朗朗。

傩傩来到“龙床”前，金高棣的戏服还没有来得及脱，正在帮助上戏的唱匠挑脸子：“‘县官老爷’用‘先生’脸子，来来，快点！等着吃邀台呢？‘洋户’戴‘丑角’。”

唱“县官老爷”的是金改水，他见到傩傩打了声招呼。唱丑角的还是个大孩子，看着有点像哪个人的模子。后来，金大杉告诉傩傩，那是金大桐大哥家的大儿子，才算对上了号。

金高棣给“童生”戴的是“范良”的脸子，等唱匠都去后台候场时，傩傩问金高棣：“叔，你也唱上啦！”

“这不是搭杵支挑子嘛。”金高棣在解戏装。

“脸子这么少，怎么管呢？”傩傩说。

“钱姓村‘十三太保’不也唱了几十年，”金高棣说，“神不怪，凑合戴。”

“下一出‘汉灵帝’出场……”傩傩说。

“戴‘关公’，”金高棣已脱下戏装，在折叠着，“关公也是圣帝嘛！”

“理是这个理，‘皇帝’的脸子最好还得有。”傩傩说，“我看戏了，叔。”

“好的。”金高棣将戏装搭在手臂上，“你婶给你筛了几升米，明个抽空去拿。”

“让婶操心了。”傩傩说，“我小表叔这两天要来给我送吃的。”

金高棣进了唱匠换衣服的帏帐，送戏装。

台上开演的是傩戏《刘文龙》第四出《小考》。戏一上来是县官老爷和一个粗心大意、什么都无所谓、俗称“洋户”的跟班反着穿走“∞”花线路，跟铁匠铺里师徒打铁一样，你一句来、我一句去地拳着话。

县官老爷：（白）一爆仗，

“洋户”：（白）二爆响。

县官老爷：（白）旋花点爆仗，

“洋户”：（白）乒铃乒啷一爆响。

县官老爷：（白）东边来了个穿山甲，

“洋户”：（白）西边来了个贪贪獭。

……

县官老爷：（白）你口溜。本县打个哑谜你猜猜。（县官老爷拿手在空中一比画）

“洋户”：（白）那是老爷的额角头。

县官老爷：（白）这叫天官的老爷嘛！没有猜着。（再比画）

“洋户”：（白）猜着了。那是老爷的大眼睛。

县官老爷：（白）这叫照光的老爷嘛！没有猜着。（又比画）

“洋户”：（白）猜着了。那是老爷的大鼻子。

县官老爷：（白）这叫通气的老爷嘛！

有个顽皮的男孩在天井里指着一个拖鼻涕的女孩说：“你们看，她的通气老爷在水里呛着。”女孩吸了吸鼻子又舔了舔嘴，看孩子们都在笑她，瘪下嘴唇想哭。顽皮的男孩说:“你要敢哭,往后再也不带你耍了。”女孩只得揉了揉眼。

傩傩看到想笑:眼前的这个顽皮的男孩不就是十年前的自己吗?……

县官老爷:(白)本县打个字哑谜,你猜猜。(县官老爷在空中画上一横。)

“洋户”:(白)这是扁担。

“这是‘一’字。”孩子们都在喊。

县官老爷:(白)这叫“一”字。“一”字加一横呢?

“洋户”:(白)扁担打杵。

县官老爷:(白)这叫“二”字。”再又加它一横呢?

“洋户”:(白)刚好三块板,是个扎板。

县官老爷:(白)这叫“三”字。加上它一直呢?

“洋户”:(白)那是锅盖穿梢。

县官老爷:(白)这叫“王”字。

……

所有的字谜只要“县官老爷”出了题,孩子们都大声地回答,逞能得家长们在后边笑得满堂彩。

童生(上台看榜):(白)汉灵帝大开南选,广招天下读书秀才,不论高门白户,文才高者,笔力高强,便中状元。榜没有看的完,走路有人盘。毋许夹带文章,黑墨涂卷。夹带文章,黑墨涂卷,三十个大毛板,赶出公门不用。好紧老爷。

县官老爷:(白)这些童生见了本县,怎的不下跪?

"洋户":(白)有请头班举子请进。

县官老爷:(白)你这童生见了本县,这么优优雅雅,愿文愿对?

童生:(白)任你大老爷心中所出。

县官老爷:(白)本老爷出个花令草对给你对对:门对松柏,四季常青,年年茂盛。

"童生"没开口,人堆里有个六七岁的小男孩站在火桶对上了:"户迎梅竹,千载永秀,代代兴隆。"

"金大栎这个儿子生得精,"金大杉刚立脚,"全楠翻过年头不到七岁,《百家姓》《千字文》都能来。"

"陪'烧锅的'去啦?"傩傩说。

"我是那人吗?"金大杉委屈的样子,"叫小四回去帮帮我姆,等会叫你到家喝酒呢。"

"这还差不多。"傩傩笑着说,"你陪她吧,大栎哥讲等会给我加戏呢。"

"我陪你。"金大杉说,"她也回家了。女人家做个客来看一眼就行了,哪那么多耍心。"

台上仨人,改走"∞∞"花线路。

童生:(白)户迎梅竹,千载永秀,代代兴隆。

县官老爷:(白)好的,赏他一个什么?

"洋户":(白)赏他一个老贡生回家。

"我先答对了,也得赏我一个?"还是金全楠在喊。

"扇你一个大嘴巴。"金大栎老婆朝儿子头上轻轻地打了一下。

县官老爷:(白)洋户。请那二班举子请进。

“洋户”:(白)有请二班举子请进。

(童生顺着转一圈,来到县官老爷面前。)

县官老爷:(白)本老爷出个花令草对给你对对:岭上孤松,探出龙头望月。

“扇我大嘴巴,我不对了。”金全楠说。兴许是被这孩子一闹,“童生”这回真的忘记了词,只听到金大栎在后台提词:“园中嫩笋……”

童生:(白)园中嫩笋,摆开凤尾朝天。

“唱什么戏呢?”傩傩又蹲下擤鼻涕,“也不怕老祖宗笑掉大牙。”

金大杉没有接腔。

“县官老爷”在台上接二连三地出对子考“童生”。傩傩看得有些心不在焉。

……

县官老爷:(白)这个童生见了本县,这么粗粗糙糙,还是愿文愿对?

童生:(白)文也对,武也对。

县官老爷:(白)桃花香,李花香,花香又花香。

童生:(白)烧酒辣,水酒辣,酒辣又酒辣。

县官老爷:(白)独木搭桥,两头落地。

童生:(白)板凳打倒,四脚朝天。

县官老爷:(白)高山滚石头,往下轰隆,轰隆。

童生:(白)水里放大屁,朝上咕噜,咕噜。

惹得底下笑声一片。

县官老爷:(白)三十个毛板,赶出公门不用。有请五班举子请进。

刘文龙戴着“生角”脸子上场。

县官老爷:(白)这个童生见了本县,这么优优雅雅,还是愿文愿对?

刘文龙:(白)随你大老爷心中所出。

县官老爷:(白)扇上画龙,可能引风,不能下雨。

刘文龙:(白)鞋上绣凤,只得行走,何得高飞。

县官老爷:(白)一扇千须动。

刘文龙:(白)三梳万发通。

县官老爷:(白)风吹马尾千条线。

刘文龙:(白)日晒龙鳞万点金。

县官老爷:(白)“洋户”,这位好的,要插花饮酒。“洋户”,考试已毕,打鼓退堂。

“咚咚哐,咚咚哐——咚哐,咚哐——”唱匠们下了戏台。

傩傩问:“出去卷根烟抽抽吧?”

“你害人呢。”金大杉说,“媒人一直讲我不会。”

“你躲过初一,还躲得过十五啊?”傩傩说,“不抽就不抽,忍一忍翻个岭、熬一熬过座桥。你这桥可长啰,得从白水河通到长江口吧。”

“哥,你别十七的笑十八,”金大杉也会了转文,“等你娶了嫂子,我再看……”

傩傩说:“她怎么也得让我抽一袋烟吧。”

“我巴不得她天天给你烫酒。”金大杉说,“你也不去问问给你加什么戏?”

“不用问,加什么我唱什么。”傩傩说,“也好让你看看我的本事。”

门外的铳和天井里的鞭一起鸣放,响声套着声响。

戴着“关公”脸子的红脸“汉灵帝”上了场，这种扮相，在傩村还是头一次看到这样演“刘文龙‘赴选’”。傩傩向下歪了歪嘴，止住了口。

汉灵帝：（唱）凤阁龙楼，万古千秋。（白）金殿当头紫阁重，仙人掌上玉芙蓉。太平天子朝元日，五色云中驾六龙。寡人登基以来，风调雨顺，国泰民安。（唱）东海路，来进宝，山中猎户献麒麟。皇有道时民安乐，国有忠臣定太平。三年一度开南选，六年二度拜郊门，三月初一将贤选，广招天下读书人。诸州路，秀才官，都来赴选要求官。三千七百卷子将来选，未知哪个中状元。

“选官”戴着“先生”脸子上场。

选官：（白）申奏户部尚书、六朝官典、春选官、夏选官、秋选官、冬选官，三千七百名卷子将来选，选得三千七百名卷子好诗篇。

汉灵帝：（白）再选。

选官：（白）三千名卷子将来选，选得千名卷子好诗篇。

汉灵帝：（白）再选。

选官：（白）千名卷子将来选，选得三百名卷子好诗篇。

汉灵帝：（白）再选。

选官：（白）三百名卷子将来选，选得三十名卷子好诗篇。

汉灵帝：（白）再选。

选官：（白）三十名卷子将来选，选得三名卷子好诗篇。

汉灵帝：（白）再选。

选官：（白）三名卷子将来选，选得刘文龙天下做状元。

刘文龙上场，伍人开始在台上改走了“∴”花线路。

一听，便晓得这是晚上的主戏唱段。果不其然，“刘文龙”在台上大显文采，好一通将如何入选、如何从湖州知县到郑州佥判，再到王宫教授，又到燕州和番、西川提点，直唱到“求官五十四方”，年老回乡——

刘文龙：（唱）官职大，只贪官，父母年老望儿还。只官贪官贪贵职，误了房中萧女贤。

众人：（白）身上穿的是龙衣，脚下踏的是蛇皮。轻轻敲打锣鼓动，正是吾王归殿时。

随着“选官”最后“入相”，锣鼓起奏“ 哐且 哐且 | 哐且 哐且 | 哐且 哐 大 | 哐且 哐 大 |……”

金大杉说：“还要傩舞啊？”

“上出戏收在‘正是吾王归殿时’，按理初八的戏能结在这个词上最好，也不知大栋哥下来给人按什么傩戏。”傩傩说，“别人不看行，你不看不行。”

“讲什么话呢？”金大杉说，“哥在唱傩戏，再好的酒，我回家也咽不下啊。”

傩傩说：“我还以为你转着背没有看到‘烧锅的’，又想呢。”

金大杉不好意思地笑了，他还真想了她好几回。

戏台上出现了“钟馗”，言外之意下来的傩舞是“钟馗捉小鬼”。这个舞，不光是金姓村，其他傩堂也是多少年不演一回，即便要演，一般都安排在傩戏《孟姜女》中《孟姜女夜宿城隍庙》中当着梦境演，很少单独拉出来跳，大前年梁姓村跳了一次，缘由是十道梁村一个夏天有三个男童掉进白水河没爬上来。不舞“钟馗捉小鬼”还有另外一个原因，就是没有人演“小鬼”。听讲演“小鬼”的要是在戏台上无意间被钟馗碰着，哪怕只是个衣角，“小鬼”轻则重病、重则亡命。实在是到了一个村子出了大灾大疫，有那“孤老”愿意为家族尽力，出来演“小鬼”，无论是有灾无灾，他都会一夜间受到族里敬重。要讲，前山金村跳一段“钟馗”也没有什么错，有鬼驱鬼、无鬼防疫。

“钟馗”裸胸弓背、身挂彩钱、手持宝剑，戴上的“赵虎”脸子立马现出了疾恶如仇的恶相。没有锣鼓点子，没有傩舞喊断，只有“钟馗”在台上按方位跳跃和挥使剑法。谁也没有想到，“钟馗”舞过三番之后，突然腾空跳入台前天井，大呵：“小鬼看剑！”那把桃木宝剑不正不斜地朝着傩傩刺来。还是金大杉眼尖，一把拉过傩傩。祠堂里所有的人在惊讶片刻之后，纷纷后退，生怕“钟馗”碰着自己。“钟馗”见一剑落空，又来一剑。这回，傩傩有了防备，轻松躲了过去。“钟馗”并不罢休，傩傩左躲，他左刺；傩傩右闪，他右劈，大有不捉住“小鬼”誓不甘休的气势。就连金高棣过来大喊：“大栎，你在干什么？”也没有止住“钟馗”的癫狂。“钟馗”这一剑直下底盘，傩傩一个转身跳了起来……“吧嗒”，“钟馗”被天井边绊倒，手中的剑随地而过，眼看就要扫到一个男孩。傩傩往前一冲，顺手捞起了那个孩子，避免了可能有的一灾。也就在这个时候，金高棣拿过“小和尚”的脸子碰了碰桃木宝剑，算是结了舞，慌忙从金大栎身上扯下“钟馗”脸子。

傩傩捞的那个孩子不是别人，正是金大栎的儿子金全楠。祠堂里所有的人都在说金大栎，连他老婆都骂他：“你个混账的！”

傩傩默默地出了金氏祠堂，泪水哗哗地在脸上淌出了两条沟。快到家门口时，他用袖头狠狠地擦向脸面：“我要是不办傩，我不姓金！”

傩傩脸皮子破了一大块，前山金村人都以为是碰的，连傩神看到都不一定信：一个男人擦眼泪能连着皮肉一起擦掉！

金大栎想把我赶出前山金村，别说门了，连个门臼子都没有。我给我大和我姆说得再清楚不过：我要为这个门当家立户！个子矮，我伸胳膊。胳膊够不上，我搬凳子。再不，还有梯子；腰顶不住，我就用头顶……

眼见没有接到傩神，我直接上了坟山。

青峰山只有两个大阳坡对着正东，顺手边的是金姓坟山，反手边的是梁姓。两坡中间各自往下消了斜坡成了山谷，人不分天来分——哪怕是外人只要细看两个阳坡上的几块碑文立马能区别两个家族的坟山。有年清明，我大这么告诉我："我们金姓老祖迁至江西，所有墓碑刻的是'某某府君之墓'。他们梁姓，晚老祖六六三十六年才到青峰山，碑上打的是'某某朝奉之墓'。听你爷他们传下话来，梁姓是徽州商人的后代，金姓瞧不起他们，不允许他们在碑上刻'府君'，两姓动了刀枪，后来由两姓各出了一个老祖'穿红鞋'定夺，毕竟是商家出身，梁姓老祖比金姓老祖少走了三步半，所以他们的碑上只能打对商人称谓的'朝奉'。"现在傩村还时常能听到硬汉子争吵时，说要"穿红鞋"。"穿红鞋"是将小犁的犁头烧得透红，由相争的人光着脚板同时穿着行走，哪个走得远数哪个赢。

我跪到我大我姆的坟前，剥了六个炆蛋，一座坟上三个，又在一座坟上磕了三个头，说了求他二老保佑我顺顺当当回到前山金村祖屋里当家立户，应诺当年冬至将二老挑土合坟并立一大碑。碑文应该为：

考　　公高榆
　金　　　　府君之墓
妣　　门芬氏

这么写对不对，我还得要问问金高棣，他是我一门子里的叔伯辈，我信他。

狗日的金大栎当着祖宗和前山金村族人的面，把我当"小鬼"。

"既要害我的命，又要赶我出村子。"当晚我对来家里一直陪着我的金大杉说，"金大栎的心比'七步倒'还毒。""七步倒"是青峰山老林里的毒蛇，人被咬了，七步内必死。

金高棣送完神，也过来瞅了瞅我。

"金大栎不配做年首！"我冷冷地说，"傩神不记仇，当年事当年了。他凭什么记仇？借着办傩来害人，他不得好死！傩神能饶过他，祖宗绝不会饶他，他们都在祠堂里看得清清楚楚。想把我当'小鬼'赶？哼……"

金高棣怪了几句金大栎鬼迷了心窍,又劝了我几句说“事过了也就过了”。

我差点被人吃了,哪有那么大的心还去喝酒吃饭?金小四来喊过两回,我都谢绝了,害得连头次来到金大杉家里过夜的那个鼓鼓囊囊的姑娘也没有上桌。

金大栎把仇做到了脸上,挂住挂不住,他都挂了。这样也好,他这么一做,我便好开口向他要回我大和我姆开的那片荒地。我到青阳之后,青峰山的那片荒地,金大栎没有跟任何人打过一声招呼就大明大方地种了,现在地里还长着他家的大麦。

天亮前我把金大杉撵了回去,白天他要到水上钱村去磨糯米,他姆要给他那“烧锅的”做顿糯米饭吃吃才让走。我孵在晚上回来之后生了火的火桶,迷迷糊糊地睡了一会儿,我梦见火桶散了架,全身冷了起来,便醒了,实则是冻醒的,火下没有压木炭,柴火早死了,等于蹲在一个冰窟里。

我到灶屋点火煮了一锅能吃两天的粥。米是金大桐在金高棣走后不久背来的,有大半袋,还有四棵白菜和一篮子萝卜。金高棣家的婶子深更半夜还下地里给我拔了萝卜、薅了白菜,真过意不去,看来婶子也没有觉得我该走。是不是全前山金村人除了金大栎都不想让我走?我在不在前山金村,不能帮助别人,但也碍不着别人啦?我剥了一个炆蛋滚到粥里,连吃带喝地填进了两碗。

我找出了家里那把铁锹,锹口锈得比锹背还厚。出门见到太阳跟粑托子托的一样,圆鼓鼓地贴在天沿上。从去年腊月,太阳天天这么圆,天好得出奇。我姆讲过:地是一口大锅,天也是一口大锅,天锅倒着为什么掉不下东西砸烂地锅呢?都是云托着,云是傩神呼出的气。我看到前山金村的头上正有着一片云,它是早饭的柴烟升到青峰山的肚脐上互相扯拉着生成的,可见它们不可能是傩神呼出的气,它们是柴气。我到了水井边,将锹口在石板上来回“吱啦吱啦”地磨了几十个来回。我不去看人,只一心地在磨我的锹口,但从太阳造的人影里清楚地知道有那么几个路过的村人在看我。他们可能想得许多,而我只是想到家里的荒地上看看,给四周起起沟,等金大栎把大麦收了,我要种芝麻,种子我已从姑姑家带来了。我在山外学会了撒芝麻。麻油炒饭,不要菜,我也能扒两碗。

我扛着磨得见到了白光的铁锹进了金大栎的家,还是他老婆最先看到我,她慌忙将趴在门口小凳上吃饭的金全楠拉到身后,她是怕我朝小毛孩子下手呢。真是“一个洞里,不钻两样的蛇”,我要是那种人,在祠堂会一手捞起差点被“钟馗”的宝剑碰的毛孩子吗?尽管他是金大栎儿子,我也没有后悔,毛孩子是毛孩子,他是下一茬子人。我要是她想的那种人,我不成了金大栎?

我开口还是问的“大栎哥”,他不仁我不能不义。金大栎正好端着生着白烟的碗从后门进来,他们家厨房不连屋,在后边单独一间,他是去盛饭来。

“青峰山的那片荒地,春后我要撒芝麻。”我说,“我回来了,就得吃油。”

从金大栎放碗声,听出来他没有想到我会在他早饭没有吃下肚子就来找他要地,他装着若无其事地扒了一口饭,说:“你大死的那年,租我家的一亩田没有给稻子。”

头天晚上我就问过金高棣,那亩田我大租的是一点不假,他死后,我一把锁锁了这门子,屋里没有种他的田,而他当年转租给了金大桐的大哥,根本没有荒着。他出了这个歪理,站不直。

“青峰山荒地你种了十年,能扯平了吧?!”我看出金大栎老婆用坏心比对着好心,我干脆以坏对坏,始终把眼盯着金全楠说,“哪辈子的事,哪辈子了!你要是还嫌不够……昨天你也讲了,我就这么光屌两大块……”

“给他,给他!”金大栎老婆不停地在围裙上擦着手,“兔子都不去拉屎的地儿,种金子也收不到亮光。”她又把脸调过来对着我说,“傩傩,我家光水田一十四亩,还在乎你巴掌大的荒地吗?你哥种它,是在给你养田呢。要不,十多年,没人伸一锄头,那还叫地吗?你不要把人的好心,当着驴肝肺。”

“哥和我是同辈,”我也将语气朝平和里说,“进村头件事,来给哥嫂拜年,谢的就是这份情。”

“事讲过了，你走吧。我还要吃饭呢。”金大栎把筷子头打着碗，跟个要饭的似的，“这季大麦还是我的噢。”

“放心，我不要你一穗。有了大麦，好给我侄子熬糖吃呢。”说完，我出门提着靠在金大栎家门框上的铁锹，直接上了青峰山荒地，一口气起了六条水沟。金大栎家的那贼女人还说无所谓这地，一看绿得流油的大麦就知道金大栎实在不愿意把那片地给我。他老婆有个歪理也是说正了，金大栎给我家的那片荒地养熟了。

金大栎在村子里不提那片地，却常常提到我。他说的最多的是，我大害死了老族长金高柽，他不可能轻饶了我。不止一个两个人给我来传他的话，我顺耳进、反耳出。不要以为我怕他，我是没有找到时机。

秋上的有一天，我去水井里挑水。金大栎也在，他打好了水，背对着我在和人说话：“就傩傩那倭瓜鳖孙样儿，还一天到晚老屄老屌地穿件白衬衣……”

金大栎这是在点名道姓，而且我又是亲耳所听。“咚、咚”，我将水桶扔到井台上，手里横着扁担，气呼呼地说：“金大栎，我俩井水不犯河水，往后我再听你讲我一声‘傩傩’，你就等着到这井里来捞你家的那根独苗吧。”我必须放狠话，尽管我不会做，但金大栎和他老婆一准相信，因为他们有过这样的心。

“我讲什么了？”金大栎的气一下子短了，“你们都能做证，我讲什么了？”

其他挑水的都没有作声，打水的打水，扁担上肩的上肩，走的走。

“你什么也没讲！我讲的话，你听到了就行。”我打上水，看都没再看一眼金大栎，挑着走了。一只水桶被我摔漏了，一路走一路洒，湿了前山金村一条挑水的路。

往后，再也没有听到金大栎说我什么了，但我们俩还是干了一架，他打折了我的左胳膊，我打断了他的鼻架梁。我的胳膊长了三个月，完好如初，他的鼻架梁再也没有长正，从此歪了大向。这么一说，都是三十多年后的事了。

小表叔带着一个徒弟，一人一担挑地给我送来了吃穿。他听说金大栎在傩堂上想害我，特意留下来住了一宿，劝我顶着个仇家过日子还不如回青阳。我说我学了傩不住在傩村，跟他学木匠不干木匠活是不是一样？他没有再作声。其实，这是两码子事，木匠是手艺，能当饭吃。傩是什么？“过了十五不说傩”，起码傩不能填肚子。世道是个人扳不过的世道，傩后来的后来也就是现如今不光能当饭吃……包括金大栋在内的许多人都没有吃到，我却一粒不撒地吃到了，并且还把它当金子戴在头上闪光。

说句真心话，当时我特想跟小表叔回青阳，吃现成的、穿现成的，进屋脱脏的、出门穿净的。眼前，桌子上一粒饭米我不伸手去捡，一百天长毫了、变硬了，还是一粒饭米。在我打完青峰山荒地六条沟回来的当天下午，金小四听着她姆的话进屋来帮助我把所有的被褥拆了洗、洗了缝。那天，我才知道一脸白麻子的金大杉凭什么能娶到那么个又鼓囊又顺溜的姑娘做“烧锅的”。金大杉的“烧锅的”是用金小四换来的。他们不是那种你家的姐姐或妹子嫁给我家的哥哥或弟弟、我家的哥哥或弟弟娶你家的姐姐或妹子的面对面的换亲，而是换“转亲”。金小四边搓被面边说，说了好一阵子我才听清里边的名堂——金小四起初，不大愿意说这个，是我追问了好几声，她才说的——原来，金大杉娶水底钱村那个鼓鼓囊囊的姑娘，水底钱村鼓鼓囊囊姑娘家的哥哥又娶六道梁村一家的姐姐，六道梁村一家的弟弟再娶金小四。

我铁着心离开青阳。真正原因，不能对任何人说，包括姑姑和金大杉——我是为了艾艾。艾艾不在青阳，我回去做什么？还不如在前山金村“出门一把锁、进门一盏灯”的自在。这与多年后我离开水上钱村差不多，“十三太保”的脸子只是个由头，还有一个重要原因是梁秋霜不在村子里。

只要想起艾艾，我心里跟猫抓的一样难受。

艾艾是老许元的二女儿，也是小女儿，她有个哥，有个姐，还有一个弟。我进他家学读前山金村“请阳神簿”那会儿，她能打猪草、带弟弟了，她比我大二十三个月零七天。头两年，她根本不搭理我，见到我跟没有见到一样，我也不好搭理她。真的记不得从哪一天或哪一件事起，她开始搭理我，她一开始搭理我，我便没事找事地去搭理她。很快她就告诉我她为什么不搭理我，一切都源于她听到老许元和她喜欢烂眼角的姆说的一句话：“‘吴木匠’家的小儿媳要把娘家的一个毛孩子往耍神弄鬼的歪道上引呢！要不是为了一年十担粮，我怎么也不接手。”想想：一个“不学好”的毛孩子，谁会搭理他？等我在她家脱了冬裳换春单、改了薄衣加棉袄，她也没有看到我耍来什么神或弄走什么鬼，跟过往老许元家的学生一样背书习字，不过不是“赵钱孙李、周武郑王”而已。相反等到有一天，我把那板正硬直的戏文像平时说话一样给她讲的时候，她听得眼泪汪汪。就这样，我和艾艾好了起来，这种好是吃什么都想着给对方留一口的好，不是后来的那种好。真正到了我一天见不到她跟掉了魂一样、她一天见不到我手都不晓得放哪里，是在老许元把“请阳神簿”教到彻底教完的第五年，我们上山打了一次野竹笋之后。

那时候，姑姑已经过了只要竹笋一破土便拉着邻里的能要到一起的妇女上山打竹笋让我吃着长个子的热情，但我还真喜欢上了吃竹笋，特别是笋干。吃时拿水泡泡，多放点油，炒出来越嚼越有味。

我那天实在闲着没事，扤着竹篮上山去打竹笋。在田畈里，遇到了艾艾。艾艾不打竹笋，老许元说“一棵竹笋一担竹”，他说的是粗毛竹，我打的是野竹笋，长一百根也没有一担。艾艾是去抓毛蓝菜，她家吃毛蓝菜与我家吃竹笋如出一辙，吃了鲜的吃干的。艾艾年年都打毛蓝菜，有年打了一院子，晒到一半天，淋上雨，化了，屋子里泛的全是毛蓝菜味，惹得前后两家邻居骂老许元是水牛投胎的，光知道吃毛蓝菜。

我去打竹笋，艾艾去抓毛蓝菜。毛蓝菜多在田头地埂，竹笋得上山，原本我们是走不到一块的，哪晓得我头天打竹笋回来路过狗尾冲的时候，看到那里有一片毛蓝菜，也抓了几把，姑姑见到说“毛蓝菜有什么吃头，茅草似的”便扔进了猪圈。

“艾艾，狗尾冲里有好多毛蓝菜，一棵有小碗大，我昨天打竹笋时看到的。”

“你要是还往那里打竹笋，我就跟着去。”

“好吧!”

我和艾艾一前一后上了狗尾冲。我说的全是真话,艾艾抓了几棵看了看,高兴地说:“我从来没有打过这么大棵的毛蓝菜呢。”

艾艾真会抓毛蓝菜,我抓一棵,她能抓四棵。很快我们把她的篮子抓满了,她又捺了捺,腾出的空,我们又很快将它填实。这时,艾艾才站起来,望着狗尾冲,她说:“晓得这里是个毛蓝菜窝,哪还要在田畈东找西寻的?”她的一撮头发耷在腮边,有几根被汗贴在粉嫩的腮帮上。

“哎,你在帮我抓毛蓝菜,竹笋不打啦?”艾艾笑着对我说,“那我也帮你打会儿吧,一道回去。”

我们顺着狗尾冲,穿过松木林,便是成片成片的野竹子。竹笋一根挨着一根,我开始拣粗的打。艾艾毕竟很少打竹笋,她明显比不上抓毛蓝菜,打着打着,眼看我的篮子也快满了。我听到后边一声“哎哟”!

我起身看见艾艾蹲在地上,她反手捏着顺手的大拇指。

“拉破啦?”

艾艾点点头,咝咝地在吸气,是痛的。

我跑过去,一把抓过她的手,将她的大拇指塞进嘴里,轻轻地吮了吮,吐出了一口血水:“还痛吗?”艾艾摇摇头,我又将她的手指拉进嘴里,吮了吮,比刚才还要轻。同时,我将手伸进裤兜里用力撕下里边的衬布,松松地将艾艾的手指包上。

接下来,我就倒在了地上,艾艾趴在我身上。她浑身不停地抖着,我也抖个不停,一根挨着脚踝的竹子被碰得沙沙地响,跟蛇游过来的声音差不多。她把香香嘴给了我,我们立马不抖了。过了一会儿,我翻到她身上,我怕再抖,也给香香嘴给她吃了。吃着吃着,她把手伸到我腿中间跟抓毛蓝菜一样地抓我。放开嘴,我用手去揣她的怀。她越抓越有劲,我也越揣越有力。她抓得我“尿”了一裤裆,我急忙爬起来:“看你吧,尿都给你挤出来了。”

艾艾的脸红得血透,低着头用手指在绞着胸前被我揣开的襻扣:“你把人家骨头都揣断了,还……”

我看清被艾艾抓出的不是尿,是到家换下内衣的时候。也就从那时起,我想起了她那一抓一抓的好。我马上又去了老许元家,艾艾正在锅上热腾腾地撮毛蓝菜,等她往团箕里晾菜时,我蹭到她背后轻轻地说:“我明天还去打竹笋!”我一口气跑回家,比贼还像贼,之后一心等着第二天去打竹笋。

第二天,我早早地跑到狗尾冲,不抬头地抓了四堆毛蓝菜,足足能装艾艾的两篮子。等到毛蓝菜全晒枯了,也没有见到艾艾,我急火攻心般地空着篮子回到了家,姑姑看见没有说我。艾艾没有去,过一天才知道,是她姆说再抓毛蓝菜没有地方晾,等家里的干了,再去抓。

之后,艾艾凡是去打毛蓝菜,必要想方设法告诉我,我们便到狗尾冲去。很快我学会了在艾艾身上“抓毛蓝菜”,她也知道怎么在我身上“打竹笋”。等毛蓝菜起薹抓不到了、竹笋老得打不成了,我和艾艾跟疯狗一样到处找地儿“抓毛蓝菜”“打竹笋”。

也许是我恨不得一天三趟地去老许元家,也许是艾艾在我身上“打竹笋”比我在她身上“抓毛蓝菜”还急不可待,我俩的事被她嫂子猫见了。

老许元只是在我又一次到他家去“看”他时,说我沾了一身傩气,他闻得头痛,让我没有大不了的事不要再上他家了。老许元知道我这几年一直看傩,是我对他说的。我当时还真以为老许元有那本事呢,等他把艾艾的亲事板上钉钉地定到了他那嫁到石城的妹妹的一个村子里时,我才醒过来。

艾艾哭着让我叫姑姑去提亲,我不敢对姑姑说,偷偷对小表叔说了,小表叔去老许元家碰了一鼻子灰加一头包。连我也没有想到,老许元会说那么没有一点师道的话:“我个书香门第怎么可能把女儿嫁给耍神弄鬼的戏子呢?”

我断了老许元家的路。去年十一月初六,艾艾出嫁了。那天风大雨大,风能吹着人跑,雨下得插不进一根钢针。隔一日,天晴了,一直从年尾晴到年头。艾艾被他哥哥驮着路过姑姑家门口时,她嚎出了声。我听见了,又能怎么样?艾艾走了,我在青阳也就待不住了。

再次想得艾艾忍无可忍，是金大杉娶回了那个跟艾艾差不多鼓囊和顺溜的、叫钱秀英的姑娘，我去给他挑的嫁妆。我要是使半个坏心眼，金大杉都娶不到钱秀英。我没有那么做，不仅仅因为金大杉是我的好朋友。

有个晚上金小四来找我，别看她还是那么瘦瘪的稻壳子，里边可装了一颗饱胆子，她进门就说："傩傩哥，你带我远走高飞吧！我给你生儿育女，当牛做马都愿意。"这话差点没有吓着我，等她哭着告诉我转着换亲的三个男人中数她的男人最不像人，是个兔嘴豁子。我很快醒了过来，我要是带金小四远走高飞，兔嘴豁子的姐姐不再嫁给钱秀英哥哥，钱秀英家自然不会让钱秀英上金大杉的轿子。金大杉还乐得麻子开花样的结婚？结黄昏！最要命的是，我只要把金小四带出这个门，前山金村便彻彻底底地回不来了，我这门怎么办、这户怎么办？况且金小四既不顺溜也不鼓囊。我说："小四，你在睡觉走鬼路吧，来，不怕，哥送你回去！"我轻轻地把她的身子转过去，全当着她在梦里，牵着她的手，将她送到她家的后门边上。金小四回家了，她只得嫁给了兔嘴豁子。

在金大杉家吃了不少喜酒，半夜渴醒了，起来喝了一瓢冷得掉牙的水，我脑壳里就那么一闪，穿好衣，锁上门，凑着十二的月亮，往石城去找艾艾。

找到第二天晚上，艾艾没找着，却看了一场石城傩，那个村子叫什么村子我问过但没有记下来，他们的戏唱得也就那回事，可让我决定暂时不去找艾艾而留下来再看一晚上石城傩的是因为他们的两套脸子，实在又好看、又奇特。一套是四季十二月神的脸子，一套是李靖令公的本、善、凶三层的活脸子。

事巧得比说书的说得还巧，我留下想接着细看看石城傩那两套脸子的傩堂就是给艾艾做媒的她姑家村子，那天艾艾也过来看傩戏。是她发现了我，先是不敢认，后来换了几个方位看都觉得是我。她从后边拉了我的衣摆，我回头见到是她，跟做梦一样，心呼地跳起来。我跟着她出门拐过一幢屋子，靠在了一堵墙壁上。

"你来做什么事？"艾艾问。

"你讲我来做什么事？"我伸手要去抓她的"毛蓝菜"。

她朝我手背上打了一下，挺有劲的："就这事？"

"那还能有什么事？"我以为她是不好意思，又把手伸了过去。

她抓住我的手扔到了一边："我告诉你，你不要这么不要脸……"

"艾艾，我……我做梦都在想你。"我不晓得我有什么不要脸。

"你想猫想狗、想鬼想神都行，就是不要想我。"艾艾说，"你要是再敢伸手动脚的，我就喊人。"她的话里全是冰碴子。

我气得牙齿直打咯，"呸！"我朝艾艾的脸上狠狠地吐了一摊口水。

顺着墙根的夜色，我一步没停地赶向前山金村。过了白水河，我已狠狠地忘掉了艾艾，深深记下的是那两套傩神的脸子。

随着前山金村和我一拨的年轻人娶的娶、嫁的嫁，姑姑、婶子和金大桐一门的三个嫂子，甚至钱秀英都替我着急，四处说媒。那几年，除了地里一点活，我就忙着这事了，不是我去人家家里见人家，就是人家来我家里见我，说东家不成，说西家不就。小表叔做活时，遇到一家有个姑娘，相貌配我有余，也不知怎么长的，右腿比左腿短一寸，走路一踮一踮的。婶子、嫂子都过来对我说："女人在屋里，踮点怕什么？不耽误生人、做饭就行。"我想想也是，咬着牙同意了。哪晓得，准备送中秋礼时，小表叔说人家姑娘反悔不愿意了。金大杉他姆说："傩傩不急，慢慢来，恐怕你的姻缘还没有动。"我的姻缘什么时候才动呢？金大杉二儿子都挺在钱秀英的肚子里了。七老八十？我要是知道我能活到八十八岁还国内国外地满天飞，那时我才不着急呢。

不是我的姻缘没有动，是金大栎老婆在后头扑着身子地摁着不让它动。

之后的多少年，我都没有上得去前山金村的戏台。随着的那两年，轮值年首是金大栎的叔叔和堂哥，他们不请我，我绝不会去要戏，有金大栎在，去要，他们也不会给，但我年年跟大门大户的一样给傩神献供。等到了第三年，谁也办不成傩了！不光是前山金村，河西两个大姓的傩堂都打不响锣了。

起先，光听九个金姓村的人讲，这年的神伞不敢动，一动，红色条子一片一片地往下掉，小屋金村的五色神伞“启圣”进祠堂回来，仿佛大树经了霜，红色条子落得一片没剩，被人抢回去压到席枕下图彩头，有人捡了一大把。等十五青峰山朝庙回来，才晓得舞伞狠掉红色条子的不单是金姓，其他四个傩堂都不同程度地掉。金高棣在我家门口蹲着抽完我给他卷的一根烟，说：“青为虫、白为丧、黄为丰、黑为水，掉红是要来兵荒啊！”

傩是神！傩是神？

要说傩不是神，就在这个一九四〇年的春末夏初，日本鬼子在秋浦境内整整癫狂了十一天，怎么解释？当然，在这之前，山里的傩村人包括我都听说过日本鬼子，总觉得他们在天边。

“傩村怕个屌，来神，咱敬神；来鬼，咱驱鬼，他个日本鬼子不是人养的也得是天生的、地冒的吧？”这是我和金大杉讨论的结果，当时要不是他二儿子金全林一泡屎拉到他身上，我们可能会谈得更宽些。

日本鬼子来了，让傩村人傻眼的是，他们不需要像傩神一样用神伞去接着，也不需要像三月三“鬼节”扔碎米粑一样的哄着，他们既没有腾云也没有驾雾，轰轰隆隆地，就那么飞来了，“轰轰隆隆”之后，又“轰轰隆隆”地走了。神不像神，鬼不如鬼，更不像个人样儿。傩村人愧得气得双脚跳地，睁着眼挨日本鬼子打黑棍，还是白天，这叫什么事。我还算出了点气，但那气也是白出——日本鬼子来前山金村的第二天我晓得那就是“日本鬼子”，他们炸翻了我家的茅厕，屎尿“噗”得北边半面墙全是恶臭。我开始“驱鬼”，一心想像打鸟雀一样打落他们，并且不想一下打死，而是打断翅膀那种，我还得抓住他们将墙上的屎尿擦干净呢。

窜到门前的大松树里，我一下不停朝他们打弹弓，“子弹”全是清一色的白水河的小石子，鹅卵石的那种，是我用筛子从河滩的砂里一筛一筛地筛出来的，个个滴溜圆，留着秋天专门打野鸽子的。至于麻雀之类根本用不着这么好的“子弹”，弯腰捏一个硬土块就解决了。

要说我的弹弓打得怎么样，河里起泡的鱼、天上飞翔的鸟，只要我看到，只要我想打,不敢说百分百,也是九十九。钱秀英没有亲眼看我打弹弓,但见我朝他家拎的斑鸠。她生大儿子时,白长了一对瓠瓜子奶——这话只能金大杉说,我作为大伯哥不能说——给儿子挤不出一滴奶。金大杉他姆说吃斑鸠胀奶,我哪一天都往他家灶屋里扔一两只,最后吃得钱秀英听到鸟叫就想吐。有了弹弓,我和金大杉从来不缺荤,夏天想吃鱼到河沟里转一圈,拎回一挂,最差的到篱笆墙里打一串麻雀回来。金大杉大儿子金全森凭什么跟小狗一样地跟在我身后一个"伯伯"又一个"伯伯"地叫,还不是有肉吃?

我起着兴地打弹弓是回到前山金村之后,按理已不是个打弹弓的年岁了。那年不是种了一季芝麻吗?到了快成熟时,黑鸦雀跑着接力地来"帮助"我收籽儿。扎了根稻草人,哄了三天,被黑鸦雀识破,胆子反而更大了。我总不能织一张大网罩着快要到手的芝麻吧?也是金大杉冒了一句:设法打死一只挂在地里,它们就不敢了。黑鸦雀长着翅膀能飞,能那么好打?我也不知怎么就想到了弹弓。弓架容易找,山上长杈的荆条子到处都是。猴皮筋,司铳的老猎户家有,他好酒,我只跑了一趟,他给了我能做三副弹弓的筋条,用到老还有一根没绑上弓。也许是我在青阳没有事在家帮助舅爷和小表叔拉墨斗吊线练下了底子,弹弓一上手,大松树上的一只麻雀噗地落了地。下午和金大杉跑到青峰山,在地上趴了不到半个时辰,嗖嗖嗖,十几只鸦雀死在了芝麻地里,找一根棍子将它们吊着"示众",果然保住了那季芝麻的收成。金大杉要不是亲眼看到弓起鸟亡,说到天边他都不信。"哥,你也太神了!"说句真话,我也不知道我有这么神,弹弓就像是专门给我发明的一样,从此,我是弹弓不离身。走到哪里打哪里,打到哪里走哪里。前山金村有那并没有恶意的女人吓毛孩子说:"再不听话,我叫打弹弓的来啦?""打弹弓的"指的就是我。

我把"日本鬼子"的飞机当着野鸽子打,打光了一撮箕上好的"子弹",连根"日本鬼子"的鸟毛也没有打下来。后来才听说,梁姓族长梁尚涛也主张打了"日本鸟",他用的是大铳。也有人说,要不是梁尚涛放铳,日本鬼子不会把傩村炸得那么狠。这才是鬼话,鬼子哪有狠和不狠这一说,他要么不来,来了就不会轻饶了你。

“日本鬼子”在青峰山像一只老鹰,仅盘一圈,便开始扔炸弹,一颗接着一颗……又是另一种“河东河西干呐喊”。头一天,光前山金村死了六个人,伤了多少没有问。金大杉他大到田畈里去牵牛,被炸断了反手的胳膊。房屋倒了十二间,东头起火烧了一片。像我们这些跑能跑、挑能挑的青壮年,只能把力气握在手里,咬在牙上干瞪眼。

我蹲在大松树上,朝“日本鬼子”打弹弓时,看到他们往傩村扔炸弹跟我小时候往火塘里撂鞭一样,大把大把的,随着性子扔。有了第一天的惨痛教训,“日本鬼子”一来,满村人都往山上跑,少了伤亡。我不跑,一听到飞机声音,我便背着装有“子弹”的布袋上树。

金氏祠堂是在第三天上午被炸的,我看得清清楚楚,落下了两颗炸弹,一前一后,炸是炸了,但祠堂没有倒,中间的八根柱子立得很正。可能也是在这一天,青峰山庙毁于一旦。日本鬼子飞机飞到河西上游,突地往山里一拐,便在那片高地上跟倒豆子一样倒了一片炸弹。等过了半个月再听不了“轰隆”声,我爬到青峰山庙,一片瓦砾,前供土主的梁昭明太子的大佛殿和后供各路神仙的城隍殿只剩下了十几个柱子的石座亮在太阳底下,仿佛几面鼓摆在那里等着人来敲。没有了青峰山庙,每年正月十五的青峰山庙会还怎么朝呢?

我在大松树上,没有像打鱼、打鸟一样的一发一个准地打到“日本鬼子”,否则他们也癫狂不了十多天。然而,我却看到了一个奇事,我没有说,躲在青峰山上的后山金村人说得更神乎。末了,我才在金大杉家对问及此事的他一家人说:“后山金村人讲的一点不假,我也看到了!”

后山金村靠着青峰山脚脖子,日本飞机过了山第一个看到的就是这个村。十一天里,哪一天他们都要多多少少地往这个村子撂几颗炸弹,有时可能是转一圈没有撂完,走之前便将剩下的全倒在了后山金村。后山金村是三十一个傩村被炸得最惨的,没有一家房子能住人、一个圈里能圈畜。但,后山金村的小祠堂完好如初,仿佛日本鬼子的炸弹不过是节日里的爆竹。我亲眼看到,日本飞机撂的炸弹正正地对着后山金村的小祠堂,落到青峰山的半中腰时,突然晃悠悠地飘起来,飘着就飘到其他的地方炸了。

我是个小时候说“见过傩神”的犯过事的孩子,现在连家也没有成,要是再说日本鬼子的炸弹在空中长着翅膀在飞或都被什么东西牵着在飘,不知道又会在金姓村中被说成什么。我更担心,是不是被日本鬼子的飞机磕瞎了眼或天天那么瞄着飞机打弹弓花了眼,对炸弹在后山金村的小祠堂上飘,我一个字不敢提。躲在山上的好多后山金村人比我看得还清,日本鬼子哪次都想炸了只剩下这一幢的小祠堂,但每次炸弹到了屋顶上都被风刮走了,落是落了、炸是炸了,都是斜斜地错过了小祠堂。飞机上的小鬼子肯定气得够呛!

被日本鬼子的炸弹吓得三魂掉了两魄的傩村人,谁也没有心在想这是为什么?我喷着满嘴的酒气对金大杉他大说:“傩神在后山金姓村的小祠堂里‘坐殿’呢。”说完,我晃着身子回家了。

日本鬼子像下山的野猪一样,有时并不是为了吃什么一口上好的庄稼,而只是来糟践。傩村被日本鬼子糟践得家破人亡、体无完肤,正如一个壮年有了内伤,起码得个三到五年才能恢复元气。

日本鬼子的炸弹也炸到了我的命程上。

青峰山上的飞鸟和走兽被日本鬼子的炸弹吓得飞的飞、跑的跑,从这点上讲,它们哪怕是长着翅膀和多两条腿的确比不上人,据我所知,日本鬼子的炸弹在傩村没有吓走一个人,反而很多人成群结伙地要去追打日本鬼子——我就是其中一个,还有金大杉。

因为前山金村打不到一只鸟,我只得拎着弹弓到白水河里找荤腥。这天,我在上游的桥底下蹲着准备等那条白鲩出头拉弓发弹,却见到了水上钱村的钱道先。我不大认识钱道先,但我认识跟着钱道先后边七八个人中的一个人,他就是差点成了我姑父的梁姓族长梁尚涛的侄儿梁崇泓。见到他们咋咋呼呼地过河要去河东,我还以为嫁到水上钱村的哪家女人出了什么事呢,娘家人这么兴师动众。我站起身,随口问道:“这是做什么事去呢?”

“当兵打小鬼子去!”说话的不是钱道先,也不是梁崇泓,是个个头好像比我还矮一指宽的小伙子。

当兵打小鬼子!

到哪当兵?打什么小鬼子?当兵就能打小鬼子?小鬼子是日本鬼子?我还在低头朝水面上找白鲩泛的水纹,心里就这么翻了几番。白鲩再也没有露头。“让我也去看看!”我便去了水上钱村。

果不其然,好多人围着两个穿着灰衣、戴着灰帽、踩着灰鞋、腿上跟老太太裹腿一样地绑得结实的人,我没有听到他们说什么话,但我相信他们是来找人打日本鬼子的,我看到他们两个腰上都别有枪,尤其让我对他们生出一份特别之情的是,他们都穿有白色衬衣,我细细看过,甚至比老族长金高柽穿崭新的还要干净。

这回,是我把钱道先拉出人堆问的话:“老哥,只要想打鬼子,长官都要吗?”

“都要!”钱道先的回答跟是他在要兵一样,“要是去,赶紧回家收拾收拾,长官讲明后天就得出山。”

“长官怎么没有到金姓村要人呢?”我说。

“这我就不晓得了,”钱道先摇着头说,“要问,你去问部队的长官。”

我不敢问,我还是问钱道先:“除了我,再伙几个人一起,长官要不要呢?”

“应该要吧。”钱道先好像也不知道,“当兵打鬼子,人越多肯定越好!你还是问问他们吧。”

我是见过傩神的人,那鬼子是什么样子呢?肯定比神凶煞!把神犯到多大,不过把年首收走。鬼子那是横着竖着都来,不管三七二十一,炸个人仰马翻再说。今生今世我要是既看到了神,又能看到鬼,可能的话再驱赶或者打死那么一两个鬼子,那我是什么了?必定能得道成仙。

“我要去当兵打鬼子!”我对金大杉说这话时,接着说的并不是真心话,但也不是假话,“打鬼子的长官个个穿着雪白的衬衣。”

金大杉是生儿育女的人了,他才不像穿开裆裤时我说一他不二,他反驳我说:“傩傩,我讲了你,你不要不高兴,哪怕你穿一辈子白衬衣,在金姓也当不上族长。”金大杉还真把这话说准了,我这辈子没有当上族长,无论是在金姓村,还是钱姓村。

我没有想到金大杉这么伸出长长的手来揭我的短,要是平时我会跟他翻脸,翻那种他不赔三句小心我都不放过他的那种脸,而这天我是成心想让他陪着我一道去打鬼子,否则连个照应的人都没有。我说:“你大的胳膊是哪个炸的?是小鬼子啊!你大白养你这么个大儿子了,哪朝哪代讲的都是父仇子报,难道你还让你大甩着一只胳膊去报仇雪恨?那只会送命,要不,你大被炸的这只胳膊的仇就只能让他带到黄土里去了。”

让我没有想到的是,这番不动筋、不碰骨的话把金大杉说哭了,哭得泪水灌满了所有的白麻子凼。搞得我不知所措,我连忙说:“好了好了,你要是舍不得秀英和孩子,不去就算了。你大的仇,我替你去报!”后一句倒是真话。

“我要不砍下小鬼子一只胳膊,我都不是我姆生、我大养的!哥不去我也要去。”金大杉的泪在白麻子凼里很快干了,他说,“先不要让我家里的晓得,走的时候让人带个口信就行。”

我担心要兵的长官看不上金大杉,毕竟他有一脸的麻子,傩戏《祭五猖》中有句戏文唱道:“差兵不差麻子兵,麻子粒粒不像人”,可我和金大杉到水上钱村的钱氏祠堂,两位要兵的长官二话不说,比收我还要快地先收下了金大杉,我还在他后边被收下。

我终究没有去当兵打鬼子,金大杉去了,钱道先去了,还有钱姓、芬姓、梁姓、李姓三五十人都去了。

我没有去当兵打鬼子,后来在前山金村被人嚼得都不成话了,说我把金大杉骗走是在琢磨金大杉的老婆钱秀英。钱秀英在我眼里,是鼓鼓囊囊过,也顺溜过,但她是金大杉老婆啊,我是她大伯哥啊,我能干那种扒灰的事吗?别人有几成信这话，我不清楚，金大杉他大是信了，并且十成九地信，否则他不会那样对我。之前，他在和我喝酒的时候说过："傩傩，你只要不嫌弃这个家，就当我多生个儿子。"

我不用估猜都晓得，嚼这口蛆的人是金大栎老婆。日本鬼子的飞机刚死了声音那几天，他们家的钟"丢"了，她在村上说："有那要钟要不命的，飞机来了都不上山去躲！"整个前山金村在日本鬼子扫荡傩村时，只有我一人躲在大松树上拉弹弓，这话是往癞痢上掱虱子。后来，从钱秀英的口里得知，金大栎家的钟没有丢，是被日本鬼子的炸弹震落到床底下了。金大栎老婆经常空白无故地造我的谣，其实村里的人都知道她那张不把门的破嘴，所以我也不把她的话当回事儿。

我没有去当兵打鬼子，不是我不想去，也不是我没有去。等金大杉打完鬼子回来，他一句话就能替我说清楚："傩傩的姑姑以命挡着不让他去当兵！"

也正是我和金大杉被要兵的长官写下姓名、定好三天后的早上在白水河桥西柳树林里集合去当兵打鬼子的当天中午，小表叔进了我家。他是姑姑逼着来看我的。小表叔说，山外比山里更惨，日本鬼子除了炸弹，还有动用了机枪和刺刀。

"你见到鬼子没有？"我问小表叔，"是绿眼珠子、一身红毛不是？"

"我何止见到小鬼子，"小表叔伸出拇指和食指比了一公分宽的样子，"差这么一点，我就死在小鬼子手里，成了断头鬼。"

接下来，小表叔给我讲了他在做木工活回家的路上如何被日本鬼子抓进了兵营，又是如何和关在同一屋里的九个人用他的一块准备让铁匠加钢火的刨子刀片挖了个地洞钻了出来，而其他被抓的几十个青阳人，第二天被一梭子打了精光，里边就有老许元先生。听到老许元被小鬼子无缘无故地打死，我心里还是一阵颤抖，尽管他没有把艾艾嫁给我，还说我的坏话。

小表叔又说，小鬼子在山外其实也没有沾什么大光，他们遇到了一块硬石头，有位叫蔡廷锴的长官率领新四军打死了成百上千的日本鬼子。

也就是在这个话头上,我兴奋地告诉小表叔:“我也要去当新四军打鬼子!”

下来,小表叔急急地跟我说了几句话就要回家,当时我没有在意:“住一晚再走不行啊？一天爬两趟山怪累的。”

“你姑一人在家我不放心,”小表叔说,“小鬼子讲是走了,走多远,哪个晓得,要是杀个回马枪,那不还是来要人命啊?”

“你不是讲新四军还在吗?”我将灶屋里吃不了、盐着晒干的一篮子野鸽子拿来递给了小表叔,“我走时,将钥匙放在后门的门头上,跟我姑讲一声。”

“你留着吃呗。”小表叔掂了掂轻重。

我笑了笑说:“您还没上年纪就开始忘事了,我刚才不是讲要去当兵吗,哪还有嘴吃鸽子肉?”

其实,我当时要是多个心眼不跟小表叔说我要去当兵,或者说了之后再多个心眼,把小表叔的话在心里滤滤也能防住姑姑。两个心眼都没有生,便成了一个足以漏下我整个身子的大窟窿。

第三天早上我比金大杉晚到白水河桥西,我和金大杉说好的,他不来喊我,我不去喊他,他一直瞒着他大他姆还有现在叫“全森个姆姆”的钱秀英。晚就晚在我临出门时犹豫着是不是要带弹弓,别到腰里我又拿出来,拿出来又别到腰里,最终还是决定别在腰里。尽管当兵了有枪有刀,但弹弓还是有弹弓的好处。等我来了桥西柳树林,人都到得差不多了,傩村两个大姓的来得并不多,前山金村只有我和金大杉,好像有几个是大屋金村和小屋金村的,奇怪的是被日本鬼子炸得最惨的后山金村竟没有一个人,最多的是水上钱村,我用眼数了一圈,他们占有三成二。

两个新四军长官点了点写在纸上的姓名,只有一个姓芬的人他们点了两遍没有应声,可以断定他来不了。之后,我们跟平时出山一样,沿着白水河,爬上青峰山,我发现有不少人在上青峰山时回头朝村庄的方向看了看,还有的红起了眼圈。我和金大杉都没有。

在我们下完青峰山,再往西的大道走个十来里,换上白衬衣、套上一身灰军装就成了新四军的时候,姑姑在青峰山的腰眼上拦住了前头带路的新四军长官。她不停地往长官口袋里塞银元,长官不收,她就哭,喊着要长官将我留下来,说我是几代单传,娘老子死得早托付她照养,要是当兵去了,她怎么对得起一门子先人。末了,她还朝长官跪下,将头磕到地上,顿时生了一排大青包。长官把我叫到姑姑身边说:"那你回去吧!"

"傩傩,长官开恩叫你回去呢,你赶快答应啊?"姑姑一把抓住我,"听话,乖乖!"见我没有说话,姑姑说,"你要我也朝你磕头啊?!"

金大杉从侧边拉了我一把:"回去也好!我家全森,你得照应点儿。"

我甩开姑姑的手,气呼呼地钻进青峰山。往后一年多,我都没有回青阳,我一直在怪姑姑挡着我当兵打鬼子的道。

我一回到前山金村,金大杉全家都涌进我的屋里,除了抱在钱秀英怀里的二儿子,能说话的都在问我金大杉是不是当兵去了。很快,好几年都没有见到的金小四也站到了我家门槛上:"我哥当兵打鬼子去了,你咋回来了呢?"

我说了实话:"我姑把我拦回来了。"

"那你咋不把我哥也拉回来呢?"金小四不像是来问话的,像是来要人的。

我也不知怎么又说了一句真话:"你哥让我回来照应照应全森。"

金大杉一家大人听完这话,都转背走了。只有金全森迟了一步,他问我:"我大讲什么时候回来?伯。"

我摇摇头,正想去摸摸他的脑壳时,金大杉他大伸出没有被日本鬼子炸掉的好手猛地拉走了金全森,孩子被拉了一个趔趄。

说来就这么简单。我从头到尾没有一丝半毫想害金大杉的意思,更没有诸如金大栎老婆之人造谣要鸠占鹊巢的恶意用心。

我起先认为,金大杉一家还是信我的。不想,很快他们家特别是他那说过要把我当儿子的他大确信金大杉是受我指使去当兵,并且还十分八九地相信我私藏坏心。也就在事后不出两个月的一天,我在山脚边上打死了一只下来偷吃青苗的兔子，扒了皮，闷了一锅，盛了一钵子送到金大杉家。接菜的正好是钱秀英，那时候我还没有听到关于我对她所谓的坏心，她可能也没有听到，否则她接碗的时候不会说：“他伯，你还惦着他，以后把他叫到灶边上吃个一块半块的压压馋虫就是了。”很家常，这话金大杉在家时她经常说。可过了两天，我在水井边见到金全森问兔子肉好不好吃时，他说：“我爷不让吃你送的肉了，全倒在猪食缸里。他还讲你，要是你往里放了毒会药死我们一家人，我姆气得哭呢。”我很想去问问金大杉他大，我哪点做得对不起他家了，这么把人往坏里猜疑。他毕竟是长辈，我撕不下脸皮。要是做了，日后金大杉回来一定会骂我。

自此，我再也没有进过金大杉家，就是想进也进不去。只要路过他家的门，金大杉他大都会空着一只袖子站到了门口。路过大门时，他在大门；路过后门时，他在后门。他不看我，也不看天，只看着门槛，好似我是专门来偷门槛的一样。还有让人奇怪的事，只要我遇到钱秀英，金大杉他姆都在前后或很快出现并时时用咳嗽声来提醒我，也可能是提醒钱秀英。钱秀英不能再和我说一句话，看见了我，只能低头而过，跟从来不认识一样。

前山金村就这么大个前山金村，进门不见出门见，无论是晴天还是下雨，我都得背着一个大影子出门。不是万不得已，我实在不想出门了。即使出了门，我也不想着回村，好多时候都是等全村都睡了才回家。越是这样，金大栎老婆他们嘴里嚼的蛆越大。

我巴望着金大杉像傩神一样把日本鬼子都赶到阎王殿里去，也好回来还我一个清白，可这小子一去就是五十二年。

正月初九
（戊子年甲寅月癸酉日）

1948 年 2 月 18 日
（星期三）

宜　纳采　订盟　祭祀　祈福　安香　出火　修造　出行
　　开市　移徙　入宅　动土　安葬　破土
忌　安床　作灶　造船　会亲友

傩傩从窗口朝金大杉家那边瞅了三五回，直到金全森带着弟弟金全林放完鞭炮回家，他才急急地关上大门、锁上后门，一滋溜地下到白水河，他要去河东三头芬村。

腊月底，他的小舅芬大名往前山金村和青阳两头都捎来话，让他正月里无论如何到他家一趟。傩傩十分猜到九分，芬大名要请木活。他请木活，十有八九是箍寿材。山里山外的木匠比九华山的菩萨还吃香，不是到了死人躺到门板再不收殓就会发腐生蛆，哪个木匠的活儿也做不到寿材上。小鬼子炸的房屋，够他们春不停、冬不歇地做二十年。听说沙果李村有个出阁的姑娘实在找不到木匠做嫁妆，拎着一只盛水的瓦罐当马桶进了婆婆家。

金高榆死后，傩傩基本没有走动河东三头芬村。三头芬村那头，老的早都不在了，各家又有各家的生活，况且傩傩被姑姑接到山外去成人，也就少了关照。十六岁那年和吴根旺撵着到芬氏祠堂看傩，被芬大名看见，扯着吃了几口“邀台”。芬大名倒是对吴根旺说了半筐子感谢吴家担待傩傩成长的话，一旁的芬大名老婆每听到芬大名说一句话就斜着生了一层油冰的眼瞥一下傩傩，傩傩生怕她自那天之后两只眼珠会一直撇在眼角里回不去。

傩傩是从十二道梁村的渡上过的河。前天，他从后山金村回来，看到一群大白鹅从青峰山顶上一层厚白地划过来。他想顺路看看是不是落在白水河下边的河滩上，要是的话，他怎么着也得打几只。能飞的大白鹅比家养的好吃十倍还不止，腌着更香。

傩傩想的大白鹅跟晒棉被似的厚厚地铺在梁姓村的水田里的景象，他并没有看到。摆渡的不是船夫，是家里一个秧把大的孩子来替渡，也问不出大白鹅的飞向。傩傩跟丢了东西一样，拖着脚向芬姓村走去。一头芬、二头芬、三头芬的三个村子不像梁姓村顺着青峰山由一到十三乖顺地排列着。芬姓村像个带肚子的女人，二头芬村在肚脐眼上，一头芬村和三头芬村在腰眼上，并且比着白水河来说，一头芬村反而居下，三头芬村却跑在上头。

“傩村也就芬姓村住得这么不守斗。”这话是吴根旺当年带着傩傩好不容易找到芬氏祠堂时说的。那时，吴根旺的小斧子能够砍砍歇歇了，所以他能学着他父亲吴木匠的样子，把木匠活儿的话随口丢在任何事情上。这句原本指给木材吊线时墨斗打歪了的话儿，便成了不按照规矩做事的比方。

地冻化得像糍粑，踩着便粘上，粘上就甩不脱，走不了几步跟小孩子穿了大人的木踏似的，傩傩拣着有草的田埂走。过了两道也许是三道田埂，他远远地看到一只滚灯，心里犯了嘀咕：“这叫什么话呢？哪个傩堂启圣时还把滚灯忘啦?!”可他走近一看，还真是一只傩堂上“二郎神舞滚灯”的滚灯。这只滚灯扎得有些糙，竹篾有四指来宽，是里外三个空心球相套的灯，蓝、白、绿三色彩纸糊得挺严。上方开的“▽”孔，是放灯时不小心还是被风吹的，撕大了下边的口。外圈贴着的红纸黑字“风调雨顺”写得瘦细，仿佛没有蘸饱墨。

金氏祠堂和梁氏祠堂都没有滚灯，仅在河东有。听说钱、芬、李三个姓的老祖来到河东先几年，白水河年年起蛟，伤了庄稼自不必说，差点没有连土带根地卷了人畜。后来听了一位云游九华山走错了道的老和尚的话，开始拜祭水神李二郎，得了一方安宁。随着傩堂的起兴，也不知从哪年开始有了傩舞：“二郎神舞滚灯”。

傩傩在水底钱村见过“二郎神舞滚灯”傩舞，有趣的还是这只圆套圆的滚灯，里外三个圆球用麻绳联结，可以随意旋转，正中有根轴。轴上有根钎，钎上有根蜡。“二郎神”起舞时，里边的两个圆自由翻滚，灯蜡始终朝上，不歪不灭，显着一份神奇。

傩傩抬头朝东边细瞧瞧，又对着一排水杉用手比了比，放滚灯的这个水口应该是水上钱村的。有滚灯的傩堂哪个都晓得，初六夜里将滚灯放到水口，初七傍晚在社坛启圣同时迎回滚灯。“不会是钱姓村哪个不懂事的毛孩子闹出格了吧?”傩傩绕着滚灯跳过去——滚灯在水口镇蛟不能碰，一碰三年灾。

河东差不多没有挨到日本鬼子的炸弹，他们的傩事基本照着年头在做。金姓村的脸子尽管躲过一劫，傩事却一直撑不起来，为此，傩傩还找过族长金高楼。被日本鬼子的炸弹炸得只剩下他和一个九岁孙子的金高楼，五十才出头，人老得脸皮看不到一块平地，半天一句话，差点没有噎死傩傩:“你孩子今天把金氏祠堂建起来，我明天就办傩。”每年正月，金姓村也不是一点不办傩，只是在当年保住傩神脸子的后金山村做些例如迎神下架、启圣、送神等祭供的仪式，傩戏是一出也唱不成了。不过今年听说，五个傩堂年前串了话，如何怎么样正月十五也得恢复青峰山庙会。

“鹅嘎——鹅嘎——”先是一只大白鹅，接着是两只、十只、百只，整整齐齐却声音嘈杂地顺着光飞进了白水河。傩傩看得眼热:“过两天回青阳，手上不愁没东西拎了!”

三头芬村的村头接着水上钱村的村尾，中间只生了一个土包。土包不算大，充其量三间屋的屋基占地。土包上有一棵树，也可以说有两棵树。远看是一棵，近看是两棵;冬天落成光杆子看是一棵，春天生发芽叶看却是两棵。它是亚枫和榆皮合株为一的“合欢树”，被河东钱、芬、李三个村社奉为“神树”。钱、芬、李三姓先祖落地河东，商议划地生根时，抬头见到了这种天赐的神树，便跪拜结友，相邻为亲。后来起事办傩，三姓族长一同上山寻找到一棵有着神格的枫杨树，依照钱姓居上游、芬姓置于中、李姓则在下，分用树梢、树干和树兜，一棵树雕出三副脸子。他们除参加傩村正月十五在青峰山的朝庙，还要于正月初九在合欢树下朝社。

河东三姓朝社，不同于青峰山朝庙，虽说哪个先哪个次哪个后不能乱不能错，但青峰山朝庙打头是有着地主之谊的前山金村，头门是它开，头香是它上，而最后关门的也是它。钱芬李三姓朝社，先尽的是远道的李姓，它朝完之后，芬姓朝，最后才是钱姓，上百年持守着一份礼让。

都是正月，太阳也不用打早，一出门便在白水河上哈着冷气。坐落在水上钱村的钱氏祠堂里，进来光亮的时候，最先把天井四边现了个七成的清晰，坐在条凳上的一围子老人静静地抽着粗细不一的烟，时不时有人实在忍不住痒咔了两嗓子，但又很快憋着劲压住了。他们是从夜里一直坐到天亮，还是趁着夜过来等着天亮？都有可能。族长钱运德是从夜里一直坐到天亮，他在等着一个孩子。

族长钱运德连连用力往烟筒里鼓进两口气力才冲出一窝烟灰，他将包着黄铜的竹根烟袋朝天井的石板上磕了磕，烟屎没有磕出来，嗞地一滑，烟窝前头锡焊的铜屌屌磕掉了。坐在一边、长得跟黑乌鱼他二爷似的钱运刚，伸出两根指头从天井里夹出铜屌屌，递给了族长钱运德。族长钱运德放到脸前扫了一眼，又将铜屌屌往烟窝的痕迹上斗了斗，很合缝。其实等着修锅补碗的来用锡焊焊即可，然而，他一扬手将铜屌屌扔上了屋顶，当当当——铜屌屌一下一下地敲打着小瓦的边檐，脆得很，末了噗地又掉入天井里，这回，没有人再伸手去捡了，好像都把眼在看着那根铜屌屌，它离开了族长钱运德的烟袋杆还是那么黄金金的，时而还能折射着天光。

“把人再去看看！”族长钱运德说。

钱运刚站起身，他个子跟哪个在底下顶了一下似的，抽着上来了。他是个高个子，人也壮实，黑是黑，岁数不显多大，能坐到天井边的板凳上全沾的是辈儿大的光。“我去！”

钱氏祠堂是开了一个天井的小祠堂。钱运刚从侧门出去,大门里进来一个"大头"。按他的身子比,他的头比现在小半个最合宜。他是钱运刚一个门里的侄子"大头"。钱道有咕咕噜噜地说:"我家里的生了……"

所有的人都伸直疲惫的脖子在等着"大头"往下说。族长钱运德站起身:"又是个丫头片子!"

祠堂里的纸烟味被阳光落下的方块压着,上也不是,下也不是,就那么在阳光的脸上画着,天井碎了。

瘦得只有一把筋的钱运程咳了两声,一铺口水杂乱地洒下来。他说:"哥,再等一年吧?!"钱运程的话正如他的口水由着性子在飘零,但这毕竟是一句话,一句明显对着族长钱运德的话。

族长钱运德将少了铜屌屌的烟袋插到屁股后的口袋里,搓了搓比发粑还厚的短手,面对着祠堂的供台长嚎一声:"傩堂三年没有人送灯伞啦!"这话像死讯一样地迅速地又传染着在场的所有人。说完,他挪着上下一般粗圆的身体,喘着粗气出了祠堂。

在傩村,送灯伞是弄璋之家的光耀,上年因抢得傩堂里的伞灯并生下男孩的家庭,来年正月十三一定要抱着新生儿向傩神敬献灯伞。灯伞各村有各村的扎法,多是伞骨吊着长形灯笼,数量以傩堂的脸子为准。梁姓村供的是"三十六天罡",伞得扎三层,一层十二个盏灯;供"二十四诸天"的金姓村送的灯伞是两层二十四盏;钱姓村供的是"十三太保",扎一层的十三盏伞即可。"要知道哪个家族旺不旺,伸头看看傩堂的红灯伞。"梁氏祠堂有一年收了四十九把灯伞,将傩堂点得跟起了火一样。钱姓村族长钱运德当着老祖宗的面说傩堂三年没有接到灯伞,可想那心情,比十个胖身子还要重。

头年,水上钱村有三个新媳妇开了怀,水底钱姓村有两个,还有七个妇女二度、三度和五度地奶上孩子,生下的是清一色的丫头。往前扒拉两年,生下的十九个孩子,没有一个带蒂子的,一抹光。出了年,钱姓村都把眼盯着"大头"老婆的肚子,两个接生婆一个在年里、一个在年外都去摸了胎位,一口咬定正月十三前必定生产。正月初八夜里,“大头”老婆开始叫着肚子痛,吃了两盘蓖麻油炒鸡蛋,于初九卯时生下一个粉嘟嘟的女婴。

钱姓村傩堂,断定今年不会再有人送灯伞了。

芬姓村朝社回村的鸣锣几近洇进二头芬村的芬氏祠堂,族长钱运德才从年年都要帮他执事的钱运程手里接过一只提篮,篮内装有香烛、鞭炮和供品。嗵的一声铳,总算接住了芬姓村的最后一棒锣,年首在前,随后的是六大房头代表捧着的供盘和“日”“月”箱的挑子,下来有彩旗、锣鼓。继之有四个扮相,“和合”二仙和小生、小旦。“和仙”手执前后分别写着“国泰民安”“风调雨顺”的掌扇,“合仙”双手握着神伞,俩人都穿着红色的彩裤和“勇”字坎肩;小旦穿的是红底黑花斜襟布洒手布和绿色彩裤,小生则是红布斜襟长袍。最后是黄罗伞和细乐队。阵势还是旧年的阵势,心境却不是往年的心境。哪年这个时候不招呼十声八嗓子也齐整不下来的队伍,今年族长钱运德一挪开两块瓦的棉鞋,所有的人都跟上了脚印子。

见了水口、走到桥头,族长钱运德还是一步不差地烧香纸、点鞭炮、磕响头,铳也没有少一声,却全是闷轰轰的,火药似乎回了潮。

队伍行到社树前,族长钱运德放下提篮,有条不紊地供上肉、鱼、鸡,再燃纸点香。待他立起身,鞭铳同响,捧托盘的六个房头按着房头大小进行跪拜,之后在离社树丈许之地一字排立。此地过去应该是专门为“合仙”舞伞腾退的。此时,族长钱运德几步上前,扑跪在供品前:“钱氏家族满门三年不得一丁,愧对祖先,无颜办傩。今日瘗埋‘十三太保’,来年若能根发新苗,必要重雕‘三十六天罡’大供傩神!”族长钱运德沉重地爬起来,一铺泪水盖满了肥胖得有些发肿的脸。人堆里开始有人在抽泣。

“哥,再等一年吧?!”钱运程紧紧地抓着一把锹。

“不埋脸子,就埋我!”族长钱运德边说边朝后用力甩过胳膊,他在讨锹。

钱运程迟疑地将铁锹递到族长钱运德的手中,只见族长钱运德颤抖地接过锹柄,靠在身上,朝掌心吐了一口口水,抓起锹几步跨到合欢树的根前,将锹口放到地上，抬起左脚架到锹耳上正要用力踩下去，六个房头全都跪了下来……

“族长，您等一等！”一个很响的声音喊将过来。

对族长钱运德来说，这个声音是陌生的，他侧头很快找到了说话的人。这人个头不高，脸面却是正相。

说话的是傩傩。

傩傩满腔疑惑地绕过水口上的滚灯，东折过一道田畈，再西过一道渠就是三芬头村的地界，这个时候他看到了钱姓村在朝社。他看过傩村朝青峰山庙的壮观，却还没有见过河东的朝社，看看日头还在上午里边，脚便沿着合欢树方向走着……于是，他前因后果地看明白了钱姓村这次不同寻常的朝社——瘗埋傩神脸子，这是一个宗族睁着眼往绝路上走的做法。

“你是……”族长钱运德放下脚。

“族长，我能借一步和你讲个事吗？”傩傩的话说得稳当当的，“我是前山金村的傩傩。”

“我们族里在办大事呢。”钱运程认得傩傩，他不想让外姓人看到“家丑”，“有事等一下回村里再讲行不行？”

“我要讲的就是这个大事。”傩傩盯着族长钱运德。

族长钱运德拎起锹杀到地上，锹柄颤了几颤，斜斜地立住了。他径直走下土包，一屁股坐到草地上，双脚蹬塌了半边沟沿，碎土将一排油菜压得喘不过气来。

“我能让钱姓村不埋脸子！”傩傩说。

“哦？”族长钱运德的眯眯眼被这话猛地撑开了，“你讲讲，怎么个不埋法？”

傩傩一咬牙：“我给你们钱姓当儿子！”

族长钱运德像看到一块大元宝，半滚着身子爬起来，紧抓着傩傩的手，生怕他说完就跑了一样，说：“你也是个大小伙子了，讲话得有个重量，这不是闹着玩的。你大你姆同意不同意？还有你们金氏祠堂呢？”

“八岁时我大我姆都死了，我是在青阳姑姑家长大的。”傩傩说，“我光屌两大块，自己当着自己的家！”

族长钱运德摆摆头，像是在清醒脑壳，他着实被这突如其来的大拐弯拐得分不清方向了，他要一句一句地问清其间的缘由：“改姓易名，是打先人脸的事，什么大不了的事让你有这个想法，你能告诉我吗？”

“我想办傩！不瞒族长，我花十年学傩，九金十三梁二钱三芬四李的傩戏没有我不会唱的。到头来，金姓戏台的边儿都不让我沾，还差点被人当着小鬼赶了。”傩傩说的是真话，也有假话。他想定后，挑了些回前山金村这些年的境遇说了说。

“傩傩，你要是真有这份心，下来我就往这份心上给你使话；要是没有，我也不怪你，当你讲的全是毛孩子的话。”族长钱运德还有点不相信傩傩。

“我要是有半点耍人的心，出门打踢脚摔死。”傩傩下了毒誓。

族长钱运德抬头看了看天，太阳还是很圆；又扭头看看社树，还是搂得紧紧的两棵；他还看了看他的影子，紧挨着傩傩的，一般长，只是他的胖些。他相信了这一切是真的，把激动的心情抓在手心里。他说：“傩傩，我信你！今晚钱姓村的傩事……就由你来操持！”他用满手心汗水的手朝脸上抹了一把，热乎乎地说，“水上钱、水底钱，六个房头五十八户，你看中哪户选哪户，并且公堂三亩田归你个人，进到哪家门归哪家人。”

“我就给族长当儿子！”傩傩比说哪一句话都利索，也都有力道。

族长钱运德愣住了，汗水从手心爬到额头上，呼呼地往外冒，他的手不停地抓着放、放着抓。他终于说出了话：“好！孩子，你稍等等，我上去和他们讲讲……”说完，他一口气将胖身子推上了全都瞪着眼在看他们说话的钱姓村人。

“什么事啊？”钱运程急急地问。

“天大的好事，傩神显灵啦！”族长钱运德擦了一把汗，一张肥脸笑成了破碗花，“我钱运德有儿子了！”

“到底是怎么回事？”钱运程看着土包下的傩傩，“是他？”

“对！对对对。”族长钱运德说，“前山金村的傩傩要改金姓钱，给我当儿子，这不是天大的好事是什么？”

“这么讲，”钱运程说，“我们傩堂的脸子就不用埋了？”

“那还埋个卵子啊！重新摆上香案，拜傩神。”族长钱运德把眼又瞪大了三分，他的话让人听出了平时的横劲，能架到白水河上做桥，“都跟我下去接傩傩，他是钱姓的后人，也是钱姓村的恩人。”

族长钱运德带着钱姓六个房头，前呼后拥地将傩傩接到社树前。

傩傩陪着族长钱运德朝着钱氏的香案跪了下来，所有的人都跪得齐刷刷的。族长钱运德扯开嗓子喊：“感谢傩神赐子，续接钱氏烟火。钱姓族人永记傩神福祉，誓愿：有钱氏所在，必供奉傩神，万代不绝！”

族长钱运德五体投地地三拜九叩之后，拉起傩傩：“来，孩子，我们父子俩跳段‘舞伞钱’，给钱姓祈子送福。”

“好！”跟着谁的一声叫好，是一地鞭炮。

族长钱运德戴上“皇帝”脸子扮“玉皇大帝”，傩傩带上“土地”脸子扮“土地公公”。

又是一地鞭炮，铺得神树四周红了一圈。

钱运程有节有奏地喊下了《舞伞钱》的“断词”——

……

钱儿舞得一片白，（贺！）一边日头一边月。（贺！）

金门舞得沿门过，（贺！）官非口舌尽消灭。（贺！）

伞儿舞得只只高，（贺！）四边风水尽来朝。（贺！）

门前系了青丝马，（贺！）代代儿孙着紫袍。（贺！）

"玉皇大帝"执五色神伞随着不同的"断词"忽而举、忽而送、忽而旋、忽而扛……"土地公公"手拿着面盆大小、里方外圆的竹扎古老钱,应着神伞,或捧、或接、或转、或提……合着形、随着意,特别是"玉皇大帝"的伞端每每奋力抽送,"土地公公"都能门框对着门臼地将转动的钱眼准确合上。四段舞,招招见形、势势生情,人、伞、钱,分中有合、合中有分,在场的老人看得老泪纵横。

"神助我们钱氏续接兴旺啊!"

族长钱运德直立着身子,从傩傩手上接过古老钱,正正地套在伞头上,之后启下面具,一张什么时候都像透水的红萝卜脸每个毛孔里挤着圆溜溜的汗珠子,头发丝里全挂着晶莹,动一下会响似的。他笑眯眯地看着扮"土地公公"的傩傩:"孩子,我们回村!回村,认祖归……"尾巴上的"宗"字卡在了喉咙里,便一头栽倒在地上。

什么东西长脚,都没有话长了脚跑得快。水上钱村不用说了,隔一山达一洼中间还拦着"三芬四李"七个村的水底钱村,在钱氏祠堂刚刚摆好香案便拥进上百号人。当然,其间也着实因为族长钱运德跳"舞神伞"晕倒到苏醒的过程。族长钱运德是傩傩一口气背回水上钱村的,本来是往家背,可醒来的族长钱运德坚持要进祠堂,他要一步紧着一步地将傩傩认到钱姓的门槛下,这一点明白人都能看得清。附近的芬姓也有人听到,夹在人堆里来看稀奇。不大的钱氏祠堂自上梁盖瓦以来从来没有过如此热闹,看人难道比看傩还得味?

族长钱运德坐在一把太师椅上,他的什么话都是先对钱运程说,之后,钱运程再一一吩咐。先人的一百零九块牌位要重新擦拭干净,供脸子的"龙床"要暂时请到神龛下,族长钱运德老婆田荷花要在家杀鸡割肉剖鱼重新供上一份献祭,要请来在山外教过私塾老来回到红叶李村的白眉李宽续添家谱……拥在祠堂的人看的却不是这个,而是一直坐在族长钱运德身边的傩傩。傩傩有什么好看的?哪个看了一眼也生不出奇怪来,但哪个看了之后都要在嘴上或心里嘀咕那么几句。这是人之常情、世之常理,嘴长在别人脸上,你捂不住;

心窝在别人肚里，你掏不出。傩傩从八岁开始，在别人的嘴上和心里还少有过吗？看着他是静静地坐在即将要成为他父亲的族长钱运德身边。此时，他才像老牛反刍似的咀嚼两个时辰来的一举一动，在想到金氏祠堂时，在想到金双美时，游丝般的悔意还是在心里爬藤般地生长。但眼下，他只有一棵树可以让他爬到能看到天，那就是钱运德和钱氏祠堂。眼下他要应对的是钱姓上上下下因为他而改变的傩事，他把牙咬得大脚指头都是生疼的。

族长钱运德在每安排一件事的时候，都会提起靠着的肩膀侧面对着傩傩。傩傩不作声，只是点点头或笑笑。傩傩清楚记得他在钱氏祠堂说的第一句话是“妹妹”，那是族长钱运德的小女儿钱小末、小号“末脚子”用篮子拎来祭供的时候。

钱小末进来瞄了一眼傩傩，再也没有看他了。她冲着她父亲说：“这搁哪块？”

族长钱运德没有在意女儿的话，坐直身子对傩傩说：“这是你妹妹‘末脚子’。”

傩傩站起来，伸手去接篮子，想了想说：“往后妹妹多照应！”

钱小末并没有将篮子递给傩傩，她咚地放到了地上，里面的碗碟当嗞作响，她转背走了。

“你这丫头，‘哥’都不晓得喊一声。”族长钱运德明显在掩盖着什么。田荷花三天两头地骂钱小末是个“痴货”，这么一看，她真不算精明，甚至有点痴。

“她怕丑呢。”钱运程过来说了“一切就绪，能否开始”时问了声，“老嫂子怎么还没有过来？”

“我来了！”肚子里掏出三个女儿快成秋冬荷叶秆子的田荷花在人堆里淡淡地接了话。她娘家在铜矿上，老祖做过铜官。

过继入赘，都是族里大事，里外得族长主张。考虑到是族长钱运德纳儿，也就指定一直在族长钱运德家的香厂做领头的同辈钱运程来操持。钱运程在村里，一年受不了几个正眼，可族长钱运德在村头人面前把他捧得不比自己低多少。

傩傩改金姓钱入祖归宗的程式不算复杂。首先是上供，族长钱运德牵着傩傩走上戏台中央，将还起着热气的三荤六素一字摆放到祖先牌位前。族长钱运德点燃了三炷香插上香炉，又点燃三炷递给傩傩。傩傩双手接过，如同族长钱运德一样插入香炉。族长钱运德再次抓住傩傩的手，双双跪下。钱运程开始对着祖先的牌位从添文、荣富、留财三位先祖开始顺着"圣、神、功、德、厚，光、胜、武、陵、春；敕、券、传、家、宝，文、章、贯、日、清；诗、书、忠、孝、远，兰、桂、冕、旒、尊；温、良、恭、俭、让，奕、叶、立、尼、门；王、侯、从、古、有，英、烈、至、今、兴；物、华、天、象、应，人、杰、地、灵、生……"的辈字在唱念先人，之后他高喊："钱姓运德一门今纳金姓大松、小号傩傩为子，三叩祖先为愿！"

族长钱运德虔诚地磕下额头。

"金姓大松、小号傩傩诚愿改姓为钱，立户钱姓运德一门，养老扶幼一生，三叩祖先为誓！"

傩傩也磕下三个响头。

接下来是"入谱"。族长钱运德和傩傩每人递给白眉李宽一个红包，意在为"请"。白眉李宽接过红包，举过头顶，转了两圈才掖进怀里，这叫"亮请"。过继入赘、休妻分家，被视为不是什么积高德、行大善之举，做中主事的都要开门地做。白眉李宽比老许元拿架子，后来傩傩主事时，一次不请他。

族长钱运德将家谱翻到他那一门子的页面上，摊到白眉李宽面前。他将笔舔了又舔，这也是规程，叫作"候笔"。也就是说，要是这个时候过继招赘、休妻分家之人倘若反悔还有机会。

傩傩毫不迟疑地端起茶碗，说："请老先生大笔添上我的小名：钱大松！大小的'大'，松树的'松'。"

白眉李宽接过茶碗放下，等于接过了傩傩的应诺，提笔写字……圈在桌子前后的人都伸着头看。三个小楷瞬间将"钱大松"写到了列有条格的白宣上，傩傩看着就像在给自己写一个牌位。这天，傩傩才明白，方方正正的字也可以很快写成。

掌声和鞭炮声中，族长钱运德一把抱住傩傩，他颤抖着身子，不停地喊着“傩傩！傩傩！”，泪水再一次冲洗着他的脸。六个房头都过来给族长钱运德和傩傩说着恭喜的话。

“钱大松给爹娘敬——茶！”钱运程候着时机喊了最后一道仪式。

族长钱运德放下傩傩，用眼找到了站在一旁好似跟着在看热闹而又没有看出什么热闹的田荷花，他做了个手势，田荷花跟着坐到了面对着戏台而立的椅子上。

傩傩跪到族长钱运德跟前，磕了三个额顶地的头，接过钱运程备好的茶碗，双手捧上：“请大吃茶！”程式都是钱运程教的。

族长钱运德接过茶，深深地吸了一口。茶有些凉了，平时他只喝烫得在嘴里翻筋斗的热茶。凉茶不如冷水，这是他说过的话。钱运程要过茶碗，钱运德腾出手来去拉起傩傩，他从怀里抽出一个红布袋，里边唱着银圆的响声：“孩子，大给你压岁！”

傩傩接过红布袋和红布袋里的响声，又如前一样地去拜认田荷花。田荷花也受了拜、也喝了茶、也搀了人、也给了红布包，话也是那句：“孩子，姆给你压岁！”听着不是一囫囵进耳的，跟用菜刀撇进去的，稀薄得这边能看到那边。傩傩心里一惊的是，看到了她的眼珠子，里面没有他的人影儿。算命的瞎子眼珠子里都能看到人影儿，他在青阳时试过，怎么田荷花眼里没有呢？

族长钱运德站到戏台上，祠堂里咬耳的嘴放开了，天井里的亮开始朝西打，站在东边的人比西边的人亮，有个穿着年里新衣裳的女人捂着眼在笑，却不敢有声音。族长钱运德直直地立着，比祠堂里哪根柱子都粗，要是此时屋子倒了，压不住里边任何人，他能顶得着。当族长做年首，要的就是这样的人。傩傩看在眼里，想在心里。族长钱运德放开嗓子：“钱姓族里，傩神年年送子，三年不得一丁，本该瘗埋脸子。祖先保佑，给我们送来了傩傩，他救下了‘十三太保’，也保住了钱姓的旺相。虽讲他已成为我门里的儿孙，但我还要代表水上钱、水底钱六个房头五十八户二百一十七口人对他的生养父母、对他再次表示我们的诚谢!”族长钱运德深深地鞠下一躬。傩傩来回扭着身子,不知如何是好,他是在找钱运程。

族长钱运德接着说:“在傩傩诚愿为我们钱姓接香续火时,我有两诺:一是户门任他挑,二是三亩‘公堂’归他带着进家门……”

祠堂里仿佛进了一群蝇虫,嗡声缠着梁、绕着栋,还细细地往人心里钻。有句话声音较大,恐怕说这话的人也没有想到他成了一只大知了,他说:“哦!大瓠子这么长,不是当菜是做瓢啊?!”很少有人在人堆找这句的出处,而是都在把眼盯着戏上的那根“柱子”,看到他到底会不会歪斜。

族长钱运德的脸上泛着一层笑,他上前一步:“我做梦也没有想到傩傩选的是我家,现在他已经入门当户了,这三亩‘公堂’要不要,我想听听他的想法。”

所有的人都把眼光从台上收到台前的傩傩身上,的确也有人在耳语:“有三亩‘公堂’跟在后头,这辈子还愁没饭吃? 哪个这么傻啊?”

傩傩开始说话了:“我进钱姓的门只图办傩旺族,没有‘公堂’怎么办傩?”

“多好的孩子!”钱运程故意大声说。

跟着也有很多人不怕啧破嘴地在称赞傩傩,更多的人是心里一块石头落下来了:族长钱运德捞不走三亩“公堂”了。

傩傩扭头又看了田荷花一眼,她也在看他,他依然没有在她的眼珠子里看到人影儿,反倒觉得更深了,他紧了紧年前姑姑才给他做的新棉袄。

“为了支持我儿把钱姓的傩堂办得更好,我钱运德从今年起将水口上的两亩头等田送作‘公堂’。”族长钱运德说得字字有力。

“谢谢族长! 谢谢族长!”钱运程起的头,众人跟着贺,仿佛钱氏祠堂在办傩“喊断”。

族长钱运德还有话要说:“在傩傩进了祠堂还没有进我家的门槛前,我还要讲两件事:一是钱姓村的傩堂年首从现在起由钱大松也就是傩傩接手,我和

傩舞

舞伞钱

钱运程兄弟给他当执事；二是傩傩的亲事，他只要看上了我们钱姓村哪家没有定亲的女子，我都得八抬大轿地抬进门。好了，今晚接着唱戏！”

离日落上戏只剩半天的工夫，傩傩主张办了两件事，一件办了个空，一件办得实。

族长钱运德说到做到，等祠堂里看热闹的各怀心思地回家等着晚上再看傩戏的人散尽，“十三太保”的“龙床”重新上了台中，他带着六个房头和傩傩点香燃纸，将钱氏“傩事”总稿“请阳神簿”交给了傩傩。

“赶紧去水口把滚灯迎回来！”傩傩说。

“什么滚灯？”钱运程听不懂。

“就是傩堂的滚灯啊！”傩傩说，“我往神树上去时，滚灯还摆在水上钱的水口上。”

“不会的！”族长钱运德拧起了眉头说，“我们傩堂的滚灯初七晚就烧了，会不会是芬姓村的？也不会啊，哪家把滚灯放到初九还不迎呢？运程，走，我们去看看。”

一行人跟初六放滚灯似的，默不作声，但脚下很急。

到了水口，却不见了滚灯。

“哎，我明明看到一只灯啊。”傩傩低头找了找，“你们看，我从这边跳到那边的脚印子还在呢！”

傩傩没有说假话，而没有滚灯也是事实。

“一只大滚灯，又不是苍蝇蚊子，还能看不清啊？这是我们水上钱的水口一点不假，是不是有人在背后坏我们的傩啊？”族长钱运德抬起头，将脚上的泥土在一丛茅草根上左蹭一下右蹭一下，蹭干净了鞋，他说，“就地放下这只滚灯，一心办好今年的傩事。”

回村的路上，傩傩说：“不晓得时辰还跟不跟得上，要是跟得上，我们得把祠堂的戏台改改……”

“怎么改?”族长钱运德刹住脚,“你讲讲看。”

“把戏台重新搭到祠堂门口,”傩傩说,“我们面朝老祖的牌位演。”

“听傩傩的,他看遍了七乡八里的傩,连石城都去过。”族长钱运德迈开大步,边走边说,“就这么定了,改!运程通知村里的劳力……得请个木匠吧?”

“我跟我小表叔后拉了几年大锯呢!找把斧子就行。”傩傩说。

有族长钱运德坐镇,钱氏祠堂的戏台在这年正月初九的下午由祖先的神位下改到了祠堂门口,一点没有耽搁当晚的傩戏。两个钱姓村的人都晓得是刚入门的傩傩的主见,谁也不晓得其间生的是什么法。

戏也改了。族长钱运德随点了钱姓“傩事”总稿上的几段戏,傩傩张口就来。服得钱运程说:“这戏文哪是写在总稿上的啊,全写在我们家傩傩的心里。”于是,族长钱运德将当晚的傩戏改唱《章文选》第十五至十七出《包文拯斩鲁大王》,意在斩妖,并且增加了与其他傩村最不相同的“刘家戏”《和番记》中的《赏月》,同时通知钱姓村:今晚“吃邀台”!家家户户的女人除准备上一碗咸白菜“送穷”,还在准备着心思。这份心思,就是“傩神”要“送子”!

锣还是那张锣、鼓还是那面鼓、人还是那群人、时辰还是那个时辰,心境已经不是那份心境了,锣鼓起得有力、收得有劲。

傩傩开始主张钱姓村的傩!祠堂里比傩傩认祖归宗时更多了一层钱姓村人,多的这一层刚好补上其他村日上来看热闹的人头。戏台这么一调,祠堂好像宽了许多,看傩的人从两个侧门进出顺顺当当,没有一人踢了户槛。

傩傩穿着坎肩、扎着红巾、戴着“千里眼”脸子上场。“千里眼”勇武凶悍,他出场时,有的母亲罩住孩子的眼——他头生一对肉角,额长一个太阳,黑面盆脸上红眉倒竖,眼球镂空,血红大口中伸出寸许舌条。

傩村五堂傩,只有钱姓村有一对“千里眼”“顺风耳”的脸子。隔了年,傩傩从一位钱姓老人口里得知,这对脸子又称“两仪”。老人还念叨说:“是故易有太极,是生两仪,两仪生四象,四象生八卦,八卦定吉凶,吉凶生大业。”一句话，捅开了傩傩的天眼——石城的绿、红、棕、蓝四色的四季十二月脸子不就是“四象”吗？“我一定要雕出一套全脸子！”

千里听到锣鼓响，万里听得鼓声鸣。锣声响，鼓声鸣，请得神来做满庭。千槌万打，戏舞皆能，不必到长城。朝朝日日下堂游，三夜走过两万州。人人说道杭州好，唯有钱氏最大头。

这是“千里眼”代表众傩神已经莅临傩堂，傩傩特意用高腔起调，再一次让钱姓村听到了不同一般。

原本接着是帮助执事的钱运程戴着“顺风耳”脸子上台“报场”，但戏台搭好，放了第一遍铳时，族长钱运德把傩傩和钱运程叫到一边说：“我思来想去，今天是钱姓宗族转火生旺的日子，有些事得做全了、做足了，上午在社树前舞天地交合的伞钱舞，晚上还得在堂内舞夫妻交合的和合舞。傩神夜里要送子，傩傩跳‘和仙’，我跳‘合仙’……”往年，舞了“伞钱”就不舞“和合”。

“你还要不要命！”钱运程说，“要是舞，也得我和傩傩。”

“我和运程叔吧！”傩傩同意了“舞和合”，也不赞同族长钱运德上台。

“我是真老啰！”族长钱运德端起茶碗喝了一口，“年轻时，傩神踩街，我从水上钱一路跳到水底钱，气不喘、腿不酸。上午跳了几下，现在腿肚子还转着筋地颤。”

“舞和合”，路数类同“舞伞钱”，不过“和合”脸子不得动用荫福着“十三太保”的神伞和已经套伞端的古老钱，也没有喊断。俩人空着手在台上四个方位有形有意地反复做着伞与钱的交合动作，锣鼓点子更是合折迎韵，和仙送、合仙接，和仙收、合仙顶，跳得自然流畅、舞得情意浓浓，连开过怀的妇女看着都红起了脸，低下头，又翻起眼，生怕漏掉某个精彩动作。族长钱运德在台中一个劲地鼓掌叫好，满堂的人也都期待着姓了钱的傩傩的戏文本事，一天来，钱姓村都在传说他十多年学傩的枝枝叶叶。

钱运程没有下台，立在中央喘息了片刻，直接“报场”。别的傩堂都叫“报台”，钱姓的“傩戏”总稿上写的是“报场”——

昔时宋朝章文选，才余学饱去求官。带领亲妻刘氏女，夫妻一路上东京。天晚安歇杨公店，文选前去探乡亲。却被鲁王谋妻妾，谋他妻子配成婚。刘氏终言总不允，被他打死见阎君。文选上告包公去，以旧乐府帝王君。缸炕火烀顿时死，包公写表奏朝廷。殿前请得温凉帽，救得刘氏转还魂。玉帝敕令归天去，至今万古永传名。

锣鼓看着傩傩走到了“出将”帘子边上，才开始起点。这是族长钱运德交代过的，毕竟傩傩是头一回上台，一切都要就着点儿。戏台规程：只有错的唱腔，没有错的点子。让锣鼓看角色打，不多见。

听完“报场”，祠堂里人都知道要唱《章文选》，“净角”脸子刚露头，心里就从“鲁大王”开始接起。打小在自家傩堂里滚大，二十一出戏，“鲁大王”开场的有三出，第五出是鲁大王“打得杨公门前过，后花园内有佳人”，第七出是章文选妻子“百花娘子性痴呆，打死阶前似土泥”，再就是第十五出杨知府“计算月中擒玉兔，谋划日里捉金乌”。

“鲁大王”八方步子上场，后边跟着一个丑角脸子的“手下”。

鲁大王：(引)我是陈州第一人，谁人敢有起强心？若还不顺吾中意，决不留他一命人。

钱姓村的傩戏《章文选》从第十五出开演。

鲁大王：(白)昨日包矮子差来拿我，我检出公文，将公人打死，放落水中。正是：任他用尽千般计，难脱天罗地网中。今日闲暇无事，叫手下，倘有啰唣者，拿来见俺。

手下：(白)晓得。

戴着“先生”脸子的“小杂”上台。

小杂：(唱)大人命我送音书，怎敢迟延久住停。路上不敢回头望，一心来请大人身。(白)来此已是大王门首。门上有人？

手下：(白)哪里来的？

小杂：(白)我是杨知府老爷差来的，送得有音书在此，烦劳带进。(下台)

手下：(白)启复大王，送得有音书在此。

鲁大王：(白)拿来我看。

(唱)大王接得书在手，打开仔细问原因，书上不说闲言语，接我南衙去成亲。

(白)叫手下，取十两黄金赏与来人。

手下：(白)晓得。

鲁大王：(白)叫手下，看胭脂龙马过来。多谢杨知府一人说合，张通判有一女儿与我成亲，就此前去。

鲁大王：(下台诗，白)我今前去说姻亲，多谢杨知府一人。

串合姻亲成就事，多多赏你马蹄金。(与手下一同“入相”)

第十六出转场。

“杨知府”戴着“刘文龙”的脸子上场，上一场“鲁大王”的“手下”在此转换知府手下跟台。

杨知府：(引)大摆筵席等皇亲，此讲无疑决降临，若得筵前拿捉下，囚车脚链不容情。

（白）昨日差人去请皇亲，想必来矣。叫手下，铺筵伺候。

鲁大王：（扬鞭而上）（唱）大王坐了高头马，一心骑马做新郎。来到陈州城一座，众官来接大王身。

杨知府：（上前行礼，把酒洗尘）（白）启复大王得知，臣见大王缺少第三宫夫人，我今说合。张通判有一女儿，年方一十八岁，并无许配人家，小人为媒，不知大王意下如何？

鲁大王：（白）你既有仰靠之心，我岂能俯下之意？成得姻亲，酬谢不浅。

杨知府：（白）请大王登席饮酒。

鲁大王：（白）成了亲再饮酒。

杨知府：（白）饮了酒再成亲。

（唱）接得大王在衙内，大排筵席在衙中。便请大王高处坐，众官陪酒说原因。

……

第十七出，“黑包拯”戴着红红的“关公”脸子上场。

那年，傩傩头一次看到此等扮相，好笑了一阵子。但多少年来，没有影响钱姓村人看戏，也是一况奇景。

门外响起了入夜以来的第一铳。钱姓村的傩堂仅给“皇帝”和“包丞相”放铳显威。

包丞相：（引）差人去提鲁王亲，至今不见信回音。拿得皇亲除祸害，黎民户户得安宁。

（白）昨日差人去拿皇亲，怎么的不见到来？

戴着“千里眼”“顺风耳”脸子的“董朝”“薛霸”上场，分立两边。

董朝、薛霸：（白）想必来矣！

包丞相：（白）董朝，薛霸，整顿法物伺候！

众官：（带鲁大王上）（唱）提得大王忙不住，囚车脚链并随身。送到开封府内去，众官下拜说原因。

（白）禀服大人，捉得皇亲在此。

包丞相：（白）众官发回。

（众官下）

鲁大王：（白）来此什么所在？

包丞相：（白）来此南衙。

鲁大王：（白）我在陈州，怎么到南衙？

包丞相：（唱）提得鲁王阶下跪，待我仔细问原因。是你打死刘氏女，是你打死二排军。我这里也无茶共酒，三百皮鞭当点心。好好从头来招认，留条生路转还魂。

……

傩戏《章文选》演完这一出，歇锣息鼓。

傩傩正准备启脸子、脱戏服，他要去问问专心在台下看戏的族长钱运德他唱得如何。不想，钱运程急忙地跑过来拉住他，顶着他的耳朵说：“族长安排‘傩神送子’！”

傩傩想都没有想，说：“好的！”

“你等会儿。”钱运程撞着几个在天井里玩火的孩子，挤到族长钱运德身边说，“那我请‘傩神送子’了？”

“先把祠堂里的女人和毛孩子们都撵走，再‘启驾’。”族长钱运德刚说完又补了一句，“有‘接驾’的没有？千万不能让傩神跑白路，那会有大难！”

“我才去看过，门头的篮子里有十一只红鸡子了。”钱运程直起腰对祠堂里大喊道，“天冷得咬脚，妇女和毛孩子们都家去暖和暖和，傩堂歇戏半个时辰，之后看《赏月》、‘吃邀台’，行了吧！”

钱运程低头时，正看见族长钱运德在朝他招手，也像是在要伸长胳膊来摁他的头，他又弯下腰。族长钱运德小声说：“傩神一晚哪能吃得了那么多鸡子，有个三五个就是了，到十五还有几天日子嘛。”

“我晓得了。”钱运程说，“不能把‘傩神’累着。”

傩傩一直在这边等着。他看到钱运程从“龙床”底下取出提灯，又用媒纸在供台的红烛上引着了光，随手还抓了一沓黄表夹到胳肢窝里，这才回到傩傩身边。

出门前，钱运程交代一定记往“傩神降福送子不唱不言”。傩傩跟着“提灯”从侧门出来，钱运程突然回身，放下提灯，抽出胳肢窝里一半黄裱，就灯点燃后，朝傩傩磕了三个头：“请傩神‘启驾’！”

天起风了，是扫地赶的风，还有几张含着焰的黄表被吹着连滚带爬地在抢着烧。走出不几步，也能知道扫地风那吃劲的厉害，脚在不停地走着，一下午搭半个晚上生的汗开始反攻倒算了，它们好像也冷得要从脚心里钻回去。“提灯”出了村，一直往东北，穿过水上钱村的一片山地。凑着天光，能看到稀稀拉拉的大麦趴在那里恨不得缩到地肚子里。从前边的竹林坡边上往南拐就是白水河，“提灯”引的正是这条路。往南再往东北是白水河出青峰山吐气的地方，要不是对着山头有着成岩的巨石拦着，还不晓得它能撒野到什么形状。族长钱运德家的两口大水磨就在这里，一口磨磨香粉、一口磨磨纸浆，傩傩小时候和金大杉他们来看过，那磨有团箕大。一口磨子配着一间大大的水磨房，“提灯”停下的应该是磨香的水磨房。钱运程突然大喊：“傩神到！接傩神！！”吓得傩傩心一拎。

水磨房的两边，从夜色里洇出十来个蒙着黑纱的人影，每人先从门筐吊着的一只篮子里抓了一个什么东西。后来，傩傩才知道那是她们早先放进去的染了红色的鸡蛋。之后，她们全部朝傩傩跪下："恭候傩神大驾！"说出的话，一个字也听不清，她们都咬着舌尖在说，但能听出来全是女人。

钱运程朝傩傩做了请的手势，河风从"净角"脸子的镂空里找着傩傩，他径直走进水磨房。屋里黑得比老许元磨的墨还要黑十分，傩傩跟没有了眼睛一样，但他听到了白水河的声音，那是从石磨下方的轮叶口里拱上来的。突然，"一只手"上来搀住了傩傩，他跟被鬼抓住了一样，猛地想抽回来，可又上来一只手紧紧地抓住了他。这时，他狠劲地看了身边的黑影。人的影子比黑夜还黑，这大概就是人和鬼的区别。

黑影朝傩傩跪下，咬着舌尖说："请傩神赐子！"

傩傩看了这么多年的傩，对傩神怎么赐子还是从来没有看过。傩神赐子不是抢神伞的彩条吗？再不就是讨"龙床"前的第一对红烛、抢正月十三得子还愿的灯笼伞上的灯笼吗？还有，钱姓村正月十三还要舞"关索战鲍三娘"，可以吃"献马杯"的鸡蛋啊，这叫傩神还怎么送子呢？他不能张嘴，自然问不成话。

好在黑影懂，她起身搀着傩傩走到墙脚边。这时，傩傩才知道那里还放了一张竹榻，竹榻上有垫的也有盖的。黑影将傩傩推坐并扶倒在床榻上，盖上被子，她又朝竹榻跪下，随即起身钻进了被窝。傩傩暖和了起来，黑影很快拉开了傩傩掖腰的大裆棉裤，一只手准准地打上了傩傩的"竹笋"，他想到了艾艾。一想到艾艾，他听见的白水河的声音都是暖的。暖，让他开始知觉了，心窍也就开了。

傩神开始送子。一张竹榻唱响着石磨房的歌。

黑影得到了傩神的送子，她将那只红鸡蛋递到傩傩手里，便穿好衣带，再次朝傩傩跪下。这回，傩傩已经找回了眼睛，大石磨还是团箕那么大地坐在那里，磨挡被藤条绑着，也就没有了移动的力量。他看不到她的脸。傩傩最想看的就是她的脸，尽管他日后送子无数，但每一次他都想到她，是她教会傩神送子的。傩傩毕竟是傩傩,他不可能看到了她的脸,但傩神一定看得清亮。她咬着舌头说:“谢谢傩神大恩大德!”她出了门。

傩傩摸了摸红鸡蛋,他觉得饿了。一天来,他没有上桌吃一顿饭,中饭时他在下劲搭戏台,钱小末把饭菜送到祠堂,头一回和族长钱运德吃饭,好菜不能多夹,饭也只吃了一碗搭一勺子。幸好,唱戏前钱运程老婆送了三碗煎鸡蛋下米面,他和族长钱运德还有钱运程一人吃了一碗顶住了饥。现在他又戴着脸子,况且这个蛋能不能吃,他还不知道。其实,这个蛋就是让他送子后吃的。

傩傩想到饥时,水磨房的门上又闪进一个黑影,她比他高,但再高,她见到傩神都得下跪,都得咬着舌尖求告。不一样的是,她和被子一起盖到了傩神身上,不像是在让“傩神送子”,像是她要给傩神送什么宝贝一样。她还叫,一上来就叫,叫得跟猫叫春一丝不差。她叫得傩傩再也听不见白水河的声音,那原本已经暖了的声音,被她叫走之后,傩傩开始发冷。他恨她,他便一个翻身。“嗵!”他和她连人带被滚落到地上。床榻的声音也没有了,全是她在叫,哪一声都“噢”得好长。他狠劲一上来,连自己都没有想到他还能那么粗大、那么有力、那么持久,像解了藤绳的大石磨,只要有水,它就永不停歇,将松木磨成粉、将竹节磨成浆……

她喘着气,谢完傩神,走了。傩神不会给她送子的!她属“猫”。傩傩真是这么想的,尽管有些不应该。

下来,傩傩又接了三只红鸡蛋。他在准备接第六个红鸡蛋时,他听到了钱运程的话。

“傩神要回朝了!”钱运程说,“明晚,一直到十五,傩神都会来送子。回吧!”

傩傩飞快地穿上衣服,钱运程打着“提灯”进来,他跟着他回到钱氏祠堂。

锣鼓等了他们好久。

“提灯”一进来,径直到了族长钱运德身边。

“干脆送到大天光算了!”族长钱运德说。

“人多,拦了几回才拦住。”钱运程听出那是反话,弓着腰说,“傩神送子为大!”

“傩傩呢?”

“在换脸子。”

“叫他过来,铁打的人也上不了台啦!”

“他讲没事。”

傩傩换了对襟花袄,看来他要唱“公主”。钱运程过来喊他,他在花袄上故意磨蹭。一回到祠堂,他就不敢看人,仿佛烛光中每个人都明晓了刚才两个多小时在水磨坊里的“圣事”。钱运程催到第三遍,他才从右后台的帷子里钻出来,他低着头,无意间还真凑足了女相。

“不行的话,你歇着?”族长钱运德生出了怜子之情,“《和番记》都是在牌子里唱。”

“我和运刚叔讲好了,用青阳腔起调,他唱‘刘文龙’。”傩傩把眼光打在火桶前的小桌子上,上边还滴着一摊水,“也就一出戏。戏装都上身了,脱下不好。”

五堂傩,二十多本戏文,傩傩最喜欢的算是钱姓傩堂的这本《和番记》,它十分文绉,一个字像一个字,一句话像一句话,跟绣上去似的。同是“刘家戏”,但它声声有腔,曲曲有名。傩傩数过,光有名的曲牌子比如“山花子”“紫苏丸”“朝中措”“金蕉叶”“三换头”等就有五十八个之多,另外还加有“前腔”“尾音”等。那时候其实许多字词他不是很懂,但就是喜欢。为了这个本子,吴根旺也不知想到了什么门子抄了回来。傩傩一直背到当年的端阳节才硬生生地记下了。传说,写《牡丹亭》的汤显祖来青阳时,钱姓有位老祖请他斧正过。

“反正晚也晚了,再等会儿吧?”族长钱运德说。

“天冷得很。先演吧!”傩傩有股巴不得马上演完今晚傩戏的劲儿,“之后还要‘吃邀台’呢。”

锣鼓再等就打不到点上了，一双双老手捂在怀里舍不得伸出来。钱运程到边上催了一回，才“咚哐咚哐咚咚哐——”地响起来。

傩傩改戴“小旦”脸子扮“公主”先上场。

公主：（唱）【绕地游】霜天满目，海角悬围玉。问嫦娥，何事孤独？

（白）皓月挂疏桐，漏断人初静。唯有幽人独往来，缥缈孤鸿影，惊起却回头，有恨无人省。拣得寒枝不肯栖，枫落湖江冷。父王将我招与驸马，则见他愁眉不展，脸带忧容。只为家乡万里，音书寥廓，也怪不得他。他又另盖一座公馆，在外居住，与俺这里十出九不归，也由他罢了。今乃中秋佳节，着人去请他前来。把都们何在？

“把都”戴着“丑角”脸子在后台应声。

把都：（白）公主在上，把都们叩头。

公主：（白）你去馆驿，请驸马爷到来玩月。

把都：（白）会得。

“刘文龙”上场，大个子钱运刚与矮点的傩傩演的番邦“公主”还真搭戏。

刘文龙：（唱）【十二时】塞草烟光阔。秋来黄叶，正随北雁南飞，音书难托。未卜椿庭若何，教我盈盈泪落。

（白）塞下秋来风景异，衡阳雁去无留意。四面边声连角起，千障里，长烟落日孤城闭。浊酒一杯，家乡万里。燕然未勒归无计，羌管悠悠霜满地。不人寐，将军白发征夫泪。想我爹爹年老，妻宿三朝，指望和番就回，哪想单于招为婿，陷在此地，未知何日得回？

且喜此女颇贤，出入由我，不相防忌。今乃中秋佳节，月色澄清，思想起来，人居两地，月共一轮，又添我一番愁闷。

“把都”踮着脚上来禀报。

把都：（白）启上驸马爷，今日中秋佳节，公主娘娘请驸马爷回宫一同玩月。

刘文龙：（白）回去禀告公主，我就来也。今日不去，怕她反生嫌隙，怎得脱身？只得走一遭也。摆道前行。

（唱）【胜葫芦】雕鞍骏马扬金勒，早赴瑶台探明灭。举杯邀饮成三客，只怕羞煞嫦娥一轮明月。

“把都”转一圈禀见“公主”。

把都：（白）到了。禀告公主，驸马爷已到。

公主：（白）状元为何连日不见？

刘文龙：（白）前日与李公爷自祁连发足，绕贺兰山，登单于台，祭昭君墓而返。迟延数日，以此抛别，万罪，万罪。

公主：（白）夫妻之间何必如此。今晚中秋佳节，银河清浅，万籁无声，乃人间胜境，岂容虚度？贱妾聊具疏酌，请状元一同玩月。

刘文龙：（白）如此多谢了！

公主：（白）把都们看酒来。

（唱）【高阳台】长空万里，无云留迹，冷浸一天秋碧。玉宇琼楼，皓魄飞来光泻。

（白）状元请酒！

（唱）欢悦，起舞徘徊。风霜下，人人俱在清虚国。更江山如画，望中烟树历历。

“把都”伸手接过钱运程递上来的果盘和酒壶,“刘文龙”和“公主”在台上正儿八经地吃喝起来。

“‘吃邀台’了,‘吃邀台’了!”钱运程招呼着从门外搬来方桌,大人小孩子一桌蜂上八个人,“公堂”给每桌送一壶白酒,菜都是各家自带的腌白菜、干萝卜。其他傩堂吃的是猪肉、豆腐、粉条、黄烟白乱炖的“一品锅”。

傩傩知道钱姓村为什么这么吃时,觉得这个傩堂吃在了劲道上。钱姓村傩堂午夜“吃邀台”也叫“送穷”。还是老许元有学问,早年他没有正面回答傩傩,而是背了《岁时广记》中的一段记述:“昔颛帝时宫中生一子,性不着完衣,做新衣与之即裂破,以火烧穿着,宫中号为穷子。其后以正月晦日死,宫人葬之,相谓曰:‘今日送却穷子也。’因此相呈送之。”老许元还点化了傩傩:“‘吃邀台’哪是在锅瓢碗盏里?意在驱疫也。”

钱姓村有几个能懂到老许元这等学问?别看他们眼前仅有零散不一、味儿不全的酸辣小菜,吃起来一点不欠热情,先是一桌互敬,再是大人相邀同敬族长钱运德,而后又桌与桌对喝。有些桌还在盘酒,专门瞄着一个不能喝却又贪嘴的,将他盘醉。这晚,钱氏祠堂里有五人喝得找不到回家的门,其中就有傩傩。

祠堂里开始热闹,戏台上“刘文龙”和“公主”将脸子推上额顶,各吃了一些糕点,“刘文龙”实在是饿了,“公主”顺着戏文敬他酒时,他还摁着头在吃方片糕。戏台后两个“宫女”在喊腔。

宫女:(白)驸马爷未曾回敬娘娘的酒。

“刘文龙”慌忙端杯。兴许“锣鼓”也饿了等着吃一口,这边“宫女”一喊,那边就“咚哐”上了,急得“刘文龙”没有赶上点子。

刘文龙:(唱)清澈,千里关山。一家骨肉,共此婵娟。明晰广寒,仙子娉婷，谩劳提挈。嗟彼乌鹊，缥缈惊飞，哪得一枝停歇？更四下牧马嘶风，几处胡笳悲咽。

公主：(白)酒不行。叫宫女们，敬驸马爷的酒。

(唱)奇绝，万里青天。嫦娥何处，驾此一轮魄？闲月收尽，海市天光影相接。仙客，一枝桂影扶疏，留此待君攀折。莫惜金樽邀月饮，酒醉方歇。

刘文龙：(白)酒醉了，不饮罢。

(唱)心热，敲断玉钗，乘鸾归去。看那垂天鹏翼，万叠苍山，总是愁肠泪血。悲咽，短发萧疏霜袖冷，孤光自照冰和雪。我心中无限凄凉，却对谁说。

傩傩竟在这个时候流下了眼泪，哗地那么一下，好似白水河决了堤。有脸子遮着，有汗水掺着，外人看不见，只有他自己知道咸淡。

“刘文龙”和“公主”在猜拳喝令中，对完了两句“下台诗”。锣鼓猛地一收，像冬天刀切萝卜，又脆又齐地结了当晚的戏文。

傩傩走到天井边，族长钱运德和钱运程都站了起来，将他拉到桌边上。

“快吃点，”族长钱运德心疼地说，“等会回家让‘末脚子’她姆再做热的。”

“在台上也吃了不少。”傩傩将五个红鸡蛋放到桌子上，有一个滚了滚，滚到钱运程放的腌白菜边上才止住。有几个孩子看到有了嘴馋，傩傩伸手抓了两个要递过去。

族长钱运德伸手一把拉住：“谢神的，不能乱给，只能你吃！”他顺手将蛋一个一个揣到怀里。

傩傩倒了一杯酒，喊了一声“大”，敬了族长钱运德。又倒了一杯，敬了钱运程。钱运刚打着哈欠过来时，他也敬了一杯。钱运刚说：“谢谢，我实在不能沾酒。几个哥都晓得。”傩傩看族长钱运德点了点头，也就放下了喝尽的空盏。

台上只剩大锣在哐哐地敲着，悠然里藏着眠意。

傩傩在征得族长钱运德同意,拎起了桌上的大半瓶,到各个桌上去敬酒。

这个很值得傩傩体味一生的夜晚,却喝醉了。他是被人盘醉的还是自己敬酒喝醉的,他不晓得,他只记得一觉醒来,他睡在了“妹妹”钱小末的床上,耳朵里全是哐哐的大锣声。

在不到两臂张开一脱长的时间里,我不顾一切地决定给河东钱姓人也就是我后大钱运德当儿子之前,我已经离开了前山金村。真正算起来,有六个年头了。

我是被钱秀英“赶”出前山金村的,这话我没有对任何人讲过。等金大杉回来,我当着她的面对她说:“秀英,那年我是被你赶走的呀!”她含着泪说:“对不住你了,他爷!”可见,她也承认我是她“赶”走的。那时,她都是五个毛孩子的奶奶了。

金大栎两口子死到棺材板里都得意扬扬地认为,我是怕他才回到青阳的。

那阵子,我做梦都能梦到钱秀英的二儿子金全林爬到户槛上找我要他大金大杉。金大杉他大和他姆跟防鬼一样地防着我,我也跟躲神一样地躲着他们一家。巴掌大的个前山金村,一日不遇有可能,十日不见有可能,不能一年碰不上一回吧?

我是在翻完青峰山荒地里的山薯藤子回来在白水河边上碰到钱秀英的,她到娘家给她孩子外公送六十岁的寿回来。她看见我,我慢下了脚,故意在地上找土块拉弹弓打柳树上的麻雀,我连开四弓,一只麻雀屌都没有打着,这是从来没有过的。我抬头,以为她早走远了,不想她立在那里看着我。我只好麻着头皮走过去,硬着喉管说:“到全森外婆家来呢?”

她说:“我一直想当面问你:大杉做什么事要当兵?”

我说:“他讲他要给他大报仇……被炸的那只胳膊。”

她问:“你俩一起去当的兵,他还有一脸麻子屎,怎么你回来了,他没有?”

我说:“我姑把命哭到长官那里,活活拖下了我。”

她问："他上有老下有小，你怎么不把他拖下来呢？你还是个当哥的。"

我说："他对我讲：'回去也好！我家全森，你得照应点儿。'"

"这话你讲过几遍了，讲一遍害我一回。"她停一会，牙齿咬得吱咯响，又说，"你要是想让我活着看到两个孩子长大成人，你就回青阳吧！"

我不敢看钱秀英，把双眼恨不得把整个人都扔到白水河里。钱秀英什么时候走的，我一点不知道，她是个大脚，不像裹脚老太太走得那么轻啊！

我没有跟任何人打招呼要离开前山金村，包括我最亲的金高棣一门子里的婶嫂们，因为我压根儿没有要离开村子，我每年都得回来，清明冬至给我大我姆上坟要回来，每年腊月二十四接祖到正月十五送年我要回来，金姓村要是还办傩我要回来，我不管钱秀英愿意不愿意，每一年我都要回来几次，这是我的家。钱秀英再鼓囊、再顺溜何况这个时候她已经被两个毛孩子拖拉得只鼓囊、不顺溜了，她怎么着也比不过我对我大我姆的承诺，我不欠钱秀英的……我捡了几件衣服，锁上门就走了，跟每一次出门一样。我边走边打鸟儿，在下青峰山时遇到金改水还给他拎了两只锦鸡，等进了姑姑家的门，一大篮子里全是各种鸟，害得姑姑烧了三大锅水才泡完了它们。

我对小表叔说："我想学木匠。"

小表叔笑着点了点头："早学早出师挣钱了。"

姑姑一边在拔一只野鸡膀子上的粗毛一边说："家里的手艺，什么时候学都不晚。"

第二天，我跟着小表叔上到青阳街上修商铺。几年过去了，青阳街仍旧破破烂烂的，这全是日本鬼子作的孽。小表叔后边还有三个徒弟，按进门规矩我是小师弟，背着师傅得听他们仨的指使。学徒的，不长眼，不如不学，他们晓得我与小表叔的关系，都哥长哥短地喊着我，平时挑工具、换刨子磨斧子不让我做。小表叔对我不留手艺，有他认为紧要的活儿都让我跟着，可我就是拎不起小斧子，砍砍大劈还差不多，只要一到打好的边线上，那木路就由不得我走了，有回差点砍坏了人家一根主梁。我主动对小表叔说："让我拉大锯吧！"那会儿，盖房子的活儿多，拉大锯就是累点，活儿家家都有。姑姑看我也就这么大出息，不能说小表叔什么。那个时候，姑姑已不再说小表叔了，人到了岁数跟烧过了焰，再烈还能烈到哪里？况且姑姑原本不是长刺的地儿。舅爷走的前一年，中了风，喂吃送喝不说，三百八十多天，屎尿都在床上，姑姑硬是服侍得干干燥燥。哪个看了、听了，不啧嘴？

我离开了前山金村，在山里山外拉大锯，拉到第三个年头上也可能是第四个年头，有人开始喊我“大锯师傅”。我明显感到，小表叔有些离不开我了，除了握在手里粗细的木头料，他下斧子，碗口粗的都要拉大锯，他说我拉出的板材只需上两趟刨子，就能用。我开始习惯吃百家饭，要是有个三五天没活儿，两只肩膀酸得满嘴是水。

姑姑最焦心的还是我的亲事，哪一回说着说着都能引上来。我开玩笑说：“你要是让我当兵做了长官，那地主财佬爷家的漂亮女儿不是任我挑啊？”那时，她就不做声了。但我知道，她一天不息地在给我找老婆，用她的话说：“人家找老婆跟打猪草一样，要几篮子打几篮子，到倠倠这里成了找金子了。”到了后来，我对找老婆没有了心性，特别是有人开始自然地将我的老婆定性到小寡妇一类，让我哭笑不得。这些小寡妇的丈夫基本是被日本鬼子炸了身和砍了头的。那时，我进一步量化了日本鬼子暴行，有一天我在别人家拉大锯，一个上午见了四个落得这样生活的小寡妇。我不是说小寡妇不好，媒人两张嘴可能说了：“进门当爹，多好啊！”我气不打一处来，那不如给我找个老寡妇，进门当爷才好呢。还真别说，我在青阳陵阳看上了一个寡妇，丈夫上山打柴被金钱豹啃得只剩下一颗脑壳，她单门立户，身后一个半人高的女儿，人也算顺溜。同是养过人的人，她应该比艾艾顺溜。随口说一句，反正我话多，多一句不为多——艾艾死了，三个日本鬼子把她轮着糟蹋了，命捡回家之后，她公大和她丈夫逼着她跳进了粪坑里。还说那个被我看上的寡妇吧，她对我挺好，去了两趟，给我打了两回糖打蛋。第二回我出门时多看了她女儿一眼，她毛着脸对我说：“你对我怎么样我不讲二话，我姑娘你不能打什么主意！”我气得想扇她耳光，又怕打痛了手。她把我当禽兽呢！青阳陵阳拉大锯的活儿，给多少钱我也不再去做了。

我动过娶钱秀英的念头，这么一说都到了新中国成立后的一九五二年了。秋浦县里的干部来到前山金村，隆重地告诉钱秀英：金大杉是抗日烈士。换句话，少说金大杉在七年前就死了。他有没有给他大报上那只胳膊的仇，天晓得。当时，我应该是在给水底钱村锯哪家的大门板或者是哪个老人的棺材板。听到这话，我立即扔下大锯，没有跟给我拉下手的人说一句话就去了前山金村。这是我金大松改成钱大松以来，第一次什么也不顾地跑到了前山金村。此前，金大栎说过，我要是再回前山金村，他会放狗咬死我。我冷笑了两声，他家的那条狗撒泡尿冲冲自家墙根还差不多。

我直接进了金大杉的家，堂屋里空落落的。金大杉的"革命烈士"通知书和他大并齐挂在正堂上。他大一年前去世的，我托金改水送了一条黑幛。他大还是死在日本鬼子炸的那只胳膊上，说是从骨头开始烂的，一直烂到心里，便断了气。"全森！"没有人答应，"全林呢？"还是没有人答应。

我没有在村子里转悠，也不想回那肯定一屋子灰的家。不是怕金大栎家的狗，是怕遇人说不上话。我坐在了她家灶屋里，卷起一根烟抽了，又卷了一根抽了，钱秀英才回家，她看见我，停下了脚，似乎没有多少惊呼。

"大杉，大杉他……"我被泪堵着说不上话。

"大杉为国捐躯，是烈士呢，我们一家都跟着长光了。"她像在说书。见我那样子，只好转了话，"我姆被小四接走了。下午我带孩子给大杉去上坟，他埋在坟山的最高头，比金家老祖还高一截，我是埋不上去了。"金姓族长金高楼主张给金大杉起的衣冠冢。

我把眼正正地看着钱秀英，她也看着我，这大概是我们一生中第一次也是最后一次这么不躲不避地看着对方，我清晰地看到她眼里有我的小人儿。真的说不清，当时出于什么心情，反正我说了我要娶钱秀英的话，大意是："秀英，让我娶了你吧！全森他奶我当姆供着，两个孩子我当自己生的养着……"我真的不图钱秀英这个女人,我已是个娶过钱谷子当老婆的人,并且哪年正月我都在“傩神送子”,我是真心地要完成金大杉托付:照应金全森,还有钱秀英和金全林。

我说完这话,钱秀英还是顶着我的眼光在看,是不是我的眼里没有她的小人儿,很快我的小人儿跟着一串泪珠子滚了出来,她说:“哪有大伯哥娶弟媳的?你家境那么好,还愁再找不到人?”她可能也听说了钱谷子的死。她说完停一会儿,又说,“我嫁哪个,也不能嫁给你。要是嫁给你了,大杉当兵时村子里人讲的那些话就是话了!”

我离开了前山钱村,钻进白水河的那片柳树林里,找到了我和金大杉认养的那两棵柳树。小时候,我们各选了一棵柳树,说好每次都得一起给它们撒尿肥,看看以后哪个比哪个长得粗,那时我经常一个人偷偷地来尿。金大杉有没有,我不知道,他应该不会。金大杉的那棵明显比我的这棵瘦,我掏出家伙朝他的树上围着圈地滋了一泡热尿,一共九圈半。

在钱氏祠堂,我天天风风光光地办着傩,族长钱运德和傩堂里的人都依着我,想唱什么不唱什么,我说了算。其实到了第三天,我开始担心,傩办完了我做什么呢?有这种想法,起因还是回“家”。

头一次是醉着进的家门,我不能每次都这么回家啊?可我清醒的时候,只要一踏进门户槛,跟爬上了棉花垛一样,脚下踩不到底,手上抓不到根。族长钱运德也就是我后大还好些,能和我说上几句与傩有关的话。后姆田荷花不像把我当她门里的儿子,而是当个客人,好话讲给我听,好菜夹给我吃。妹妹钱小末对我是乌脸白眼,走到我边上跟被断腰蜂子锥了一样,呜地一阵风,恨不得将我刮倒在地上永不翻身。起初我认为,是我占了她的房子。初十早饭时,后大钱运德在饭桌上对后姆田荷花说:“傩傩往后就住‘末脚子’屋里,你再给她开个铺。”妹妹钱小末住到了后边朝阴的房子里。等我的两个姐姐得知这个家进了一个我,撂下孩子和家事,赶回水上钱村之后,钱小末就不是乌脸白眼了,她哪一句话都像带刀子拉我的肉。两个姐姐倒是当着后大钱运德的面,给了我光光亮亮的两张脸。私下,我却看她们在灶屋和后姆田荷花、在后房和妹妹钱小末叽叽咕咕的比老鼠磨牙听着都让人浑身不自在。出了十五,钱运刚老婆梁腊梅好心好意地对我说:“这么大个家产,板上钉钉是人家‘末脚子’的,你来了一杠子撬得一根不剩,你还指望她笑着喊你‘哥’啊。你也别上心,回头我给你大讲。‘女大不能留,留了是个仇’。赶紧嫁了,省心。”我又没有跟她说我家的事,她怎么晓得这么清楚呢?我说“谢谢婶了”。梁腊梅朝我的腰上猛拍一把说:“喊什么呢?把我再往老里喊一点,都进棺材板了。”很快我也知道,山外九华山脚下的那个叫呙兵的“应付和尚”招不进这个门了,我后大钱运德已经让媒人递话到呙家,要把钱小末像两个姐姐一样嫁出去。

我早过了“给根骨头就跟着跑”的年岁,选户当子时是再清醒不过的,盯的就是钱运德。他既是族长,又是旺户,家境不说在钱姓,在河东也是数一数二,田地上百亩,还有一个香厂、一个纸厂,跟着有两个大水磨,解开藤条转起来就是钱。但我没有丁点的要赶走钱小末独吞家产的想法,相反觉得像这个家的境况,招个女婿不算什么,何况人家“应付和尚”呙兵一年在山里山外的做斋事,吃的拿的也不少,一个白喜下来,光背回写字画符的白米就二三十斤。这话我还真给后大钱运德说过,他不留一点缝隙地说:“有了儿子还招婿,叫人怎么看我钱运德?”着实让我感动,以至他百年归天,给他摔老盆时,我摔得粉碎,比我大的要碎好几倍。

事实上,我并没有沾他们钱姓什么光,反倒顶下了这个门子的一顶大帽子。三年后的一九五一年春天,土改队进了山,听了人家王干部有理有据的话,才知道山外有的地方都土改了两三回,于是山里几次的土地加在一块改,又是划成分,又是分土地。后大钱运德是地主,又一年后所有人都忙着“双抢”,他一夜睡死在床上,我便成了二地主。姓金时,我家是八辈子贫得不能再贫的贫农,做梦都想有田有地当地主,而今当上了地主,可地呀水磨呀香纸厂呀还有后边的两排房子以及家里一母三牯外加两头小牛全都收走,二一添着五地瓜分给了水上钱村,怎么还是叫我地主呢?我想不通,那个时候,想不通也得用捅条给捅通,不像现在你即便想通了还要发几句牢骚,大不了人家说你老愤青,不跟你玩得了。严格上讲,后大钱运德比我想得通,即便他想通了,还是挨了七天的批斗,其实那时候山外都不斗地主了。我赶着梁腊梅前一脚找到土改队王干部,他说:“地主就得斗,不斗地主,叫什么土改?上一次,钱运德错过了批斗,这叫‘补斗’!”王干部找后大钱运德谈完话没有立即关起来批斗他时,他上遍了水上钱村人家的所有厕所,每家厕所里,他都是半口袋一口袋地扔银元——以致后来,我只要在水上钱村看到哪个毛孩子戴上银项圈,都能闻到臭味——等批斗后大钱运德、后姆田荷花时,我想找两块银元送给王干部,翻遍箱子拐也找不到半块,只得将家里仅有的二十把银勺子送给了他,他不仅没有听梁腊梅的话让我也跟着挨斗,而且还放回了陪斗的后姆田荷花。也是这一回,我真正看到了后姆田荷花眼里有了我的影子。这个时候的梁腊梅已经不待我好了,她开始张口骂我了。

那段日子,即使妹妹钱小末的脸黑成能舔笔写大字,我往家走的步子也是一脚跟着一脚。我长这么大,神不怕,还起着心思地去打鬼子,倒怕起人来。梁腊梅在初十上午故意碰上我,捂着嘴笑得外袄上的碎花差点撒了一地。有了她这么大风刮花枝的一笑,往后的几天里,我看到哪个女人都是笑。笑什么呢?我心里猜着十有九,可猜只能是猜,不能说。难道她们都进了水磨房吗?我只得躲着她们。但天上有光,地上有风。我能顺着光地看到她们在我背后指手画脚,也能顺着风地听到她们在很远的地方说三道四。很久以后,梁腊梅说那个正月,两个钱姓村没有一个女人不在说我,说我是黄鳝精变的,有钻劲。女人怎么能把夜里的事当着白天的话说呢?况且是犯傩神的话。我越躲,人越是瘘相。

只有在去办傩的路上,我把头抬得正正的,可那年正月十五傩村朝青峰山庙会是个例外。我盼着这一天,也怕这一天。盼着是因为我要在这一天跟着钱姓傩队出现在青峰山，并且后大钱运德同意届时由我宣唱“祭昭明圣帝文”和“祭城隍祝文”，这等于不言自明地在宣告我不是年首的年首。我也知道，我的事早长着四只脚上跑遍了青峰山、下游通了白水河。初十晚上，金改水还特意来到水上钱村，他说是来看傩，其实是帮金姓村看我是不是真的撇下老祖宗姓上了“钱”。大概是在正月十三的晚饭桌上，后大钱运德说：“搞不好金高楼元宵要和我‘穿红鞋’！”我没有吭声，后姆田荷花却接了话：“为了儿子，什么鞋也得穿啦！”我听得浑身上下长了一层毛。

送年的爆竹噼里啪啦地响过之后，“十三太保”入箱上了挑子，钱姓朝庙的傩队完全是朝社的阵势，踩着霜冻早早地在河这边的桥头上候着。朝庙比朝社更讲规程，尤其是前后顺序不能有差，否则要犯人瘟。历来都是青峰山庙所在地的金姓村的傩堂最先朝庙，也称“开门”。日本鬼子炸庙之前，青峰山庙又叫昭明祠，供有三皇五帝及昭明太子神像，也有人说这是“十王朝地主”。在我倒着都能背下金姓村“请阳神簿”上的“祭昭明圣帝文”时，不明白秋浦人为何把昭明太子奉为土主。一次在给老许元刨完烟丝，兴许是他看上了刨的细法，便给我讲了昭明太子。

老许元先给我背诵了清人方文的《西庙留题》：

> 昭明梁太子，嗜学称文人。如何千载后，赫赫为神明？相传至秋浦，食鱼美而珍。遂以贵名池，惠爱及斯民。斯民感其义，立庙湖之滨。庙貌甚弘敞，四山多松筠。水旱必祈祷，其余以咨询。里社号土主，祭祀永不湮。……

见我听得一头雾，他端着烟杆耐心地给我讲了一通：昭明太子，名萧统，字德施，梁武帝萧衍之子，生于南齐中兴之年九月，天监元年三岁时随母丁贵妃由襄阳外家至建康，旋被立为太子。他少喜读书，敏于文辞，做太子后，尝聚文士刘孝威、庾肩吾、徐防、江伯操、孔敬通、惠子悦、徐陵、王囿、孔烁、鲍玉等“高斋十学士”，共辑《文选》三十卷，收自周至梁八朝一百三十余家类兼众体的文学作品七百余篇，被后人认为是“修词之家举为轨则”的典范读物。他生活简朴，一次与宾从游燕，番禺人侯轨要请女乐，他占诗说：“何必丝与竹，山水有清音”，并且“每霖雨积雪，遣心腹左右周行闾巷，视贫困家有流离道路，密加赈赐”。可惜，这位颇有文学气质的太子未能登上帝王宝座而夭折，年仅三十一岁。死后谥号“昭明”，世称“昭明太子”。故，《文选》又称《昭明文选》。对于萧统的死，《二十五史·梁书》中的《列传第二·昭明太子》记述：“太子仁德素著，及薨，朝野惋愕，京师男女奔走宫门，泪泣满路；四方氓庶及疆徼之民，闻声皆痛哭”。秋浦时隶宣州，为其生母丁氏的封邑。《秋浦县志》载：“梁大同三年秋浦士庶请太子衣冠卜兆于秀山。”当年，每逢八月十五，四乡八里都去秀山朝西庙，阵势最大就是傩村，如今世风日下啦……

我佩服老许元把什么话能记得跟我背傩戏一样的清楚，不管他凭着秋浦人不再中秋祭昭明是“世风日下”说法对不对，但“昭明太子”这个土主我算是认了，并且在主张为钱姓傩堂雕刻“三十六天罡”脸子时，我还雕了一个二尺余高的“昭明太子”。这完全是我的一种想象：金面童子，剃了头的脑顶心用黑漆画了顶心毛，专门用谁家还愿的红绸给他做了一件红袍。我还在“龙床”的正中位子给他写个了大名“太子菩萨”，钱姓老人没有一个不认同的。金姓村、梁姓村先后来人都以此认定我在破坏傩堂老规，要求我废掉钱姓村的“三十六天罡”。他们真正的意图是什么，应该另有原因，我想。

青峰山响起了第三遍铳，在通告金姓村已经完成了朝庙。与我们钱姓村对河而立的梁姓村傩队随即接了第一铳，他们咚咚哐哐、红红绿绿地拥着“龙亭”排着长长的队伍上了山，我们得听他的第三遍铳才能过河。大概是庙不在了，有些程序不减自消，梁姓村下山的铳很快对着白水河响起。我和钱运程急忙招呼大家过桥上山，后大钱运德始终抿着嘴。出门时，后姆田荷花要给他换一身年前新做的绸子袄，他没有愿意，嘀咕道：“我去朝庙，又不是去上路！”让我想到他说过可能要与金姓族长金高楼“穿红鞋”的话。

实际上，后大钱运德高看了金姓族长金高楼，要是老族长金高柽不死，我多少还相信会发生一点什么事。我和后大钱运德，还有钱运程，仨人一并齐走上昭明祠遗址时，金姓族长金高楼和上山的所有金姓村人都拿眼在看着我。我没有看他们，我看了看那片石砾，石缝里都长出了胳膊粗的苦楝树了，那些原本被硝烟熏黑的石座，风雨打出了白生生的皮，看着后背生痒。后大钱运德还是以钱姓轮值年首的礼节和金姓族长金高楼见了面。后大钱运德抖动着脸上的皮肉，在等着金姓族长金高楼的话，我认为他是在怕"穿红鞋"，他立着不动，天上又没有生风，否则脸上的皮肉怎么会抖动呢？别看我在盯着一堆石头，耳朵一直对着他们俩，却听不到一个字。他们跟两棵棣树一样硬杵杵地戳在那里，几百只眼睛落在他们肩上，好久。

金高楼突然跟宣布什么事一样，喊道："你们朝完庙，我要和傩傩讲讲。"

"好！"后大钱运德声音不大，底气足得很。他点了点头，脸上的皮肉反而不抖了。

钱运程快快指挥着"日""月"箱下挑子，凭着印象将三份供盘放到昭明太子、三尊大佛和都城隍的位置上。尽管昭明祠只剩下了底座，但朝起来心中依旧是它们原模原样地立在那里。后大钱运德敬香前低声对我说："朗诵祭文，要使出吃奶的劲！"

瞅准后大钱运德给昭明太子敬香，我面朝金姓坟山的方向，大声吼叫《祭昭明圣帝文》——我想让我大我姆听见。这么多年，他俩都在看着我，他们不会怨我的。至于姑姑，这时，我还不清楚她能骂我到哪一步，但怎么着，她也只是姑姑——

维

皇民国三十七年岁次戊子仲春日、朔祝日，钱运德年首信士弟子水上钱社在会人等，谨以刚鬣、柔毛清酌庶馐之仪，至祝于文孝昭明圣帝之神位前而言曰：时维小卯，节届元辰。庶汇咸若，万物皆春。总总林林，同荷生成之德；跄跄济济，虔诚筐篚之仪。

恭维

圣帝文垂世宇，孝播寰区。……

随后，我依旧声不改音、腔不变调地诵念着《祭城隍祝文》——

时维二月，节近清明，杏花齐艳，梅酒摇青。适称神寿之觞，兴饮苍生之福。

卷幔而霞映朱帘，畅叙而杯倾竹叶。三牲五簋，千古一时……

说句小人得志的话，我在利口顺腔地背这两章祭文时，先后三次偷眼看了金姓族人，他们一个个恨不得遮上脸、捂上耳朵，最好是青峰山裂一条缝让他们钻进去。我真是让他们有脸无处搁，一个能当门立户的男丁，说出了族就出了族地给他姓当了后人，辱祖伤族啊。我还看到了金高棣和金大栎。金高棣一直低着头，他身边的金大栎倒跟长全了毛的鹅般，把脖子伸得僵硬地在看着我。有一次，金全森到香厂来买香，说了我才知道，金姓那回已经将“十二把镰”带上了山，按族规我得被一镰砍一刀，生死由命。为什么他们没有动族规，只有后大钱运德和金高楼两个族长知道。后大钱运德从来不和我提这事，金高楼那里我也问不上。

钱姓村朝庙不比梁姓村慢，敬神如敬人，不在多少供，只要心里有。我走到金高楼面前，跟傩戏里一样文绉绉地抱拳行礼，“新年好！”都在十五里，问新年不错行。

金高楼的话是早已想好的：“有人拿刀逼你更名改姓了吗？”

“有！”我没有想到金高楼会问我这话。

“哪个？”金高楼朝着我后大钱运德的方向在看，声腔明显粗硬起来，“讲出来，我带着族人去灭掉他。”

我说:“就是金姓村!”

当时,我完全可以说是金大栎。只要我一张口,金姓村尤其是前山金村不仅全都相信,而且要把对我的气恼全转嫁给他。金大栎他别神,我要是那样,他恐怕也待不住前山金村。我没有,并不是我不想就此害他一把,而是觉得我要是说了,还真成了他的本事呢。当然,更不能提钱秀英半个字,不看僧面看佛面,金大杉可是我脱裤子比过小鸡鸡的朋友。

“自己屁眼里淌痔血,不要赖别人害痔疮。”金高楼收回眼光,全部扔到我脸上,低吼道,“你相信不相信,我让族人挖了你大你姆的坟。”

“我相信!”我狠下心说,“我也有一句话,不晓得你信不信?谁要是敢动我大我姆坟头上的一根草,我用弹弓打掉他全家人的眼珠子。”

金姓族长金高楼在瞪着我,我也在瞪着他……最终,是他扭过脸认输的。他对我后大钱运德说:“钱族长朝完了庙,得让出时间给芬姓村了吧!”

“嗵!”钱姓傩堂的铳斜着对青峰山鸣下最后一响,一股烟久久不能散去。这个正月十五的元宵节,是个无风的大好晴天。

下了青峰山,我是要一心在水上钱村过日子的。我嘴上不说,心里不晓得说过千遍万遍,我恨不得踩着今个,捞着明个,把日子实打实地抓在身边,否则我这心就跟打了春的萝卜一样,会空死。最好的办法就是赶紧娶个女人进到后大钱运德家的门,那样我就不再怕人了。我相信不管是怎么不顺溜的女人,只要往我身边一立,都会让我有像模像样的日子过。梁腊梅也这么说:“你把钱谷子娶回来,日子全是你的了。”谁能想到,我把盐算进了海里。

钱谷子我是娶回来了,日子却没有见到一天。

之前,梁腊梅还告诉我,水上钱和水底钱两个村有十九个没有定亲并且与我相仿的姑娘。她比后大钱运德还要积极主动地给我牵线搭桥。讲是那么讲,任我挑。我那时候,看一只母鸡,都觉得自己是个偷蛋的。可我还真的中意了一个“姑娘”,那是在后大钱运德决定将两个厂子交我负责并带着我去白水河回村的时候，她去河边洗衣与我们顶了头，她浅笑着问候我们:“族长忙呢。”我后大钱运德在，我壮着胆抬起眼皮看了人家一眼。

转两天，碰到梁腊梅，我心里痒不住，给她说了，她笑得牙板肉都紫红紫红地露了出来，她说:“你那眼啦看得也真准。要是早一年，可就好了你了。傩傩，你这一眼算是看岔了，她啊，是我娘家的侄女儿秋霜、钱道先的老婆，这丫头没有生养，是跟大姑娘一样……别急，你再多看看，跟她有一比的钱姓姑娘多的是。”两句话，说得我脸红到裤裆根上。

钱谷子是我第二个看上的。她到我家来找妹妹钱小末，至于做什么事，她们才不对我说呢。她是在出门的时候，被我从窗户里看上。那时是三月尾，她刚脱了棉、换了单，于是我从背后看到了她那滚圆的屁股。

钱谷子是钱运程的大女儿。我的话半句还藏在嘴里，后大钱运德眯着眼笑着说:“别人家的毛孩子我做不了主，钱运程家的拿一叫二。”可谁也没有想到，钱运程老婆也就是我后来的丈母娘一万个不同意。问为什么？没有为什么，就是不同意。甚至钱运程在决定这门亲事时，她要去跳白水河，让钱运程好好打了一顿。后大钱运德差不多让全村同辈的妇女，都去劝了钱运程老婆，她含着全身青一块紫一块的痛，还是不答应。事到这一步，后大钱运德也有些动摇了，他说:“捉猪看槽……不行再看看?”我眼里只有那滚圆的屁股，摇了摇头。后大钱运德不声不响地给钱运程家送去了两副八圆棺材的十年以上轮圈的杉木，钱运程老婆看着哭得呀跟把女儿嫁给我好比扔进火坑一样。唯一让我来到水上钱村感到心里还有那么一点快意的是，钱谷子愿意嫁给我。梁腊梅眼准，她说:“河东就这么个白米筐子，傻子才不想跳呢!”

后姆田荷花一寸不少地给钱谷子扯了一夏搭一秋的里外衣料，也是趁着好事在兴头上，我想带钱谷子回趟青阳。一想到我自作主张地改姓易祖，腿杆上的火棍伤便像阴雨天要来时的隐酸暗痛。我不敢就那么大鸣大放地回，先是一个人在山外的路上堵住了做活回家的小表叔。他见到我，二话不讲，将手上的斧子掉过头来朝我胳膊上夯了两下:“我打……总比你姑姑打了强吧?!

你胆子也大到天边了。话传到青阳,头两个月你姑在灶房里‘洗’碎了两筒碗,一双鞋把门槛都快踢翻了……”

我大气不敢出,倒是担心起姑姑的脚来。

小表叔还在气头上:“大半年了,你姆天天夜里来吵你姑。你姑为你熬得都脱了人形了。”

我的泪呼地刷了下来,匆匆将想好的话给小表叔说了:“我不找个像样的人家,一辈子都打光棍,那我大我姆生我做什么呢?”下来我说了钱谷子,小表叔的脸色明显往亲情上回转,他替姑姑应下我的请求。

八月中秋,我带着钱谷子到青阳看了姑姑,其实是让姑姑看看钱谷子。有小表叔在前头打了底子,又有钱谷子在身边打撑子,姑姑只是挖了我两眼。姑姑是聪明人,热乎乎地拉住了钱谷子,话却对着我,“山外跟你相仿的有人都快添孙子了,往后做什么事‘不要张笼子不塞屁股’。谷子啊,傩傩是苦菜根,有你照应着,我这心啦也就放得住了。”姑姑一百二十个满意钱谷子,她将手上的一对粗粗的银手镯抹给了钱谷子。回到水上前村,两家开始忙活着婚事。

从我看上钱谷子,到把她娶进门,我只进过她家两次,并且第二次她姆还不在家。我不是一般地怕她姆,是从骨头缝里怕。我第一次端午节去送礼,她姆趁只有我们俩在堂屋里的时候,她什么话也没有说,嗵地朝我下了跪,我吓得跑了出去。没办法,我给后大钱运德说了。钱运程从香厂回来,几个大耳光子打了老婆之后,来到我家对我说:“那个败家货的话你不要听!有我在,你把心放在肚子中间,过门的时辰一秒不会给你差着。”

九月二十八是皇历上的好日子,不是我的好日子,对钱谷子来说更是个注定一生的坏日子。有句话,挺丑的,按理在什么时候都不能讲,并且可能还犯傩神。可我顾不得那么多了,大不了一死了之——我在“傩神送子”的时候,特别能干,从来就没有累过,这个黑影出门那个黑影进门,只要她一跪下来,我就硬得跟松木楔子一样,一次比一次得力,一回比一回壮实……然而,钱谷子只说了一句话,我那自认为很争气的东西,软得比瘫泥还瘫泥。她还真好性情,尽着心地往墙上糊了好几个晚上,还是糊不上墙,她也瘫了。

钱谷子千不该万不该在洞房里告诉我:"我姆早上生了个弟弟!"

钱运程老婆、钱谷子她姆、我丈母娘九月二十八天亮时生了个儿子。"她不会是傩神送的子吧?"我真是这么想的,我不敢无耻地对钱谷子说,但只要一沾床,我就这么想。不想不是,越想越是,是了之后,我就软瘫得起不来。甚至有一回我还借机看了那孩子一眼,鼻子还真有那一点像我,蒜头圆。

这一年的九、十月,两个钱姓村共出生了十一个毛孩子,九男二女。第二年正月十三,祠堂里还愿的灯伞红得人的眼都快睁不开。所以这一年,我雕"三十六天罡"时,得到了全村的支持。

日子过到我和钱谷子合不上床,可想而知。钱谷子开始在家里没事找事,就在钱小末还有几天要出阁的时候,她说钱小末偷着擦她的粉。钱小末说:"我擦粉的时候,你还以为是做粑的米粉呢。"原本很要好的一个门里的俩姑娘做了姑嫂却伸手打了起来,让人笑话。我说哪个都不是,早出晚归地猫到香纸厂,看着从水磨里淌出的黑水和黄水像两把刷子似的从上到下地刷着白水河,我估摸没有个一百只磨也刷不掉白水河的清白。

事情到了这等地步,不是最坏的时候。起码,钱谷子还没有到厂房搬回松树垛子当菜板,剁着菜刀地咒我,咒我存心害她。天地良心,我是个打小有娘老子生、无娘老子问的苦孩子,好不容易把脸掖在裤裆里给别人当儿子娶了个有着滚圆屁股的老婆是为了存心害她?但她说得我无话可对:"你不是存心害我,你在水磨房里怎么比水牯还欢?"

第二年,水底钱村主动让了一年的傩在水上钱村开堂,看的还是头年傩神的威力,怕挪了堂、凉了气。族长还是后大钱运德,年首却是我。祠堂里、社树旁和青峰山上的什么傩事我都不怯,心里翻腾的却是"傩神送子"。不能说,我当了年首,就不办"傩神送子"吧?眼下,戴脸子上戏台只有我能进水磨房,那些本该和我一样能进水磨房的几个青年人都一呼啦蜂子出巢地当兵去了,外边传进话来,他们打完小鬼子又分两伙在对打,很快就能一分高低了,不晓得傩村的百号人是不是分在一边，要是分开了，那见面了怎么伸得出手？说来说去，怯的是我能不能再“傩神送子”。小半年里，钱谷子什么法子都用尽了，它就是个犟倔头，气得我恨不得一刀剁了它。

房子里的事，只有我和钱谷子受着，在别人那里张不开口。后姆田荷花娶回来儿媳、嫁走了最后一个女儿，心开始往回转，一年多少能说一句半句的细话了。初七早晨上她还嘱咐我：“‘启圣’的红烛哪个讨也不要给，带回来放到谷子床下。”我硬着头皮答应了她。钱谷子在门边上搓衣服，听到了，脸上的霜气更重。

傩神能不能送子，由不得我。这天晚上的傩神是傩戏《花关索》中的“花关索”，下了戏台，也就是已经做上我老丈人的钱运程点亮了“提灯”出了外侧门，他规规矩矩地请傩神“启驾”。此时，我的心还悬在半棵树上打着晃，却突然感到下边的棉裤跟风从里边往外鼓一样，我伸手一摸，天哪，它在下边耍起了威风：“谢天谢地谢傩神！”这一年傩神又给钱姓村广送子女。

我原以为，有了傩神的神助，回到家完全能和钱谷子合床了。正月十六晚上，我看她心思也在往这上边想，主动贴了她的身，她也热得跟烙粑的红锅，我爬上了她的身。

“你让它进去吧！”

原本硬得有模有样的，一听钱谷子的话，她姆和她弟跟鬼一样地缠了上来，那东西最受不得缠劲。摸都不用摸，我清楚它已经成了晒瘪的黄瓜屌儿。

钱谷子见我不动，手伸进去才一半……一个翻身将我掀了下来。她恨恨地说：“傩傩，你做什么要这么害我？”

“我……”我说，“你是我老婆，我害你做什么呢？”

“傩傩，你讲不害我？好，你做一回当丈夫的事给我看看？”

“这不是……不是它不争气吗？”

“是你存心！”钱谷子的话加了钢还带了刺。

“我能存什么心？”我压低着声音，生怕隔着堂屋的后大钱运德、后姆田荷花听见。

“你不存心,还是我存心?”钱谷子在这个家说话办事已经到了不考虑别人的时候了,她依旧保持着人若竖起耳朵能在门外听到的音量。她见我没有还嘴,接下来把牙咬得吱呀响地说,“那你在水磨房里怎么……怎么能得戳破天?”

水磨房的事不能说啊,那是犯傩忌的啊!可我很快从担心中跑出来:她怎么晓得水磨房的事,难道她去求子了?

钱谷子千真万确的向傩神求了子!我也跟被某根针扎醒了一样,肯定是正月十四的最后那个晚上,她去的。她是第三个进的门,我闻到了她带着的气味,熟悉却又说不定,压根儿没有朝钱谷子身上想,而近身的那种特别感觉也是从来没有过的,她毕竟是头一回。

在黑暗中,我用手狠劲地捶着头。

“你讲啦?你在戏台上又能唱又能跳,怎么没话了?”钱谷子不依不饶。

“那是傩神,不是我!”我没有想找借口,但这话是从我口里冒出来的,神听到会不会信?我都怀疑,何况一肚子气和恨的钱谷子。

“呸!”钱谷子朝我脸上吐了一口带着腌白菜味的酸痰,“我姆讲得一滴不差,你是来钱姓村讨孽债的!傩傩,我跟你讲,你存心害我,也别想从我这里得到一分一厘的好,不信,你看着!”

我很快相信钱谷子说到做到。次日,她一个人跑到香厂,挑了一块松树的大树兜让她大钱运程给送回来扔在猪圈边上,她一天比一天热衷于在墩子上剁猪菜,边剁边念经式地说个不停。起先,哪个也没有在意,有一回还是被后姆田荷花听了个亮耳朵,她剁一下念一声“傩傩”,再剁一下念一声“大松”。后姆田荷花再不怎么喜欢我,也不至于听到这话不给我说。一天,她趁钱谷子回娘家去,把我拉到门后边细问了这是怎么一回事,我没敢犯傩忌,只是说两个人在怄气。后姆田荷花能从我眼里看出不是这个事,哪个当老婆的这么咒自家丈夫?

钱谷子更毒的还在后头。

钱谷子怀孕了。怀孕了的钱谷子自然引起后大钱运德、后姆田荷花的一阵狂喜,他们开始敬傩神一般地敬着钱谷子,钱谷子似乎也在受用这份敬意,她对后大钱运德、后姆田荷花的确有了好言好语。后姆田荷花开始轻重不让她拎一两、冷水不让她沾一滴,她也开始像村子里上百年来怀孕的女人跟大公鸡一样地行走着。我呢,更是小心又小心,重话不敢说、板脸不敢有,什么时候都把心提得高高的,晚上上床,她要方的就是方的,她要圆的就是圆的。后大钱运德有次看到我从外边进来,忍不住说了我:"傩傩,你哪不舒服是不是?怎么这两年瘆得不行?"我想等钱谷子生下了毛孩子做了姆,心性恐怕就活泛了,我也相信我迟早会堂堂正正地给她做丈夫。

钱谷子的肚子越来越大。

头天晚上,后姆田荷花擦黑才从山外青阳街上回来,她是去给小人做被褥衣裳。钱谷子很有母亲味地一件一件地拿出来看着比着,中间还笑出了女人纹。我把被褥衣裳包好拎回屋里时,钱谷子乐乐地问我:"想当大了吧?"

我笑着点了点头,出去给她打了一盆温水,她洗后就上床睡了。第二天早上,起得也是平时的时辰,一家人平平常常地吃了早饭,后大钱运德到梁姓村送村礼,梁姓村在盖祠堂,据说盖得很气派,抽空一定得看看。钱氏祠堂太小,脚长的人"舞神伞"都舞不开,迟早也是要扩大;我要去纸厂,说好二头芬村今天来送竹子料,出门时我还是给钱谷子打了招呼,她理不理我,我都给她打招呼,那天她好像还抬头看了我;后姆田荷花去园子里摘菜去了,这是她后来说的。再后来……

钱谷子就在一家人出门的空当里,把自己吊死在屋后院子里那棵柿子树上,同时吊死的还有过了月就可能出生的儿子或女儿。

柿子树比哪年挂的果子都多,后大钱运德那两天还想着砍些毛竹支撑,别让压断了枝。柿子树的枝儿也太结实了吧,挂了那么多果实又挂了两个人都没有折断,挺怪的。我把钱谷子剁菜也在剁我的菜墩子搬到柿子树下当凳子坐，一坐下去就起不来，松树墩子被她剁了个大坑，正好坑下我。这年的柿子全落在我身上，钱运程来时撞过两回，后姆田荷花都在摁着我的头洗下一盆又一盆的红水。钱谷子是解放了，我呢，却被一根粗粗的绳子给系上了，我一点不想挣脱，它系多长的绳子，我绕多大的圈，即使系绳的桩拔了，绳子解了，我也放不开自己。

之后几年，什么事都不在我的理上走了：王干部领着的土改队进村，划成分、分土地。王干部说后大钱运德是地主，把地给分得只留下个口粮大小一块也还是"地主"；当了地主的后大钱运德一觉睡死了，地还是那么大的一块，不比任何从我家分走的户头大，我却要接着当"地主"。除此之外，我还记得我把弹弓打出了名堂，打进了秋浦县的大礼堂，戴上了红花、捧回了奖状，还照了一张相——我成了县里"一九五七年度'除四害'（打麻雀）先进个人"。这缘于梁秋霜偷着替我往大队部送去一千零九只麻雀的爪子。哪只麻雀是独腿，还是有三条腿？否则不是一千零八只就是一千零十只，梁秋霜粗心，县里人怎么也这么粗心？当然，这里边的东西不能细究，那是个满嘴跑拖拉机就是"四个现代化"的日子，也不可能有这么细法的想头。

钱姓村的傩，年年还都办，我已经不是年首了。

我相信傩神！钱谷子不信，所以她……

正月初十
（戊戌年甲寅月乙亥日）

1958年2月27日
（星期四）

宜　纳采　祭祀　祈福　出行　会亲友　修造　动土
　　移徙　入宅

忌　嫁娶　开市　安葬　破土

天把日子冻住了，水上钱村缩在被窝里。

傩傩笼着双手，踩着从腊月十九一直下到昨天夜里的大雪片子，“吱咔——吱咔——”地来到钱运程家的后门口。脚下被雪吃进一尺多，加上天冷得人出门猴三分，看着他越发地矮短，好在没有一个人能看到，连只鸟儿都没有起床呢。刚立稳脚，钱运程家的大黑狗从柴垛里钻了出来，警惕地看到傩傩。大黑狗跟钱运程老婆、钱谷子母亲一样的不喜欢他，即使他不进家只是路过，它都会低着头“哼唧”一两声，老不愿意的样子，他习惯了它的狗眼看人低。

大黑狗后边屁股对屁股地拖出了一条小花狗。雪把土块、瓦片等能扔能打的东西都盖住了，傩傩伸手抓了一把雪捏了捏，扔向大黑狗。“狗东西，天冷得撒尿成棍子，你们还有心思快活打屌！”扔出去的雪，撒成一片，只有一块成冰的雪片朝着它们的方向射着。雪上了冰，捏不成团。

“咝——”傩傩不由自主地吸了口细长的冷气，手里化的雪水变成鞋锥子扎进了骨缝里，“这天，非得把人冻死！”他说得不假，金大杉母亲冻死在年根的二十四早上，她出门拉柴做饭，蹲到柴垛边上再也没有回来。山外冻死的人也有，等雪化了、路通了才知道外边的雪比山里下得更大，屋子被压塌也不少。

傩傩的手还被雪片划破了两道口子，他紧紧地抓着棉衣袖筒的里子衬布才算止住。下午在给钱运刚家"舞滚灯"时，两道口子又裂开了，血把滚灯外圈的竹片染红了一截。"十二个爪子抓痒"，梁腊梅还不乐意。他清楚，梁腊梅是在给他难堪。梁腊梅是精过了头还是屎糊了心，都难说，她能不晓得那是在办傩？

日子卡在冬天里，离"狗连茎"的月份还看不到头呢，大黑狗和小花狗恐怕也是冷得不行蜷到了一起，也就……想到这，傩傩对一大早遇到"狗连茎"的晦气有了消解，反倒觉得有些对不住两条狗东西。它们一直惊慌地盯着傩傩，边盯边退到钱运程家鸭棚那边去了。

傩傩夜里只睡一觉。钱谷子在时，他提着心吊着胆地睡；她死后，本想总能睡个通光觉吧，没有！并且觉还少了一节，冬天不管夜多长，夏天无论夜多短，他都是一觉。醒来，顶着枪子让他也睡不着。他跟挺尸一样地平躺着，脑子很快朝某一个人去默想，能默想到头发丝那么细。钱谷子上吊之后，他一直在默想她，默想至年前才默想到那棵柿子树下。柿子树现在已经隔到墙外，分给了好吃懒做一生的孤老钱好儿的院子里。下来，他是从金大杉开始默想，估计得要个三五年。等把这些人都默完了，他想他也该死了。他死了，哪个来默想他呢？金大杉也许会。这个早上，他一觉醒来，头件事不是默想金大杉，而是夹着膀子急急地去打开窗子，看雪停了没有。窗台上的一垛子雪，跟着他开窗的手，翻进了屋里。谢天谢地，雪停了。

傩傩焦心的是傩神"踩村"。

傩傩抱着冷，在钱运程家后门口转圈。"这么厚的雪，怎么踩啊？"他低声说的话全成了白气，十个字有九个字趴到胡子梢上。自从族长钱运德死时过"七七"四九天不能剃头刮胡子，留下了一脸络腮胡子盖住了半边脸之后，他经常是多少天不刮一回。梁腊梅看到这个，也能骂出口："你看他那屄样子，把胡子养得那么长，是要给哪个小骚货擦屁股呢？"

傩傩把钱运程家后门踩平了团箕大小的一块雪地，还是没有听到屋里有半声动静。他没有打算叫门，他想钱运程心里是有时辰的，这么多年办傩，只有钱运程没有误过一次时点。实在是冷,他先去了钱氏祠堂。

打开门,雪光反照在对门而立的“龙亭”上,让傩傩一下暖和起来。要说对钱姓村傩堂,傩傩当下最得意是这座“龙亭”和包括供在亭子上层“太子菩萨”在内的也叫“三十六天罡”的脸子。“龙亭”高及三米三,效仿明清皇宫楼阁,亭身分三楼递级而上,朱漆通体打实,金粉勾图描棱。底为“道”层,一米二端方,方方开门,门叶上雕有“老子出函谷”“八仙过东海”“二郎斩蛟龙”“须弥山七圣”传说,里设两档;中为“儒”层,柱顶四角,廊佑各方,前后通透,双层飞檐,交错格立。窗棂镂花有“周游列国”“杏坛讲学”“弟子问道”“程门立雪”;上为“佛”层,龙凤缠柱,廊漆“菩提降生”。亭子上端的葫芦顶直指天寰,接神通灵。四角底座是相传协助过女娲补天的齐力、蛮力、铁汉和铜汉的四位大力神,他们弓背而驮“龙亭”。为了这个“龙亭”,傩傩请来了吴根旺,吴根旺请来了石城的魏老鬼,魏老鬼还带上了两个高徒,前后花了六个月才造了这座傩村无与伦比的“龙亭”。

傩傩给“龙亭”上了香,又去给“龙床”和祖上牌位上香时,他一眼发现供点灯用的两吊罐子油少了一罐。昨晚,他是最后一个走的,担心火烛,还挪了挪两只罐子,“怎么就少了呢?”

傩傩从戏台后拿出一把竹枝扫帚,在大门前的雪地上扫了上边的一层雪,又在两个侧门边上扫了扫。在西边,他看清了一双新脚印。一路扫着,跟着,跟进了钱运刚家的稻场上。“太不要脸了吧?前头给傩堂送了一罐子灯油,后边再偷回去。就这,还有脸张着屄嘴要‘舞滚灯’!”傩傩气得忘掉了冷,他相信老实人钱运刚不会做的,只可能是梁腊梅。

对梁腊梅,傩傩只有生气的份儿,他也不知道怎么就被梁腊梅占了上风,用水上钱村的话讲:他是“一跤跌到牛屄上——只能闻一路的臊”。比如这个早上,他完全可以叫开钱运刚家的门,当面锣、对面鼓地问梁腊梅一个脸红脖子粗。还有,给族长钱运德做“二七”的那晚上……但傩傩没有,其实也是不敢,他真不知道他要是做了,梁腊梅会做出什么事来,他对这个女人心里一点底都没有。再说，在苞米地里，傩傩既没有做错什么事，事后更没有在四里八乡里吱半边嘴，而不要脸的是她梁腊梅。结果呢，梁腊梅还理粗脖子硬地到处张牙舞爪。

“她家的滚灯，她自己舞好了！”傩傩拖着扫帚回到祠堂。

太阳仿佛是跟哪个孩子在云上滚着竹篾圈，一会儿立，一会儿倒，地上的雪一点不怕它的样子。太阳是太阳，雪是雪，争着抢着地光亮。

“雪能埋进人。”傩傩从“龙床”上一个一个地请“傩神”，钱运程再一分不差地安放到“龙亭”上。在递“皇帝”脸子时，傩傩像是自言自语地说，“这怎么踩村？”

傩傩已经习惯了这么对钱运程讲话。钱谷子的死，一下拧断了他与钱运程的关系，他不喊钱运程“大”了。也不是这边从柿子树上放下钱谷子，那边就改的口，而是几个月后，他在路上遇到了钱运程老婆喊了声“姆”，她没有答应，转身狠狠地补了一句：“女儿都没有了，哪来的女婿？”就是从那时，他不再喊钱运程“大”了。要是头顶着头，实在得张口说话，就直接往外冒词。钱运程心里也清楚，钱谷子是自己把自己挂到柿子树上了的，况且她还将钱家骨肉也吊上了柿子树，钱运程想说也说不出口啊。更重要的是，那个时候，族长钱运德还在世，凭着在族里的声望和家里的财力，将自己的大棺给儿媳妇躺了，不冒头、不留尾地将钱谷子的后事料理得钱姓所有人没有说一句话。连一直拿着傩傩出气的梁腊梅，什么事都能成为骂傩傩的引子，半个字也不提钱谷子的事。

钱姓村傩堂的傩神“踩村”，除了初七“启圣”前请到“龙亭”上的“太子菩萨”和“土地”，其他的脸子都要从“龙床”那边请进来。“太子菩萨”独自高居“佛”层。“儒”层，除“土地”还请有“皇帝”“文丞相”“关公”“包拯”“玄坛”“娘娘”“二郎神”“太白金星”“县官”“鲁大王”“刘文龙”和“范杞梁”。“道”层的脸子又分两格摆位，上一格是“萧氏女”“孟姜女”“乡官”“张龙”“赵龙”“千里眼”“顺风耳”“先生”“老回”“二回”“三回”“四回”；下一格是“老旦”

"梅香""小杨""老和尚""小和尚""春季神""夏季神""秋季神""冬季神""和仙""合仙"。这就是傩傩为钱姓村傩堂雕刻的新"三十六天罡",传到至今所说的"一副脸子得罪了三十个傩村"指的也是这副脸子。傩傩把这副脸子叫"全脸子",意思是傩村最全的脸子。可想而知,梁、金两个大姓当时噎着那口气的恨劲!

钱姓村的新脸子是钱谷子到水磨房里受到"傩神送子"之后,对傩傩的误解越来越深并开始剁着菜刀子诅咒的那年春后,傩傩开始雕的。树在头年夏天从青峰山的老林子请回的,它是一棵立在悬崖上冠若"如来"的枫杨。请树的日子是"应付和尚"咼兵上九华山请他的师傅掐算的,正好也对上了皇历的"宜:伐木"。族长钱运德带着钱姓六大房头进到老林,对有着神格的枫杨焚香礼拜,树倒后,他虔诚地抓起地上一把土撒到树桩的年轮上,口念咒语,超度树的灵魂上天。请回的枫杨,放在荷塘的沃泥里浸了三个月,捞起来剥皮又用干艾和香火熏了三遍,晾了百日。要是再过个夏天,枫杨会更透。的确是看不得钱谷子的那张脸,傩傩才躲进祠堂里,把心全扑在了雕刻脸子上。有"十三太保"的原脸子做底,再参考钱姓村"傩事"总稿中戏文的主要角色,加上他对其余四个傩堂和石城傩脸子的熟背于心,他花一个月零九天才画出脸子底稿,拿出来给族长钱运德一看,钱运德着实惊出了眼珠子,但他对"二郎神"的套脸子和"十二月神"的脸子提出了看法:"'二郎神'也就舞个滚灯,要三个脸子做什么,难道还在不同时候换不同脸子?'四季神'脸子哪个戏文里也用不上,雕些生旦净末贴,充充角色不是更好?"傩傩坚持要雕"二郎神"的"套脸子"和"十二月神",他说得也在理:"'二郎神'是大神,听老人讲他的化身多达七个,这个'套脸子'分的是'本''善''凶',也应了老书上讲的'一神多相'。'本相',将是赤色枣面,唇髭上翘,神色威严,用于'踩村';白面的善相,柳叶弯眉,慈悦可亲,是奉玉皇大帝圣旨下凡尘抚慰百姓的面相,一般进户纳吉时用;金面的'凶相',双眉如帚,睛目怒睁,板牙外露,凶狠有力,朝社、朝庙时用来驱魔逐妖。'十二月神',是我们脸子本来就少缺的,'千里眼''顺风耳'是'两仪'的脸子，老先生讲‘两仪生四象’，可我们没有。‘四季神’脸子呢，每张脸子的额头上又有三个小头，合起来为‘十二月神’……”“既然有这么多讲头，你就雕吧？礼多神不怪。不过，要雕就得雕好！”族长钱运德说，“脸子开光，我去请姚‘杵师’。”傩傩说：“我也这么想，他上漆、装金的功夫都好，小时候跪拜的是天府青城山的云游道士。”脸子一直从春雕到秋……

冷风从三道门里往祠堂里灌，人却稀稀拉拉地进来没几个。傩傩卷了一根烟递给钱运程：“梁腊梅把送来的一罐油偷回去了！”

钱运程不打算接烟，伸手推了一下，没有碰着傩傩，他说：“我去叫人吧！”

傩傩自己点着了烟，出门时抓了两把炒苞谷还在裤子口袋里，伸手撮了几粒扔在嘴里嘎嘣地嚼着，香是香，很费腮帮子。

侧门边上伸进一顶蓝棉帽，又缩了回去。傩傩看清是钱运程的儿子“添傩”，大名钱壮虎，他抓出半把苞谷伸着胳膊说：“外边冷，添傩，快进来，我给你炒苞谷吃。”钱壮虎今年正好十岁，钱谷子要是把那个“肚子”生下来，比他小一岁。

“我大呢，”钱壮虎在门外说，“我姆叫他回家吃粥。”

钱壮虎让傩傩一下想起当年梦见的金大杉的二儿子金全林，也是这么找他要父亲。他收回手，“你大喊人去了，要不你先回，等他来了我对他讲。”见钱壮虎走了，他又补充说，“路滑，慢点！”之后，将一大把苞谷蒙进嘴里。

傩办到这个份上，办得傩傩心灰意冷。自从“公堂”收回，分到了各家各户，头两年还好些，分了土地的族人有了收成都在腊月里量着份地送上些钱和米，香烛纸鞭也不少。前年，蝗虫进了山，好多家一季粮食白白喂到虫嘴里，连个“谢”字都没有落着，也就缩着不出手了。

傩傩家的老底子是一铲子铲平的，屋里最值钱的是田荷花的棺材，这自然不能卖。划成“地主”后，好田好地都紧着贫下中农分，分到他家的两亩田地。说是田吧，不用水车上不去水；说是地吧，下点雨要涝得往外戽水。傩傩也不知什么时候说了，它是阴阳田，很快就到来的“文化大革命”把他这一条定为

"诬蔑诋毁土改功绩罪"。田荷花算是会过日子的,但每餐把锅底刮穿了也刮不饱傩傩的肚子。先头,傩傩想靠打鸟禽填肚子,没有油盐的白水煮白肉,田荷花不久看到一根鸡毛恨不得要把大肠吐出来。家境过到这种田地,哪还有"闲钱补笊笠"来贴补办傩?

傩傩和钱运程,有时也有钱运刚,年前到水底钱村跑了六趟,总算有八九户愿意出点资,算是办下了傩堂里的纸扎,但他们提出初十傩神得到水底钱村"踩村"。钱姓傩堂多年不"踩村"了,原本就两个村轮着办傩,这年不是那年是。他们这个时候提出"踩村",多少有些理,毕竟年份太坏了。傩神"坐殿"的水上钱村,理应家家都得多少出点儿,可都在拿眼看着傩傩、钱运程和钱运刚几个年首、执事。傩傩去了一趟青阳,厚着脸从吴根旺那里借了五块钱,买了傩堂所要的香纸鞭烛。想当初,香纸就是他家厂里出的,要多少搬多少,可自从被土改队的王干部收走之后,水磨就被藤条绑起来了。有年春上发水,下边的木桨绞断了上边的藤条,水磨空磨了半年也没有人管它,直到下边带桨的大木轴断了才僵死在那里。除了"傩神送子",傩傩再也不去水磨房。钱运程担下了祠堂的祭品和对联。钱运刚也不晓得在家挨多少梁腊梅的白眼才诺下点灯的一罐子油。钱运刚前脚拎着油进门,梁腊梅后脚跟着,她不遮不掩对傩傩说:"年根上,我梦见一条蛇,家出了油,得请傩神到家里'舞滚灯',我从嘴里扣下的一罐油不能白送。傩傩,就这么定了,初十,否则你还我油。"傩傩真想让她提回那罐油,钱运程却应下了"舞滚灯"。

水底钱村来了十四个人,傩傩以为还有,哪知道就来这么几个。不要说扛起傩村最有名的彩旗了,连抬"龙亭"、出"銮驾"的人都不够。傩傩急了,对水底钱村的来人说:"赶快回去叫人,再来三个这么多人才行。"

领头的一个红鼻子老人说:"天冷,都不愿意来。"

"'踩村'是你们提的,没有人,踩什么村?天冷就不办傩啦?快去!"傩傩头一次发这么大的火。

水底钱村也是觉得来的人太少,红鼻子老人说:"那我再搭趟不值钱的脚力吧!”

水上钱村来的人也不多,傩傩拿眼掸了一圈,加上童男童女不过三十人。傩傩走到钱运程身边说:“要都是这么个样子,明年干脆封箱子歇傩!”

“你不办,有人办!”钱运程也不知道从哪里冒来的气,说得傩傩莫名其妙。傩傩一年也就办傩这些天还能讲几句村人都听的话,平时他不讲,讲了也没有人把他当回事,梁腊梅已经把他当草屑踩在瘫泥里糊不上墙了。

钱姓村傩堂勉勉强强连搂带捆地组起了傩队,眼看大半个上午过去了,钱运刚放了铳,钱运程打了开道锣,哐哐的锣声悠长地跟着风在村子上空回荡。队伍从祠堂出发,到村头,再由西南往东北沿白水河的大致走向开始在水上钱村“踩村”,所到门户,“龙亭”落地,接受各家祭拜。路是古有的老路,没有少一步也没有少一门。然而,傩队在即将出村时,“老瞎子”用竹拐子敲打着“龙亭”底座的大力神“铁汉”,拦住了道。“老瞎子”是钱道先的父亲、梁秋霜的公公,他说:“傩神不欺门啦?怎么我一门子里少一户没有祭拜啊?是人在作怪吧?”傩傩上去问了半天才明白,分了家的梁秋霜年前从主屋的后窗上开了门单独出入。傩队只得走了回头路,来到梁秋霜门前。梁秋霜扎着一面绿头巾、穿了一身蓝竹布棉衣还真拎着一挂红鞭在等着接傩神。傩傩以年首的名义上去赔了小心,梁秋霜怨怨地瞟了他一眼,没有说什么……

水底钱村的“踩村”,终究还是没有踩成。

傩队出水上钱村时,钱壮虎扛着一面绿旗子跑到前边对傩傩说:“后头的女伢子哭着要回家。”

“等等,等等!”傩傩招呼住了“开道锣”和“龙亭”,长长的“銮驾”听到他的喊声也在雪地上乱七八糟地跺着脚。

哭着不走的七八个童女,都是手被冻的。有个生有冻疮,看着手快要冻烂了一样,血糊糊的、水济济的。傩傩跑回“龙亭”,对钱运程说:“扛彩旗的毛孩子都回去算了!”

“听年首的!”钱运程眯着眼看着前边的社树,有雪开始一条一条地往下栽。雪再亮，也抵不过太阳，太阳除了亮还有暖。

不远处传来老鸦的叫声，颤颤的，明显是饿着。

安排好童男童女回家，傩队在社树下做了简单的祭祀，便往水底钱村行进。

在快到三头芬村时，打开道锣的钱运程歇下锣，对傩傩说："芬姓村有事呢？你去看看。"

傩傩这会儿在分神，他估猜着梁秋霜的眼神。听到钱运程这么一说，他抬头才看到三头芬村的村头上站满着人，并且人人手里不是拿着鱼叉就是拿着铁锹锄头，再走近两步，看得更清：所有的人都围着一个戴有"土地"脸子的"土地公公"，他们将路堵得蚂蚁钻不过去，"土地公公"后边还有人举着一杆铳。

"你们等等，"傩傩回头说，"我过去看看！"

傩傩走过去，正要张嘴。芬姓族长芬光兆厉声喊道："钱姓村忘祖负恩，丢'芬'踢'李'，自以为是，我们小门小姓受不了'三十六天罡'的惊吓，请你们傩神另走阳光大道！"

傩傩不敢相信芬姓村来挡傩神的路也是因为"三十六天罡"的脸子，这都过去多少年了，从来没有听过芬姓和李姓说过这事。想不到一个村庄的人能把一口气憋个八九上十年？只可能说这气是刚生的，那又为什么生的呢？谁也没有惹谁？

当初雕脸子，金、梁两姓族长破着例等不及来年青峰山庙会商议傩村大事，便一前一后地来到水上钱村。先来的是梁姓族长梁尚涛，他带着侄子梁尚泓，腊月初二来的，进的是钱姓族长钱运德的家，他气势汹汹地逼着钱运德瘗埋掉已经雕好准备来年正月初六开光唱戏的新脸子，他的理由是傩村只能有梁姓一套"三十六天罡"，任何小姓不得超过，否则就是朝他们头上屙屎撒尿地欺人。正好在家的傩傩反驳道："请问族长，这是哪辈老祖宗定的规矩。据我所知，没有一本'总稿'上写有这样的话，况且我们重雕脸子全是老祖戏文里的角色，没有争抢梁姓傩堂里的一项独门戏神。实话告诉族长，我们雕的并不是‘三十六天罡’，而是一套‘全脸子’，细数数它应该是四十六尊才对。我们‘二郎神’脸子只有河东有，不过我们学了山外傩堂将令公的脸子做了‘一神三相’，这也是古书上就有的，不信可以问问私塾老先生。‘四季十二月神’的脸子，我们只是补缺，因为傩堂有‘两仪’，这与你们有什么相干？难道河里撒网的就不让他人钓鱼了？”梁姓族长梁尚涛气得花白胡子根根站：“当初你去看傩我就想赶你走！”傩傩说：“我们还要打最阔气的‘龙亭’、做最响亮的锣鼓、造最大号的火铳、绣最漂亮的罗伞……”“你把五堂傩请到你一家来办不就得了？”梁姓族长梁尚涛撂完这话，走了。

也就隔着两天，金姓族长金高楼来了，他带着金高棣还有金大栎，冲进钱氏祠堂，进门嘴还没有张就一把封住傩傩的衣领，要他交出“太子菩萨”，金高棣赶紧拉开他们，金大栎冷眼在看。傩傩抻抻衣服说：“族长，你不是做梦以为这是你家金氏祠堂吧？看在我大我姆还埋在金姓坟山的分上，我不跟你计较，你要是再这么不懂事……”“怎么？把我骗了？你还有脸在我面前无遮无挡地提你大你姆？我告诉你，昭明祠就是倒得一块石头没有，你们钱姓也不能一家雕个‘太子菩萨’，那是我们金姓老祖从秋浦西庙请来的，否则哪有什么朝庙？”“我不晓得族长是真的信太子土主，还是故意来我们钱姓挑刺。你到山外随便找一家门缝朝里看看，有几张条台上没有供‘太子菩萨’？难道我们钱姓请个菩萨拜拜，还要三问六请地得到你们金姓同意？大姓也不能大到这么没有章法吧？还有，现在是新社会了，新社会有新社会的法纲，族长还是站高点往远处多看看才是……”“你以为穿了满裆裤就能生毛孩子啊！你俩看看，就他这样子，还来教训我。我再告诉你，傩傩！傩村就这么大，别跟着别人屁股后头以为看到了天。既然你把‘太子菩萨’请回了家，你就转告你后大钱运德吧，青峰山的朝庙，钱姓傩堂就不要再去了，去了我们也不接！”“不用告诉我大，我是钱姓傩堂总年首，谢谢族长跑这么远的路来通告。”“无耻！”“你们有耻是你们金姓的脸面，来钱姓这里显摆恐怕会掉色。”金姓族长金高楼一行还不如梁姓，傩傩一点面子都没有给，用傩傩下来对钱运德的话说："那是当着我们祖宗的面，封我的衣扣呢！"

钱姓傩堂的"三十六天罡"按着既定的时辰开了光，办得是全套子仪式。

那年初六中午，姚"杵师"在族长钱运德家吃完酒，两眼红通通地走进钱氏祠堂。傩傩已经将上漆阴干的三十六张脸子按秩序摆在了一张团箕上，钱姓所有做过年首、轮值年首和执事齐聚祠堂，大家看到这套"全脸子"，没有一个不朝傩傩翘大拇指，姚"杵师"也说这是他开的最全也是最好的一套脸子。在姚"杵师"的指导下，族长钱运德带着傩傩和堂里所有男丁朝"龙床"焚香礼拜，姚"杵师"念起文表，迎请"五猖"降临。他嘴里好比含了根大萝卜，裹得傩傩一句听不清，其他人恐怕也听不明白。下来，傩傩追问姚"杵师"脸子开光为何要"起猖"，他说："五猖是使者，请他们来是要通知诸神，钱姓傩堂已有可供神灵栖息的脸子，同时也是为了经得诸神的同意。另外五猖还是护卫，随时防止恶鬼附到脸子上。""起猖"很快，之后是"驾猖"，这时候五猖已经抵达傩堂并且附在了五个事先穿好彩衣的人身上，他们向东、南、西、北、中五个方位跑五方，与五方神取得联络。"收猖"，等到日落之后，傩傩、族长钱运德和六个房头一起来到水上钱村东南边的后山上，在姚"杵师"画好的八卦图上站到乾、兑、离、震、巽、坎、艮、坤方位上，所有人噤声。只见姚"杵师"手拿一只瓦罐在满山寻寻觅觅……这年也是奇得很，姚"杵师"竟然听到了一声虎啸，他立即作捉拿状，将"虎"盖入瓦罐，尔后用小指头伸到嘴里吹了"猖哨子"。族长钱运德听到姚"杵师"发出的尖音，立即让众人点亮火把，铳啦锣啦鼓啦鞭啦，该放的放、该敲的敲、该点的点，一片声响意在收到了五猖信号。众人回到祠堂，抽烟喝茶，一直等到村里第一只公鸡打鸣，姚"杵师"起身开始给脸子"点光"，他画完符、烧完纸后，接过傩傩手里的公鸡，一口咬断鸡脖子，将鸡血滴入备好的朱砂、金粉碗里，然后拿着醮有鸡血的毛笔，依照神的品位次序一一点涂脸子的七窍，点完再依次摆放到前边置有"钱姓大社戏神之位"的新编"龙床"上。五个彩衣人再次按原路跑五方，姚"杵师"面对脸子一一唱颂词。傩傩一直跟着姚“杵师”，但他说得快、说得多，傩傩只记住了颂关公词——

> 大哥得胜刘仙主，吾是智勇关大平。三弟英雄张上将，四弟遐光赵子龙。过五关来斩六将，古城河边斩蔡阳。只因兄弟仁义好，千里路上摆皇娘。户主今日还良愿，请你前来扫邪魔。到堂领纳还愿酒，两无参拜舍才门。

长长的颂词，配着打鸣公鸡的叫声，别有一番味道。

脸子开光的最后一道程式是将收猖的瓦罐埋到合欢树下，称为“埋罐”。天明时，族长钱运德领着族人在祠堂门前，烧掉牌位，钱氏傩堂的“三十六天罡”入箱，当晚便演唱在戏台上。

新的脸子带着新的祈盼，昔日的“十三太保”傩傩没有瘗埋，而是精心地收了起来，其他人没有在意。正是这份精心，传承和发扬了傩的神威和神气。

事情过去这么多年了，钱姓村的“龙亭”已上过两道光漆，芬姓村这么前不着村、后不着店地撂出一块大石头，真的说不清是哪块皮子起疱。傩傩毕竟为钱姓村傩堂的“三十六天罡”经历不少，他用脚扫了扫前边的一片雪，像给自己在清地盘，他说：“傩神没有大小，只有多少。你们这个理讲不过去。”

“讲得过去也好，讲不过去也罢，”芬姓族长芬光兆说，“我们芬姓村就是不让你们傩队过。”

“天下傩神是一家，”傩傩说，“你们这么做就是犯傩！”

芬姓族长芬光兆是傩村五个姓氏中年纪最轻的族长，比傩傩大不了几岁，个头高得能超过钱运刚，他冷笑一声：“别以为傩村就你懂傩，傩神的眼睛比这雪地还亮呢！我们要是犯傩了，遭我们的报应，不管你的事，谢谢你的好心。”

“长辈们都晓得，这条路是钱芬李三姓老祖共同开的，怎么生在你们村就成了你的路了？”傩傩说，“要是这样，明天我让水上钱在白水河桥头设个卡子，芬姓人怎么过河？”

芬姓族长芬光兆说:“不用你操心,我们的渡船年前试过水了。”

拿铳的走到“土地公公”前,把盖着脸的“马虎帽”卷到额顶上,将铳在胸前摆了摆说:“有些人是二茬子苗,与我们谈不到根子上……”

芬姓族长芬光兆伸手拉过拿铳的,朝着他脸说:“讲那些做什么?”拿铳的是族长的大儿子芬田。他还有个小儿子叫芬地。

傩傩的脸开始发紫,他瞪着面前的人,半天没有说出话。突然,他转过身,决定领着傩队走过三头芬村,他不信芬光兆敢带人打“傩神”。

“傩傩!”“土地公公”在后头大喊,“你要敢让傩队来,就从我身上踩过去。”

傩傩听出了话音,“土地公公”是他的小舅芬大名。傩傩答应出了正月让吴根旺来给他箍寿材呢,他扭头看到芬大名横着躺到了雪地上。傩傩恨恨地说:“你就等着困四块板吧!”他骂得够狠的了,只是短寿夭折的人才用四块薄板钉着入土。

雪,把人的眼珠子刺得生痛,只有戴脸子的人感到没事。天,是一样的冷,都得受着。

梁姓族长梁尚涛孵在火桶里,听完梁崇泓的话,一口闷下煨在裤裆里半壶青峰山老林里的大条子野茶,脸上顿时泛起了红光,一扎齐的花白胡子上沾了几滴酽茶,跟顽童洒在雪地上的童子尿一样明黄,他用手捋了捋,没有了捋到,依然一条线地印着,梁崇泓看见也不敢说。

“芬光兆给我这么大的面子,不能让他白做,”梁尚涛又掏出茶壶放到嘴边上,嘴却缩了回来,他说,“叫你婶割一块五花肉、从桶里捞几块豆腐,再给他小外孙包两个红包送过去。你就讲,是我的心意,别的话不要多嘴。”

梁崇泓觉得礼太大了,要是前些年,不要说一块五花肉、几块豆腐,就是半边猪肉、一桶豆腐,他大伯梁尚涛随时也能拿得出来。如今田收了、地分了,他比别人也好不到哪里。要说他比钱姓族长钱运德,好就好在他有个儿子在上海教书，他听了儿子的话，在土改队王队长进山搞土改前，办了白水河小学，大多数田地白纸黑字地划在小学名下。王队长从来没有见过这样的“地主”，几次跑回县里，才将梁尚涛成分落实下来——中农。梁崇泓说：“大伯，红包算了吧？”

梁尚涛摇摇头，他嘬一口又嘬一口地在喝茶。

落西的太阳扯出一大片橙色铺在梁姓村的上头，族长梁尚涛踩着木屐向祠堂一步一步走去，他的每个脚印都有四根铆钉钉在化得水济济的雪地里，稳当得很。算来他已八十有零了，腿脚一点不显老，他晚上还要唱“宋仁宗”。

当初傩傩起意雕“三十六天罡”，梁姓族长梁尚涛矮着半截身子去找金姓族长金高楼商议，不想几句话被金高楼听出是在怪罪金姓生了个不肖子孙。金高楼立即把脸抓下来，揭了梁姓一个老祖与不出五服的女人私通的伤疤。不欢而散是小事，随后梁尚涛复建日本鬼子炸毁的梁氏祠堂时，故意将祠堂建成燕子形，面对金姓村“衔泥”。金姓当年死了九个老人，一村一个，年岁都不是很大，特别有两个还是在年前硬朗朗地赶着死了。要说这个事还得感谢傩傩，是他给金姓村打破的这个鼓，才让他们看到梁姓村的恶意。傩傩是听吴根旺不意间说过之后，抽空找机会“遇”上金改水说的。金姓村花大钱，全村出动在梁氏祠堂对着的青峰山上修了一条通天蛇形路——“蛇咬燕子”。梁尚涛很快看出金姓村的破法，立即在祠堂前挖了一个两丈围的半圆池塘，还于门向前种了三排粗大的毛竹，总算在金姓村蛇形路修好之前“挡下了灾”。这事，梁姓占了上风，两个姓的仇又在自当年老祖“穿红鞋”之后深深地结上了。

雪下得再大，只要人能动，傩就会照着原样子办。

钱氏祠堂里的锣有节有奏地敲打着。傩傩主张在天井里生下了两堆炭火，多少推出几层天寒，也留下了本来就不多的人。除了两户房头和六七个老人，水底钱村回家吃午饭再来的几乎没有。上午还冷得生哭的孩子们，见到祠堂里有火都拥了进来，喊喊闹闹，也算填实了祠堂。说是说，给神办傩，给先人办傩，讲到底还是给人办傩，要不梁腊梅怎么要到她家“舞滚灯”呢，当然这话

傩仪

启圣

也只有她能张得了口。

傩神答应的事一般不能变，上午已经变了一回了，没能给水底钱踩村，“要是有灾，也会落到三头芬村里”，这是傩傩说的。

钱运刚几次出门看天，天就在天井里，不用往外跑。傩傩和钱运程都能看得清，难道长那么大的个子和大眼睛的钱运刚看不清？他是看给傩傩和钱运程看的。老实人有老实人的法子，傩傩依然把他的小聪明认为是怕梁腊梅的举动，有人亲眼看到钱运刚给梁腊梅倒过马桶。

给梁腊梅家“舞滚灯”，要是依梁腊梅的德性，傩傩会用“二郎神”的“金相”，家里没有凶煞也得用凶煞吓吓那女人，但他看到钱运刚一脸苦相时，心就软了。别看钱运刚名字里带着“刚”，人也黑乌乌的高，其实在傩傩心里，他比傩傩还痿。傩傩只要一见到他，忍不住就要朝他头上看。有回春上，看到钱运刚戴上柳树条子编的帽子逗儿子钱壮山玩，喊着叫他赶快摘下来，生怕再被别人看见一样，其实梁腊梅的事只有傩傩看到了。

傩傩戴脸子时，还是选了白脸子“善相”。哪晓得“二郎神”在进钱运刚家门时，被梁腊梅喝住了：“傩傩，你个屃养的故意呢，大新正月里，你金脸子不戴、红脸子不戴，戴个白脸子，来给老娘哭丧啦？”

钱运程息了锣，正要给梁腊梅解释。此时，钱运刚不知道从哪里来的胆子，也许“二郎神”给的吧，他啪地朝梁腊梅脸上呼了一大嘴巴：“闭上你那张屃嘴不行啦？”听声音能听出这一巴掌扇得不轻。钱运程举起拿着锣槌的胳膊拦了一下，都以为这滚灯舞不成了，下来梁腊梅会“起蛟”。梁腊梅应下的这一巴掌却抿在了嘴里，盯着钱运刚跟不认得她丈夫一样。

“二郎神”要进门，钱运程赶紧一口气喊下进门“断词”——

……今日钱门好善心，迎接钱村二郎神。二郎菩萨登高座，社户子弟立两旁。钱村社户第一家，借你宅上接菩萨……

“二郎神”举起灯，面对钱运刚家正堂，滚灯由外及里地开始转动。基本上没有来看热闹的，村里人都晓得梁腊梅不好惹，恨不得拉屎跟她隔三条田埂。钱运程在喊“舞滚灯”的“断词”时，应和声寥寥，好比夕阳缺少气力。

舞滚灯是傩舞中动作最简单的一种，“二郎神”在屋内舞四方，滚灯不停转动在身体四周，随着“断词”反反复复、复复反反。

钱运程看着梁腊梅的脸，长长短短地喊了十四段——

都来呀！（贺！）天上金鸡叫，地下彩凤鸣。诸神请上路，且看滚灯来。（贺！）

都来呀！（贺！）此是南山斑竹笋，巧匠将来扎滚灯。安在须弥山顶上，胜似东方出晓星。（贺！）

……

都来呀！（贺！）滚灯舞得十八花，弯弯九曲到你家，不在你家逻酒食，二郎菩萨送蚕花。（贺！）

都来呀！（贺！）滚灯舞得不知休，一无灯草二无油，三来烧了无灯纸，何不抬头去也休。（贺！）

傩傩却舞了十五段，手上的裂口吱着痛不说，内衣全浸在汗里，恐怕要病下了。这多出的一段，还是那个无事生非的女人梁腊梅搅和出来的。当钱运程喊完断，举槌要打回道锣时，梁腊梅哆哆着已经肿起的腮帮子说：“这叫什么话，‘一无灯草二无油’，谁讲我家没有油？没有油能给祠堂出一吊子吗？改过来重喊，否则‘二郎神’不能走！”钱运程没有办法，朝已经跪下来送傩的钱运刚看了看，钱运刚痛苦地直摇头。钱运程只得再喊：“都来呀！滚灯舞得不知休，一有灯草二有油，三来烧了无灯纸，何不抬头去也休。”没有人“贺”，傩傩随意地前后绕了绕滚灯。

“傩神”出门时，梁腊梅喊住了钱运刚。

太阳这个时候，从青峰山上收起最后一丝光线。黑来了，天还大亮得很，全靠的是雪光。

傩傩回家吃了一碗油炒饭，田荷花在碗底上给他卧了一块大肥肉，他舍不得吃，趁到灶屋里放碗时又拨到了锅里。回祠堂，路过梁秋霜家后门时，他碰上了低着头往前走的钱运刚，“吃了吧？运刚叔！”钱运刚点头吭了一声，大胯子迈得更大了，比傩傩先进祠堂。直到开戏戴脸子时，傩傩才看清，钱运刚脸上被抓成横三道、竖两道，仿佛被格子烙铁烙了。

实在是冷，傩傩关上大门和两侧耳门。天井里的火又加了两捆棣子炭，上顶了天寒，下边拱了一层热气上了戏台上，否则戏真的唱不成。

出钱运刚家门时，钱运程将锣递给了傩傩，他说：“天这么冷，晚上不再‘傩神送子’了，我去把水磨房的篮子起回来。”这么多年，傩傩即使做了年首，“傩神送子”一直是钱运程安排的。

傩傩和钱运程商量来商量去，决定晚上只唱傩村很少唱的《薛仁贵征东》，选的也是最精彩的“摆龙门阵”和“做瞒天计”两出。

早演早歇场，水底钱村的老人还能赶着上冻前回家。傩傩转着看了一圈所有的准备，进帐里换了戏服。做脸子时，当时族长钱运德从家里贴了不少，傩傩实在是张不了口出资做新戏服。从第二年开始，家里的事不断，哪一件都是冲着命来的，先是钱谷子寻短见，再是土改队进村，冷不丁钱运德又直接睡到了阎王殿里……家家有了地，心就都在地上了，反倒比不上从前两眼盯着祠堂。至于出资做戏服，傩傩看出不大可能了，他曾经动过挑一些彩旗做戏服的念头，后来还是止住了。这些上身的长袍，全上了补丁，跟光鲜的“龙亭”、全套的脸子多少有些不配。

钱运刚戴“皇帝”的脸子演“唐王”，傩傩戴“玄坛”的脸子演“薛仁贵”，钱运程戴“张龙”的脸子演“张仕贵”，还有个“胡敬德”由水底钱那个红鼻子老头戴着“赵虎”的脸子上场。

锣鼓起齐奏“四门净”点子：

“哐呆 哐 呆呆 | 哐 呆呆 | 次呆 次呆 | 哐呆呆 | 哐 呆呆 | 次呆 次呆 | 哐 呆 | 哐呆 次呆 | 哐 呆 |……”

唐王：（唱）同行六亲能言语，随后十二恶将军。叵耐苏文生巧计，帝主唐王御驾临。唐朝敬德兵百万，要杀苏文作反人。

（白）天子点兵百万，战将千员，大开宝库，将金银尽赏与军。张仕贵。

张仕贵：（白）不敢。

唐王：（白）明日教场操演，点兵出阵，大小三军只许向前，毋许后退。向前者有赏，退后者枭首示众。胡敬德。

胡敬德：（白）臣有。

唐王：（白）寡人闷坐中军帐，要看一龙门阵，立刻摆来。

胡敬德：（白）谢恩万岁。张仕贵。

张仕贵：（白）不敢。

胡敬德：（白）圣上有旨，要看一龙门阵，立刻摆来。

张仕贵：（白）国公爷爷，小总官是文，不知武略。

胡敬德：（白）哇！谁叫你授了武职。好好一时做来，再若迟延，敢则一鞭。

张仕贵：（白）限小人三个月。

胡敬德：（白）哇！一时摆来。

张仕贵：（白）我儿哪里？

薛仁贵：（白）小人在后院，听我主呼唤，急忙到我主跟前。不知有何吩咐？

张仕贵：（白）我儿哪里知道，我王要看一龙门阵，你可知道？

薛仁贵：（白）小人略知一二。禀我主，龙门阵不知紧要，要五色旗号一百二十五面，火炮俱要齐备，大小三军听我吩咐。

张仕贵:(白)听我吩咐。

薛仁贵:(白)听你吩咐,你去摆来。

张仕贵:(白)好好,就听你吩咐。

薛仁贵:(白)大小三军只许向前,毋许退后。向前者有赏,退后者枭首示众。

(唱)乌风黑暗遮天地,上界天神及地祇。威风凛凛人惊怕,个个人人要小心。

(白)小军们!

想着晚上就唱这么一曲,傩傩起的是高腔,声音在祠堂里一转三绕,韵味十足。

后台:(应)有。

薛仁贵:(白)你与我天地间加一声声炮响,军令归一。

(唱)一点东方甲乙木,青旗青号令三军,腰间条条丝罗带,遵依号令尽摇旗。

(白)小军们!

后台:(应)有。

薛仁贵:(白)你与我天地间加一声声炮响,军令归一。

(唱)二点西方庚辛金,白旗白号管三军。平生马上威风大,炮响人人要用心。

(白)小军们!

后台:(应)有。

薛仁贵:(白)你与我天地间加一声声炮响,军令归一。

(唱)三点南方丙丁火,红旗红号逼三军。英雄凛凛人惊怕,天神降地斩妖精。

(白)小军们!

后台:(应)有。

薛仁贵:(白)你与我天地间加一声声炮响,军令归一。

(唱)四点北方壬癸水,黑旗黑号黑马车。天差四位施谋将,凭着干戈扫地尘。

(白)小军们!

后台:(应)有。

薛仁贵:(白)你与我天地间加一声声炮响,军令归一。

(唱)五点中央戊己土,黄旗黄号镇三军。把他安在中军帐,呐喊摇旗要用心。

……

"嗵——叭——"祠堂大门被人从外一脚踢开,又两边搭到内墙上。风裹着雪末带着哨声进了门。戏台上的"张仕贵"正将"薛仁贵"摆成的"龙门阵"在千岁"胡敬德"面前炫耀一番,被这门响、被这风声给摁住了。屋里所有人都迎着风回头看闯进来的三个人。走在中间的矮胖子,头戴双耳栽绒帽,全身穿着一件扫地的黄大衣;左边的这个比他瘦、比他高,脸冻得铁青,看着跟庙里的恶神一样,门大概是他踢的;右边的那个,很多人都认识,他就是土改队王干部。"薛仁贵"他们在烛灯里,一个也看不清他们。

仨人走到天井的炭火前,"铁青脸"伸手朝戏台上用力一抓,正如从台上往下抓人似的,说:"都下来,不要演了!"

听说过有踢场子的,那都是冲着收徒练武、说书卖唱的牌头,从来没有听说过踢傩场的。

"薛仁贵"他们听出来人是官家的口气,急忙下了台。

"铁青脸"说:"这是我们秋浦县的牛县长,专门来清除你们这些迷信活动。"

“张仕贵”启下脸子，让来人看清了他是钱运程，他说：“县长大人驾到，有失远迎！”

“黄大衣”抬头对着“铁青脸”，扭头对着王干部，说：“你们听听，全是封建流毒啊，我是人民县长却被称着什么了……‘驾到’！告诉你们，我是踩着大雪一步一步走进来的。”

王干部朝钱运程挥挥手，“赶快把这些东西收起来，往后不准办傩了。所有贫下中农要多学文化知识，多抓农业生产，少搞封建迷信。”王干部土改时还赶上了一年钱姓村办傩，他看后拍手叫好，怎么几年不到话就变了呢？

“哪位叫傩傩？”“黄大衣”在问。

傩傩启下脸子，胆怯地回答：“牛大人，我是……”

“叫县长！”“铁青脸”说。

傩傩说：“牛县长大人……”

“只叫‘县长’，不准带‘大人’。”“铁青脸”紧紧地抓着拳，很快他朝屋里伸开了拳头，“几个办傩事的留下来，其他人都回家去吧，以后不要再来参加这种迷信活动了！”

早被牛县长的阵势吓得不知如何是好的男女老少，乱着一团地从三个门往外挤着，很快腾空了祠堂。风开始找着烛火出气，戏台“亮匾”两边的“对联”很快灭了，其他的都在摇晃，时而要灭，时而又生。

傩傩只得又喊了一声：“县长！”

“黄大衣”说：“全县人民都在大干快上地建设社会主义四个现代化，你们山里三十一个傩村，一年十二个月有两个月都在办傩。听说，你是傩村最爱傩，也最会办傩的人。作为一县之长，我告诉你：这是封建迷信活动。我们现在是新中国，对这些封建流毒一定要铲除，要铲得干干净净。我还听说，有人在利用傩，搞淫秽活动，这是党和国家在建国之初就严令禁止的。傩傩你要带头执行，听到没有？”

傩傩吓得满耳里流淌着白水河的水声，哗哗地拍着耳膜，时而痒，时而痛，不敢吱吭，也不敢用小指头去搅弄。

“县长在问你话呢?”“铁青脸”厉声说，“他要是顽固不化，就带回县里教育。”

王干部插嘴道:“他的成分是‘地主’。”

“看看吧!”“黄大衣”说，“傩村是全县的工作盲点，种种历史原因造成土地改革不及时、批斗地主不深入，贫下中农对新中国的农业建设认识怎么能上升到一定高度? 在梁姓村你们看到那个梁尚涛没有，他还是族长的派头，嘴里一个声一个音地应得很好听，可心里呢? 我看，他是不服气啊!”

“不服也得服!”“铁青脸”说，“县长，我想是不是在青峰山将民兵组织尽快建起来，否则这个傩不好禁啊!”

牛县长放下声调问钱运程:“我这次来除了让你们不再办傩，还要告诉你们:傩是封建毒瘤。过去没有人来讲，一年一年这么办下来，害了多少代人啊! 我们回到县里，将要及时研究傩村的问题，相信很快会专门拿出傩村整治方案。你是个老同志，能向其他傩村的人一样保证不再办傩了吗?”

钱运程点点头。

“县长不是让你点头，是让你保证!”“铁青脸”上前一步说。

“我们听县长的，”钱运程说，“收起来，不办了!”

“好!”牛县长说，“傩傩呢?”

“不办!”傩傩说。

王干部说:“傩傩，你不要顽固不化，当年是看在你早年出生在贫农家庭才没有批斗你。现在县长在问你话，你跟斗气似的，想干什么呢? 别忘了你的‘地主’成分，我们随时可以组织贫下中农来斗你。”

牛县长摆摆手说:“好了，想通想不通，先停下来不办是最大的想通。工作要慢慢做! 下次我们要专门派工作组进驻傩村搞宣传、抓教育，这股刮了几百年的歪风邪气不杀，一定会拖全县的建设后腿。”

牛县长他们走了，他们跟水上钱村人一样，把雪踩得吱呀吱呀地走了，天上什么时候起了半圆月亮，正好给他们照着路。

月光也从天井里打进来，像是又在下雪。祠堂里的人都蹲在火堆旁，抽了好一会儿烟。钱运程将几个人的脸子收着归到“龙床”上，“你们等我会儿……”他只说了半句话，出门去了。钱运程顺着狗叫声，深一脚浅一脚跟到白水河桥头，确信牛县长他们去了河西才回到祠堂。

“送神吧！”钱运程进门只说了三个字。

所有人都是这么想的，手上找着送神的活儿在做。

钱运程将“龙床”供祭和所有的香烛装到一个大篮子里，和水底钱村的两个老人出门前往土包的社树下。

估摸着钱运程到了社树时间的长短，傩傩双手握着神伞来到祠堂门口，他转身向着祖先牌位慢走，每走一步，喊一句送神“断词”——

新春雨水上花台，日出东方进宝来。

今日东家好戏场，福禄喜事入门来。

神明欢事归天去，一年收进万年粮。

“断词”喊了六句，步子走了六步。

傩傩转身将伞柄落地，其余人全部走出门外，跪到雪地上朝神伞揖拜。随后，傩傩飞步奔向社树，一锣一鼓紧跟，所有的人狂跑在其后。这时，钱运刚放响了铳。

这年的铳，格外地响，胜过春上的炸雷，听到的人都以为是雪天的缘故。

钱运程在社树下听到铳响，开始烧纸，直至神伞锣鼓到了树下，再叩再拜，尔后全体人员默不作声地回向祠堂。

钱氏祠堂很快乱成一团，走在最前头的傩傩看到钱运刚卧在雪地里，“运刚叔！”他跑过去一把抓翻过钱运刚，一阵硫硝腾了起来，跟着是血腥，“不好了，铳炸了膛。”

“快快，拿香灰来！”钱运程伸手，直接摸到了钱运刚的肠子。他有了哭腔，大声地在喊叫，“傩傩！快去搭担架，抬人上医院。”

“龙亭”和“龙床”前两炉香灰全倒到钱运刚的肚子里，也没有止住血。钱运刚其实被抬到白河桥时，就已经断了气，那时傩傩明显觉得抬杆沉了下来，并且越抬越重。梁腊梅跟着，只是谁也不说罢了。

天亮时，钱运刚又被抬回了钱氏祠堂。

“龙床”上的脸子还整整齐齐地摆着，没有收。

奇怪的是“龙亭”里的“太子菩萨”在那个晚上不见了，傩傩把祠堂翻了个底朝天也没有找着。

我说过，梁腊梅对我好过。后来算了算，从我进入水上钱村到当年苞谷带肚子起码有七个月。我把心放到肚子中间，讲句公道话：那段日子她是真的对我好。正月里接下来办的那几天傩，我吃了她做的两回饭，有一回是肉丝下米面，吃到底下还卧着三个煎蛋，我看见钱运刚都没有。她家里只要有一口好吃的，立马让钱运刚喊我过去，多时还有酒。我的婚事，她更是张罗得有劲，在我认定钱谷子而又得不到钱谷子她姆允许的那会儿，她一天三趟地跑前撵后，唾沫要是积起来至少有两大木盆，尽管没有起到多大作用。她还满村子里说，族长钱运德真是前生修的大德，收了我这么个好儿子。

我和梁腊梅前生无仇，可她认为我们今生有怨。怨起何处呢？我要不是上了这么大年纪，哪能说得出口？要是不说，哪个都以为我是为什么事把个梁腊梅得罪到棺材板里去了，否则她不至于那么待我。

这年夏末，具体是哪一天我记不得了，按庄稼长势推应该是处暑后白露前。钱运刚说山外的大姨家带信让他去捉小猪，求我帮半天忙，水磨房上头的苞谷地还有两垄没有补肥。钱运刚极少找我帮忙，虽讲我不大会种田施地，可是用锄头在每棵苞谷下刨一个小炕，梁腊梅配合着扔一铜勺榨油剩下的油菜饼，再盖上土，还是行的。

那天，天还好，起着悠悠的风。防着苞谷叶子拉人，穿了长衣长褂，也不显热。给头一垄地施饼时，梁腊梅和我有说有笑。等施完一垄，我们坐下来喝口水歇一会儿之后，她的话就一句接着一句跟舞龙似的往“傩神送子”上引，哪一句我都不能回，只是嗯一声，手里的活也快了，恨不得一锄头将余下的苞谷施完回家。可她不，她一点不急，慢悠悠的，每点一勺，都要抬头从下到上地看我一眼，那目光比太阳烈。大概也就剩两锄柄长的地就要施完时，梁腊梅朝我笑了笑。梁腊梅泼是泼，笑起来还真不难看，其实她的身子、皮肤和脸盘子长得都得体，只不过全被她一张大嘴给遮住了。她放下盆和勺子，说：“我去解个小溲！”

梁腊梅去的不远，恐怕都没有出她家的地就脱裤子了，她的尿声我都能听见。就在想避开耳朵的时候，我听到她的尖叫：“傩傩，傩傩！”

我扔下锄头，飞跑过去，梁腊梅惊慌地扑到我身上：“蛇！有蛇！！”

我打小也怕蛇，拎着头皮问：“在哪呢？”

这时，梁腊梅拉开了我的裤带，里外两条裤子一顺溜到脚脖子上，等我反应过来，她已经抓住了我的下体，“蛇在这里……噢……想死我了，你个蛮人！”

我脑壳里一阵黑，用手死劲地推开她，她抓得我上衣的衣线吱吱响，同时一个劲地抬腿往我身上挂，她的肉都挨到了我的肉了。

她疯了！她说：“傩傩，我要你像在水磨房里一样地要我，噢——”

我把两只手收到胸前，一用力，将她弹倒在地，她压断了七八株带肚子的苞谷，她就那么下身光光地仰叉在地上。“你是我婶呢，你是我婶呢！”我兜起裤子，不停地说。

“傩傩，你给我送个儿子不行吗？”梁腊梅坐起来，抓住我的裤腿，央求着说。

“只有傩神才能送子，”我转过脸，“婶，你起来吧，这事我就当是没有过。”

“我都光屁股打屌地让你看了个底朝天，你讲得轻巧，能当着没有吗？不信我现在喊个人过来看看……”梁腊梅的脸皮比城墙拐还厚三分，“你把我推倒，你得拉我起来。”

我只得硬着头皮去拉她，我把眼对着天说：“对不起，婶！”

梁腊梅又顺势一把抓住了我的两个圆物，痛得我直流眼泪。“傩傩，你这真好，就这一回，行不行？”

“你放手！”我气得不行。等她放开手，我立即往后退了三四步，我说：“我们都是有脸面的人，你是我婶呢！”

从此，梁腊梅再也没有给我一个好脸。

她系好裤子，脸已黑得超过了牛粪，“我嫁的是个姓钱的，你姓金，我是你什么婶？是婶，你怎么在水磨房从竹榻将我日弄到地上……”

原来梁腊梅就是那只“猫”。

“婶，你……”我说不上话，“你怎么讲这个呢？”

“嘴长在老娘身上，老娘想怎么讲就怎么讲？”梁腊梅用两只眼挖着我，比锄头要利得多，“你孱养的别太能，你做下初一，就不能怪老娘做十五给你看！”

水磨房里的事不能说啊，我只是在与头一个女人过完事之后，有了那么一个想看她是哪个的念头，其余全没有，那不是我，是傩神！说了，是犯傩忌的啊，这个不要脸的女人，连命也不要了——随后的多少年，梁腊梅哪一年都上水磨房，她以为把舌头咬破了不喊“噢”，我就不认得了？“傩神”不会给她送子的，尤其是后来我发现她和我妹夫、钱末子丈夫、“应付和尚”呙兵有了丑事之后，更认清她并不是来求子的，是来求欢。她越是这样，我越不给她。

我把梁腊梅撂在了山地里。我和她就这么结上了梁子，转脸一天不到，她在村子里喊我是“孱养的”。仿佛她是天上掉下来的；即便是掉下来的，也不是神仙，至多是神仙屙的粪便或丢的垃圾。

那个时候，梁腊梅已经开始有半句没半句地说我与梁秋霜了，只是没有一个人信，因为我正要和钱谷子结婚，但她就是抓着不放，等钱谷子上吊走了黑路，她直接跑到钱运程家，恶狗一口地咬定钱谷子是我逼死的，说我与梁秋霜早有一脖子。

梁秋霜是梁腊梅大伯家的孙女儿，嫁到水上钱村是她一手牵的线、搭的桥。现在人家丈夫当兵打鬼子去了，梁腊梅只是为了报复我，无中生有地在害一个人的名声。一个女人的名声比生命都重要！

“她的话比不上粪，粪臭了能种田。”这是梁秋霜亲口对我说的。

梁腊梅在说我和梁秋霜有“丑事”之前，我是说过我看上了梁秋霜，那时我不知道她是钱道先的老婆，只是个误会，当笑话说说还差不多。而我还真的去找过梁秋霜，原因非常简单，她丈夫钱道先不是和金大杉一道去当兵打鬼子了吗？想问问钱道先给家来信有没有提到过傩村去的人。

去见梁秋霜的日子我记得清亮，是古历四月初九。我进门按辈分先喊的是“老瞎子”大伯，再喊了梁秋霜“嫂子”，我们所有交谈都是当着“老瞎子”的面。梁秋霜这天，穿得都是家常，上身是件红得还在褪色的对襟褂子，估猜是结婚时穿的，裤子是蓝竹布，鞋是敞口带襻子的，不过全身上下干干净净。我去时，她刚喂完猪进门，解开围裙出门就能走亲戚——在傩村，我只见过这么一个清丝丝的女人。听了我的来意，她说：“来是来过两封信，讲了一些部队上的话，我也不大懂，好像是讲过与山里同乡在一起的事。要不，我把信拿来给你看看？”我怎么不晓事也不能看人家的家书啊。我说：“谢谢嫂子，要是下回给我哥去信，顺便带一笔金大杉，他是我拜把子的兄弟，一走这么多年，我那婶子眼睛都哭瞎了。”梁秋霜答应了我，之后的几年，见面说话多是围绕着钱道先和金大杉，全是乡里乡亲的交往，一丝没有梁腊梅想得那样脏兮。

梁腊梅敢大鸣大放地骂我，是在钱谷子死之后，是在后大钱运德划成“地主”之后，是在钱运刚被铳炸了之后，一次比一次厉害，一次比一次恶毒，发展到后来的后来，她当着河东白水河大队五个生产队近两千名社员逼着“国民党反动派钱道先”的老婆梁秋霜和我这个“地主儿子”承认内外勾结想谋反社会主义新中国。

金大杉家被有锣有鼓地送来了“革命烈士”证书，六道梁、九道梁、十二道梁、二头芬、水底钱的四个村也都有七户人家接到了。梁秋霜没有，但很快梁腊梅说“钱道先是国民党反动派，跟着蒋介石躲在一个叫台湾的海岛上去了”。梁秋霜在村里猛地抬不起头，而在家里，“老瞎子”又指桑骂槐，说她是个拴不住骡子的烂桩，要不他儿子怎么能当兵呢？我看不得她那个样子，有次见她在菜地里拔蒜薹，就过去对她说：“嫂子，不行你抽空去趟县里，问问咱哥到底是怎么回事？不能这么在村里听人乱讲。”“县门对着天还是对着地，我都不晓得，找哪个问呢？”梁秋霜说的是实话。当时，我想不如我到县上替她问问，只是嘴里没有敢说，我怕再引来梁腊梅的大嘴巴。不久，村子里都在说“老瞎子”逼她改嫁腾房子，梁秋霜说：“你钱家有媒有轿地接我进的家门，我丈夫生不见人、死不尸，凭什么改嫁？”又过了几年，“老瞎子”把她分开单过。我时常能见到她一个女人在田地里，又是犁又是耙，实在想伸手帮她一把，有回天上下着暴雨，她挑着一担稻回家，我接过了肩，幸好没有被人看见。

要是非得说我和梁秋霜有什么勾勾连连，也不是一丝没有。我打鸟雀帮梁秋霜度过了恨不得人吃人的饥荒之年。起先，我也给家里打，后姆田荷花吃了几次，怕得宁愿去挖观音土也不吃鸟雀肉，随后打的算是保住了我和梁秋霜的命。她吃了我两年多的鸟，从来不说一个“谢”字，偶尔见上一面两面，也只是点点头。到真的我们关在牛棚挨着的牛棚里时，她才说：“我怕我连累了你！”她说的就是钱道先“国民党”的事。我根本没有想那么多，只是觉得这个清丝丝得让我有些动心的女人需要我来帮助。自从见过她之后，我又开始穿白衬衫，哪怕洗得成黄泥色了，我还是穿着。我从来没有想过青峰山、白水河还有打不到鸟的时候，岂知荒年也一样荒鸟，打到第二年，不要说打了，一天见到一只鸟都不容易。偶尔见到一只，几里地闻到我的气味就飞了。眼看，梁秋霜吃不上鸟雀了，我便想到夜里来打。后来夜里鸟也精了，我便穿了一件钱谷子留下的红褂子装着女人出去打，总算每天都能打上三只两只……梁腊梅一点没有抓到我和梁秋霜的把柄，反倒她有把柄在我手里。

我也说过，我完全可以对梁腊梅反戈一击，并且能击中她的要害，让她再也不那么想爬到我头上尿一泡就滋一下、屙一回就蹲一阵。我肠子悔青过，但现在想来一点也不后悔，她终究不还是恶人有恶报嘛？

那是后大钱运德死后过第二个“七”的晚上，出阁的三个女儿在商量“五七”办酒席的事，说到香烛的准备时想到了呙兵，他是个“应付和尚”，懂得多，喊几声没有听到人，大姐夫让我去找找。屋子就这么大个屋子，地上没有，床上没有，只好出门。钱运刚站在院子里汽灯下看几个人在耍牌，我问他见到呙兵没有，他说可能到他家去了，他小女儿天天晚上在梦里笑得瘆人，梁腊梅请呙兵画一道符。钱运刚这人也是心宽，“应付和尚”到家给女儿画符他却在这里看人打牌，不过他也是请来给后大钱运德办老事的，随时得待着。一听，可能会见到梁腊梅，我的皮子生起了紧，没有办法还是去了。后大钱运德一蹬腿，两姐一妹对我的口气明显有些不对头，幸亏屋子划了、田地收了、厂子交了，否则还不晓得为家产把头打破到什么程度。

呙兵根本不在钱运刚家，他家漆黑一点墨。回来时，我抄了近路，便看到梁腊梅和呙兵在我说不上是谁家的草垛边光着赤条条的下身做“好事”，远远我还真以为是哪家的猫在叫春呢。我吓得不敢吭声，呙兵动一下哼一声，像油坊师傅打榨一样，梁腊梅跟着接一声“噢”……梁腊梅这个不要脸的女人在自己快活时，还不忘挑拨离间，他们在完成头一“榨”之后，她说：“你这几个女婿也太无能了，连个外姓人也撵不走。”如果小矮子呙兵只是偷了骚货梁腊梅的情，我也不认为他能坏到哪里。你知道，他说了什么？他说：“全部家产本来就是我的，这个傩傩，我迟早让他死得难堪，等这个老的一蹬腿，我再来收拾他。”呙兵能不能收拾我是另一回事，我最看不得的是他老丈人还躺在棺材板里没有下葬，他却能做成那事，可想他心里哪有一点老丈人的情分。我为后大钱运德的明智感到欣慰，要是把这匹狼招进门，可想而知。“十个矮子九个怪，还有一个钻马桶盖”，呙兵就是那个钻马桶盖的，我不再把他当着亲戚。我走的时候，他们又开始打第二“榨”了，声音更大……“他们怎么就不怕被人听见呢？”这年，梁腊梅怀孕生了个儿子，钱运刚高兴得满村子送红鸡蛋，我接了一个，扔到猪圈里了。

我进家时，钱小末问我呙兵呢，我没好气地说："在给梁腊梅画符呢！"大姐夫问："还要多长时间。"我给后大钱运德换了一炷香，"正在画第二张，恐怕要画好几十张吧！"

这个时候的梁腊梅早都骂我"㞞养的"了，我还是没有反击她。说真的，我从来不敢亮她的这个"把柄"，生怕亮出来，夯死的是我自己。

"我没有！我真的没有！……"钱运程见到我，怕怕地往后缩着身子，不停地说。

"我晓得你没有……"我拉住了他，"走，跟我回家吃肉去！"

钱运程疯了。

我隔三差五，不是从山上就是从水里设法找些活物炖上半锅，再把他找到家，给他洗洗澡、换换衣服，看着他吃三大碗鱼蛙鸟兔什么的，有时也理一般的饭菜。我只让他吃三碗，要是放着让他吃，他能撑死。之后，再将他送到他家的后门边上，叫上一声他儿子"添傩"，我就走。

钱运程到底"没有"什么？谁也不知道。他疯之前，他还好好地当着白水河生产大队第四生产小队队长。他是在青峰山公社听完开展"四清"运动"回头看"动员大会回来的第二天疯的。"回头看"指的是对过去大力开展的"清账目、清仓库、清工分、清财物"活动进行一次再查再究。

我之所以对钱运程这么好，是在报恩！在别人眼里，都以为我愧对了她女儿钱谷子才这么做的，真正让我看清钱运程这个人的善良是钱运刚炸死那年。人啦，什么都能装得出来、装得像，就是善良装不了，甚至越装越不像。让人伤心的是，我很快被关进了牛棚，等我出来时，才知道我关进去没多少个日子，钱运程便失踪了。我去问钱运程老婆、我丈母，她说得跟从来没有那个人似的："死到外边才好呢，省一副棺材板！"人可以薄情但不能寡义，钱运程老婆成了个寡义的女人，钱谷子遗传得也好。

钱运刚放铳炸了膛，按傩理，全怪梁腊梅，而梁腊梅一屁股坐到我头上，她撂着钱运刚露着大窟窿肚子的尸体不管，一步三滑地跑回头道梁村娘家叫来了沾亲带故的四十多人，把我捆得结结实实。

这个时候，后姆田荷花叫人抬着她的十二圆大寿材来到祠堂门前，她朝梁腊梅跪下——雪早已被人踩脏了——她在给我求情，“兄弟媳妇，运刚的后事我砸锅卖铁往周全里办，求你放过傩傩，我来生做牛做马报答你！我的这副寿材，送给运刚兄弟。我给你磕头了！”

“你不要这么假惺惺的，好不好？”梁腊梅的心冷成了冰，她挑着一对乌黑的剑眉，“我告诉你：接上的尾巴摇不动。别痴心妄想了。送十二圆棺材！送二十四圆的也是应当应分的。”

“姆，你起来！”我实在忍不下心，但我憋着泪，我不要让梁姓村人认为我是怕他们，我心疼后姆田荷花，她的双膝已经全部被肮脏的雪水浸透了，我喊道，“是铳炸了膛，又不是我害的运刚叔，凭什么让我偿命？”

“凭什么？”梁腊梅的皮子里藏着一层冷笑，她说，“你跟政府讲去。县长明明让你不再办傩，你还起兴子‘送神’，要是都回家睡觉了，哪来的死人？”

梁姓村十多个人花了快一天时间将我推送到了秋浦县城，他们一路上叫喊着要县长大老爷判我一个秋后斩。我不看他们，也不听他们，只看雪，看青峰山顶上的雪，看路边树上的雪，看城里房子上的雪，那里没有脚印，天上下什么样子，它们还是什么样子，所以他们能被天直接收回去。地上的雪，被人踩过、被车压过、被畜禽屙过尿过，只能化到地下。

在县政府大院门口，我们撞见了“铁青脸”，他问了几句，大声呵斥梁腊梅和她娘家的人：“你们傩村太无法无天，新中国建立这么久了，你们还在用家法。人是你们谁想绑就能绑的吗？出任何事，都得先到政府的公安机关来报案。快解开！”

我很快知道，“铁青脸”就是公安局的陆局长。

陆局长让个年轻的公安跟着梁腊梅他们进山调查情况，我被留在了公安局的一间小屋子里。屋子比钱氏祠堂还冷，没人管没人问，我想这大概就是政府的大牢。到了应该是下午的时候，陆局长急匆匆地带着一个女公安进来。女公安被一身板正制服雕得她标致得让人不敢睁眼看，看了一眼就跟要犯大罪一样。陆局长问，女公安记，她的手仿佛水面上的水蛇，游得特别快，只要我话一落音，她就落笔，有次我故意说得快，可她记得更快，还是我落音、她落笔。“山外真有这么奇的女人！”我反复在心里默着这句话。

陆局长问一我答一，问二我答二。陆局长问道：“你们不是答应县长当晚收傩不办了吗？怎么又搞什么‘送神’？”

我心里明白，我的罪大概就在这里，这也正是梁腊梅抓住的把柄，要是不送神，钱运刚就不会再放铳；不再放铳，铳就不会炸膛；铳不会炸膛，钱运刚就不会死，这么一推，钱运刚就是我炸死的。杀人偿命！这回，我百分百要挨政府的枪子了。既然晓得要死了，我就一点不怕了，甚至在和陆局长说话时，还有心思往别的地方瞎想。我说：“傩神请来不能不送啊，只有把傩神送走了，才能不办傩，否则……”我刹住了嘴，不敢说“那会犯傩神”。

陆局长侧脸对女公安说：“×同志，你先出去一下，我有话要单独和他谈。”

陆局长在喊“×”时，说得很快，我一个字没有听清，我好想记住这个女公安的名字。

女公安出门后，陆局长塌下身子，又递给我一根烟，我吓得不敢接，接了又吓得不敢抽。它是一根机器卷的烟，上下一般粗，里面的烟丝也均匀，吸到哪里都一样的有劲。我想：“这不会是行刑前的一顿好吧？”戏文上经常有“吃饭大似祸”，临刑前给犯人吃个好饱。

陆局长见我咬着起皮的嘴唇不作声，便说：“我们下来的谈话不作记录，你宽心地讲。你先把那吞下的半句话讲了。”

陆局长跟我肚子里蛔虫一样，吓得我不敢再想那女公安了，他要是知道我在想女公安，枪毙我时还不用两枪啦？我说：“不送神，整个钱姓村都要遭灾难。头一个是年首，不死也要掉层皮。”

“有这么灵吗？”陆局长狠吸了一口烟，鼻孔有多粗，出来的烟棍有多粗，他把撑着脸的胳膊又向前移了移，“你把看到的和听到的关于傩神的事给我说说。”

从陆局长的口气看，好像不会马上要毙我。我仔细地说了那年姑姑顶戏、金姓两个年首过世的事，还讲了亲眼见到日本鬼子的炸弹炸翻了傩村却没有炸到一个放有脸子的祠堂全过程，陆局长比听说书还听得认真，他不停地吸着烟，一根接着一根。

“按这个理，钱运刚被炸死也是犯了傩神？”陆局长问，“他犯的是哪个傩？”

“不是钱运刚，是他老婆梁腊梅犯的！梁腊梅前天夜里偷回了送给傩堂的一吊罐子灯油，昨天下午‘二郎神’到她家‘舞滚灯’，她又逼着改‘断词’……”我故意在这时候要乖，搓着枯皮树脸的说，“不讲了，我该死，又在政府面前搞迷信活动。”

“你能认识到这一点，很好。”陆局长起身说，“你的事，等调查的同志回来再定。你先在这里反省反省这起事故吧。”

“一定一定！”我说，“请政府看在我还有个后姆没有人供养的分上，宽大处理。”

陆局长点点头，又摇摇头，出门时嘴里好像在念叨：“傩神真的有这么灵吗？”

过了两天，钱运程也关了进来。

钱运程对进山调查的公安说：“答应县长不办傩的人是我，决定送神的也是我。政府不能冤枉好人，要罚也得罚我，不应是傩傩！”就凭这一句话，我也要给钱运程养老送终。结果成了空想。那年月，能把眼看到脚尖就不错了，别说往前看那么远。不像现在的日子，既能往回忆苦思甜地过，又能伸着手捞着明天过。

公安走访了当初参加送神的十多个人，都证实了钱运程的话。具体接案子的就是进山调查的公安，他又前后问了我一遍，我最后补充说：“我是年首，要是我不点头，傩神送不成，请政府放了钱运程，什么大罪我来顶！”

第二天早上，我和钱运程接受了一顿教育之后，都放了出来。放了出来之后，我对钱运程的心就变了，越看他越像我大，当初要是进他家当了儿子，日子肯定不会荒到这份上。

回山的路上，我一点一滴地给他讲了我和钱谷子的前前后后，包括“傩神送子”，包括床头笫尾。钱运程听了一脸的泪水，说：“傩傩，我从来没怪罪过你！你能容得下一个钱姓村，难道容不下自己挑的女人？谷子仿她姆，自己打了死结，解不开，怨不得别人！”

走到青峰山的西脚上，钱运程叫我去青阳姑姑家住到钱运刚入土后再回。

钱运程回到水上钱村，坚决不同意用后姆田荷花的寿材入殓钱运刚，他说得有理，“既然县上都已放了傩傩，说明没他的事。运刚是为钱姓傩堂办傩被炸的，他的后事得由钱姓村来办，不能占傩傩家的东西。”

在往我家抬回寿材的时候，梁腊梅跳了几跳，见没有理她，就对钱运程说：“你们再一把火把他烧个干净，算了！”说完，她回家关起了门，起先连让儿子钱壮马给钱运刚捧头起水入殓都不开门。

后姆田荷花看到又抬回的寿材，哭得眼泡肿得跟汽灯似的。

秋浦县政府直到一九六八年，再也没有人提过禁止办傩的话了。牛县长信誓旦旦地要在傩村大力开展“反迷信、抓生产”教育运动，也没有见到动静。不久，土改队的那个王干部进村调研要不要在河东也办所小学的时候喝高了酒，不知怎么，他说他信傩神，吓得在场的二头芬村的人一个不敢作声。他说：“我说了，你们不能乱说。初九那天晚上，牛县长和我们到各个祠堂拦着不让办傩……你们说怎么了？出青峰山时，好端端地走着走着，牛县长突然瘫了，先还以为是冷着了呢。可他清醒得很，说身上一点不冷，伸手摸着还有细汗，并且哪儿也不痛不痒，就是手脚听不到话。抬到县里，什么片子都照了，什么专家都看了，还去了上海，始终找不出病因……你们猜后来怎么样？牛县长突然想起了一件事来，他让家人偷偷请了一尊‘太子菩萨’供到家里。哎！三天，就三天,多一天没有,我们牛县长下床走着上班了！你们说神不神？……我警告你们,这话可不能往外讲。我再说,你们晓得牛县长突然想起了一件什么事？哎！你们摇头是对的,你们怎么晓得呢,他呀……去,去,把门关起来……牛县长千不该万不该,把钱氏祠堂里的那尊'太子菩萨'拎着扔进了白水河。他姆的,傩神惹不起啊!"等他醒来,问有没有说酒话时,有人逗他:"你骂了傩神!"吓得王干部到芬氏祠堂的神龛下对着阁楼的脸子跪下来,许下赠送一套幔帐的愿。

我又偷偷雕了一尊"太子菩萨",放进了钱姓祠堂的"日"箱里。这尊"太子菩萨"一直没有坐"龙床"、上"龙亭",钱姓村也就从来没有人祭拜过他。

对傩村来说,不是从一九五八年,严格上讲是从一九五九年上半年开始的,天灾加人祸,日子变成了刀子,一天比一天狠地拉着人。想活的,我看没有几个。我好多次都想死,却又不知道怎么个死法,真到了别人要命的时候,我偏偏不去死。其中,我就别着梁腊梅,非得活到她后头不可。那些日子,我现在六月天想起来都能打摆子地喊冷。

土改队的王干部又来了。这个时候的王干部已经是青峰山人民公社的社长了,他带的一班人是公社管理委员会的委员们,他嘴一歪:所有的土地、牲畜、农具、山林、水面全部归生产队集体耕种、使用和管理。这些,我都不感到惊奇,土改的时候我已经听明白了,人家拎着脑袋打鬼子、赶国军,看重的就是这一亩三分地。分下去也好、收起来也罢,都是人家家里的事,犯不着问别人。

王社长这次闹的动静不比土改时小,他们先是将山里的三十一个傩村划为五个生产队,"九金"的七个金姓村为第一生产队,挨着梁姓村的白杨金村、黑槐金村合到一至五道梁的村子为第二生产队,余下的梁姓村为第三生产队,水上钱村和三个芬姓村为第四生产队,四个李姓村和水底钱村为第五生产队。五个队又合为白水河生产大队,大队长是梁尚涛。这边告示贴出来,那边就闹开了,第一个不同意的是白杨金村和黑槐金村,所有的户主扎着堆去找王社长，甚至金姓族长金高楼也出面来说话，无外乎不愿意这么将两个金姓村划离到面和心不和的梁姓大村里，担心受欺负。王社长一句话将他们堵得出不来气："成立生产队是为了大生产，不是你家族办傩戏。谁要是再来阻碍人民公社的建设，将依法论处。"原本钱姓村也想着闹成一个族一个生产队，看到河西哑了口，只得不乐意地止住了声。

接下来分山头、划地界，吵得更是一锅粥。可笑的是，一条白水河也被划成五大块，难道河里的鱼也听他们，分到一队的，就在一队的水里游，其他五个队的水里都不去？谁能管到它们呢？你以为是人啦？吵着吵着，一季庄稼给耽误了。当时，我看不到一个人心痛的样子。

我心里隐隐作痛的还有：梁腊梅成了大队干部。

我真的不是因为梁腊梅咒骂我，才不乐意她当干部。这个时候，她已经是肆无忌惮地咒我"断子绝孙"、骂我"不得好死"。我也习惯了她的骂。"你不要搭理她。"梁秋霜劝我，"越骂越发！"这也是山里人的另一种自慰。梁腊梅对任何人都不好，甚至她肚皮里生的三女一子。生产队一打头开工，她让抱着头、拉着尾才十四岁的大女儿跟着壮年妇女挣大工分，"大炼钢铁"进青峰山老林伐木的时候，我亲眼见到她女儿累得吐血。别人劝她让女儿到小工分组。你听听她是怎么回的："女人的血多着呢？上边吐了，下边就少流些，一样！"这哪是一个当姆的说的话。一个对子女都这么毒的人，还能对别人好到哪里？

"白水河妇女大队长——梁腊梅……"王社长在白水河生产大队社员代表大会上宣布。

金大栎当了第一生产队队长，我也不舒服。按理我跟以金姓为主要社员的一队已经是八竿子打不上天，我是在替金全森弟兄俩担心。金大栎是个见泡牛粪都想扒到怀里的人。别的不讲，他大棺材钉还浸在油里没上钉时，他便要赶走哭得死去活来的小后姆。来办老事的人实在看不过去，他才吭吭唧唧地答应小后姆将他大送上了坟山，之后再也不让她进家门一步。金大栎是敢把黑心事往亮地上做的人，让他人五人六地当了队长，一队能落好吗？

前年，金全森来给我说件事，更能看清金大栋不配当干部。这个打小喜欢跟着我屁股的金全森，来见我的时候，是个大人了。我看着他什么都比他大金大杉强，别看金大杉是烈士。孩子长得全捡着他大他姆的好处走，个子挑的是他大的，脸面挑的是他姆的。他赶着趟在梁姓村读了几天书，这几年跟着村里人砍山烧炭，算是把家撑住了。他来找我也没有拐弯抹角，“伯，你把前山金村房子借给我结婚吧?”我喜欢孩子这样对我直来直去地说话，我笑着说：“我是你伯呢，还讲借什么借？只要你别把爷爷奶奶的两个相框扔了，房子你想怎么住就怎么住，二回不要来问我了。”金全森朝我下了跪，“伯……”我拉起金全森，他一脸的泪，他说：“跟伯讲句实心话吧！我在哪个草棚子里都能结婚，是我看不得有人整天想着要占你的屋基呢，才来对你讲这话，没有想到伯这么把侄儿当人看。”我的心被这孩子一下子拉开了，多少年的泪水加三道堤坝也拦不住。还有一点让我没有想到的是，金全森走的时候对我说：“这个法子是我姆对我讲的，她讲伯迟早还要回前山金!”我摇了摇头，又甩出一串泪珠子，哪一颗都能压到弹弓里打鸟。那个整天想着要占我屋基的人，不用想，就是金大栋，他还当队长?

钱运程也当了生产队长。从贫农的成分到种庄稼的把式、再到为人，那种说不出的少不打、老不欺的“洋户”劲，水上钱村加芬姓三个村还真找不到比他更符合条件的了。可我认为他是个没有主见的人，年年办一样的候事，他不问个三五遍，下不了手。要是日常有个什么新事，他恨不得见一个问单、见两个问双，似乎家里的主都是村子里的人给他来做的。一个生产队那么多田地、那么多牲口、那么多劳力，全要靠队长一个人去把握、去安排，他心里有那个底吗？为此，我专门找过他，我说：“大队干部一年下地也不能少一百二十天呢。大集体挣的是工分。”尽管这个时候，我与钱运程的关系近到了可能比钱谷子在时还要近的程度，但话我只能说到这种田地。钱运程没有吭声，也没把我的话当话。事实证明，钱运程生产队队长当得是“开春的青蛙——呱呱叫”。

钱运程将一块破犁头挂到合欢树榆皮的一棵枝丫上，每天早中晚雷打不动地站到土包上敲犁头、派活儿。我头一次听完他派活儿,仿佛那不是在傩堂里给后大钱运德和我打过下手的钱运程,他一字一句,清清亮亮,他喊道:“男劳力,十二个工分的上午往河边‘三十八亩’里挑粪,下午上山砍毛竹;九到十一个工分的全天接着整后山下的水田。女劳力,上午,七到九个工分的到两片山的地里锄山薯草,六到七个工分的去拔秧,下午全都到‘三十八亩’插中稻;男女老人,能锄草的锄草,能拔秧的拔秧,按量记工分。再通知一遍……”

当时,好多生产队集体派工全是打乱战,跟集上卖小猪跑出了筐似的,三个工的活去了三十个人,三十个人的事三个人在做,很多工都耗在了东跑西跑上,有人正好趁机耍尖搞滑——“两脚田里站,工分都一样”。钱运程头一梳子就梳了个通梳,先是白水河大队的组织生产队长来学习,很快青峰山人民公社的王社长一拨一拨地组织全公社的生产队长来学习,“烦”得钱运程老婆在河边洗菜捶衣时“骂”他:“死鬼样子,当了个破队长,家务事帮不上一把,还整天把公社的人往家拉,搞得我整天做饭,工分都挣不上一个。”洗衣的妇女都能听出她“干部家属”那种母鸡下蛋的咯咯咯劲儿。钱运程不到半年把生产队队长当成了典型,戴着大红花从县里领回了一张大奖状,比我家的大一个边框。

第四生产队能拿十二工分的壮劳力只有十九个人,我是。后姆田荷花只要出工,都能记到她们最高的七分。全年,当然头季闹着分队划界不算,我出了满工二百零九个半工;后姆田荷花是九十六个工;上交粪二十二担,合计三千四百分。按工分领回三百四十斤至少得晒四五个日头才能入仓的稻子;按人头二百斤,油是八两。后姆田荷花交给生产队的一头一百九十四斤的大黑猪,除了家里支钱外还留着三十三块六毛九分在账上。饿日子从分回的第一斤稻子就开始了,不过没有人意识到,后姆田荷花说了一句出门被人听见就是反动的话:“腰都做断了,连个嘴都糊不住!”

我有两次到青峰山公社企业——青峰山香厂和青峰山纸厂工作的机会,但都没有去成。青峰山香厂、纸厂,正是我家以前交公的两口大水磨。头一回是厂子正在修建时,钱运程问我想不想到香厂,我问口粮怎么分,他说三分之一跟大队干部走、三分之二是交款计分，一年满工八十八块钱。我把算盘在肚子里打了打，到香厂做好了一年还能落个八九上十块钱，点头答应了。眼看着原来在两个厂子做事的人都往水磨房去了，可就是没有人通知我。我便去找钱运程，他在家蹲着喝粥，生产队长的中午饭也是稀的，我有些想不通。他说："有力气在队里也是一样挣高工分。"

还有一次，是王社长让我到设在梁氏祠堂的大队部里与他谈的话，他说两个厂生产的香和纸都不合格，问我后大钱运德有没有把什么关键技术传给我。"没有！"我想了想，又说，"社长，能让我去看看吗？"我知道，两个厂子都有白水河生产大队的民兵在站岗，防止敌特破坏。我跟着王社长还有梁尚涛大队长一起进了水磨房，我一眼看出水磨安错了。磨纸浆的水磨合子，套在了磨香粉的水磨座上；磨香粉的水磨座，顶的却是磨纸浆的合子——王社长也就是在这个时候问我愿不愿意来香纸厂做工，我说听政府安排，我也看到这个时候梁尚涛从后边拉了拉王社长——磨合子换过来，纸和香全达标了，可我还在每天早中晚地听着钱运程敲破犁头、听着他派工。

两次没有进入公社企业，我一直以为还是"地主"成分的原因。等我关进牛棚时，梁腊梅穿着黄军装、戴着黄军帽耀武扬威地对我说："你个屄养的不是要老娘吗？想进香纸厂吃轻巧饭，你痴心妄想，老娘让你一辈子跟着牛屁眼后头闻屁吃！"当然，她还说了很多狠话，这个我以后再慢慢讲。

"人民公社大食堂"，可以放开肚子吃猪肉炖粉条，可以嘴里含着白米饭手里拿着锅巴团，顽皮的毛孩子肚子撑得把锅巴团当子弹打仗。这个时候的"大食堂"，比后大钱运德在世时的锅里油水还大，整个白水河生产大队最热闹的就是吃饭，那阵势比当年五个傩堂同时"踩村"还要欢天喜地十倍，打个比方，就是"天天在过年"！"大食堂"让我看到了"共产主义"的样子。

连我都相信，好日子从此来到了！青峰山人民公社有个生产队一亩田打出了一万二千斤稻子，稻头上站着毛孩子的照片登上了省报。我的乖乖，打那么多粮食往那里放呢？吃不掉生霉发芽就不好了。白水河大队始终没有，有多少亩田连下的种子都没有收回来——白水河连续三年发大水。钱运程办傩的那年，水更大，淹进了我家的堂屋。

“白水河洪水，能淹掉我们的庄稼，淹不掉我的斗志！”这是钱运程在一月一次的生产队会上说的话。他还说，“第四生产队在这次‘大炼钢铁’中，一定要走在白水河生产大队的最前头，要炼出‘超英赶美’能造飞船的钢铁来！”

我报不报名都让我上青峰山“大炼钢铁”。白水河生产大队的五座炼钢的土高炉全部建在昭明祠的那块平顶的山地上。我在第四队的伐木组，青峰山老林里合围粗的大树全被砍下来，准备点火炼钢，万事俱备只欠矿石。一个生产队派出一个找矿组上山找了几个月没有找到一块矿石。没有铁矿石，拿什么来炼“超英赶美能造飞船”的钢铁呢？

没有干不到的，只有想不到的！

梁腊梅带着妇女在第四生产队也曾经是她家那片苞谷地里垒起了小土炉，将家里烧饭的锅、砍柴的刀、挖地的锄，还有门上的铁环、包箱的铁皮……炼出了第一炉钢。大队长梁尚涛一声令下，改土高炉为小土炉。一时间，白水河生产大队的房前屋后、山脚河堤“大炼钢铁”的小土炉星罗棋布，火光冲天，“大干快上”的形势轰动了整个秋浦县。梁腊梅红了，红得发紫带滴水，她被请到青峰山所有生产大队、秋浦县部分厂矿企业介绍小土炉炼钢“多快好省”的经验。

就在梁腊梅红遍秋浦的时候，第一生产队发生了一起破坏“大炼钢铁”的大案，青峰山公社王社长、秋浦县牛县长都亲自来到山里过问过案件的进展——在第一生产队实在找不到铁器再来“炼钢”的时候，有个毛孩子下学回来在路上捡了一根铁钉交给了队长金大栎，金大栎说他是个“拾金不昧”“热爱集体”“又红又专”的好少年。

“好少年”经队长一表扬，表现更加积极，他涨红着小脸说：“报告队长，我晓得哪里还有铁！”

很多急着找不到铁器炼钢的社员都围将上来，恨不得从孩子嘴里扣出铁的样子。不等大人们问，“好少年”得意地说：“我们祠堂不是有十二把镰刀吗？”

“屁孩子瞎讲什么呢，那是老祖的茅镰，不能炼铁！”说话的是围上来的金高棣。

大人们有些失望的样子。突然，金大栎扬起了话：“茅镰怎么不能炼铁？走，我们把老祖留下的钢铁贡献给国家‘四化’建设不是更有意义吗？”

第一生产队长金大栎带着十几个社员打开了金氏祠堂，然而，他们没有见到祠堂正上方挂着的十二把镰刀。

十二把镰刀丢了事小，破坏形势一片大好的“大炼钢铁”事大。情况上报到大队，大队上报到公社，公社上报到县。秋浦县很快成立了专案组进驻白水河，走访了一、二生产队所有的金姓户头，查无结果，只得悬案未结。

“大炼钢铁”耽误了两季庄稼。

饿狗眼里，大便都是一块骨头——这话很恶心，但在那个除了为了解决“饿”没有任何事可以做的年月里，我是用肚子和眼睛体会到这句粗话的实际意义。

不是因为饿，依梁秋霜的性情，她是不会搭理我的。

梁秋霜那时候，哪个也不搭理。当时，她还比不上我“地主分子”，每个月县里都来公安将她带到白水河大队部里，问“国民党反动派钱道先”有没有向祖国传递什么反共言论、有没有企图获取什么反共情报。公安问完之后，妇女大队长梁腊梅还要一本正经地再问一次。

我是看到梁秋霜在合欢树上捋榆树钱儿，被同样疯着抢树叶的女人扯着腿摔下来晕死半天没有人过问之后，决定帮帮她。等她从门鼻上拎回一只鸽子和十四只麻雀的时候，她慌张过。我都慌张，她能不慌张吗？过两天，我又去送鸟时，她在门缝里突突地说：“兄弟，你轻点进来！”我推门进去。她的脸吓得白渣渣的，她噗地吹灭了灯，“家里不让点灶做饭，这么多鸟生吃啊！？”她的声音抖得跟风中的蜘蛛丝，断得一节一节的。

“用泥巴包着，到‘火粪堆’里烧着吃！”我想起小时候与金大杉有次烧一只死老鸦的吃法子。

生产队一年到头都在田间地头，将地埂上铲的地草皮、田地里的庄稼芥、牲口圈里的垫栏土等等，再加上一层稻草，跟做汉堡一样地夹在两层土之间“烧火堆”。火粪土，是生产队里与粪便同等重要的两大肥料。

很快，四队传得沸沸扬扬：有饿鬼在夜里偷吃火粪土。那饿鬼，不是我，就是梁腊梅。

姑姑金双美和后姆田荷花都是那时候饿死的——现在想来，她们那时候死也好，省得看到我后来还不如一条狗的样子——姑姑是饿死的，她就是在“人民公社大食堂”里少接一碗稀饭，晚上便饿死了。可见，那时候的每一顿饭就是命。小表叔连泪都哭不出来地告诉我：“你姑在食堂里煮粥，大锅里掉进一只大花猫……”花猫是花毛着进去的，白着皮捞出来的。大锅里的粥上下搅和搅和，大家分到时一样喝得“嗞嗞”地响，姑姑不愿吃……

后姆田荷花在白水河里洗衣，一头扎进水里淹死了，一道在水边的三四个女人说她发的是“黑头晕”。她要是也跟着我夜里去吃“火粪土”，就不会饿死。最让我伤心的是，后姆田荷花连个尸骨也没有捞上来。我是放下挑白水河大堤的扁担跑回来的，当时村里的劳力都在一年必挑一回的大堤上，钱运程答应第二天留四个劳力下河去打捞后姆田荷花。谁想到，这天晚上下起了暴雨，不到天亮，山上的洪水卷了下来……雨是停了，人却捞不上来了。我疯一样地顺着白水河，跑到了长江口，一直没有见到后姆田荷花的尸骨。我给大姐、二姐，还有钱小末把信，只有呙兵来了，他进门跟平时念经似的安慰了我几句，便去了梁腊梅家。

饿，能饿死人，也能饿死人情世故——小矮子呙兵做得比说得深刻。

正月十一
（戊申年甲寅月己酉日）

1968年2月9日
（星期五）

宜　祭祀　祈福　求嗣　开光　出火　出行　拆卸　修造　动土
　　入宅　移徙　上梁　挂匾　开池　入殓　安葬　启钻

忌　嫁娶　作灶　安床

傩傩将好的右腿借给了断得只有三只脚的小板凳，斜着屁股，坐到了门口。他仰起脖子朝门头看到酸得不行才放下下巴，那上边有一个广播，他得凝着神地听它，从牛栏圈里被放出来至今，听广播是他最大的事。

三年前，还叫“白水河”的红旗大队，要求安装这个可以把首都北京的事传到千家万户的小广播时，傩傩十分只有九分的情愿，不是说这个能吵人的东西不好，而是他看不上它的样子，黑乎乎的像一泡牛粪。门头上粑着牛粪，臭着门向多不好！

傩傩伸手捞了两下才捞到门后的扫帚，刚才他看到一只蜘蛛在广播与墙壁之间搭起了三根明晃晃的丝，这是他节前好不容易才爬上去擦得干干净净的广播，他要打掉那不懂事的蜘蛛，“这么大个屋子，哪里不让你吐丝扯网，偏偏在广播上。”他空下另一只手撑着膝盖，好似肩上挑着几百斤的担子，咬着牙慢慢地站了起来。屁股刚挪开，小板凳歪倒在了地上。撑膝盖的手，随着身子的拉长也就抽上来叉到了腰里，扫帚举起正好够上蜘蛛丝，他转转手腕，三根蜘蛛丝便粘在了扫帚的高粱穗子上，蜘蛛不在家，逃了一劫。他扔下扫帚，扶起凳子，“吭，吭！”又艰难地坐了上去，再抬起头看着牛粪一样的广播，觉得干净多了，他等着那里往外掉话呢。

“明天等着听广播通知！”这是昨天晚上在大队部排完样板戏《白毛女》，接着又进行了一个多钟头的批斗，之后，大队长梁捍东抓着“黄世仁”的手枪硬硬地说了这句话，她的话能装那枪里当铁砂用。

梁捍东是谁？她不是旁人，她是原白水河生产大队的妇女大队长梁腊梅。首任大队长梁尚涛开完停止“大炼钢铁”会议回来之后，一病不起，挨了三个多月便闭上了双眼。梁腊梅瞅准了梁尚涛咽下的最后一口气，转身上了青峰山公社，回来时便由王社长陪着坐在手扶拖拉机上有说有笑。王社长从大队部直接掐断了正在播放的“东方红，太阳升，中国出了个毛……”比啄木鸟的嘴还要尖地插话进来，他宣布了梁腊梅接任白水河生产大队大队长的决定。梁腊梅从此对于广播，那是想什么时候掐就什么时候掐，想什么时候插就什么时候插，比往她家锅洞里塞柴火还要随心所欲。

也是这次，王社长花了一个晚上给能去的都去了的社员大讲特讲山东曲阜十万群众“捣毁孔家店”的伟大壮举。他要求梁腊梅带头改掉“梅、兰、竹、云”这些带有小资产阶级情调的名字，清除全大队一切带有“孔孟面孔”的封建余渣，要迅速在白水河掀起声势浩大于“大炼钢铁”一百倍的“破四旧”运动。梁腊梅当即将她爷爷因她生于腊梅花开之时而起的名字改为“梁捍东”，同时也将她儿子钱壮马改为“钱卫彪”，赤胆忠心地表示要“誓死捍卫伟大领袖毛主席和他的亲密战友林副统帅的一切最高指示”，并且决定上报公社“文革领导小组”将白水河生产大队改为“红旗生产大队”。王社长鼓掌通过，他激动地抓着梁捍东的双手久久不放，他说：“无产阶级‘文化大革命’最需要的就是像你梁捍东同志这样彻头彻尾的革命战将，我代表光华公社‘文革’领导小组预祝白水……呵，红旗大队‘破四旧’活动取得上卫星的非凡成就！”青峰山人民公社也已更名为“光华”。

广播一直是开着的。傩傩起床，一手拎着棉裤，另一只手就得去打开广播，他最担心开迟了一秒钟，什么一句话掉下来没有接住。这没有接住的话，被别人抢了去或捡去了会成了棍棒。这几年,梁捍东把棍棒给他当饭吃,一吃一个饱,不打嗝不让歇。广播"吱吱——嚓,吱吱——嚓……"将一个有着晴天可能的早上拖拉得仿佛"老母猪拉窝——一路都是草"。

风是个小鬼,从门缝里挤进来,直接钻进傩傩的膝盖里,进去后便不失闲地扯着他的筋条翻跟头,让他哭也不是、笑也不是,喊也不是、叫也不是,唯一能做的是把牙咬出的痛去盖过它。傩傩在牛栏圈里学会了咬牙。起初的时段里,他真的不想再咬了,把这条命咬下来只是为了等着别人来耍猴子,何苦呢?读了一肚子书又教了一摞书的老私塾先生白眉李宽咬了两次牙便放开了口,将内衣撕成了绳条吊死在牛栏圈的正梁上。牛栏圈不高,他是把头差不多绑在梁上才完成生命的终结,可见他真的是不想咬牙了,这与他有没有牙齿无关。傩傩什么时候见到梁秋霜,她都是把牙咬得紧紧的,不受那苦的人看不出她的咬牙,傩傩看得清。梁秋霜比他苦得多,梁捍东不仅把她当着红旗大队头号"反革命分子",而且还把她无缘无故地当着整治傩傩的另一个靶子。傩傩便学着梁秋霜咬牙,总算咬过了一冬又一春。腊月初,最后一批三个"地富反坏右"分子被放了出来,民兵营长芬爱国将他"押"到"红旗大队样板戏剧团",专唱《人民群众的敌人》。"敌人"怎么着还是个"人"吧?"牛鬼蛇神"是什么东西?傩傩当了快两年也没有弄明白。

"通知!……"

广播突地响了,吓得傩傩像被哪个人从后头猛然抓着衣领拎了起来,破板凳失去稳重,连人带凳子栽倒在地上,他就势用手撑着身子趴着没敢动,支起耳朵静静地在听着广播里的"通知"。

"各生产队队长、社员:注意了!上午九点半钟,参加样板戏剧团的所有人,到大队部进行排练,晚上八点准时演出,午饭自带,晚饭大队供应。晚上,秋浦县文化局和光华公社革委会领导将亲临现场指导,各生产队要以大抓阶级斗争的干劲组织好全体社员前来观看,鼓掌一定要热烈。另外,民兵、'红卫兵'革命小将们注意了:下午四点在第四生产队、原钱氏祠堂门前开展一次'破四旧'现场教育表彰大会，十八个'地富反坏右'分子要按时带到。同志们，毛主席教导我们：'千万不要忘记阶级斗争！'完了！"宣布通知的是大队长梁捍东，她一天不在广播里通知一件事或点着名喊着户地说上几句，这一天她绝对过不去，不被憋死也会被憋疯。

"扑嗞！吱吱——嚓……"广播像放了个红薯屁，一声响亮之后还拖着长长的藤子音。

傩傩爬起来，揉了揉膝盖，咬着牙，心里嘀咕道："牲口也得松下轭头歇口气啊！"他习惯不作声说话了，甚至痛得大喊他都能不喊出一个音来。他被两个民兵看押着唱"黄世仁"，其实"黄世仁"一句台词没有。出场两次，一次是在"第一场"，他和狗腿子"穆仁智"到"杨白劳"家逼债，一次是"第六场"，也是和狗腿子"穆仁智"逃跑。大队长梁捍东见到他时，说得再清楚不过："不要以为我们样板戏剧团找不到唱匠，告诉你个屄养的，你是'地主分子'，恶霸地主'黄世仁'你不演，难道还让贫下中农来演？你就是'黄世仁'，演都不用演，上去就是。"演狗腿子"穆仁智"的也是被打倒了的"混进革命队伍"中的第一生产队原队长、"富农"分子金大栎。有金大栎当狗腿子，傩傩做"黄世仁"也心甘，后来他俩干架时，傩傩喊了他一声"狗腿子"。第一生产队现任队长是金大杉烈士家属钱秀英，钱秀英只想给孙女儿当奶奶，不想当干部，梁捍东逼着她当，梁捍东要女人在红旗生产大队彻彻底底地"咸鱼大翻身"。傩傩死死地记住戏中的几个动作和上下场的时间，余下都是找一个地方蹲着，要是有个靠的地方会舒服点儿，但"喜儿"梁捍东经常出其不意地在排练中或排练后给他加演——"批斗"。

广播吱嚓一会儿，里边放起了天天必放的歌——

大海航行靠舵手，
万物生长靠太阳。
雨露滋润禾苗壮，

干革命靠的是毛泽东思想。

……

傩傩和了小半瓢生着虫屎的苞谷粉，贴了两个拳头大小的粑在锅边上，剩下还不到半个粑的粉，加进了两大瓢水、揪了从生产队地里拾回的干红薯叶子和藤秆子，扔到锅里一起熬上了早饭。

傩傩靠着灶台，吃了半个粑，嚼了蚕豆大的一粒盐砂，喝了两碗一吹翻起三层浪的苞谷糊，再将剩下一个半的干粑包好，备着午饭。他又坐到门口，等着听民兵吆喝，赶往河西大队部去排练"黄世仁"。别人还是听生产队长的破犁头，他们"地富反坏右"分子得听民兵的，这是梁捍东的指示。

广播再次突然响起，梁捍东在带领着红旗大队全体社员上"早课"，学习《毛主席语录》："我们伟大领袖和导师毛主席教导我们：'人民靠我们去组织。中国的反动分子，靠我们组织起人民去把他打倒。凡是反动的东西，你不打，他就不倒。这也和扫地一样，扫帚不到，灰尘照例不会自己跑掉。'这是'阶级和阶级斗争'的第六条，摘自《毛泽东选集》第四卷第一千一百三十一页《抗日战争胜利后的时局和我们的方针》。

"第七条：'敌人是不会自行消灭的。无论是中国的反动派，或是美国帝国主义在中国的侵略势力，都不会自行退出历史舞台。'这条摘自《毛泽东选集》第四卷第一千三百七十九页《将革命进行到底》。"

……

一直学到第十条。傩傩一条也没有记住，好在梁捍东不考这个。

"《毛主席语录》现就学习到这里，下面请听我演唱的歌曲《毛主席的书我最爱读》。"梁捍东试着起了两次调，第三回才找准了音——

毛主席的书我最爱读，

千遍那个万遍哟下功夫，

深刻的道理我细心领会，

只觉得心里头热乎乎。

……

梁捍东颤着声音和她抖屁股的动静相差无几，她把这理解为动情。

梁捍东一个大字不识，但她的军装口袋里“红宝书”不离身，她会时常在自认为重要场合拿出来配合激动的心情，有力得有些变形地做着“前进”的造型。至于所谓的带领红旗大队社员学习《毛主席语录》，她全是背诵，她能将“语录”从头背到尾，又能从尾背到头。这个，她在光华人民公社礼堂里表演过，也在红旗生产大队社员大会上显摆过。梁捍东背的“红宝书”是王社长一口一口地喂熟的，那阵子，她两天必去一趟公社。全公社的人知道她的“忠心”和“勤奋”。

梁捍东已经不再满足于在广播里背一段语录、唱一首歌，她还要唱戏，傩傩出来这么多天，在广播里听到她唱过《红灯记》的“铁梅”、《沙家浜》的“阿庆嫂”、《智取威虎山》的“常宝”。《白毛女》的“喜儿”是这回演戏时才听到的——梁捍东唱得比说得好听。

梁捍东披着拖到脚踝上的黄色军大衣，板直地站在顶着大队部大门搭建的戏台上，好不威风。六根黑铁发卡将她一头短发往脑后狠狠地拽着，绝不允许有一根头发丝离开集体搞“个人主义”。她的小耳朵少了头发的遮挡，快活地接受着晴好阳光的照射，耳圈上白生生的汗毛像刷子伸着，似乎要将台下的人都来刷上一遍。为了“干革命”，她已经很长时间没有绞脸了。红旗生产大队的妇女也很长时间没有绞脸，这是她的指示。这条曾经作为她带领妇女们割“资本主义尾巴”的成功经验，被光华公社革委会大力推广。她胸前别有两枚“毛主席像章”，一枚有大瓷碗的底儿大，挂在黄大衣上，远远地都能看到毛主席头像在天安门之上、在红太阳之中光芒四射，全光华人民公社只有她有这么大的毛主席像章。她是作为全省妇女界“学习毛主席著作积极分子”，荣耀地被省革委会主任亲自将这枚大像章戴到高高的胸脯上。还有一枚，只有大衣的扣子大小，挂在里面的军装上，样式跟大的一模一样，只能在她不穿大衣或随时将快要溜下的大衣再往上送送时，小点儿的像章才能看到。梁捍东当上大队长，不出一周，变戏法似的弄到了这身黄军装，自此一年四季不离身，脏了便是晚上洗、白天穿，冬天靠近她偶尔能闻到柴火烤过的焦煳味，能勾起饿虫乱爬。她原本还有一顶军帽，在带着民兵上山打“从台湾来的‘特务猴子’”时，被一只胆大妄为的大公猴抓走了。她不让民兵对外说，但红旗大队社员很快都知道了。

“我们伟大领袖和导师毛主席教导我们：阶级斗争要月月抓、天天抓、时时抓。演唱革命样板取代傩堂的傩戏，是我们红旗大队积极主动响应毛主席号召，在上级革委会正确领导下，开展的最直接、最有力，也是有效的‘反封’‘反资’‘反修’的一次阶级斗争。我们要在戏中学习阶级斗争、掌握阶级斗争，争取阶级斗争更大的胜利！”梁捍东左手紧紧抓着大衣的外沿，右手有力地挥舞着，慷慨陈词，“在此，我要强调几点：一是，我们要向毛主席保证，圆满完成今天的演出任务；二是，钱小松你们三位‘地富反坏右’分子，要从演戏中认清罪行，要在演戏中改过自新，争取人民群众的宽大处理……”

“一定主动认清罪行，一定积极改过自新，一定争取宽大处理！”立在前排中央、胸挂白纸黑字并打着叉巴的“地主分子”牌子的傩傩，死劲点着本来就一直低着的头。他还有一顶帽子，尖得能戳穿土墙壁，高得超过他半个身子，是用梁捍东家糊鞋的底样做的，冷风一吹，比铁皮还要硬。这天，民兵没有让他戴——两边的民兵有一个还想伸手来摁傩傩，见他快了半拍，又收回了手。另外两位“地富反坏右”分子都被夹着胳膊摁下了头。

梁捍东点名的“钱小松”也就是傩傩。两年前，三九的第二天晚上，梁捍东带着十多个基干民兵闯进傩傩家，从床上直接将他拉拖到大队部，捆到天井边的一根当时还刻着“族聚一堂，须思木本水源，勿以微嫌伤大义”的柱子上，对面的柱子应该是下联："业传万世，当念祖德宗功，方知余荫托先灵"，天亮前，这根柱子绑来了梁秋霜。包括这两根柱子在内的所有雕刻的楹联过了不几天，都被红旗小学"革命小将"用"破四旧"的砍刀上下割刮了一圈，有三个小祠堂直接被砍倒了。梁腊梅看着冻得发抖的傩傩，她笑盈盈地抖着肥大的屁股来回走着走着，忽而背着手，忽而叉着腰……突然，她上去一把抓住傩傩的头发，"呸呸呸"连连朝他脸上吐了八口痰，血红着眼从牙床里磨出话来："你个屄养的认得老娘吗？"此时，她可能是看到民兵们在用不可理解的眼神在看着她，便放下了手，换了"革命"的口气，"傩傩，你听好了！这个小号不能再叫了，它是'封建毒草'，是'四旧'，要像铲草皮一样地给老娘往断子绝孙里铲净；还有'钱大松'，'地主资产阶级'最想占住什么高呀、大呀，这是你们'地富反坏右'分子能用的吗？"她伸出手，大拇指掐着小指的指甲尖，"你屄养的只配这么点大的'小'字。叫'钱小松'都浪费了这三个字，最好叫钱狗松、钱猪松。"傩傩是红旗大队革委会那晚成立后抓来的第一个"地主分子"。

梁捍东换过挥舞得酸麻的右手来抓着大衣，左手开始配合，一看就比不上右手有力，舞起来明显生硬，她接着口吐白沫地说："如果你们顽固不化，在戏台上搞阴谋，红旗大队革委会绝不会轻饶你们，全体社员绝不会轻饶你们。演出开始前，还要让你们亲眼看看'反革命分子'在双湖农场改造的成果。到时，你们就知道红旗大队革委会对你们的罪大恶极是多么的宽大……"

"秋霜！"傩傩赶紧将双唇咬到嘴里，要是这个时候这两个字冲出他的嘴，害的不仅仅是他自己。傩傩盯着面前筛子大的地面在看，一块石头冒了出来，露着三角形的尖顶，他想：薄底鞋踩上会不会被顶通？顶通了会不会刺破脚板？刺破脚板会不会流血？傩傩随时要留着一些血，准备给梁捍东流。人血不是水！他的血在他们眼里比不上水，只是让人看着兴奋的红颜色。

"三是，晚上演出我们要启用崭新的服装和道具，人人都要像珍惜毛主席像章一样去珍惜它们，红旗大队独有的样板戏唱法，必将红遍光华公社和秋浦县城，我们还要把它唱到北京天安门去，唱给敬爱的毛主席和他的亲密战友林副统帅听！大家有没有信心？”

“有！”台下的声音撞得青峰山摇了三摇。

“一切听从大队革委会指令行事。”梁捍东跳下戏台，两个民兵仿佛在接天上掉下来的一只老鹰。她坐到已经准备好给县文化局和公社两级领导干部坐的席位中央，大声喊道：“下面排练正式开始！”

排练，全是梁捍东在咋呼，她说怎么排就怎么排，她说怎么练就怎么练。为了这台她要唱得像熟透的桑葚果子一样红里透紫的样板戏，自打下最后一茬晚稻，她便上了秋浦县由黄梅戏剧团改为的样板戏剧团学习《白毛女》。

上午排戏，第一场“黄世仁”打死“杨白劳”抢走“喜儿”。傩傩没有出一点岔子。不想，闭幕时，演“喜儿”的梁捍东朝着“黄世仁”傩傩的裤裆上去就是一脚，鼻涕一把、泪一把说道：“屄养的，你害得我好惨啊！”幸好没有踢到正裆，歪到了左腿上。

傩傩苦着脸说：“‘黄世仁’罪该万死！”

“你们听到没有？这个‘地主分子’太会演戏了，他不讲他罪该万死，倒讲是‘黄世仁’。”梁捍东不知是真是假，她却动情地唱了“第八场”的两句词：“千年的仇要报，万年的怨要伸。”

“我和‘黄世仁’罪该万死！”傩傩把腰弓得能拉箭。

“这样的‘地主分子’不打倒，能有我们贫下中农的好日子过吗？没有，一天都没有，一个时辰都没有！”梁捍东对站到她左右的民兵说，“排练后，你们要抓紧时间批斗，他们演一次就会温习一次地主的德行，他们就是吸不够人血的蚂蟥，对他们一定不能手软，摁倒、踏上一脚，再拧碎。”她踮起脚尖在地上拧了一个坑。

戏排得梁捍东还算满意，在民兵们要将傩傩等三个参加演戏的“地富反坏右”分子拉到风口上接受大自然的“批斗”时，梁捍东摆了摆手，“一切为晚上的演出服务，让他们找个地方反省反省就行了。”

民兵和贫下中农都挑着被太阳照得红彤彤的地方，傩傩只得蹲在一片阴地里。他嚼完了一个半硬得啃两口也啃不下一小块的苞谷饼，拉得喉咙生痛，便想着到村里哪家讨口凉水喝喝，请示被晒得暖洋洋想睡觉的民兵时，突然一个长得跟黑炭头一样的民兵弹起身子，伸手到裤裆里抓家伙："来，给你壶热的喝喝！"大伙儿一阵狂笑。那民兵的尿可能也是黑的！傩傩又缩回到阴地里，膝盖痛得像是别人的，他担心晚上在台上扭不成那几个舞蹈动作。

一头白发的"喜儿"和"王大春"及"乡亲们"合唱——

太阳出来了，
太阳出来了，
太阳光芒万丈。
上下几千年，
受苦又受难。
今天看见出了太阳，
今天看见出了太阳。
太阳就是毛主席，
太阳就是共产党。

他们迎着阳光走出山洞。这时候是下午，他们便朝着西边的青峰山；上午排练时，他们朝的是白水河的东边。晚上没有了太阳，要是月亮再也不出来，不知道他们要朝着哪个方向。

"报告红旗大队大队长、革委会主任、样板戏总导演！"也是一身军装的民兵营长芬爱国掐着落幕的锣鼓点子，分秒不差地跑到戏台前，对"白毛女"立正，敬礼，"'反革命分子'梁秋霜已经押回四队，其他的'地富反坏右'分子也都押到现场，参加演戏的三名'地富反坏右'是否现在带走？请大队长、革委会主任和总导演指示！报告人：红旗大队民兵营长芬爱国。"

芬爱国是梁捍东前年当大队长时复员的，红旗大队有十一名复员军人，梁捍东只看中了芬爱国——小伙子憨壮憨壮的，请示报告起来有板有眼，话能听得清也能想得明，眼能看清事也能看准事，名字起得就是一个革命的材料——“爱国”。他不当民兵营长，谁当？

“带走！伟大领袖和导师毛主席教导我们：阶级斗争是压倒一切的任务。”“白毛女”大手一挥，没有一点被逼在山洞里受苦受累的感觉，“彩排暂时停止，全体社员到第四生产队参加‘破四旧’现场表彰大会和‘反革命分子’劳动改造成果观摩会！”

傩傩主动过去将“地主分子”的大牌子挂到脖子上，又如跑散的孩子，找到了专门看管他的两名基干民兵。

梁捍东煞费心机地搞的所谓“‘破四旧’现场表彰大会和‘反革命分子’劳动改造成果观摩会”，不是设在大队部，而是定在她家所在的第四生产队、原钱氏祠堂的操场上，直到傩傩听完梁捍东的话，才明白梁捍东不是一般的恨他，是把他恨到骨髓渣子里。

钱氏祠堂门前，不大的场地上被前来观看的五个生产队社员挤得前胸抵着后背。傩傩他们有民兵护着，反倒在很宽敞的地方列成了一排，后边的人挤不到他们。

梁捍东一路从河西走到河东，大概是热了，看清了芬爱国在后边，便一抖肩，大衣落到芬爱国手上。她的头，来时匆匆洗了一把，石膏灰没有洗干净，还留着“喜儿”的白发，看着比“白毛女”和她本人都要老三分。她面朝十七名“地富反坏右”分子，冷着脸走过来，让全大队人都感到了太阳正在往夜里走，她说：“伟大领袖和导师毛主席的亲密战友林副统帅指示：我们要大力破除‘旧思想、旧文化、旧风俗、旧习惯’，红旗小学‘革命小将’在大队革委会的直接领导和大力支持下，取得了重大阶段性成果，清查了十九个‘地富反坏右’的家，每户至少查抄三次，像用上吊自杀来抵抗革命的‘右派分子’李宽的家就多达十一次，他在门前栽的那棵桃树都是‘四旧’，经贫下中农揭发，他是为了避灾邻居家的桂树下藏着的鬼而栽种的，树就是树，哪来的鬼？这个老右派死了，马克思也会在阎王老爷哪里批斗他；‘革命小将’们收缴焚烧了以傩戏‘总稿’为主的书报一千二百六十三份、脸子九十六张，等一会我再让社员亲眼看看我们革委会对‘破四旧’的重大决心。‘革命小将’们还烧掉了各种字画八百四十三幅、祠堂牌匾二百零一块；砸倒了土地庙八座，掏毁泥菩萨二十六尊；清刮柱梁、门头、墙砖上雕刻的‘四旧’九百三十九处。以钱壮虎、钱卫彪、李夯基、梁尚武、芬光耀为主要骨干的‘革命小将’在‘破四旧’运动中取得了骄人战绩，红旗大队革委会决定对他们进行大力表彰，给每人奖励红领巾和印有‘红卫兵’的袖章各一条，各生产队再给所有参加‘破四旧’的‘革命小将’家里记上工分一千个……”

社员们议论纷纷。“一个毛孩子抄抄家、烧烧东西，都快赶上劳力的工分了！”“哎，我家也没有生一个‘革命小将’。”“广播里讲毛主席在天安门天天接见红卫兵。”……

“都静一静！”站在梁捍东身边的芬爱国大声吆喝，“听大队长接着指示！”

梁捍东扫视一圈全体社员，说：“在此，我也要提醒我们的‘革命小将’，尽管伟大领袖和导师毛主席伟大思想已经占领了我们的主战场，但几千年来的‘四旧’无处不在，你们要掘地三尺，继续发扬成绩，争取更大进步。请‘革命小将’上来接受表彰。”

金姓没有出一个骁勇善战的小将。傩傩想，金姓彻底比不上梁姓了。

按个头大小，由高到低，钱壮虎、李夯基、梁尚武、钱卫彪、芬光耀胸戴红花，手势一致地挥舞“红宝书”，高喊着：“毛主席万岁！无产阶级专政万岁！革命造反精神万岁！”雄赳赳、气昂昂地走到梁捍东面前排成整齐的一列。为了这，芬爱国将他们训练了三天。

钱壮虎、钱卫彪，傩傩认得。李夯基、梁尚武是哪家哪户的，对不上号。芬光耀是他表弟，第一次进门抄傩傩家的，就有他，他父亲芬大名五十二岁才“棒槌打老鼠尾巴”地生了个小儿子。

梁捍东给他们一一戴上红领巾、箍上红袖章，五名“革命小将”举起右手向梁捍东致少先队员队礼。随后，个头和年岁都小的芬光耀上前给梁捍东也戴上红领巾、箍上红袖章。芬爱国指挥他们下场，他们斗志昂扬地再次高喊：“毛主席万岁！无产阶级专政万岁！革命造反精神万岁！”

“社员同志们！公社革委会王主任在战无不胜的毛主席思想指导下，一针见血地给我们指出：我们红旗大队最大的‘四旧’是‘傩’！”梁捍东又开始讲话，她学的全是公社王社长现在大多数人都叫他“革委会王主任”的口气，“按照‘四旧’的做法，已捣毁的钱姓傩堂今天这个时候应该干什么？钱小松！”

“‘敬猎菩萨’！”傩傩低着头嗡嗡地说。

“对！看见没有，我们斗争到现在，红旗大队最大的‘四旧’分子钱小松依然清晰地记得今天是‘敬猎菩萨’。下面，我们要让‘地主分子’钱小松亲手进行一次‘破四旧’，这既是一次重大的告别旧世界、迎接新世界的革命行动，也是对他本人以及所有‘地富反坏右’分子的一次深刻教育！带上钱小松！！”

正月十一“敬猎菩萨”，不单单是钱姓傩堂，河东的三个姓都搞。缘由是据说三姓老祖相约进山打猎，来到白水河，猎狗忽然不走，于是选址定居，繁衍生息。“敬猎菩萨”，是在祠堂门前的正前方立一个团箕，年首带着家族男丁先是朝门里对着祖先礼拜，再对着团箕磕头。然后，由司铳只装硝药不带铁砂地射击团箕。好多年前，钱芬李三个傩堂还相约同一时间“敬猎菩萨”，铳声大作，好不热闹。

傩傩被押上来，民兵们已经分开拥挤的社员，门前的樟树上挂好了一只团箕。当傩傩从民兵营长芬爱国手中接过铳抬起头时，他的心好像被什么很重的器物击打在冰面上——团箕上挂满了钱姓傩堂的脸子——“脸子不是都被革命小将烧了吗？怎么钱姓傩堂的新‘三十六天罡’还在呢？”

芬爱国说：“快点！下来我们还要进行‘反革命分子’面对面对质呢？”

有个民兵上来用枪顶着傩傩，喝道：“你不破，我们就破你！”

“砰！”傩傩举起了铳，铳里不仅有硝药，还有散弹铁丸。团箕上的“皇帝”

应声裂成八块，掉倒在地上。

“呛——嗞嗞——”傩傩心里的那块冰全裂了、全碎了，也全被水裹走了，谁也看不到血，只有他痛得很。

“好！”梁捍东从椅子上弹了起来，“这些‘四旧’的脸子都是钱小松一手雕的，现在他要一个一个地破掉它们，这也是我们‘文化大革命’改造的成果！接着来。”

“砰！砰！砰！……”

“傩神，你们带我走吧！”傩傩在心里大声地喊叫着，他一枪一个，打得比拉弹弓还要快、还要准，打到第三轮时，三杆铳和两个装药砂的民兵接不上他的趟。

最后一个打的是“太子菩萨”，傩傩连打三铳，成片的铁砂冰雹似的喷射过去，“太子菩萨”身上一滴未落。傩傩接过第四回铳时，大嚎一声，“啊！”四周的民兵以为他要干什么，呼地端起了枪，芬爱国侧身站到梁捍东前边。傩傩双膝跪下，端起铳，闭着眼，扣动了扳机，“喷！”铁砂如箭，全部插入“太子菩萨”的身上。顷刻间，“太子菩萨”成了漏筛，却依然稳稳地立在专门为“猎”它而摆设的案几上。夕阳用力投下最后一片光线，从“太子菩萨”背后穿过，像白水河的洪水一泻而出。场上所有的人，静得吐气的声音都能听到一清二楚。傩傩瘫坐到冰冷的地上，大口大口地号啕着，却没有一滴眼泪。

傩傩后来长时间听不清一句完整的人话，耳朵随时都能灌进铳的砰砰声。他的双眼被硝药熏得睁不开，梁秋霜被押上来时到底被改造成了什么样子，一点儿看不清，连轮廓都没有。

那一时，傩傩跟着傩神“走”了！留下的只是“钱小松”！！

梁捍东从来没有这么开心过，她重新披上了大衣，笑呵呵地站了起来，瞟都不瞟一眼被民兵夹拖着回到“地富反坏右”分子队伍里的傩傩。她喊道：“将‘国民党特务’‘反革命分子’梁秋霜带上来！”

“走！”两位女民兵推搡着早已等候在屋角边上的梁秋霜。

社员们使劲地伸着头找着合适的人缝，想看看上地下田都干净得像被水漂过的一样的梁秋霜，如今改造成了人还是鬼？

“这哪是……”有个社员在人群里吐露出半截话，便卡住了。

一位妇女捂着嘴在哭，她是钱道先的母亲。即使分开来单过，老人生病，梁秋霜忍着“老瞎子”的恶语，还给婆婆端屎倒尿。

“反革命分子”的大牌子挡住梁秋霜单薄的身子，两只一棉一单的鞋全让黑泥糊得看不出一丝棉纱。她长长的辫子被剪成了阴阳头，脸上青紫的冻疮早赶走了白嫩的影子。她低着头，颈后的脊骨高高地拱起着一大两小的山包。

六个民兵抬着三只大箩筐上来，扔到梁秋霜面前，一股腥臊味跟着腾起的灰尘四处乱窜，有些社员又从人缝里缩回了长长的颈子。

“‘国民党特务’‘反革命分子’梁秋霜！”梁捍东恶婆见到童养媳似的，“今天把你押回来，不是让你来看看红旗大队革命的大好形势，而是让你揪出那只从台湾过来的‘特务猴子’！我们的革命，宁愿杀死青峰山所有猴子，也不放过一只‘特务猴子’。”

“啊？这是……”

“猴子尾巴啊！”

一点不假，红旗大队革委会“打猴队”去年秋冬两季在青峰山打死了两千一百三十六只猴子。

多少年之后，人们才敢说，这年打春在人日的正月初七，又恰逢申年，要进青峰山大敬猴仙才是，然而……

秋浦县直到二十一世纪初年，森林警察部队才在青峰山深处偶尔发现过猴子的踪迹。

梁秋霜被梁捍东定性为“国民党特务”和“反革命分子”被关在第二生产队牛栏圈的时候，谁也不清楚，牛栏圈里怎么就进来了一只小猴子——猴子在青峰山不算稀奇，出山进山，时常有胆大的在路边拦住行人伸手讨吃的呢——上午挨斗、下午游村的梁秋霜，实在没胃口去吃比她喂猪还要差的泔水饭。她见那小猴子看看她又看看碗,估猜它是饿了,便用手指了指碗,“你要想吃,你吃吧!”她朝后挪了挪位置。小猴子得到“允许”,一头扎进碗里,吃了个底朝天。小猴子朝她龇了龇牙,荡着梁柱子走了。当晚小猴子又来了,它朝梁秋霜做鬼脸、翻跟头,还学老人走路,逗得她一时忘记了自己在哪里。从此,梁秋霜再饿也给小猴子留个碗底,小猴子也天天来陪她。几天下来,梁秋霜开始给小猴子说话,它乖乖地坐在她面前,脸对着脸地听着,她笑,它龇牙;她哭,它抹眼。好景不长。李姓有个妇女晚上想民兵丈夫,拖着男人没有准时维护大队治安,被定为“破坏阶级斗争罪”也被关了进来。很快这个妇女,告发了梁秋霜和这只猴子。梁捍东带着刚上任的民兵营长芬爱国守候在深秋的夜里,听到了梁秋霜在对小猴子讲到她与钱道先的事后,说:“你要是有本事,给我蹦到台湾去,看看钱道先到底在干什么?别……”她的意思是“别这么来害我了!”

岂知,此时沉不住气的梁捍东大喝一声:“死不悔改的‘反革命分子’梁秋霜!在生产队,你和‘地主分子’狗屎连稻草,现关在牛栏圈里还想给国民党反动派通风报信。芬爱国!”

“到!”芬爱国立正回应。

“先将这只可能从台湾来的‘特务猴子’抓起来!”梁捍东指着缩在梁秋霜后边瑟瑟发抖的小猴子说。

芬爱国从肩上启下枪。

梁秋霜嗵地站起来,挡住了小猴子,扭头低声说:“你还不快走?”

小猴子噌地从牛栏圈的栏柱子里射了出去。

芬爱国眼快手快,追着放了一枪……

红旗大队革委会连夜召开紧急会议,追捕逃遁山林的一只极可能是从台湾派来的“特务猴子”。第二天,一支由梁捍东为队长的“打猴队”进山捕捉那只“特务猴子”。当天便取得了战略性成果,打死各种猴子四十四只。在大家胜利返村时,一只大公猴从路边的松树上跳下来抓走了梁捍东的军帽,民兵们枪声大作,直追到老林,也没有追下军帽。大公猴的行为,直接将追捕“特务猴子”上升到清剿青峰山“猴子反革命集团”。“打猴队”秋冬两季,一刻也没有放松,他们用枪铳、用渔网、用铁夹、用食诱等一切手段对全体青峰山猴子进了拉网式捕杀。同时,加大了对梁秋霜的审讯力度,甚至要从傩傩这里寻找到突破口,将“反革命分子”的本来面目大白于天下。

梁秋霜作为顽固不化的“国民党特务”和“反革命分子”,被送到秋浦县“地富反坏右”分子大本营——双湖农场进行改造。多的不说,“双湖农场,四只蚊子炒一盘”,梁秋霜的苦就见一斑了,她能活着回到白水河,只能说是命大。

梁秋霜比在场的哪个都要最直接地感受到猴群的遭难,她不敢流泪,只能全部流在心里,无论是在红旗生产大队,还是在双湖农场,她从来不把泪流在别人脸前。她相信,那只小猴子就在这三捆猴尾里,她“听话”地翻找着,一根一根地看,一根一根地过,看到最后,也没有发现她的那只小猴子。小猴子的尾巴中间靠上的地方有一圈深色的毛,像个环子套的一样,但她很快清醒过,抓起一根细点的猴子尾巴,说:“就是它!”

芬爱国接过梁秋霜“认出”的“特务猴子”尾巴,递到梁捍东面前。梁捍东用眼神让他快点拿开,她拧了个身子,兴奋地说:“‘国民党特务’‘反革命分子’梁秋霜在‘文化大革命’的强大攻势下,终于承认了这只来自台湾的‘特务猴子’,也进一步证明了红旗大队革委会当初的判断是伟大的、正确的,追杀猴子的行动是及时的、光荣的,有力地打压了国民党反动派反攻大陆的阴谋和诡计。”

在场的社员跟着梁捍东喊完“毛主席语录”,匆匆离去。

梁捍东也匆匆地在家扒了一口凉饭,赶往大队部的戏台,唱响样板戏《白毛女》是她“当下压倒一切的革命任务”。

“红旗大队样板剧团”只在青峰山演出了小半场,便歇锣散伙。

十一的月亮已经长出了形,像个大姑娘样子,青峰山趁着她这会儿歇在远远的云朵里打起了瞌睡。红旗生产大队大队部前的两盏汽灯，照得不懂事象的虫子以为春天的好日子到了，有的从草芥中，有的从粪堆上，有的从墙缝里，欢天喜地地飞了出来，等到夜寒压倒了灯温时，它们哭都找不到了嘴，纷纷冷死在地上。往年看傩可以搬来家里的火桶，今年看戏是在参加革命活动，不能由着自己的冷暖来，梁捍东说得清楚："演样板戏是干革命，看样板戏也是干革命。"所以夜什么时候进来的，他们的脸和脚都知道。

一切都在待命——等待着县文化局领导和公社革委会王主任来才能干革命！

傩傩他们今晚反而比哪个时候的"待遇"都高，他们早早地进到大队部里候场。不知道谁在后边的天井上生了一堆火，民兵金全林招呼"富农"金大栎过去烤火时，也让他去了。傩傩的意识已经从下午的"敬猎菩萨"里醒出来了一点，但他不想出来，他宁愿后半辈子待在里边，或者直接死在里边更好，棺材都不用。他早早就决定，田荷花的棺材她自己没有用上，他也不会用，就那么架在屋顶下，他看着踏实。

傩傩很少见到民兵金全林，直到在火边上待了好长时候，他才算看清了，哪是金全林。这孩子什么时候也长大了？他没有他哥金全森长得排场，他赶的都是他父母不待见的地方：金大杉的大后脑、钱秀英的小鼻子。傩傩不敢靠近火，只缩在人圈的外边，他现在穿的是"黄世仁"黑底暗印大钱的缎子新外套，不像金大栎穿的是"狗腿子穆仁智"的粗布褂子不怕火星。与钱谷子结婚那年，田荷花给他扯的也是缎子，当晚敬酒时不知被哪个烟火在后边烫了个大洞，他嫌破了彩，默不作声地叠放到箱子底下。"革命小将"钱壮虎他们第二次来抄家时，视为"资本主义"，烧成了一堆白渣渣的灰。

晚上，大队为每位唱匠准备了一碗干饭、一勺子猪头骨炖萝卜，三个"地富反坏右"分子也不例外，只是"富农"金大栎吃完还要添饭时被民兵踢了回来。几年都没有吃这么好的饭菜了，猛地吃上一次，傩傩的肚子咕咕不适应，但他用力憋着，千万不能跑肚子，要不就白吃了一顿好饭。吃完饭，开始换新戏服，傩傩拿到缎子外套，心里想："红旗社员饭都吃不上一口，哪来这么多钱呢？梁腊梅这个女人真能下本钱！"他心里一直还是叫梁捍东为"梁腊梅"，名字跟狗一样，顺了改不过来。每回革委会的人喊他"钱小松"，他都要傻一下才灵醒。

等到芬爱国给傩傩发了一张"黄世仁"脸子，同时也看到每个人都领到《白毛女》戏中角色的脸子，他一下又掉进了云里雾里——样板戏也用脸子啊？傩脸子不是"四旧"吗？下午梁捍东还那么歹毒地逼着他大犯傩神打碎了"三十六天罡"。傩傩细细摸了摸"黄世仁"的脸子，是白杨的料，做工很细，漆上得远看着跟从真人脸上扒下来的一样。

傩傩脑子里的所有的管道都被这张脸子堵住了，这条不通那条，那条不接这条。

傩傩怎么可能知道梁捍东的"革命志向"呢？梁捍东拿着《白毛女》的彩色宣传画，吩咐芬爱国到九华山北脚请人悄悄地刻脸子时，芬爱国也是大吃一惊。梁捍东得意地说："我到省城参加'学习毛主席著作积极分子表彰大会'时，省长请我们看的就是黄梅戏《沙家浜》，毛主席教导我们'破旧立新'，'四旧'的傩我们是破了，那新在哪里？《白毛女》的样板一个字不能动，我们雕一套革命样板戏的脸子盖过又请神又开光的封建傩脸子就是'立新'！去吧，红旗大队样板戏一定会大放光芒！"

光华公社革委会王主任终于喝得脸红肚子圆地陪着一位戴着眼镜的精瘦得像冬天的老丝瓜的县文化局局长上了台，社员们在芬爱国的指挥下，唰地全体起立，按"一二三，三二一，一二三四五六七"的点数拍掌，再唰地坐下。

"老丝瓜"局长白白净净，是没有喝酒还是王主任没有把他陪好？他稳当当地走上挡眼便知道哪个是中间的位置，他回头说："红旗大队社员革命热情如此高涨，难得难得！"

"我早跟您汇报过，"王主任的舌头在打滑，"有梁捍东这个积极分子在，红旗大队没有搞不好的革命。"

演出正式开始。

拉开挡在大队部大门前的幕布，露出的梁氏祠堂门楣正似“地主黄世仁家的大门口”。场景活灵活现，“老丝瓜”局长鼓起了掌，社员们都没有。因为芬爱国在这里没有安排鼓掌。

芬爱国在屋内道白——

解放以前，我国农民遭受地主、官僚资产阶级和帝国主义的残酷压迫和剥削，经历了许多苦难。但是他们并没有屈服。

四个“农民”从左边跑上戏台，面对着从右边上来拿着屠刀的四个“敌人”，挺起胸膛，毫不畏惧，并与他们来回穿行，表达“英勇顽强的反抗和斗争”。此时，社员们才鼓起第一次掌，反衬得“老丝瓜”局长刚才操之过急了。

王主任猛地闭上眼，摇摇头，再睁开火红的眼珠子，的的确确看清了台上的“农民”和“敌人”都戴着脸子，他差点扑到“老丝瓜”局长怀里：“局长，这搞什么名堂，叫他们停吧?！胡闹嘛！”

“老丝瓜”局长拉了王主任一下，“听听唱，再说！”

“喜儿”出场，激愤而沉重地唱道——

看人间，往事几千载，穷苦的人儿受剥削遭迫害。

梁捍东满嘴学的全是京剧味儿。

“没问题！”“老丝瓜”局长轻松地往椅子上一靠，歪着头，眼睛却盯着戏台，对王主任说，“‘文化大革命’依然坚持毛主席的‘百花齐放’的方针，戴着这种革命化的脸子唱板样戏，只要不走调，一样起到宣传革命的效果。梁捍东同志是个有想法的同志！”

有了“老丝瓜”局长的肯定，王主任放下了心，酒气又顺了。

红旗大队演的现代舞剧《白毛女》，除所有人戴着脸子外，严格按照县剧团

傩戏

孟姜女

教的一手一足地舞、一腔一调地唱。社员们配合得天衣无缝，第一场“杨白劳”被“黄世仁”打死后，台下的所有妇女跟着“喜儿”一起“哭爹”，感动得“老丝瓜”局长拍案叫好：“样板戏将永垂青史啊！”

第二场“喜儿”在黄家受尽凌辱，她激怒地唱着《鞭抽我，锥刺我》，到散板时，她唱——

血泪仇，诉不尽，果然神明不误人。

哭得金星来显圣，神差鬼使倒长城。

墙已倒，骨难分，不知谁是我夫君，

吓得奴家无计策，许多骸骨好伤心。

乌鸦叫，两三声……

“错啦，大队长，你唱错啦！”举鞭子要打“喜儿”的“穆仁智”这时才听出“喜儿”唱进了傩戏《孟姜女寻夫记》里，连忙提醒。

幕后的“张二婶”也听出了岔子，赶紧上来帮助“喜儿”逃出了黄家。

“老丝瓜”局长和王主任都傻了眼，你看看我，我看看你，大气都不敢出的样子，终于还是王主任想掩盖什么，他说：“第一次演出，失误，失误！请局长原谅。”

入到后台，“喜儿”瞪着“穆仁智”厉声说：“你打什么岔，我哪唱错了？下来看怎么批斗你！”

芬爱国轻轻拉了“喜儿”，“大队长，‘血泪仇，诉不尽，’你唱的是……”

“‘新仇旧恨比海深，比海深，我要冲出黄家这虎狼窝！’”“喜儿”说，“我往哪儿唱错了？”这回，她说得全对。

芬爱国说：“大队长，你接的是傩戏《孟姜女》的唱词。”

“胡扯八道，我长这么大从来没有学过傩戏，哪来的‘孟姜女’，别耳朵打苍蝇了乱讲。”“喜儿”一甩脸子，“准备第三场戏！”

第三场是“喜儿”跑进芦苇丛，看到“穆仁智”以为她投河而死，便唱——

想要逼死我，瞎了你眼窝，
我是舀不干的水，扑不灭的火。
乌鸦去，我去跟，原来这里骨满坑，
不免咬指来滴血，血交骨就是我夫君。
血已就，骨拣清，收拾包袱转回程，
感得皇天来庇护，方能得骨转还家门。
……

“停！”“老丝瓜”局长人小声音大，“毛主席早就指示我们禁止演‘鬼戏’，你们竟敢把革命板戏唱成了封建傩戏，你们的‘四旧’是怎么破的？啊?！这不是‘现行反革命’是什么？我要立即向县革委会报告！”他撂下个能砸穿地的惊叹号，气呼呼地拔腿就走。

“局长，局长！”王主任所有的酒都吓成了水淌到脸上，他看一时撵不回“老丝瓜”局长，转身对戏台大吼，“芬爱国呢？”

“到！”芬爱国跑步过来。

“把梁捍东给我捆起来，连夜送到公社革委会！”王主任追着“老丝瓜”局长在喊，“等等我，局长！”他像在哭，深冬的青峰山就是这么回音的。

社员们都听见了公社革委会王主任的指示，芬爱国站得最近、听得最清，他一时惊得张着嘴合不上。“喜儿”梁捍东也听见了，她一屁股坐到戏台上，不停地念叨：“我又唱错了吗？我又唱错了吗？……”

《我要报仇》唱词是——

想要逼死我，瞎了你眼窝。
我是舀不干的水，扑不灭的火。

火不灭，水长流，世世代代的仇恨啊，永远刻心头。

要报仇！

月亮睡进了云里，是十一又不是十五，本来就不是一个照天光的圆月。红旗大队社员在梁捍东和芬爱国跟着王主任的影子跌进了夜幕之后，都悄悄地回家去了，不晓得有几个人能睡得踏实。下来，可能又有一出戏，会不会再让他们看呢？

傩傩他们三个“地富反坏右”分子，没有了梁捍东和芬爱国的指示，哪个也不敢走，缩在大队部里窝到了天亮。

那些年，鬼见到我都在躲——我出去上工，路过人家门口，时常有人赶紧关上门——在白水河两岸，凡是老人出殡路过住户时，门都得关上，怕死鬼进来做客——只有饿鬼不怕死，一天三餐地缠着我。

红旗大队社员在底下你一句来、我一句去地说，梁腊梅也是被鬼缠上了。我认为她不是，要是也是傩神，她没有说鬼话而是将样板戏唱进了傩戏里，是傩神钻进她嘴里唱的，不能怪鬼。

可那就是个鬼神不分的年代，我第一次听到“牛鬼蛇神”觉得问题大得很，直想笑。鬼是鬼，神是神，一个在天上，一个在地下。鬼没有好坏之分，全是坏的；神不，只要你敬到了，神就能保佑你，你不敬不犯，神不害你也不保佑你。一年两年，四年五年，直到七年八年，甚至十年，我只相信有“牛鬼”，连“蛇神”都不相信有了，更何况傩神。关在牛栏圈里，我恍惚间想到八岁时看到的傩神，怀疑是不是正好落在神伞上的一片云或对着了的某棵树影或其他什么东西。我不知道自己还能活多久，但起码是一辈子的大半辈子在敬神，却得不到丁点儿的保佑，反而因为傩神，让我生不如死。

梁腊梅带人把我绑到梁氏祠堂大柱子上的时候，她一口咬定我才是最要打倒、最要批斗的“地主”，她说：“别的‘地主’是娘胎里带的，你呢？一个好好的贫下中农不当,忘恩负祖地舔着地主钱运德屁股要当地主儿子。你是憎恨我们贫下中农,还是一心就想当剥削阶级?你们讲讲,他是不是比真正的地主更可恨?!”我说我是想办傩!梁腊梅一使眼,民兵手里的两根小毛孩子胳膊粗的硬棍子不分时间、不分轻重、不分多少地打向我的胸部。等我痛醒过来,不得不承认“我做梦都想当‘地主’”,他们才有机会歇口气,他们打得累了一头大汗。梁腊梅还要我承认我是“四旧”分子,我点了头不算,要大声地说,我是“四旧”分子!我用裂开来的骨头疼痛大喊,大队部所在的第二生产队梁姓村的人都在夜里当鬼叫听着。这次,我也是听出了梁腊梅这个女人的口才,她能把死的说成活的,把活的说成蹦的,把蹦的说成飞的,还能把飞的说成死的。

民兵在抓“反革命分子”梁秋霜的空时里,像等着要给白水河打鸣的小公鸡一样有精神的梁腊梅,支走了两位民兵去准备夜餐时,她仰着头突然大笑,笑得喂过四个毛孩子而下垂的奶子闪得像在打扑扇,之后她就不闪了,而是来回的横甩,又像在磨档上扯麦芽糖,因为她在左一下右一下地扇我的耳光。她把手扇麻了,也扇了一手的血。她好像被打了牙一样痛地咬得吱吱叫地对我说:“傩傩,你个屄养的快活的时候想到过今天没有?肯定没有,要是想到哪怕一丁点,老娘叫你舔屄你都干。现在想舔,是吧?你排不上队了!当初老娘当着一块大肥肉送到你嘴边,你当着屎踢了。你叫老娘还有什么脸在水上钱活着?!还是念着你在水磨房里把老娘整得快活,每年‘傩神送子’,老娘把舌头咬烂得一年有半年吃不成东西,就想图那一回……你个狠毒的屄养的,把老娘当木瓜子耍。子,你不送;快活,你不给。你专门跟老娘作对,行,我让你作……”梁腊梅飞起脚,不正不斜地踢中我的正裆,我当场痛晕了过去,接下来的两个多月,无论是关在牛栏圈里,还是批斗、游村,我只能勾着身子。别的民兵羡慕地对看管我的两个民兵说:“操,你俩真省事,这个‘地主分子’从来不用摁!”等我醒来,梁腊梅也歇过来了劲,她接着解气,“屄养的傩傩,老娘做梦都想把你那狗鸡巴割了,你信不信?现在老娘就能一刀连根给你剐了……哎!老娘不想割了,让你留着,但你下辈子也别想再用它一次!什么‘傩神送子’,

就是你屄养的不要脸,在坏乡风、败民俗。老娘也跟你讲明白,老娘舍了这一身皮肉换来个大队长,就是为了整你,整得你,死,死不了;活,活不成。红旗生产大队'破四旧',就是破你,破得你身上一块好皮子也别想有……你屄养的不是还看上了那个骚货梁秋霜吗?好,等一会我让你好好看看,她是比老娘白呢,还是比老娘嫩?……"

梁秋霜被揪进来时,已经看不到人形了。六七个民兵在她家里和路上怎么待她的,一眼就能看出。梁腊梅折腾到鸡叫头遍了,一点疲劳的样子都没有。她慢条斯理地说:"把这个'国民党特务'绑起来!"

"我不是!"梁秋霜在申辩。

"把她的嘴给我撕烂!"梁腊梅吼起来。

上去两个民兵,不知道怎么撕嘴,愣着下不去手。梁腊梅跳上去,猴子一样地抓挠着梁秋霜的脸,瞬间梁秋霜清丝丝的脸血红一片。"屄养的傩傩,'国民党特务'要是长这个样子,你也去勾搭吗?"梁腊梅打累了之后,坐到椅上,"去,舀一桶大粪!要想改造好这个'国民党特务',先得弄脏她这身皮肉!"

两个民兵抬来一桶大粪,一瓢一瓢地泼到了梁秋霜身上。天井成了粪坑,大队部成了臭蛋,梁腊梅和所有的民兵也得陪着我和梁秋霜闻臭,这是梁腊梅没有想到的。之后,大队部为了除臭,民兵们挑了上百担水进行了清洗,又泼了六百斤石灰粉,才能进得去人。

第二天,我就和梁秋霜关进了第二生产队紧挨着的两个牛栏圈里,我们俩的嘴都肿得老高,说不成话,也吃不成饭。只是在夜里,趁着看守的民兵防止蚊虫躲在远远的屋檐下时,我将手伸过去,碰了碰她,她死死地抓住了我的手,指甲吃进了我的老茧里她都没有觉察。老来时,我经常拿手心上三个小月牙儿一样的疤子来"取笑"她。从这点上来讲,我得感谢梁腊梅,没有她这么心怀鬼胎地将我和梁秋霜"打倒"在一起,梁秋霜一辈子都不会和我这么近,她不喜欢傩,她吃了我打的雀鸟有的只是感激,她准备用做鞋来回谢我,她已经开始纳底了。这都是十多年后,我才知道的。

最苦的不是挨打、批斗，是牛栏圈里的蚊虫和牛虻。

天亮时，我再看到梁秋霜时，吓得我的心被猛地拧了下来一样。因为夜里浑身上下被泼了大粪，一排十四间牛栏圈里的蚊虫顺着臭全部落到她的身上，不停地闪动着小翅膀的蚊虫就是一床厚厚的被子，她没有伸手去打，只是躺在那里一动不动，“她死了吗？”我啊了两声，却发不出音，我不敢过去，因为那边的民兵正在打着哈欠。

天亮前的那几个小时，我像一只发情的骚牯，不停地在牛栏圈里与蚊虫打着转，伸手都会抓一把的蚊虫，将我全身只要露在外面的皮肉至少一处十多次地被抽过血。最要命的是牛虻，它们能落到头发上、能盯在衣服外，甚至鞋帮上，只要粘上你，它就是吸血，不吸饱宁愿被打死也不放开嘴。我毕竟不是骚牯，后来干脆躺着任他们噬咬，我甚至在迷糊中听到那些牛虻像小毛孩在母亲怀里吃奶一样——“吧唧吧唧”。吸血的牛虻都和梁腊梅一样，是母的，公牛虻只吃树汁和花蜜。我的全身上下，在这个晚上剩下不多的时间里，仿佛是杀猪为了便于刮毛被吹了气似的，明显地鼓起了一层。随后的几十年，我只要一听到蚊子叫，身上的皮子从脚心到头顶，说句不怕丑的，甚至卵袋上的皮都被掀了起来，心便立即拧断下来。我对女儿红说过：“我老来恐怕是要让蚊子吓死！”其实说这话时，我已七十八岁，怎么死都无所谓了。

梁秋霜没有死！她爬了起来，盖在她身上的“蚊虫被”呼地被掀开，接着又想盖下去，但她坐了起来，“蚊虫被”便按她的姿势又裹了起来，生怕她被冻着了一样。她让蚊虫和牛虻咬得比我还厉害，她的眼皮肿得白亮得能当汽灯照，十根手指头放在红萝卜筐里分不出彼此。我就是这次看着她紧咬牙关的，从嘴上看不出来，而是从稍微还能往外放出一点光的眼神里。

两个晚上之后，我便被民兵押到第一生产队的牛栏圈里，这个时候才晓得，红旗大队除掉我和梁秋霜，还有其他“地富反坏右”分子，第一次上台接受批斗的就有六个。第一生产队原队长金大栎比较晚才被关进来，他住在我隔壁，听说将他揭露出来的，是他那打小聪明、决定与老子决裂的儿子金全楠。

很快金全楠当上了民兵。

红旗大队“地富反坏右”分子多了起来,但并没有减少梁腊梅对我和梁秋霜的“关心”,凡斗必有,凡打必挨。

“红卫兵”革命小将从书本里爬起来之后,在“林副统帅的指示下”、梁腊梅的“正确领导”下,我理所当然地成为他们头一个“革命对象”。我从牛栏圈里被民兵吼了出来,“革命小将”也就是我小舅子、极可能还有着我精血的钱壮虎,还有梁腊梅的儿子钱卫彪表现出了独有的聪明与才智。“革命小将”气势宏大地将我押回家。

钱壮虎他们轻车熟路地将我家里他们认为的一切“四旧”堆到门前时,我认为我这次死定了。他们只要一爬进架在屋顶下的后姆田荷花的棺材里,我必死无疑。果不其然,他们架起了梯子,上到楼上,我不担心棺材里的“十三太保”脸子,那时候与傩有关的都是“四旧”,只要不是认为有意藏起来的,大不了搜走,而是那里还有……钱姓傩堂正式启用“三十六天罡”时,我也想过到社树底下瘗埋掉“十三太保”,因当晚新“关公”脸子里流进去两路漆没有干,便把“十三太保”里的老“关公”顶上了,想到了这一层,我便把他们也放到神龛上。第二年,轮到水底钱村办傩。“十三太保”没有人供了,我按老理,将它们搬回家放到了后大钱运德的棺材里,也算是一种“埋”法。钱谷子用了后大钱运德的棺材时,我又把它们放到后姆田荷花的棺材里,至于钱运刚死时,棺材都已抬到梁腊梅家没有被人打开发现里边的东西,那我就不大清楚了。那时,我“留”在秋浦县公安局里。

钱壮虎他们在阁楼上,扔下了半屋子东西,等他们下来一看,属于“四旧”的并不多。只有一件让他们兴奋,便是后大钱运德用过的一块银质怀表。我也不知道还有那个东西,在我进这个家前,它就坏了。我偷偷地放眼看到地上的东西,说明他们并没有爬进棺材里,看来“革命小将”没有我和金大杉小时候的胆子大。

“革命小将”在门前划着火柴烧掉了红旗大队第一堆“四旧”,里边有钱姓傩堂的"总稿"。我想这没有事，那些程式、断词、戏文都装在我脑子里，即使后来在第五生产队批斗大会前烧了芬李二姓傩堂的脸子，我也觉得只要不把我烧了，什么时候再办傩，大不了费工夫花钱再雕。即使后来"革命小将"又多次押着我回家"破四旧"，甚至最后一次从后姆田荷花的床底下捞出马桶，仅从四周铲下漆上去的"百子图"就感到大获全胜的时候，我也不敢交出棺材里"十三太保"，以来"争取宽大处理"。他们可以斗死我、打死我，但我不能像私塾老先生白眉李宽那样找死，这是我从梁秋霜的眼里看得再清楚不过的。

一祸未了，再生一"祸"。

梁腊梅在革命样板戏《白毛女》里两次唱出了傩词，当晚被民兵营长芬爱国送到了光华人民公社，有没有捆，有没有押，没有人知道。有一次，我偶尔听到梁腊梅训斥芬爱国，可见是被捆绑过的。

梁腊梅没有回村，芬爱国也没有。我们三个"地富反坏右"分子没有"指示"，一个不敢回家，全都窝在大队部里，吃，没得吃；喝，没得喝，幸好民兵金全林给我捎了两个牛卵子大的煮山薯，算是逗住了饿鬼。几个民兵在闲聊，我听到梁秋霜也没有再押回双湖农场，而是被关在她家里。

盼星星盼月亮，总算盼回了芬爱国，他进门来一句声没作，从天井后的水缸里舀了一瓢水倒进了嘴里，又舀了一瓢，倒进一半，另一半泼到天井里。他看到我们仨时，眼神里的劲就来了，厉声呵道："你们不在家好好反省，凑一起到大队部干什么？想造反？"

"富农"金大栎说："没有大队长和您的指示，我们不敢轻举妄动。"

"你们演完戏就一直待在这里？"芬爱国问。

我们都点点头。

"好，好，好。"芬爱国闭上眼，朝天井方向扭了扭脖子，突然睁开来，说："那你们先不走了，把门前的戏台全部撤掉，越快越好！"

"营长，"金大栎话真多，"革命样板戏不演啦？"

“你还想当‘狗腿子’,是不是?”芬爱国瞪了他一眼。

看到金大栎那猪不拱的样子,我直想笑,拼命地抿住了。

我们三下五除二,便撤完了戏台。芬爱国又让我们在门后烧掉了样板戏的脸子和戏服,我特别可惜“黄世仁”的缎子外褂。当我抱着四张“八路军”的脸子迟迟不敢往火堆里扔时,芬爱国一脚将它们踢进去。我看着样板戏的所有服装和道具化为灰烬——那个年代,烧是最能消灭一切的——芬爱国大手一挥,“都回家接着深刻反省去!”

隔日,各生产队队长通知社员,任何人不得再提“红旗大队样板戏剧团”。要是梁腊梅在家,这个通知肯定是从广播里掉下来。

梁腊梅好久都没有回到第四生产队,也没有人告诉我她的任何消息,倒是她不在时,芬爱国一次都没有找我们“地富反坏右”分子的事。我怎么知道梁腊梅没有回来呢?因为过了不几天,也就是正月十五,我开门“送家祖”时,撞见了一个“祸害”。

过去,元宵“送家祖”的鞭炮声从梦里开始放起。太阳一出来,傩堂里锣鼓喧天,送完族祖又要朝庙。现在,全是“四旧”。整个青峰山、白水河听不到一声鞭响。“请家祖”“送家祖”都只是开门时,在心里喊了声“家祖回来过年啦!”或“家祖慢些走噢!”算着了事。

我在开门时,正想喊声“家祖慢些走!”突然听到,门槛外有了轻弱的“哦——哦——”声,低头看到了一个一抱柴粗的破包裹,歪头再一看,天哪!里边露着小人头。我跑到稻场上,大声地喊:“哎,哎!这是哪家的毛孩子,赶快抱走啊!”我的叫声引来村子里好多人,多数是妇女,她们都来看了看包裹,有的伸手拨开小人头面前的被角,看了看。钱道先她姆是村子里的接生婆,她过来时,解开了包裹看了看,她说:“不是水上钱人生的,起码有四个月大了,要是个男伢子就好了!”老太太是从湖北逃难过来的,一辈子没有改了口音。

“这不是祸害我吗?”看热闹的人都回家吃早饭了,我抱着“包裹”跑到生产队队长、原二头芬村的芬贵平家,从头到尾细细说了一遍。他说:“生产队长不管捡毛孩子的事,到大队里问问去!”我只得抱着“包裹”跑到大队部,幸好民兵营长芬爱国在,我又从头到尾细细给他讲了一遍“包裹”的来龙去脉,我末了说:“营长,我是个正在改造的‘地主分子’,毛孩子极有可能是贫下中农家的,她要是进我家,就是对‘无产阶级文化大革命’的一种破坏,请求政府给孩子一个广阔的天地。”我正要往大队部的桌子上放“包裹”,芬爱国说:“你先抱回去养着,大队长什么时候回来再研究研究!”

出了大队部的门,“包裹”开始哇哇哇地哭,走在白水河桥上,我真想一扔了之,可她又不哭了,还朝着我笑。笑得我眼泪哗哗的:“你还笑,你大你姆也是瞎了狗眼啦,哪家不能送,送到我家来?还没进门就是‘地主家的狗崽子’。”

水上钱村的社员看着我一上午抱着个“包裹”跑下跑上,最后还是跑进了家里。实在没办法,我在火桶里裹着一床破被子,打开“包裹”,里面除了一个小人,还有一小包炒米粉和一张纸。纸全被尿透了,我连被子一把包起她,到屋里将我垫的床单撕了一路下来,做了四块尿布。她下身干了之后,又朝我呀呀的笑。这时,我才有空看清那“尿纸”上的字:“生日:十月初三。”

从正月十六开始,每天早上的第一件事,我就是抱着“包裹”到梁腊梅家的院子前问“大队长回来没有?”头一次,钱卫彪瞅了瞅我还说:“我姆可能到北京见伟大领袖和导师毛主席去了。”头年底是传得热乎,梁腊梅要上北京,那次她到县样板戏剧团学戏的三个月里,红旗大队社员百分百地相信她受毛主席接见去了。大家疯传:只要能去北京,就能见到毛主席。毛主席坐在天安门前,天天接见从祖国四面八方去的积极分子。事实大家传得也不是一点没有,要不是因为唱《白毛女》,梁腊梅肯定能去北京,后来全县各行各业的积极分子大部分去了北京,不过只有一位抗洪女英雄见到了毛主席。

一直到二月底,“包裹”吃完了包裹里的米粉,又要快吃完我所剩无几的玉米面,梁腊梅才回来。在红旗大队,恐怕我是最先看到梁腊梅回来的人,我在抱着“包裹”不厌其烦地往她家跑的回来路上,我见到了裹着黄大衣的梁腊梅,她的大衣在早晨阳光的照射下浮着一层油。我跟见到了大救星一样:“大队长，大队长，你回来啦！”那感情绝对是真实的，我喊得快要哽咽了。梁腊梅也没有想到，我对她有那么大的热情。

“回来啦！”梁腊梅若无其事地说，她明显在掩盖着什么。

我看她心情还好，赶紧将“包裹”的事快快地说完。

梁腊梅的脸唰地成了“霜降”，她说：“不是你屄养的和哪个‘地富反坏右’分子生下来的什么小‘地富反坏右’分子，特意又来要什么‘贫下中农’的名分吧？告诉你，我通过这次对战无不胜的毛主席思想进行了深入学习，更加理解了‘文化大革命’的伟大意义，对你们这些‘地富反坏右’分子会看得更透、更深、更彻底！”

“我用小命向组织保证！她是被人放在我家门槛上的。”我说，“当天，好多社员都看到了。我还要‘改造’，养不活她。”

“你是地主，你都养不活，谁还能养得活？”梁腊梅迈开脚往家走，我跟着。她说，“你屄养的听着，你不仅要养活她，而且还要把她当贫下中农的后代来养。这也是改造你的一个手段，将来她要是能成为祖国四个现代化建设人才，可以对你进行减罪处理。你还跟着我干什么？抱回去好好养着，每个月到大队汇报一次抚养经过。”

我放弃抚养这个“小祸害”的念头，在梁腊梅回村的这个早晨被打泼得一干二净，狗在地上都舔不出一舌头。

梁腊梅这一个多月，真的是在公社进行深入地学习战无不胜的毛泽东思想吗？反正红旗大队的社员晚上都相信了。下午，梁腊梅从广播里掉出话，召开了大队全体干部、基干民兵和“革命小将”代表会议，她只是一句话带过地说到她过去对“如何开展文艺活动来进行‘文化大革命’”的理解上有些偏差，但通过这些学习，绝不会再出现类似的错误，然后她大谈这些“学习”是如何的全面，如何的深入，如何的透彻，并就继续开展对“地富反坏右”分子斗争提出了“在劳动中接受批斗、在生产中进行教育”的新指示。至于梁腊梅这一个多月是怎么“学习”的，直到梁秋霜被平反，她到县敬老院里，才零星地听到一些：正在考察待调至秋浦县革委会任副主任的王主任已经铁定将梁腊梅上报县里了，作为革命中出现的反革命典型进行批斗，从而推动秋浦县的“文化大革命”运动向更高层次发展。最终还是“毛主席”救了梁腊梅，就在县革委会派专案组下来整理她材料的时候，她将那枚大大的“毛主席像章”从胸前起下来送给了材料组组长。材料上笔锋一转：“经调查：梁捍东同志依然是毛泽东思想学习的积极分子，依然是农村一线‘文革’的先锋。只是在革命斗争日益复杂的新形势下，在非主流战线上出现了细小的偏差，无须上纲上线。建议由光华革委会进行一个月的学习帮带，届时上报学习心得。”还有让梁秋霜羞于启齿的是，那一个多月里，梁腊梅天天晚上抱着《毛主席语录》到公社革委会委员房里“请教”。那时段，光华人民公社夜夜“猫叫”不歇，四处泛着饿死老鼠的恶臭。

梁腊梅尽管还在广播里背“语录”，但已经不唱歌、不唱戏了，只是一次又一次地通知开会，而且每一次开会，“地富反坏右”分子都要参加，会前会后都要接受千篇一律的批斗。我和梁秋霜依然是红旗大队批斗的重点，梁秋霜排第一，我排第二。为什么不再将梁秋霜送到双湖农场进行改造，直到今天也没有人能说得清楚。打人的次数也明显少多了，像金大栎这些罪行小的“富农分子”，往后基本上没有挨过打。我不行，梁腊梅一个礼拜不打我一回，心里跟猫抓的似的，当然每一次打我都有打的充足理由，比如夏天的那回，“小祸害”没有蹲下来尿，全淋到了裤子上，我轻轻地拍了她的屁股。这被梁腊梅看见，在下回批斗我时，梁腊梅指证我想蓄意恶毒攻击“贫下中农”的孩子、祖国的花朵、“四化”的未来，她专门从学校课堂上把“革命小将”叫过来，将我怎么打人的再让他们打回来，别看钱壮虎他们人小，劲可大了，那次痛得我明显感到裂了两根肋骨。我挨点打不算什么，就是“小祸害”拖得什么事也做得打折扣，明明我一天能挣十个工分，因为中间要回来照应她，生产队将我当生毛孩子的妇女算，一天满工七分，有时只有五六分。最要命的是她的那张小嘴，当年，我也是从牛栏圈里放出来，工分粮基本没有，生产队分下的一点口粮是按人头算的，能把我糊得饿不死就是天大的本事了。没有办法，我还得隔三差五地从快要见底的米缸里舀上半瓢米，求队里两个刚生毛孩子的妇女为她讨上一口半口的奶水。大概是六七月份吧，我只记得之后可以用借青豆角还老黄豆的条件从队里摘豆子来喂养她的时候，一天，我正在给"小祸害"讨奶，一个男人——他都死好多年了，孙子孙女儿也在傩艺团里唱戏呢，名字就不说了——朝我后脑勺拍了一木锨，我当场被拍死在地上，他也害怕真的拍死了我，从屋里网了两把蜘蛛网粑在我头上，算是止住了血。他为什么狠毒地打我？他说我耍流氓、看他老婆的奶子。正在奶孩子的是他老婆，而我还真是往他老婆怀里看了，天地良心，我不是看她老婆的奶子，她老婆是背着我解开怀将奶头塞进"小祸害"嘴里才转过身来的，我看，是想看"小祸害"有没有很好地在吃奶，她那时很调皮了，我怕她边吃边耍，吃不进那半瓢米的奶，就亏了。我吃了个哑巴亏，那男人把半瓢米送回来算是赔礼两清。之后，我再也不敢给"小祸害"讨奶了，不是因为还怕被人拍木锨，而是有一天在收工时赶着往家跑看孩子，正好与梁秋霜擦肩。她细声说："队里的水牛生了！"我想了半天也没有想出梁秋霜说这话是什么意思，直到晚上喂"小祸害"米汤时才拍着正在结痂的脑袋……当晚，"小祸害"喝上了牛奶。

我恨不得一口气把"小祸害"吹大，真是感谢那头"牛姆"，又吃了三个多月奶的"小祸害"能下地走路了。这头牛在孩子六岁那年底老得下不了地，经公社批准宰杀时，我家两口人被分到一两二钱的肉和巴掌大的一块百叶，我没有吃，晚上将它们埋到后山上，让孩子朝它磕了三个头，算是报了养育之恩。那时候，我不把她叫"小祸害"了，她有个好听的名字——金三红，我只叫她一个字"红"。

指望给红上上户口、能分到按人头分的口粮，我一遍又一遍地跑腿。先是跑生产队长芬贵平家，芬贵平说我是"地主分子"，没有老婆哪来的儿女上户口，我磨破了嘴皮解释这是我捡来的孩子，水上钱村里的人都能证明、大队长梁腊梅也能证明，他就让我把"人民群众"的证明拿来再说。我一一回忆着当年到我家门前看"包裹"的社员，有的说没有去，说去了的又有人说不能证明是我捡的,我差点没有朝他们下跪。梁秋霜她婆婆第一个在我写好的“证明”上摁了手印,跟着又有了八个人。就这样,芬贵平还是不给红报户口,他又让我到大队部问问,像这样捡来的孩子怎么报。他是生产队长,怎么报还得让我去问?没法子,我去问了。又来告诉他可以正常报,但是那天他还是没有给我报。因为我不想让红跟我姓“钱”便成了“地主狗崽子”,想让他姓“金”。“不行,不行,哪有你这么报户口的?你想让她姓什么就姓什么?”芬贵平把正要写字的笔扔到了地上。我拾了起来,双手递给了他,我说:“我能不能去问问大队部,不能报再讲,行不行?”我出门时,芬贵平骂我“地主分子”真是事多,哪里弄出个私生子,能报上口粮就不错了,还这里那里的。我再次来到大队部,梁腊梅正在训芬爱国,前边的我没有听到,当时那几句是:“……你那几年兵的政治觉悟当到哪里去啦?难怪让你复员了,要是像你这种人还留在部队,毛主席的江山能保得住吗?一点牺牲精神都没有。要不是我在县革委员同志面前力挽狂澜,哪还有红旗大队的篮子装菜?你倒好,教你捆你就捆,捆进去再也不问了,你是想等着我死了当大队长呢?……不要给我解释,一切都在行动中。红旗大队的革命行动还要坚持一刻都不能放松,特别是对‘反革命分子’梁秋霜的监视。国民党反动派在台湾从来没有放弃反攻祖国的野心,公社把她交回在大队,是对我们的信任,是相信我们能够把她改造好的。你去吧……”我轻轻地跳离大门口,这时我的腿和腰都好得差不多了,只要不再打我,壮劳力的工我完全可以上。我装着是刚来的样子,喊了“民兵营长”,芬爱国黑着脸不理我。我瘘进大队部时,梁腊梅正在喝茶。我说:“大队长,我还是来为捡来的那个‘贫下中农’的孩子报户口的事。”“不是讲过,能报吗?”“她不能姓‘地主分子’的姓吧?”“那当然不能!叫别的姓也不合适,你大是‘贫下中农’,就跟你大的,姓金吧!”“哎!”我哪想梁腊梅说到我心坎上了,那一刻我又差点喊她一声“婶”,我正要转身时,她又叫住了我,“名字不能再起资本主义那套什么花呀草的,就叫‘三红’!”“是‘三面红旗’的‘三红’吧?”“那你讲呢?我们社会主义建设除了‘总纲领’、‘大跃进’、‘人民公社’三面红旗,还有第四面吗?”

我点头谢恩地离开了大队部，一路小跑着到芬贵平家，许诺“余情后感”，他才在报户口的表上填了：“金三红”。两年后，我把小表叔家的钟送给了他。

红一迈开小腿，我的心慌得更很，一眼看不到跟掉了魂似的，我走到灶房把她带着灶房，走到堂心把她带到堂心，差点没搓根草绳子把她拴在我身边，上工时要带着，批斗时要带着，甚至修水库时也得带着。我这一老一小，成了红旗生产大队独有的风景。

红三岁的时候，光华人民公社积极响应中央“要继续发扬艰苦奋斗、自力更生的精神，全面贯彻执行抓革命、促生产、促工作、促战备的方针，鼓足干劲、力争上游、多快好省地完成和超额完成国家计划”的指示，决定在青峰山的白水河、牯牛岭的秋阜河、天木山的龙须河上游修建三座防洪灌溉水库，争取“以粮为纲，全面发展”。命名为“东方红”的白水河水库，公社仅请来了两名工程师和从双湖农场分来的三十三名“地富反坏右”分子，其余所有劳力都得由红旗大队抽调。毫无疑问，红旗大队自己的“地富反坏右”分子是先遣队伍。

芬贵平通知我两天后带工具上山时，我想过把红送到青阳小表叔那里，大亏没有送去，小表叔在这年冬孵在火桶里睡着了，裤腰带落到炭火里，点着了衣服，燃着了火桶、大桌和房子……我在水库建设工地上得到信，请了三天假去奔丧。大表叔家的大表哥没有让我再看小表叔一眼，他说人都烧成个黑球了，什么也看不出来。我带着红在被乡亲们救下还没有完全烧完的屋基上找了半天，听到了那只钟的滴答声，扒了出来……我最想的，是把红送到金全森家，他老婆年轻，家里也正好有个相仿大的毛孩子，但想了半天还是下不了决心，我怕连累他，尽管他是烈士家属。没有办法，我把红带到了工地上。红算是个乖孩子，她小嘴很甜，见什么人会喊什么话，工地上的人都喜欢她，特别是从双湖农场过来的那批女“右派”更是喜欢得不得了，她们中间有很多是中学老师，还有大学教授，都抢着从嘴里扣饭给她吃，教她唱歌、识字。梁秋霜在双湖农场改造过，与“右派”们也熟，便从中对红好，我看着权当没看见一样。因为上山之前，梁腊梅在动员大会上教育我们“地富反坏右”分子要把这次建设社会主义水库作为最好的学习改造课堂，我们的一举一动都会被红旗大队民兵突击队记录在案，作为今后是否宽大处理的有力证据。我依然认为梁腊梅还想在梁秋霜和我之间“挖”出一些所谓的什么重大线索。红叫所有的女“右派”都是在名字后边加个“妈”，起先她也叫梁秋霜“秋霜妈”。红叫哪个都行，就是不能叫“秋霜妈”，我让她叫“婶”，她记不住，为此我还打了她的屁股，我打得很重，晚上给她洗澡时，看到了三根红指头印子，心疼地问她痛不痛，她说：“爸爸打人不疼！”我哭了。叫“妈”和叫“爸爸”，也都是女“右派”们教的，山里人只喊“大”和“姆”。起初她叫“爸爸”，我脸红，等叫熟了，听着就是比“大”热乎。

有天，我收工回来，红机灵鬼似的朝四周看看没人，扯着我的耳朵说：“爸爸，秋霜婶让你晚上到闸口边上找她。”

我吓得赶紧捂住她的嘴，“小毛孩子不能讲大人的事。我上工时，你是不是又跑出去玩啦？”

“我没有乱跑，”红什么时候都有理由，她说，“是做饭的妈妈让我去吃锅巴团。”

我实在心疼红，又没有时间照顾她，我摸着她的头说：“红是个听话的孩子，爸爸修水库挣工分。挣了大工分，才能让红吃饱饭不饿肚肚，过年还给你做花衣穿。”

红眨巴着小眼珠子，想笑又憋住了，她还是把声音压着很小地对我说：“秋霜婶给我做了一件花衣，我没有要！爸爸，你要是让我要，我才要。”

我一把抱住红，亲了她的脸蛋。

这孩子跟着我，图什么呢？

晚上我哄睡了红，躲过四处为了防止敌特破坏水库建设的放哨民兵，这时候要是被他们抓住了，不是破坏分子也是破坏分子。我捂着肚子，随时装着要拉屎的样子，猴着身子跑到闸口上。我没有看到梁秋霜，又不敢喊，便急得四下张望。

“你跳进闸口里来!”

我顺着梁秋霜的声音,便跳了下去。“嗵!”我哪想到陡坡那么高,狠狠地摔了一个跟头,还翻了两个滚,胳膊和腿全被石壁擦破了。

梁秋霜伸手拉了我一把,“你不能走几步再跳啊?摔着了吧?”

“没有,没有!”我咬着牙,站了起来,跛着腿跟她走到闸口里。

天上本来没有月亮,闸里更黑。我们近得能听到她说话的热气,就是看不见人。

我说:“下回有什么事不能给毛孩子讲,她不懂事,要是讲出去了,他们又会兴风作浪。”

“三红精着呢。”梁秋霜往我怀里塞了个东西,“我把一件不能穿的衣服改小了。她还怕你,不敢要呢!”

“难为你了。”我想赶快把事问完回工棚,“有事吗?”

“金大栎不要脸!”梁秋霜停顿了下来,用脚在地上搓着声音,见我没有说话,她说,“我在工棚里洗澡,他来偷看。”

“你咋不向民兵报告呢?”我气得直跺脚。

“我又没有逮着,”梁秋霜有了委屈的口吻,“等我穿上衣服追到老远,才看到是他哪条老狗。”

“迟早……”我没有把话说完。

“我还要跟你讲:他在工地上胡说三红的坏话,难听得很,”梁秋霜说,“什么私生女!孩子都大了,听到会不好的。”

“在前山金村,他想霸我家在山里的一块地,夫妻俩什么话臭讲我什么话!结果我不还是我……”我顿了片该,还是把吃进的话说全了,“要是让我听到他讲红半个字,决不饶他。”

“你不能打架噢!”梁秋霜说,“在工地上累是累些,总比批斗好吧。”

我叫梁秋霜从水库的坝里走,看着她的影子走出好远,我才穿过黑咕隆咚的闸口，从坝外回到工棚。路上，踩了两泡大便，却没有闻到一点臭。

真是被梁秋霜无意间说着了，我和金大栎打了一架。

水库工地吃饭按人头，一天每人早上三两、中午半斤、晚上四两的米饭，菜每顿只有小半勺萝卜白菜，基本没有油星。饭是打在饭桶里，八个人吃一桶。

红，小是小，可长着嘴总得要吃，每餐我打饭回来先紧着喂她，等她吃饱了，碗里也就所剩无几，我便到灶棚里求做饭大嫂要点热水、放一粒盐砂搅搅，裹到肚子里。工地上全是出汗的大活，盐砂能顶半条命。不要说一天一斤二两的饭还带着红吃了，就是放在一顿我也不够。别人也是一样。在牛栏圈里饿，可以躺着不动。水库工地，一天挑着上百斤的泥土爬上爬下四十多米高的大坝至少六十趟。我每天有大半天，两腿都软得在打晃晃。头一个月，大坝上滚下去七男二女，死了四个、残伤了五个。“傩傩，你不能滚下去！那样，红怎么办?”我天天在给自已打气鼓劲。

很快，红讨得了工地上人的喜欢，做饭大嫂心疼孩子，特意让我帮她们刷二十只饭桶。就这样，每餐我都能从桶里刷出两大碗带有米渣的水糊糊，总算顶得住一点饥。

我只能在心里一次又一次地感谢做饭大嫂，做起工来也是实心实意，生怕出了什么岔子，刷不上饭桶事小，连累了人家好心的大嫂，下辈子也还不上人情。整个工地一个秋冬，只有我一人上的是满工。如果我不是“地主分子”，完全可以再一次到县大礼堂里戴红花、领奖状。工地上人都说，其他两个水库工地上得奖的人比我的工分要少二十多分。

还有两天就是小年。收工的人都在议论着什么时候放年假的腊月二十二傍晚时分，红去梁秋霜她们工棚里“吃狗狗饭”去了，就是“一人喂一口，养只小肥狗”的那种。我接过分下来的米饭，和着白菜帮子，快快地吃完了，便到灶棚边上刷做饭大嫂给我的饭桶，想着刷完了再帮她们也刷刷，她们一人都有五六十只。谁家也不比谁家好到哪里，她们家人天天在坝外等着接米糊糊回家贴补呢。她们能给我一个“地主分子”分二十个饭桶,那真是从人家手里夺饭碗啊!这能养活一两条人命呢。

我快快地将十九只饭桶到边到拐地刷了三遍,才小心地将米水一一倒进另一只桶里,等澄一会儿,再将上边的水滗出来,留下米渣糊糊。心想还得给红留一碗,睡前喂喂她。正想着,一只大脚横扫过来……我几乎扑了上去,伸出的手抓到了大坝上的石缝,却没有抓到桶,它带着米水碰着石块“当当当”地一滚到底。

我一抬头,看到是金大栎。他装得很像,轻飘飘地说:“对不住了。”

我嗵地爬起来,狠着劲说:“金大栎,你他姆的……故意!”我眼睁睁地看到他的脚是扫着过来的,而不是踢。一个大人,好好地走路,会扫着走?他又没有得过小儿麻痹。

“你要讲故意,我也没有办法。反正我讲‘对不住’了。”说完,金大栎扭头就走,跟桶不是他踢的一样。

坝上有人看到了我和金大栎,工棚里三三两两地钻出人来,等着看有没有热闹的下文。

太阳快要落山了,泛着橙黄的光,很好看。

我忍了又忍,正要下到坝底去拾已经被摔瘪了的饭桶。还不知道怎么去给在那边收饭桶的做饭大嫂说,看来赔桶是少不了的了。

这时,我听到金大栎边走边操操骂骂地说:“操!自己不晓得丑,还往金姓人身上泼大粪,现他八代祖宗的屌事!”

“‘狗腿子’金大栎!”我直起腰,大吼一声,“你再讲一声。”

“你姆的个屄,骂哪个‘狗腿子’?”金大栎转过身,挂起脸上的老皮,“老子讲十遍也敢讲,你屄养的不晓得跟哪个骚货生了个私生女,不姓钱,却来栽赃金姓人。讲了你,怎么了?”

金大栎也敢骂我“屄养的”,他骂起来比梁腊梅脏几百倍,最让我忍无可忍的是他骂我的红。我的双眼呼地生起了火,我明显感觉到了,它们比夕阳的光亮多了。我一步大似一步地冲向金大栎，就在我握实拳头抬手砸向金大栎的时候，他早已瞄到了反手边上的一根断扁担。几乎是同时，我拳头砸在他的鼻梁上，他拾起扁担了砍上我的胳膊。我把晚上吃的四两米饭的劲全部用上了……

坝上的人都往这边跑，有人在喊："快去看，打架了！"更多的是来拉架的。

我打的是金大栎的鼻梁，此时，正在呼呼地往外冒着血，他还倒在了地上。看到的人都以为我占了上风，打赢了。其实，我是输家，我的胳膊断在棉袄里，他们看不见。

东方红水库的民兵很快来到事发现场，看到我们俩都是"地富反坏右"分子，不问三七二十一，铐上手铐带走了。

"爸爸，爸爸！"是红在哭着喊我。

我后悔了。我在人群里找到了红，她被梁秋霜抱着。天暗，人也多，我看不清梁秋霜的脸。略有丝丝庆幸的是，红在她的怀里。

接下来的审讯和批斗是一滴不能少的，两败俱伤的结果是：扣除工地上所得的全部工分；金大栎赔水库灶棚里一只铁皮饭桶，关禁闭一个月，我关二十天。他多出的这十天，是因为他动用了扁担。

我和金大栎都是在东方红水库工地上过的年。打架的第二天，公社水库建设总指挥部指示：停工过年。陪我们一块过年的还有值班的民兵。如果没有我们，他们怎么会在深山老林里不得回家与亲人团圆而在喝干冷干冷的西北风呢？可想，他们一开始对我们没有什么好脸看。过年那天的饭是我做的，可我一口没有吃，我想红。金大栎那个没心没肺的大口大口地吃着芬爱国代表红旗大队革委会和全体民兵送来的三斤猪头肉炖大白菜。

过完年，我和金大栎都应下诺，绝对不会再打架了，便被值班的民兵放了出来。他们把拾柴烧火做饭的事全交给了我，我的左胳膊吊着，只能用一只手干。金大栎的鼻梁断了两节，也没有好，鼻涕里一直在流着血，民兵让他一天三趟地到坝上巡逻。坝上的风带着口哨，他的罪受得比我打断鼻梁还狠。

唯独让我感到这个年还有那么一丝年味的是，正月初三，红来了。红是梁秋霜带来的，她见到我笑得咯咯响，笑着笑着就哇哇地哭了。

梁秋霜给民兵的凳子上放了四个茶叶蛋。两个民兵当着我们的面一人分了两个，转个背，地上有了一片蛋壳。她从哪里弄来了茶叶蛋呢？

我一辈子连梁腊梅都能原谅，就是不能原谅金大栎。他在村里说我坏话，我能原谅他；他唱傩戏把我当着小鬼赶，我能原谅他；他夫妻俩挡着我的姻缘，我能原谅他；他想霸占我的房子和地，我能原谅他……而这一次，不行，绝对不行！——这话，我在去法国巴黎的飞机上对他儿子金全楠说过，金全楠能理解我。

金大栎看见梁秋霜带着红来看我，跳起来不愿意，他向值班民兵抗议："家里的人不能探望关禁闭的犯人！"

民兵不理他，说："那你也叫你家里的人来看看你，我们一视同仁。"

"梁秋霜不是他的家人，她是'反革命分子'，你们又不是不知道！"金大栎实在可恨，他仍然在跳，"你们这是违反纪律！"

"你给我闭嘴！我们违反不违反纪律还用得着你个'富农分子'来教育吗？"有个民兵气呼呼地说，"你给老子滚出来，到大坝上巡逻去。从上到下，从里到外，你要偷懒一步，小心回来增加十天禁闭。"

初三的风比什么时候都大，金大栎刚出门，带血的鼻涕便拖了下来。他后来，冻得脸中间长了个犀牛角以及一直长不正的鼻梁与初三在东方红水库大坝接了半大个上午从西伯利亚来的寒风不无关系。

我紧紧地抱着红，眼泪实在止不住。

梁秋霜从头至尾只对我讲了一句话，她说："三红梦里哭着要爸爸，年前就请示了民兵营长，昨天才批下来。"

"太难为你了！"我也不敢对梁秋霜多说话，民兵尽管没有盯着我们，但耳朵还是对着这边。

红吧吧地问个不停，一会儿问我想不想她，一会儿问我什么时候能回家，一会儿又问我吊着的胳膊痛不痛，一会儿问我爸爸不在家大灰狼会不会来……我搂着她，一一地给她回答，她乐得不行。

民兵大概还真是想到金大栎的话，便说："山里冷，差不多让孩子回去吧！"

红不想走，梁秋霜过来拉着她的手，说："三红是怎么答应婶的？还有奶奶的话都忘啦？"梁秋霜说的"奶奶"是指她婆婆、钱道先他姆。

"爸爸，我会乖乖地听话。你也要听话，不能再打架了，打架会痛的。"红一步三回头地走出门，她还说，"我明个还来看爸爸！"

红走后，我躲到禁闭室里哭了一下午，误了当天的晚饭，两个民兵没有训我。

我被解禁的头一天，工地又开工了。

这次，梁秋霜没有把红带来，她说她婆婆不让，叫我们别为孩子分心，好好改造，争取宽大处理。

我吊着左胳膊坚持上工，硬挺着挑了三天土。指挥部一位领导看到我的样子，便将我改派到跟妇女们一起去打石子。打石子是按量计工，一只手不耽误做事，我除去吃饭就上石场打石子，有月亮的晚上也去打。一个月打下来，我的工分不比挑土少多少。

有红想着，我的胳膊很快长结实了。金大栎不，虽然不流血鼻涕，但他到死，脸上的大向也是歪的。

中午，家里的广播反复播放电台消息："下午三时有重要广播，请注意收听！"像现在电视下边的滚动新闻，只要一打开，一排字从右至左像有个人在不停地拉着似的。

早上队长通知所有男女劳力到地里摘棉花，下午三点谁有闲工夫在家听广播。对当时依然把生产改造作为主要任务的我来说，摘棉花比听什么广播都重要。我倒是担心，又刮什么妖风把我这半条老命裹进去。我那时，只有一个想法：把红抚养成人！

下午三时,架在合欢树上的大喇叭正好对着我们上工的棉花地。当时,一地的男女都在双手左抓一把、右抓一把地摘着棉花,好像也没有一个谈到中午家里反复提醒的"下午三时有重要广播"。就在这时,大喇叭响了,播音员播的每一个字上都像吊了一个秤砣,放出来的音乐也像被露水打湿了的棉花——

……中国共产党中央委员会、中华人民共和国全国人民代表大会常务委员会、中华人民共和国国务院、中国共产党中央军事委员会极其悲痛地向全党全军全国各族人民宣告:我党我军我国各族人民敬爱的伟大领袖、国际无产阶级和被压迫民族、被压迫人民的伟大导师、中国共产党中央委员会主席、中国共产党中央军事委员会主席、中国人民政治协商会议全国委员会名誉主席毛泽东同志,在患病后经过多方精心治疗,终因病情恶化,医治无效,于一九七六年九月九日零时十分在北京逝世。

棉花地里顿时仿佛跑进了万条毒蛇,所有的人全都跳了起来。

有人在大声哭喊:"啊!啊!毛主席死啦!这可怎么办啦?敬爱的毛主席死啦!我们怎么活呀?"

有人哭着跑出了地头,像只无头苍蝇,突然又折回来扑倒在棉花地里。更多的人是跪在地上,抓着土在大哭。我也想哭,就是哭不出来。我怕被贫下中农看见又是一条大罪,也跪在棉花地里。我实在是哭不出来,便想到我大的死、姑姑的死、后大钱运德的死、金大杉的死,惨的还想到了老婆钱谷子上吊的死、后姆田荷花掉到河里至今尸骨不知去向的死、小表叔吴根旺被烧成一团黑的死……就是淌不下一滴泪。无奈,我一遍一遍地吐着唾沫糊到两眼上。

喇叭里一直还在播着"毛泽东同志",却没有一个人在听,我想听吧,全被他们大呼小叫的哭声淹没了。还有几个妇女号叫着:"毛主席,你把我也带走吧!"我不晓得毛主席真的要把她们带走,能干什么?

棉花摘不成了,工分挣不成了。在地里哭累的摘棉花社员,听了芬贵平的话都回到家。家里广播还在播放着吊秤砣的话和棉花湿了露水般的哀乐。

才上了九天学的红，跑回到家，扑到我怀里大哭起来："爸爸，敬爱的毛爷爷去世了！我要毛爷爷！"

我一时不知道怎么劝孩子，突然记起我姆死时，姑姑拍着我的后背说的话，便学着说："红不怕，毛爷爷不在了，不是还有爸爸吗？"

话一说出口，我自己把自己吓得一大跳，赶紧放开红，跑到屋前屋后看了两圈，确信没有人，才擦掉了一头冷汗。

那棵柿子树长得老大了，伞一样地盖着后大钱运程在世时盖的后房院，果子却少得出奇，看着没有几个。它即使结得再多、再大，我不会吃，也绝不让红去吃。

一九六八年跟一九二八年一样，又是个双闰年。不同是：二八年，闰在二月，死冷；六八年，闰在七月，死热。

正月十二
（戊午年甲寅月辛亥日）

1978年2月18日
（星期六）

宜　移徙　祭祀　开光　祈福　出行　解除　进人口
　　雇佣　安床　动土　起基　上梁　安门
忌　嫁娶　安葬　作梁　纳畜　牧养　行丧　作灶

傩傩从树枝间看到一个人影在田畈里移动，快到村子边上时，他立即从火桶里爬起来……伸手正要去关上大门，听到金三红在稻场上乐乐地喊："老王伯伯，过年好！"

"哎哟，三红这么勤快啊，新正月里就捡粪做事。"果然是红旗小学的老王头，不用看，他正在像雨天的鸭子伸头接水似的挺着脖子在说话。他的喉结被"红卫兵"掐碎过，要是不把脖子往上提直了，他出不了音。即使提直了，每个字也不是说出口的，像鼓风机往外鼓，他肚子就是个大风箱。

"正月里都在过年，粪好捡，我这都是三粪箕了。"金三红小大人的样子，"我爸爸在家呢。"接着，她朝屋里喊，"爸爸，爸爸，学校的老王伯伯来了。"

这么一来，傩傩的门更关不上了，他伸出半个头应了一声，"听到了！"马上又给话打了个补丁，"要是冷，就别捡了！"说完，他快快地回到火桶里，心里嘀咕着，"这个老东西跟鬼一样地缠上我了呢。"

"老钱哥，新年好啊！"老王头脚没有进门，话就鼓了出来，"怎么？要关门谢客啊！我可是看了'皇历'，今天是个'出行'的好天，才来看你老哥的噢。"

傩傩的脸又铺厚了一层，"这个老'右派'颈子快被人捏断了，还话多，满嘴里跑'四旧'的词儿。"前两年,五队水底钱村有户人家在商量娶儿子结婚定日子时说"皇历"上的"十一"不是好日子。"十一"是中华人民共和国成立的日子,能不好?被人揭发到大队革委会,梁腊梅立马将他打成了"现行反革命"。"老东西,才过两天不刮皮抖骨的日子,身子就发痒了!"

老王头在东方红水库竣工的哪一年,找过傩傩。他也是从双湖农场过来的"右派",当时,傩傩两眼空空地盯着老王头的喉管琢磨他满肚子话是怎么"鼓"出来的。傩傩长了记性,不接他的半句话。"地主分子"的屁股还没有擦干净,再粘上"右派",纯属不是找死也是找残。等老王头什么都说了,指望傩傩会按他想法说事时,傩傩说:"我不懂你讲的这些'四旧',你找其他人吧?"说完,傩傩坐到地铺上,穿针引线缝起一条裤子来,不再理会老王头。

水库修了三个秋冬,傩傩从来没有在意过有这么个老王头。工地上的人实在是多,不要说不熟悉的,就是一个大队里去的,不顶着脸,想认也认不全来,都是被泥土裹着。况且,自从和金大栋打了一架,关了禁闭不让回家过年之后,傩傩养好了胳膊,只是一门心思地挑大担子挣工分,图个好表现能每个月请一次假回村子里看看金三红。

老王头是个民兵指着他找到傩傩所在的工棚,他想听傩傩说傩。

有了这一档子事,傩傩便或多或少地关注起老王头。有些人和事只要一过心,那就会有记忆。当晚,傩傩跟以往一样到大坝工地上听《人民日报》,傩傩早习惯了什么时候都是低着头——低着头看着路还能掉进大坑里,要是再不看路,恐怕等他的就是刀山火海了——等听出念《人民日报》和找他说话的人的声音都是从一个鼓风机里鼓出来的时候,傩傩才趁人不注意,装着朝后背搔痒,抬起头,看到了那确是老王头。他心里十分庆幸,没有给老王头说半个字的傩。这时,傩傩相信了伟大领袖和导师毛主席教导的"敌人无处不在"!"这个老'右派'比泥鳅要滑三分,他哪是喜欢什么戏剧啊,无非是想踩着别人的肩膀往高处爬呢!"不久,傩傩大概晓得了老王头的历史:他和他老婆在省黄梅戏剧团"开夫妻店",他写本子,他老婆唱。夫妻俩被打成"右派",老婆"畏罪自杀”在剧团“革委会”的小黑屋里，他被发配到双湖农场劳动改造。

老王头虽看出了傩傩的脸色不亮堂，还是笑呵呵地说：“老哥，你看我给你带来了什么？胡玉美的豆酱啊！”

“我就剩几颗门牙撑着一张老皮了，吃不了‘资本主义’大老爷享受的东西，”傩傩自顾自地卷了一根烟，点着了，他将烟丝包推了一下，“你要是抽，自己卷。”

“我上回都跟你讲了，你这烟得戒！”老王头放下酱，坐到对面的条凳上，“我们的身体都不是很好。”

傩傩的烟后来是真戒了，但不是听老王头的，那时他半句话也不信老王头。他是听下金三红的话，才戒的。金三红上高中那一年，傩傩病了一场，还吐了血。梁秋霜私下让金三红劝傩傩少抽点烟，金三红就说了……等傩傩能下床走路时，便将夹在竹片里的两排金黄的烟叶全部送给了村子里的老哥们，他逢人就说：“我家红心疼我身子，不让抽了。”

知识分子脸皮子薄，傩傩以为在工地上给老王头撂了个冷屁股，他再也不会来找他了。哪晓得那年插早稻田的时候，老王头找到了家，那回是文老师带着来的。傩傩在给文老师倒水端茶时，也就给老王头倒了水、端了茶。

文老师是金三红的老师，人长得漂亮，书也会教，她是上海下放学生。红旗生产大队一共分来三个下放学生，都是女的。还算梁腊梅长了一点人脑子，三个女知青，黑黑的那个小张跟师傅学拖拉机手，皮肤黄黄的小叶到第一生产队当保管员，最白的也是最漂亮的文老师到红旗小学教书。金三红一踏进学堂门，教她的就是文老师。金三红聪明，老师教多少她会多少，文老师特别喜欢她。

文老师一来，傩傩才知道，“右派”老王头在东方红水库劳动改造之后并没有再回双湖农场，而是申请到红旗小学看门打铃、种菜做饭。傩傩听到后，心立马吊到嗓子眼里，卡得下气跟不上上气，“老‘右派’是要给我翻‘四旧’的韭菜根呢。”傩傩以老师有课忙为由客客气气地送走了文老师，看在文老师的面子上，倒是扯了不少话。老王头多次拽着想往傩事上爬，傩傩就是“不上当”。

“不就是一小罐子酱嘛，哪来的那么多‘资本主义’、‘封建主义’。”老王头伸过头来，低声说，“老哥啊，该到我们抬头看天的时候了，‘四人帮’打倒一年多了，你怎么还……”

“‘四人帮’不关我的事，他们站也好，倒也罢，与我何干？”傩傩说，“我是‘地主分子’。”

“看你老哥吧，家里按了个广播不听干什么？”老王头自己高兴着自己，“‘文革’已经结束了！小平同志出来工作啦！”

“不要讲小平，大平我都不认得。”

“中央在年前刚开完会，要为一切冤假错案平反呢。”

“我是‘地主’，土改时定的，不冤、不假、不错，会平什么呢？”傩傩扔下烟屁股咳了两嗓子，吐出一口痰，“把我这身老骨头平到地底下，也反不了啰！”

“你叫我怎么跟你说呢。”老王头急得直跺脚。

“你要是冷，我把火桶让给你。”傩傩也想说两句，早点让老王头走，等金三红回来，有些话，孩子听到不好。他说，“老王头，别以为我个泥腿子不学习，你拿话来套我。我再讲一句，你别多心，文老师他们知青都返城了，你怎么还待在这块不走呢？”

傩傩知道呛住了老王头，不等他回话，又说：“广播里早播了敬爱的华主席的话：‘凡是毛主席作出的决策，我们都坚决维护；凡是毛主席的指示，我们都始终不渝地遵循’，我没有记差一个字吧？‘文化大革命’就是伟大领袖和导师毛主席的最高指示。下边的话我就不再讲，讲了会犯法……”

“这话是错误的！”老王头轻轻地拍了一下桌子。

傩傩从火桶里站了起来，连连摆着手：“你没有讲，我也没有听见！”

“你听没听见，我都讲了，”老王头的声音还大了起来，“华国锋同志提出的‘两个凡是’是错误的。”

“那你讲吧，我还有事呢。”傩傩下了火桶，走到后门边上，伸手要开门时，停下来说,"麻烦你小声点,最好别在我家里讲。"

傩傩出门,直接去了钱道先母亲家。"老瞎子"死后,梁秋霜虽然没有把门改过来,但已经和老太太在一个锅里吃饭了,金三红也经常在这里。去年根上,老太太出门摔在了雪地里,瘫了。傩傩之前进这个门还是给"老瞎子"抬棺上山的时候。"老瞎子"死时,"反革命分子"梁秋霜哪里容易叫来办老事的人啦,没有法子朝傩傩磕了下人的礼,从来没有办过老事的傩傩"破肩"抬了"老瞎子"。傩傩破了肩,也就意味着是个做老事的人了。

"红!"傩傩站在稻场上轻轻地喊,"她奶,红在吗?"

"在我这儿呢!"过了一会儿,听到梁秋霜在她屋里应着,"你进来吧。"

傩傩看看四周邻居都没有人,从篱笆墙边上的草堆间躲着过去了。进门见到梁秋霜正从婆婆手上接过吃空的碗问还要不要再添半碗,老太太摇摇头,喊着傩傩进来烘烘火。金三红不在,傩傩晓得。

"大屋子里冷,过年时把我姆移到这屋了。"梁秋霜边放碗边问,"有什么事吧?"她的脸和手冬天还是上了冻疮。冻疮是上一次,便年年上,即便是治好了,也得连过两了冬才晓得断没有断根。

"学校的老王头又来家里缠着我讲那东西了,"傩傩苦下脸,"真不晓得有什么法子?"

"讲么子东西噻?"老太太耳朵好着呢,"不会是那害人精的戏噻?"

"就是这。"傩傩应了老太太,口气又转给了梁秋霜,"我想给大队部报告,又怕害了人家。"

"初三我回三道梁,他也扯着几个梁姓村的老人在太阳底下咿咿呀呀的,好像就是在讲那事,他手里拿着个本子还在不停地又写又画。他们离大队部那么近,大队长和民兵看不见还听不见啦?"梁秋霜说完,才想起给傩傩抽条凳子,"那东西不会是允许讲了吧?"

"她奶奶好些了吧!"傩傩没有坐。

"老得又死不了,还瘫着连累秋霜。"老太太擦擦眼角。

"别让三红听见了,她又吵你。"梁秋霜问傩傩,"他还在你家啊?那三红呢?"

傩傩点点头,"一大早爬来就去捡粪了,不让都不行。"

"三红就是懂事,长大肯定有出息,"老太太叹了口气,"我要是能看到……死了,眼也就闭上啰。"

"她奶,"傩傩说,"你能长命百岁!"

"老王头在学校看门打铃管着事,三红在那里还有半大年书要念呢。"梁秋霜将老太太溜下来的被子往火桶沿里塞了塞,"我是担心,把他得罪了,会不会和哪个老师……不好好教三红。哎,文老师要是多待个一年半载就好了。"

傩傩坐到凳子上,朝门外看到三只麻雀在一蹦一跳的。这两年,地里的庄稼多了,鸟雀也跟着多起来。他抬头看了一眼梁秋霜,"不行,给他少讲点?等红一到公社去念书,就不再理会他了。"

"你要讲,把门关着讲,让三红到她奶这儿来。"梁秋霜包了两了块肉递给傩傩,"我不留你了,那你赶快回吧。娘家婶给了两块猪头肉,带回给三红炒着吃,她在这里摁到碗里也不吃,都拨给她奶了。"

"看我没有东西给她奶吃,还从这里伸手拿。"傩傩掰开纸包,想放下一块肉。

"就这么一点东西,别拉来拉去的了。"梁秋霜伸手把纸覆了覆。"能不讲就不讲。真是挨不过,能少讲点尽量少讲点,千万记住:一定不能叫他拿笔记。"

"哎!"傩傩给老太太打个招呼。"我记住了!"

三只麻雀见傩傩出来,噗地飞到前边的一棵泡桐树上,一粒泡桐果子掉到地上没有响出声,倒是里边的籽儿小铃般地"当"了几下。傩傩听到篱笆那边有女人的说话声,便直着往前走了,拐过一户人家,土墙上被扫把刷的"打倒地富反坏右分子"的石灰标语开始驳落。他边走边喊:"红哎!红哎!"像是在找孩子。

傩傩从大门进家时，金三红趴在桌子上听老王头在教她讲一道两个人走一条路的数学题，一会儿一人各走一趟，一会儿是两个人对着走，最后问什么哪个走得快、哪个走得慢，快的快几分几秒、慢的慢几分几秒。

念书，怎么又走起路了呢？走路就走路，快一秒又长不了一块肉，慢一秒也掉不了一块膘，费脑子算那个有什么用呢？傩傩想不明白，又不敢问金三红。他要是有什么一句话说得不对头，金三红已经学会用话冲他了，但极少。

老王头还在磨傩傩，他恐怕不清楚傩傩年轻时拉过大锯，顺拉是他用力，反拉是送力，所以傩傩反磨起老王头来，随手顺腿。要是换任何人，都会气得拎起那罐胡玉美酱一走了之，下辈子也不会跟这种人打照面。可傩傩也只知道老王头是个写戏的，哪晓得老王头一句黄梅戏也能"咿咿呀呀"地把两排牙磨光了还有三尺三的尾音在喉咙里牵着。

一个上午，家中的老母亲、田里的油菜花、山上的百灵鸟、学校的粉笔灰，天上的云、水里的鱼……能想到的都扯到了，能扯到的都扯清了，至于金三红那是说得最多的。他们就这么快的快说、慢的慢说，说到村子里有人做早早的中饭待客了，老王头才抬起坐得平板式的屁股，走了。傩傩正得意把老王头磨走了，可一转背老王头又回来了，他后悔没有把门关上到后山遛腿去。

老王头回了一趟河西，从学校后山脚下自开的菜地里砍了两棵"黄芽白"，又到大队小卖部吊了两斤"杏花泉"、称了一斤饼干和半斤盐砂，用一只布袋背着返回到傩傩家。傩傩真是伸手打不了笑脸人，又是新正月，只得点火起灶，将梁秋霜给的两块肉和着老王头的"黄芽白"炖了半锅菜，在小缸里捞了两块腌萝卜切成条条用红辣椒糊在锅里跳了两跳，便和老王头脸对脸地喝了起来。

傩傩不怕酒，天作变，身子发痛时他也抿两口，这天他担心着酒。老王头一杯，他只半杯。老王头喝了酒，磨劲更大。俩人磨到实在没有东西磨、全在打滑的时候，傩傩才稍微张了点口："老王头啊，我俩前生无怨、今生无仇，害我，恐怕你是没有这个心。你也从年尾缠到年头了，看来不给你讲几句你也不会放过我。但你得向我保证,以后不管再来什么‘革命’,你都不能昧着良心讲这是我讲的。”

“老哥啊,我们都是戴着帽子、挨过批的人。别人害得我家破人亡,我再去害人,还是人吗?”老王头说得很动情,“我这么厚着脸来求你说傩,图的是什么?图的是这辈子不再做罪人啦!老哥。”

傩傩有些听不懂了,办傩的时候,说他是最大的“四旧”分子;现在要是不说傩,又会成罪人。这还叫世道不?横竖都是别人说了算。

“傩戏是我们老祖宗留下的艺术瑰宝,我们没有理由不把它传下去啊!”老王头端起杯子倒到嘴里,“老哥,我们都不年轻啦,有了今天还能有多少个明天?我打听清楚了,白水河两岸能把傩说清的只有你老哥一人了,难道你要把这些宝贝全带到土里去吗?”

“县文化局的领导都讲他是‘四旧’,你看我这日子都是被它给害的。这东西真的有这么金贵吗?”傩傩还是不相信。“我不是个不懂人情世故的人。讲了你也晓得,我要不是有个女儿,我也不怕,大不了赔了这身老骨头。你都把话讲到这份上了,那我就给你讲讲吧。”

老王头扔下碗,急忙从怀里掏出笔记本和钢笔。

傩傩伸手过去,拦住了:“你只能听,不能记。”

“我就是要把白水河的五堂傩全部记录下来呀,”老王头摊下手,无奈地说,“你不让我记,怎么整理呢?”

傩傩很倔:“你要是记,我一个字不讲。”

“好,好,你说,我不记。”老王头将笔套拧上、笔记本合上。他攥起拳暗自发愿,“我要尽余生之力把白水河的傩恢复起来!”

傩傩牢记着梁秋霜的话:讲也只能少讲。他说:“讲傩跟办傩一样,今天是正月十二,我只给你讲十二的傩。”

因为正月十三是祈子的大日子,所以正月十二的傩事不多,小姓傩堂停一天不办的也有。

傩傩将一片萝卜干在前边几颗门牙前答了好一阵子才答成沫沫,咽了下去。他说:“金姓傩堂要是办傩,今天上午九时会在祠堂门前‘舞古老钱’……”

老王头问:“那古老钱是什么样子呢?”

“你别急嘛?”傩傩将筷子调过头,沾上酒等着,“古老钱各个傩堂都有,做法不一样,我们钱姓村原来是木头做的,其他的村都是用竹篾扎的。大小吧……”他套着桌子中间装白菜的瓦盆上画了一圈,“与中锣上下大差不差。样子呢,除芬姓是一个大圆里摆着四个小圆外,都是里方外圆,仿的是我们用过的铜钱样子,正面写‘风调雨顺’,反面写‘国泰民安’。”

老王头也在本子上画两个,指给傩傩看,“是这个样子吧?照你那么比画,得有九十公分的围长。”

“你画得还真像呢。”傩傩接着说,“脸子大多戴‘和合’二仙的脸子,河东傩堂在社树下要是舞伞钱,执伞的戴‘皇帝’脸子,执钱的戴‘土地’。钱姓傩堂都是安排在元宵节戏台上舞,‘断词’基本一样,年首喊,大家跟着‘贺’。”傩傩的话跟着傩,走得满村跑。

“我听梁姓老人喊过,”老王头给傩傩的半杯酒倒满了,“它太有味道了!”

傩傩喊起断,办傩的那股子劲扑了上来,又是喊,又是“贺”——

古老钱,古老钱,(贺!)里面四方外面圆。(贺!)
闲来不将胡乱舞,(贺!)今日将来庆上元。(贺!)
古老钱,古老钱,(贺!)带在腰间十八年。(贺!)
旧年将就过,(贺!)今年买马置庄田。(贺!)
……

老王头看着傩傩沉浸在“喊断”里,飞快地记下了“断词”。

傩傩说:“金姓傩堂的‘断词’整得多,你听听这个,我就不应‘贺’了:三更三点洞门开，一对仙童舞出来。借问仙童何去处，元宵节前送灯来。嚎也嚎嚎朝古社，嚎也嚎嚎夜胡歌。古老钱是鲍罗钱，里面方来外面圆。两面安了八个字，风调雨顺太平年……这个好吧！老王头，你还不晓得，我小时候原本也是姓金。”

“‘一对仙童’肯定指的就是舞傩的‘和合’二仙啰。”老王头将笔顶着下巴说，“这个‘夜胡歌’，是不是如同旧时候江淮地区受灾人沿门乞唱‘排门调’、打花鼓？他们词里都有‘呀嗬呀’，当地人把它们叫‘打呀嗬’。看来这个舞是禳灾祈福啰。”

傩傩又夹了一片萝卜干到嘴里上下答起来：“这个我就找不清楚了。”

老王头放下笔，问：“那跳起来是什么样子呢？”

“这个不难。”傩傩说，“锣鼓起‘四拍子’的点，两个仙童面对着面，在四方上来回三遍地做着左右捧钱、弯膝下蹲、转身叉腰、换位穿行……你让我讲，我也讲不清楚，到时候你一看就晓得了——这是金姓。梁姓傩堂正月十二在两个天井之间舞‘和尚采花’，这是他们家的独有：‘和尚’手里拿一把宫扇，带着‘童子’出场，他双腿作骑马式，扇子横放在腿上，跟着‘咚咚哐’的锣鼓点子，蹲着起、蹲着落。猴在边上的‘童子’，拿着个小旗在地上扫来扫去。戴‘孟姜女’、‘萧氏女’脸子的两个‘姑娘’和戴‘老旦’脸子的‘嫂嫂’——都是男的扮的噢——他们双手叉着腰，围成一圈来回这么扭动。”傩傩从火桶里站起来学着，火桶被他扭得吱呀叫，差点散了板，“他们舞一段，唱一段采花词。你听听……”傩傩放开嗓子唱开了——

正月采花采山茶，山茶花开贺元宵，
山茶花开旺结子，春风摆动杨柳梢。
二月采花采蔷薇，蔷薇开花似结球，
蔷薇花开旺结子，人生一世草逢春。
三月采花处处香，姐在家中绣鸳鸯，

绣得鸳鸯来做对，双双飞在藕池塘。

……

“哎，哎！我不唱了，”傩傩突然叫起来，“老王头，你讲话不算数，怎么又记上了呢。”

“老哥，这是千两黄金也买不来的宝贝啊！你就让我记一点算一点吧，”老王头护着笔记本，生怕傩傩抢过去丢到火桶里烧掉了，“求求你了，我记下来之后全都放在你这里，你让我拿，我才拿，总行了吧！”

“这傩还能活得过来吗？”傩傩坐到火桶里，闷下一杯酒，沉默了许久。终于咬牙，“记吧，记吧，你想记就记吧！我管不了那么多了。”他接着唱完了也被称着的“十二月采花”。

“老哥，‘和尚采花’跳的是不是祈子呢？”老王头说，“唱词里多处有‘旺结子’，明摆着在盼望多子多福。”

“你们有文化真好，一听就能明白里边的道道。”傩傩突然把话压下来问，“既然我把傩都给你讲了，我也要问你个事，这‘文化大革命’是不是跟办傩一样，我们是拿傩来驱鬼逐疫，他们是把‘文化’当刀子来革人的命？这‘文化’到底是个什么东西，拿着就会砍人？”

“老哥，不能这么打比方啊。”老王头也掏了心窝子，“傩里边是有一些不好的东西，比如‘傩神送子’……”一听到“傩神送子”，傩傩心像被老王头抓到手上，猛捏了一把。多少年了，他最不愿意听和最不愿意想的正是这事。他思考不到老王头的层面上，但他有脸红，有心跳，时时都像个贼。老王头接着说：“还有一些带迷信的东西，但它……怎么跟你说呢，它能排到戏剧‘老祖’的位置上。‘文化大革命’是灾难啊！”

“好！往后我要是听到别人讲，你让我讲了傩，我就讲你讲的：‘文化大革命’是灾难！”傩傩说完，端起了杯子。

“好！”老王头笑了笑，将杯子伸过桌子当当碰了两下，抬起屁股喝了。

“河东的钱芬李三个傩堂原本都是小傩堂,我来时想把钱姓傩堂做成傩村最大的一个,到头来也没有做成想要的样子。”傩傩打了个嗝,“要是开傩的话,这些姓的傩堂午时前,都要‘舞回回’。但,各舞各法,最简单的是芬姓的‘舞四方’:出一个‘老回’、三个‘小回’,在祠堂中心站成对角,沿着对叉,来回穿插、跳跃,它是跳完一段之后,年首才‘喊断’……哎,对不起人了,半天没有把火桶给你。”

“喝白酒不冷。”老王头接过傩傩歪着底往这边滚的火桶,他说,“你把凳子搬过来,我俩一起烘!”

“那也行。”傩傩分两次把凳子、筷子和酒杯拿过来,和老王头脸对脸地坐到火桶里,又吃又喝,又说又记。他说,“讲是讲都是‘舞回回’,断词区别不小,你记好了……”傩傩一板一眼地喊到第二段“三月桃花两树开,中间一树倚去栽。夜晚听得金鸡叫,两班牙笏上朝来。回子生在西凉府……”时,“你等等,”老王头突然抬起钢笔,甩出了一滴墨,惊讶地问道,“是什么府?”

“西凉府啊,”傩傩不知道老王头为什么那么吃惊,“东西南北的‘西’,喝凉水塞牙的‘凉’,‘总稿’都这么写的。哎!太可惜,那么多‘请阳神簿’和‘总稿’全被一把火烧了。”

“老哥,这句词太好了!”老王头乐了,“唐朝有‘西凉伎’,这个傩舞跟它有没有联系,值得研究啊!”

“你别老打岔,我要是顺不下来,你可别怪我。”傩傩接着一口气说完了“舞四方”的余下“断词”:“……回子生在西凉府,过了八州并九府。资用盘缠千万贯,一心只往江南舞……李姓村傩堂是舞回子喝酒,也是在天井里,不同的是‘回回’脸子是棕色,不镶胡子。上场由年首拿着酒壶和酒杯领着,锣鼓起点时,两个‘回回’空手跳一圈,之后,接过酒具,就像我俩这样劝着喝起来,不过酒具里没有酒。他还时不时地将杯子往人多的地方伸伸,好比他请人喝酒,做得好像。一会儿,俩人喝醉了,拿起刀,打将起来……”

“来来来,我再打个岔。不能光说,我们老哥俩得喝一盅。”老王头又兴奋了，喝完酒，他夹了一口白菜吃下，“你讲得太有价值啦！这场‘回回醉酒’舞，一下将唐代乐舞‘醉胡腾’复活啦！”

“我们的傩还真有那么长的时间啦？”傩傩越说越得劲——

都来呀！

皮鞋鞑鞑响，步步踩金阶，轻轻敲动鼓，细细舞将来。

都来呀！

番哥，番哥，果实人多，好生舞了，赏你一个大馍馍。

都来呀！

回子生得巧，怀里都有宝，送到李府堂里边，千年万载用不了。

都来呀！

回子生得狠，住在高山顶，不吃烟火食，只吃糖烧饼。

都来呀！

回子生得恶，头顶朱砂角，扳倒太白山，便把虎来捉。

都来呀！

回子生得好，身穿黄罗袄，大的做知州，小的做阁老。

都来呀！

回子生得矮，全靠手来摆，不会做别事，只会唆牛奶。

……

“真是好！”老王头把笔记本记得满满的，“歇会儿吧，老哥。”

“你要不累，我接着讲。等会儿，我再看有什么菜，炒两个。吃完晚饭，唱戏。”傩傩仿佛成了年首。

“傩戏下酒，世上少有！”老王头巴不得傩傩全倒出来。

“要讲最好的还是我们钱姓村的‘舞回回’，它喜庆，也好看。”傩傩的脸自然生出了一份浅光，“我们分上场、中场、拜年和下场，‘断词’与李姓喝酒的那个是一个模子脱的，只是分开喊就是了。热闹的是中间的回回也要唱，我这么跟你讲吧，先给你画着图……”傩傩又把筷子头调过来沾上酒，点在桌上边画边说道，“比方这是个戏台。呵，我们在戏台上舞。这是‘出将’，这是‘入相’。我们的‘回回’也多，有五个，这样吧，我来画个圆箍做‘头回’，‘二回’是叉巴，‘三回’画个方块，‘四回’把个倒过的三角子顶着，‘老回’用什么呢，就在方块底下长个小屌屌吧。老话讲‘傩戏家家有，一家更比一家丑’。小时候，只要‘吃邀台’，妇女和毛孩子们都被撵出去，大人在里头喝酒唱荤段子，怎么丑怎么唱。”

“你会唱？”老王头用夹笔的手捏起杯子，“敬一个！唱一段？”

“今天是十二，不能唱！”傩傩喝下酒，“‘回回’都到了，你看好……现在是‘出场’，锣鼓打起‘长槌’，五个‘回回’直着从‘出将’帘里出来，这么圆一场到台中间站好。年首喊前六个‘断’，每喊一次‘回回’都要把手举过头顶应‘贺！’，之后锣鼓再起，‘回回’就跟出场时一样走场，直到六遍结束。”傩傩看着老王头跟着他也在画，把脸伸过去再看了看。

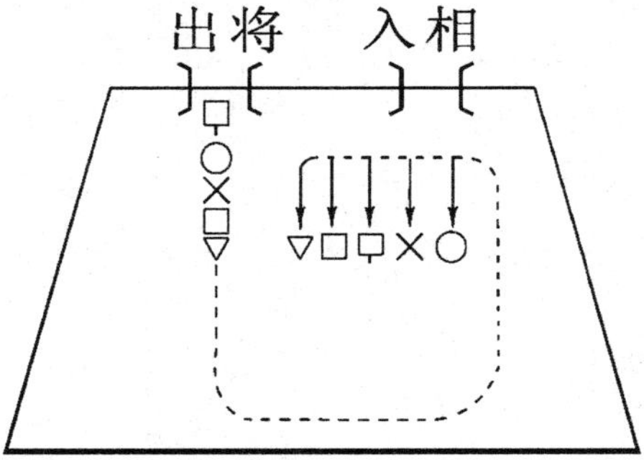

“是这样吧！”老王头很认真。

傩傩点点头，很满意。他用筷子在桌子上敲了点，“好看的来了。这是‘小批水’的锣鼓，‘中场’开演了。‘老回’这么走，走到戏台中间；‘头回’到‘四回’，还是圆场的样子，但半路上都到各自位置上，正好是戏台的四方……对，对，就是这个样子。”

老王头和傩傩画得一模一样。

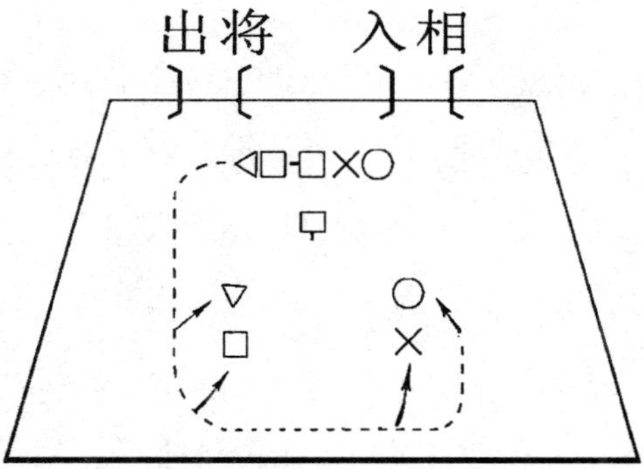

“这有什么热闹?”老王头不理解地问。

“下来是‘回回’唱曲了,”傩傩咳咳嗓子,开始一人几腔地扮唱——

老回:(唱)东呀么东,东边来了个是骚公。

众小回:(白)怎么晓得是个骚公?

老回:(唱)骚公身披蓑衣头戴蓬。哪哈哈,啰!

“接着是打‘小批水’,场上的‘回回’回到直线队伍,绕台子圈再唱‘西’、‘南’和‘北’。”傩傩说,“每回都这样,我就不再讲了。”

“老哥,傩村的戏真是活在你肚子里。”老王头抬起头。

傩傩将两只筷子全拿在手上,打在桌上的算锣,打在火桶帮上的当鼓。

老回:(唱)西呀么西,西边来了个是瘌痢。

众小回:(白)怎么晓得是个瘌痢?

老回:(唱)瘌痢头上无毛一次皮。哪哈哈,啰!

老回:(唱)南呀么南,南边来了个是蛮蛮。

众小回:(白)怎么晓得是个蛮蛮?

老回:(唱)蛮蛮高肩担儿短布衫。哪哈哈,啰!

……

见傩傩在收嘴，老王头笑着说：“是挺热闹的，下来应该是‘拜年’了吧?”

“是的!”傩傩手上的“小批水”的点子没有停，“老王头，你接着画。台上的五个‘回回’这么一团转……不对，不对！是‘头回’先走，跟着‘二回’，最后才是‘老回’……转过来就在戏台靠后的这儿排成横队，面朝内、屁股朝外……哎，这就对了!”

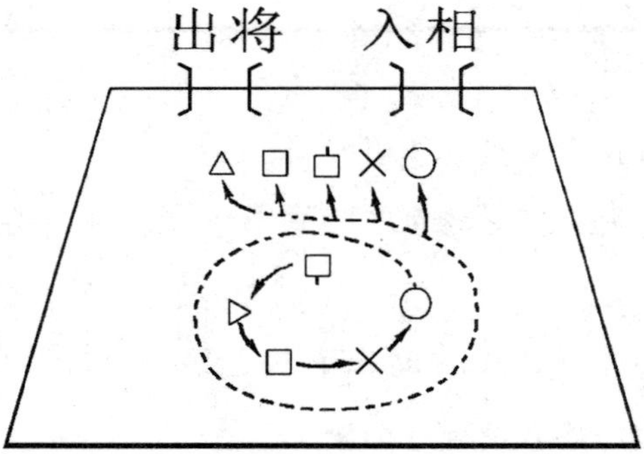

傩傩停下敲打点子的筷子，开始“拜年”——

……

众回：(白)恭喜东家发财又发福，买田又做屋。

台下人：(白)多谢金言!

众回：(白)恭喜东家看猪大似牛，做酒清如油。

台下人：(白)多谢金言!

众回：(白)恭喜东家凡百等事，吉祥如意。

台下人：(白)多谢金言!

“年首这个时候一边喊着‘回回请坐，拿果茶来吃’，一边端着茶果放在抬到戏台中央的桌子上。‘回回’转身过来，边么走……”傩傩看老王头又画错了，扔下筷子，夺过他的本子和笔，“这块我也讲不清，中间这个大方块就当桌子，桌子上的小圈圈是分五份的茶果。就是这个样子的。”

傩傩画得比老王头要大好几倍，他用了整整一张纸。

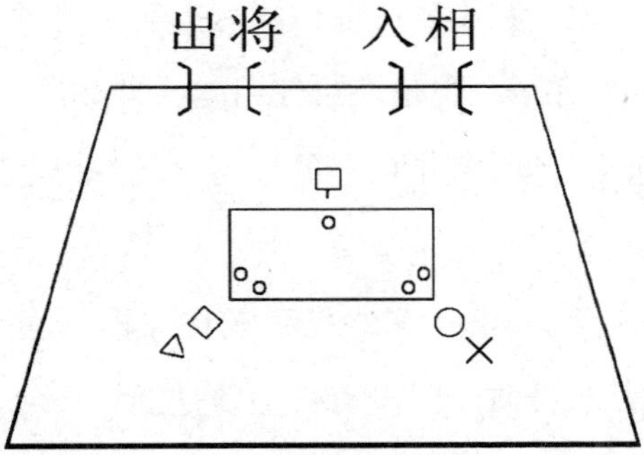

“噢，”老王头扭过本子看了看，“这就清楚得不能再清楚了。”

“这个时候年首呢，他心里明白台上哪个‘回回’能唱高腔，就点他唱喜曲。点到哪个‘回回’，哪个‘回回’唱，”傩傩说，“唱的都是大戏里的段子，多是《八仙庆寿》《张仙送子》《鲁班造府》《团圆》等等，你是写戏出身的，我就不唱了。”

“以后再唱！”老王头一丝也不想让傩傩给漏掉。

“唱完喜曲，就得‘下场’了。”傩傩说，“‘回回’全部转到桌子前边，面对台下排成一字形，年首将剩下的六个‘断词’喊完，每喊一次他们都跟‘上场’时一样应声。锣鼓点子转到‘长槌’时，他们变成纵队从‘入相’口下场……这个也要画呀？”

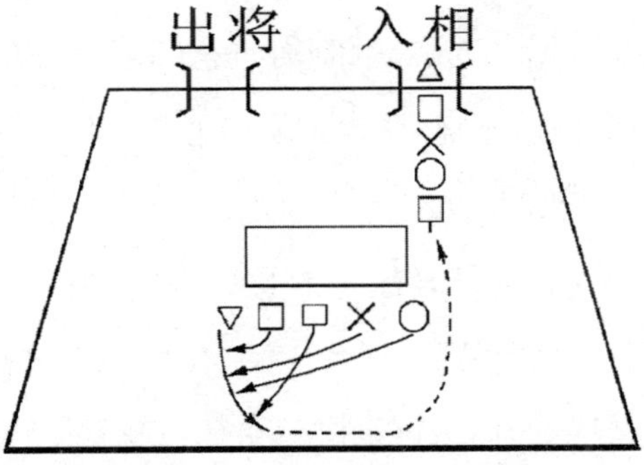

老王头画完“四回”的标志，直起腰，将双手重重地搭到傩傩的肩头上，激动得热泪盈眶，他说：“老哥，傩不得了啊，我们要是能把它原原本本留给后人，是一件很了不起的事！这十来年，他们把老祖宗的东西砸的砸、烧的烧，要是再不抓紧捞一把，真的就一去不复返啦！我这把老头骨就交给傩了，相信傩神能保佑我们把它做好。你帮我也是在帮你自已呀，你说呢？”

傩傩突然哭了起来，他听到了自己的声音，尽管那里边时常还有着铳的砰砰声，但他能够分得清了。

钱姓村有个男人在喊孩子回家，“狗子啊！你再不回来，老子把你关在外头过夜！”声音粗壮得很，傩傩一时没有听出他是谁。

月光从门里斜拉着照进屋里，搁了一块在桌子上，瓦盆里的猪油结了一层霜。屋子里该要点灯了，傩傩和老王头都还挤在火桶里，不暖和也不冷。

金三红端着大碗进来。梁秋霜连忙上去接住：“黑灯瞎火的，你端什么呢？烫了怎么好？”

“不烫。这是爸爸让我打给奶奶吃的。”金三红趴到老太太腿上。“奶奶，你猜，我还给你带什么好吃的了？饼干！”她从口袋里掏出四块递给老太太。

“我伢子长得越来越心疼人了，”老太太把饼干往金三红手里塞，“你吃吧，奶奶哪来有那个牙福嘘？”

金三红接在手里，又去给梁秋霜。梁秋霜捡了一块，问：“老王伯伯还在吗？”

“我进家时，还以为都不在呢。哪晓得爸爸和老王伯伯孵在火桶里，你看着我，我看着你，像打眼仗。不点灯，也不晓得怎么打！”

“你爸没有给老王伯伯讲什么啊？”

“我回去时没有讲。爸爸赶紧起来给我热饭，我讲在奶奶家吃了，就打了一碗菜。老王伯伯在桌上给我抓了饼干。婶，在我出门时，我听见了爸爸对老王伯伯讲的话，好像是‘吃一口饭再来讲’，讲什么我就不晓得了。”

"噢!你看到老王伯伯记什么没有?"

"桌上有本子也有笔。老王伯伯有一支黑亮的钢笔,我在学校见到过,什么时候他都插在口袋里。"金三红用小手在胸前比画着,"文老师讲,把墨水吸进钢笔里,就不用管了,想什么时写字就什么时能写,奇怪得很。"

"等三红考上大学,婶也给你买一支钢笔。"梁秋霜又问,"见到那本子上记什么东西了吗?"

"我又不敢翻,摊开的那一页上画了四五个方块,跟我们跳的格子差不多。"

梁秋霜坐下来,解下套袖抓在手里,眼盯着墙上贴的毛主席纸像,手在不停地擦着桌子。

金三红从后边屋里拿来一只空碗和勺子。

"你这是做什么事呢?"梁秋霜摁住了套袖。

"奶奶没牙,"金三红用小手将饼干一块一块地往小里掰,"我把它碾碎,奶奶就能吃了……"

梁秋霜伸手摸了一下金三红,"你奶真没有白疼你。你少碾两块,剩下的留着自己慢慢吃。"

梁秋霜烧好水。金三红正在喂老太太吃饼干,老小俩有说有笑。

服侍完老太太上床睡下,梁秋霜从脖子上抽下还是结婚时钱道先买的绿围巾给金三红的头包上,小声说:"三红,你陪我到你家一趟,听听你爸到底给老王伯伯在讲什么!"

"那我回去问问爸爸不就晓得了?"金三红说着就要出门。

别看金三红是个小女孩子,白天夜里都不怕。现在好多了,刚上学那会儿,稍不留神跑出去山上田里疯野。前年暑上还跟男孩子下到白水河里洗澡,被傩傩关在门里好好溜了一顿,梁秋霜不仅不心疼,还两天不搭理她,她才晓得那是个大错,再也不敢了。

梁秋霜捞住她:"有些大人的话你问到了也听不懂。路上要是遇到了人,你就讲‘婶送我回家’。你小声点噢!”

梁秋霜和金三红摸到傩傩家的后门边上,大柿子树落光了叶子,但粗大的树杆也能挡住月光,有了一片阴。屋里点了火,昏黄的光一摆一摆的,这是门风在作怪。梁秋霜贴着门缝朝里看,跟金三红说的一模一样,傩傩对着后门,老王头埋着脸,只能看到个驮子一样的背脊,好长时间他才拱起来动一下,他是在记东西。

细一听,傩傩不是在讲,是在唱。

梁秋霜看得真,也听得切。傩傩是在给老王头唱傩戏。

送金三红出门,嘱咐下她晚上就在那给她奶奶暖脚,又看着她进到梁秋霜的家,傩傩这才放心地回来将桌上的几个菜热了热,从中午的白菜汤里用铲子撇了一点油水,炒了两碗头天剩下的米饭。

点火时,傩傩特意加了硬柴,为的是给火桶里的火钵压火。柴头没有烧透,埋到火钵里,呼呼地往外冒烟,刚放进火桶里呛得两个人咳得屋子打晃,便拿出来撂在下风头的后门口。

“正月十二,芬李两个傩堂不再排戏,其他村也不开全本子大戏,梁姓村轮值的小祠堂多是接着上一堂的戏尾子唱,钱姓这边一般是捡两个好段子演演,金姓村不一定,接戏和捡段子都有,就看年首的喜好了。”吃晚饭时,傩傩才接上天黑前的话。

老王头将筷子夹到拿碗的右手上,端起酒杯,给傩傩举了举,嗞嗞地抽到了底。傩傩看出老王头是个左撇子,可写字一直用的是右手。这人,生的就是怪。

俩人又碰了一阵子酒,两斤装的玻璃瓶子里的酒线朝下走了,老王头喝得汗珠子从头发丝里往下掉。

傩傩没有喝,看到瓦盆里还有一块肥肉,便连着白菜一起夹到老王头的饭上。老王头吃了白菜,把肉夹着给了傩傩,“我过年回了省城,儿女都割了肉,肚子里还攒着不少油呢。”

傩傩没有再推让，将肉在碗沿上正边反边地刮了刮米粒，又放到瓦盆里。"你一下午就一句话动了我的心，要是今晚一蹬腿，明个想再来拾起这傩……恐怕是不好找人了。"傩傩当当地将碗里的米粒扒得一粒不剩，他说，"老王头，那我们就'趁天没黑早赶路'呗。"

老王头也开始快快地扒饭，巴不得一口连碗吞了，他把头点在碗里"嗯，嗯"着。

"照你的话讲，这是为了傩好，傩神也不能怪罪我了。"傩傩从空火桶里起来，"等会儿我给你开一本大戏让你听听，你是懂戏的专家，看看这路脉象对不对你的味。反正我是最喜欢，文绉绉的有味道，就跟这萝卜干一样，磨在嘴里脆脆的、辣辣的、香香的，还有些甜丝丝的，不信你听着看。"

"信！我咋不信你老哥的呢？"老王头去了趟厕所，将手指伸到喉咙里搅了搅，吐出一摊。回来看到火钵的烟只是一小节一小节往外冲了，过去用手从两边拨些灰盖上，又轻轻地踩了踩，便端着放进了火桶里。

傩傩收完筷子碗，擦了桌子，换茶泡了一壶。两个人同时孵进了火桶……

梁秋霜看到的也就是这个时候。

"老王头，我要给你开的也是'刘家戏'，"傩傩说，"不过它叫《和番记》，一共二十八出，是唱'刘文龙'最长的大戏。本子是我小表叔也不晓得用什么法子从梁姓村人手里抄给我的，跟所有的都不同，人物不是按脸子标记，照你们的说法，是按角儿，而每个人唱腔前都标有牌子，老人传下来讲，这是请那个写《牡丹亭》的人改过的……"

"不会吧，"老王头惊出声，"汤显祖？你赶快唱着我听听。"

"那我就按小时候背的给你唱了噢！"

"好的，好的！"

傩傩说完"第一出，开场，末引，【鹧鸪天】"，老王头的眼仿佛是油灯拨了灯芯，噴地亮了起。当开口唱到第一句"大清一统镇山川"时，老王头抻出抓笔的手，"这与老哥刚才讲的就有出入了，写《牡丹亭》的汤显祖是明代的，你这唱的是‘大清’。”

傩傩笑着卷了一根烟，没有点，他说：“傩戏‘引子’和‘报台’里的时间，是什么时候抄的填什么时候。”

“我晓得了，你接着唱。”老王头说，“我再也不打岔了。”

傩傩一字不差地从头背唱开来——

第一出　开场

末：（引）【鹧鸪天】大清一统镇山川，五谷丰登大有年。四海九州同乐业，八方进宝绝狼烟。歌舜日，乐尧天，文班武列更清廉。尽销兵器为农器，七宝珠帘动管弦。

【水调歌头】文龙忠节义，萧女孝而贞。佳人才子夫妻，三宿云雨情，便往长安赴选。金殿传胪第一，即擢和番人。单于强逼为婚，数载不回程。萧氏坚节操，宋子假传音，公公逼嫁，佳人日夜泪盈盈。奉使回本国，加封官职非轻。天恩优渥，锦衣归故里，完节又完名。

“不是叫少讲点吗？怎么还开大戏？”梁秋霜把眼从门里拿开，“这要是被别人听了怎么好？”

“让我看看，”金三红斜着脸射进去一只眼的光。

第二出　坐场

生：（引）【瑞鹤仙】瑞气霭门阑。论人间清福，胜似金章。风和艳冶天，看潜鳞比目，紫燕翩翩，风卜文鸾。且尽心，青灯黄卷，圣贤事业，千载流传。

（白）人生年少莫猖狂，好把文章耀日光。不怕青云高万丈，只须黄卷两三行。棘围门外无关锁，茅屋之内有栋梁。昨日广寒宫里过，桂花斜插满头香。自家姓刘名文龙，表字希璧，本贯邓州南阳人氏。……

金三红捂着嘴,猫一样地贴到梁秋霜身边,轻轻地噗嗞着说:“爸爸跟老师一样,讲什么老王伯伯记什么。婶你去看看,爸爸还在唱呢!”

梁秋霜伸头看了看四周,说:“你看着有没有人?我再听听。”

金三红点点头。

末:(唱)【前腔】椿庭多喜庆,灯花烂漫,灵鹊高喧。紫烟浮,祥光独照华庭。闻道五福贵也,还要让仁寿为先。看来朝金樽倾倒,共醉杏花天。

……

“还唱进去了呢!”梁秋霜在心里起着气,“都是这个老‘右派’用猫尿给灌的。”

傩傩唱得很顺。

第三出是“搀厨”,唱的是刘家请下厨子摆筵,主顾“邹博士”不在家,便请了“蔡玉郎”,不想二人在刘家相遇……听得梁秋霜也离开了门缝。

……

末:(白)老邹,你不在家,我请了别人了。

丑:(白)哪个?我是你接年的主顾,哪个狗骨头敢来搀我的?了也不得!

净:(白)院公,快快拿猪羊来宰。

末:(白)我家接年的主顾来了。

净:(白)哪个?我是你请来的,哪个狗骨头敢来搀我的?叫他来见我。

丑:(白)咄!你在此做什么?

净:(白)刘家“鼓瑟吹笙”,请我“肆筵设席”。

丑:(白)这狗骨头,开口就把《千字文》来盘我,我也把《千字文》来对他,扫他的兴。你在此“饱饫烹宰”,你老婆在家“饥厌糟糠”。

净:(白)这狗骨头,我家事情他怎么晓得?咄!我家虽贫,祖上比你家略高一二。

丑:(白)你家出什么?

净:(白)我家有个蔡邑、蔡襄,“世禄侈富”。

丑:(白)不说起祖上则可,要说起祖上,我家祖上比你家祖上更高些。

净:(白)你家出了个怪。

丑:(白)我家有个邹衍、邹忌,“驰誉丹青”。如何?

末:(白)自家无志气,休把祖来夸。

净:(白)院公说得有理,各人只讲各人的手段。我若摆布来的东西,并皆佳妙。

丑:(白)我若逼锣肴馔,“似兰斯馨”。

净:(白)咄!扫你的兴。我前日见你替人家杀鸡,杀得“矫首顿足”。

丑:(白)咄!扫你的兴。我前日见你替人家杀鸭,杀得“悚惧恐惶”。

净:(白)前日人家请我下厨,只见你东也瞧瞧,西也望望,“属耳垣墙,徘徊瞻眺”。

丑:(白)前日人家请我下厨,只见你东也跟着,西也跟着,“矩步引领,造次弗离”。

净:(白)这狗骨头,他骂我猎食的,我也要骂他。咄!我骂你……

丑:(白)骂我什么?

净:(白)骂你“驴骡犊特”。

丑:(白)这狗骨头,他骂我是个畜生,我也要不骂你。我只叫你一声……

净:(白)叫我什么?

丑:(白)叫你“犹子比儿”。

傩舞

舞回回

净:(白)花娘养的,他把我比着他的儿子,我如今要去打他。

你好"聆音察理",扯断你"盖此身发"。

丑:(白)这狗骨头,开口就骂,动手就打。你好好在我靴尖上叩三个响头,我便饶你,如若不然,打得你"诗赞羔羊"。

……

傩傩捋捋袖正要表演"打介"。

"喝口水,喝口水!"老王头给傩傩端上杯子,小眼乐得眯成一道缝,"精品啦精品,还有把《千字文》这么写进去的,恰如其分,太好了。真没有想到老山沟里还保存着如此完整的剧本,堪比《牡丹亭》啊。老哥,实在是有好记性!"

"小时候被我姑用棍子打出来的,"傩傩喝了两口水,"十多年就做了这么一件事。"

"有些人天天做事,日糊到终,今年的学着去年,明年的一样地学着今年。当然我不是讲不要这种人,"老王头说,"但我们一辈子要是能做一件有意义、有价值的事,那才是留给子孙后代真正的福。老哥,我们做的这个事一定是有意义、有价值!"

"有没有价值都是你在做,我不要。"傩傩摇摇头,"你也喝口水。怎么还在淌汗,火桶里不烫啊?"

"没事,喝点酒就这样。"老王头将夹着笔的手托着腮帮子。

"不等三红上大学了……"梁秋霜看到老王头笔尖上的白铁皮被油灯的光打得一闪一闪的,很好看,心下决定秋后卖了圈里的黑猪就给金三红买一支这样的钢笔,那时候金三红得到公社上初中了。

"婶!"金三红抱了梁秋霜的胳膊,细细地说,"不听了吧?想听,二回我让爸爸专门给你唱。"

梁秋霜离开后门,轻轻地一甩胳膊,给话里加了盐,"别瞎讲!"她又朝四处看了看,水上钱村都被月光盖在寂静里,仿佛就这个屋里有声音。

“我怕奶奶一个人困着冷。”金三红还是抱着梁秋霜的胳膊。

“你就心疼奶奶，”梁秋霜伸手摸了摸金三红头上的围巾松了没有，“长大你也得心疼你爸爸。”

“我还要心疼婶呢。”金三红举头看着梁秋霜。

“你吧，小嘴掉到蜜罐里去了。”梁秋霜说，“今晚的事不要对任何人讲，记住没有？连奶奶都不要讲。别人怎么问你都讲不晓得，我要是听到有人讲是你讲的，就别想再进家门了。”梁秋霜从来没有这么对金三红说过话。

一大一小的两个很快进到屋里，窗外的月亮起劲地往外鼓胀，巴不得明个就长大成十五的肥圆。

傩傩把月亮唱累了，太阳跑过来替班才唱完了《和番记》的“第二十七出”，他哑着喉咙说：“最后一出是‘团圆’，只能留到十五唱。这个忌要是破了，傩神真的不饶我！”

“十五就十五！”老王头兴奋中多少还是有那么一点遗憾，“我们都得歇一会儿了，不能把这把老骨头当柴烧了，得养着做大事。”

“还是那句话，”傩傩起身来，腿有些不听话了，又坐下来，“千万不要讲是我讲的。”

“你呀你！”老王头笑着在拧笔套，“我和你打个赌：到时候我不讲是你讲的，你还不愿意呢！”

傩傩说：“我不是那种人。”

老王头在插钢笔的时候，从口袋里夹出十斤粮票和五尺布票，用手摁着，“你不用拉！粮票，是我还要来吃饭；布票给三红的，女孩子大了，况且下年到山外念书，不能整天穿得破破的。”

傩傩还是伸手去扣老王头的手指，“粮票不能要，怎么这两年比过去强些了，好的没有，塞住肚子还差不多吧！”

“你要再拉扯，”老王头毛起了脸，“我把它们全撕了！”

“这怎么好呢？”傩傩从来还没有遇到这种事。

老王头怏怏地出了门，从村子里拐了几拐，才往白水河方向……熬了一夜，他的脚下飘忽起来。路上遇见一个大人和一个在校上四年级的学生，问他做什么，他说："在你们祠堂看傩呢！"吓得听到话的人不敢吭声。事后，水上钱村的人再来问他，他不承认有那回事了。

很快，水下钱村传得不亦乐乎：正月十二晚上，钱氏老祠堂里断词嘶嘶、贺声烈烈、锣鼓咚咚、戏腔讷讷……有人还信誓旦旦地说他到祠堂侧门边上听到鸡叫才回——千真万确的是：傩神显灵了！

傩傩也听到了传言，跟没有听到一样。

文老师考上了师范学院要返城读书，她也是光华公社最后一批回上海的知青。红在家里抱着书包哭得不断线，我劝她劝不住，只好将她哄到梁秋霜家。梁秋霜一句话把红说断了声："傻丫头，等你长大也考到师范学院，不就能天天见到文老师了吗？"这年，红三年级。

和文老师一起来到红旗大队的小叶回得最早，她是在当了保管员不久调到香纸厂做会计，跟着公社的知青一批走的。文老师也可以走得早些，但她留了下来，有人说她是为了第二年参加高考，其实是为了小张。

小张没有回上海，她跳进了白水河。

小张跟师傅学的是前边两个车轮子有矮个子那么高的大拖拉机，不是后来有的生产队也能买得起的手扶拖拉机。大拖拉机不仅仅有力气，屙出的黑烟有合围的树粗，而且它上边有个驾驶室，能挡风蔽日。小张也很聪明——上海来的下放学生都聪明，山里人一直这么说：没有当过老师的拿到书本就能上课，没有当过会计的拿起算盘就能记账——小张学到第二个年头，师傅就不用上拖拉机了。又开了一年，她在公社拖拉机能手竞赛中夺得了个第三名，得了两个"喜鹊登梅"的暖水瓶，后来公安在梁腊梅家找到了，外边的透明纸还包着好好的。因为小张是在广大农村成长起来的知青能手，又是个女的，记者专门进山拍下了她戴着草帽开着拖拉机轧田的照片，登上了报纸，有巴掌那么大。

有人拿着与糊在墙上的旧报比了比，比过去喊得十分顺口却是真正反革命头子的“林副统帅”还要大一个相框的边。文老师把登有小张的报纸贴在学校门口，红回来跟我说的。

小张在大队，都叫她“小张师傅”。我见过她多回，比文老师和小叶都见得多，不过从来没有说过话，她每年至少来第四生产队轧一回田或耙一回地。红旗大队就这么一台大拖拉机，田地不算少，是春天轧田还是秋天耙地，是先轧河东还是后耙河西，阄捏在梁腊梅的手心里，五个队长靠着手气去抓，抓到的自然大干快上，抓不到的只能朝着牛屁股上甩鞭子。小张吧，人长得是不像文老师那么白静，但她说出的话蹦蹦跳跳的，每次都像在开拖拉机。大队的年轻人最喜欢看她上下拖拉机的样子，上时，她左手抓着门边的把手，两脚并齐，踮一下脚尖，身子便轻盈盈被送上去，人进到驾驶室还不算，右手顺溜地一拍座凳，不碰墙不碰壁地坐了进去，不偏不倚；下时，更利索，左手摁着前轮护泥板，先把双脚伸出来，也是一并齐，身子往外一抛，落到地上站得笔直。等我有了电视，才看到一个叫跳马的比赛，又想起了小张，估摸着她在学校练过体操。小张还喜欢唱歌，开着拖拉机唱，好听得很，不久她就不唱了，听讲是梁腊梅不让她唱，说那些歌有“资本主义”的颜色。小张师傅也会很多“语录歌”，但她不愿意开着拖拉机唱。

小张师傅是红旗生产大队大队长梁腊梅和她当了公社青峰山林场副场长、小时叫钱壮马后来改为钱卫彪的儿子合伙害死的。这话，文老师到公社派出所报案时说的。三个月不到，秋浦县法院也这么说，他们到红旗大队队部门前贴了公告，上边把小张师傅跳水身亡的来龙去脉说得一清二楚，底下盖了中间是国徽的公章。大队社员从来没有看过公告，都跟傩戏上写的看皇榜一样地成群结队挤到大队部门口。即使过了很久，也没有人去撕它，有些字被风雨打得缺胳膊少腿，有人路过时看了还得骂几句梁腊梅(公告上将“梁捍东”括弧为曾用名)，很少有人骂钱卫彪，甚至还有人生了那么一丝同情，说钱卫彪也是被他姆害的。我认为钱卫彪罪有应得。

梁腊梅从公社里接回赶着最后上山下乡余热的三个女知青,那时候便动了心机。她没有看上文老师,说她成不了白水河人。她也没有看上小叶,怎么看怎么觉得那姑娘一脸蜡黄,有病。倒是一眼看上扎了两个麻雀揪揪的小张。翻回青峰山,梁腊梅把三个人的工作安排得不由分说。她说:“接受贫下中农再教育不一定都要拿着锄头下地,只要在农村广阔天地把心安下来,自然能学到战无不胜的毛主席思想。”尽管三个女知青很赞同梁腊梅的观点,但嘴上依然坚持要与贫下中农一起“战天斗地”。

小张起先对文老师到学校当老师、小叶到一队当保管员,她却要去开拖拉机有些不乐意。等走进大队部,听了梁腊梅的一席“苦口婆心”的话,小张愉快地接受了“教育”任务。当月,梁腊梅在红旗大队社员大会上点名表扬了小张。

梁腊梅对小张的好,文老师和小叶也在较短的时间内有所觉察,只是当时没有朝那个方向想,都是认为梁腊梅让她一个女知青天天与泥土打交道过意不去才有了热情。梁腊梅在每个月必与女知青的谈一次话中,当着文老师的面多次说小张接受教育的彻底性、全面性和必将取得更大成绩,要求文老师和小叶多向小张学习。梁腊梅和民兵营长兼副大队长的芬爱国还组织了全大队基干民兵和“有培养前途的青年”开展向小张学习的活动,专门抽一个下午在小学操场上,请小张介绍从知青到农民的思想转变、从学生到农机手的学习经历、从现在到将来的教育决心。大意是梁腊梅定的,具体稿子,文老师和小张凑了一个晚上才凑齐梁腊梅要求的不能少于二十页纸。会上,梁腊梅还安排了钱卫彪代表基干民兵下“挑战书”,钱壮虎代表“有培养前途的青年”出“应战书”。两份红底黑字的大“书”,被贴到大队部门框的两边,小张出工、收工都能看到。

小张是个什么事过心不过脑的人,她也感觉到梁腊梅对她的好。梁腊梅时常带点吃的给她,她都客气地接了吃了,她也把一条当时只有城里女孩子才能用得上的卫生带送给了梁腊梅。有回,梁腊梅送来糍粑,她还给文老师和小叶各自送了两块。至于钱卫彪经常来向她“请教”,她还真当着是青年人的发奋好学。

让小张有一次难于对文老师启口是，那年，钱卫彪作为优秀基干民兵被芬爱国推荐到公社青峰山林场工作时，梁腊梅拉着小张一起去送钱卫彪，半路上梁腊梅说有急事回了。嘱咐小张一定要将钱卫彪送到农场并将他的床铺等安顿好了再回。小张起初没有想那么多，等在林场帮助钱卫彪做完所有的事要走时，钱卫彪说梁腊梅会来接她。等到天黑也没有见到梁腊梅，小张坚持要回，还跑到林场场长办公室借了手电，才一路小跑着回到生产大队。

青峰山林场要人，一开始公社看中的是芬爱国，他是民兵营长，又是军人出身，正在要研究决定人选时，芬爱国到公社主动推荐了钱卫彪。林场工作在深山老林，虽说不比香纸厂的工资多，但那是公家人。芬爱国能不清楚？可梁腊梅更清楚。她向芬爱国许诺，只要把林场的名额让给钱卫彪，她隔年就把生产大队的大队长让他。芬爱国不是被大队长的位置所心动，而是这么多年，他太清楚梁腊梅不达目的不罢休的德性。

钱卫彪前脚进了林场成为公家人，梁腊梅跟着嘴便开始对小张把话往明里挑，她想让小张嫁给钱卫彪。小张开始不接嘴。梁腊梅便对小张是上工送、收工接，话是一天逼着一天地要小张表明态度。小张几次到学校找到文老师想办法，商量来商量去，理出来的对策无外乎是"革命为大、个人事小""年轻人要以事业为重""我们年纪都还小，暂时不考虑这个问题"……梁腊梅听后笑着对她说："我最喜欢你们这些有理想、有干劲的青年人，钱卫彪正是在开展向你学习的活动中进了一大步，成为与你们知青一样的公家人，我理解你们！更支持你们！"很快红旗大队有了传言：小张师傅要嫁给钱卫彪当大队长梁腊梅的儿媳妇。还有人在底下说："好事都被大队干部一家占了！"

一个晚上，小张在红旗小学对文老师和小叶保证，她没有松半个口，她说："我是来接受教育，不是来嫁人的，我要回上海，那才是我的家！"

促使梁腊梅动了邪念是知青返城，而恰恰小张又是红旗大队头一个递交返城申请的人。梁腊梅几次找到小张，大讲"农村天地的广阔""拖拉机手大有作为”“年轻人只要有理想到什么地方都能大展宏图”……她每说一次，小张都能理解也赞同她的看法，但小张对回城的决心是毫不动摇的。接下的事情，就是公告上说的——

梁腊梅借口给钱卫彪送被褥，诱骗小张到青峰山林场。时任林场副场长的钱卫彪在梁腊梅教唆下，将三位林场工人放假回家。母子二人“热情”地劝说了不胜酒力的小张喝了白酒。当晚，钱卫彪两度强奸了小张。

打着生米煮成熟饭算盘的梁腊梅，事后，不仅不悔过，反而一钉耙打到小张身上，说她色诱公社领导干部。如果小张不答应嫁给钱卫彪，她将到公社报案判小张一个流氓罪。

小张回到红旗大队，整天以泪洗面，在得知已经有知青开始回城时，本想打碎牙齿咽到肚子。哪晓得梁腊梅一天比一天逼得紧，并到公社公开表示红旗大队两位知青吃不下苦、基本没有接受贫下中农再教育，尤其是小张开拖拉机整天高高在上，坚决不同意给她们出具返城证明，当然也拒绝了文老师当年参加高考的请求。

在小张内疚于连累文老师之时，她发现自己怀孕了！悲凄无助的小张给文老师写了封长信，详细讲述了她的遭遇，并要求她一定要返回到上海，还她清白。之后，在一个月白风清的夜晚，小张从白河桥上一跃而下……

梁腊梅被判处无期徒刑，剥夺政治权利终身；钱卫彪被判处死刑，剥夺政治权利终身。谁也不知道政治权利是什么权利，怎么她母子俩都有？有人肯定地说是梁腊梅贪污来的。钱卫彪被执行枪决的法场选在了青峰山，预设了三个，最后是在白水河柳树林里。巧的是他倒地的地方正是我和金大杉小时候用尿养大的两棵大柳树之间，尽管红旗大队没有一个人能亲眼看到钱卫彪是怎么被枪从后脑勺打进去的，但很多人听到了枪声，是砰的一声，比办傩时的铳差远了。不知道小张听到了没有？梁腊梅听到了没有？

听到梁腊梅的罪有应得和钱卫彪的罪该万死，很多人都高兴得跟捡个宝似的，我却一点都高兴不起来，有时却没名其妙地对红生出无端的担心来。

红考上初中，吃住都在学校，一周回来一次，换换衣服，带点咸菜和大米。头一年，星期一顶着月亮上学，我要把她送过青峰山；周五要是晚回一会儿，我便过白水河桥去接她。有一次，她参加学校演讲比赛，我小跑着到学校边上才接上她。红比村子里的女孩子都硬实，但我还是不放心，过了一年就好多了。

有一块肉，我想着等红回来吃；有一根纱，我想着请师傅做给她穿。红越是往大里长，我越是怕孩子受什么委曲。在穿上，梁秋霜帮了大忙。红总算没有穿大洞小眼的破衣服，补丁的倒是有，但梁秋霜补得方是方的、圆是圆的。她对红说："衣服旧点补点不要紧，女孩子不能邋遢。"这一点，红还真仿了梁秋霜，什么时候都清清爽爽，看到人眼里都是清丝丝的。

等红上到初三，金全森的大女儿金有菊都入了团，在学校各方面数一数二的她却一直没有。我问过她几回，孩子板着脸不吭声，我便放下农活跑到光华中学，问了她的班主任郝老师。郝老师没有给我打拐弯，说红年年递申请，他也年年往上报，校团委两次没有通过都是因为成分问题。之前，我怕的就是这个，连忙跟郝老师解释了红与我的真实关系。

"郝老师，孩子的进步比什么都重要啊！"我急了一头汗，"我去找团委书记把事情讲清楚，行吗？"

"不用你去了，这个情况我会及时向学校领导反映。金三红同学是非常优秀的学生，要不是因为……她早应是团组织的骨干力量。"郝老师长了一张团团脸，很和气，"关键是要有证明。像她这个情况，起码得有两个证明，一个是，就像你讲的那样，她的出生与你没有关系。但，要是被金三红知道了，会不会伤她的自尊心呢，今年正好毕业……"

"不会的，郝老师，这话我早给她讲过。"我在红能听话懂事的时候，就不遮不挡地告诉她，她是我捡的。为此，梁秋霜跟我恼过，说我话多。我不想瞒孩子，是在给她报户口那年就决定了的，我正是不要让她路没站稳就戴那么个大帽子。我不害怕，她长大了，因为不是我的亲生而不孝敬我。戏文里不是唱得多吗？"生母比不上养母恩"。红念书有了知识，更不会不懂道理。

"那就好。"郝老师说,"拿到这个证明之后,再到她就读的小学开一个曾经是少先队员的证明,这也很重要。我问过她,她说她是。"

"是,是!一年级下学期就是。文老师给她们四个人戴红领巾那年,我还去看了。"我连忙说,"郝老师,我明天就拿证明过来,麻烦郝老师跟校领导报告一下,孩子的情况不是那个情况。"

"你也不用那么急,"郝老师算了算时间,"一个月内拿来也不迟。"

我并没有在第二天把两张证明送到郝老师手里。少先队员的证明,我前脚踏进红旗小学校门,已是校长的老王头后脚就给我开好了。老王头那时候正热乎着记傩,况且他也喜欢红。老王头还训我这事怎么不早说,他答应要是不行的话,愿意跑一趟县教育局,那里有他的一个学生。从郝老师眼神里我能看得出来,有了这两张证明,红入团不会再有问题。我说:"再讲吧!"

问题出在大队的证明开不出来。当上大队长的芬爱国长得五大三粗的,过去扛着枪我还以为他腰板真有多硬呢,可他一听说要给红开个"贫农"的证明,头摇得跟拨浪鼓一样。他说:"你讲得一点不假,金三红不是亲生的,但谁能证明她不是地主、富农生的呢?这跟上户口不同,上户口只要你同意收养,生产队上报就行。这个证明我不能开,要是开错了,哪个也负不起责任。"

我肚子气成了个青蛙鼓,没办法,回到家,怎么想也不能就此罢休,要是这么不能给红证明了,再有两年,大学能不能让她考还两说呢?我第二天又坐到大队部门槛上,芬爱国说一千道一万还是不给我开。

到了第三天,我横下了心。一屁股坐到芬爱国的桌子上,"芬爱国,我告诉你,这次要不给我家的红开证明,我就要到公社、县里上访去,我是哪门子'地主分子'……跟老王头一样,我也要平反……"

"哎!这话当年你得讲。"芬爱国挥着大手说,"现在跟我讲一点用不起。"

"你们当干部的得把心放正了!"我把话往硬里戳,"广播里也不是一天在讲,最后犯事的正是那些在'文革'中一蹦三尺高的人。"

"你要这么讲,我更不给你开了,"芬爱国还想横眼,"我蹦过吗?"

“当初我要是往公安那里多讲一句话,还有梁腊梅的命吗？你们蹦低了,能把青峰山的猴子都杀绝了?”有这么两年跟老王头接触,我胆子也大了,首先亮了喉咙,“芬爱国,这个证明,你开也得开,不开也得开。你要是不开,这个大队长你也别想再当了！不要以为你们干的好事,别人都是瞎子！公章也不是你大你姆连着你一起生下来的。”

在整个红旗大队谁都晓得我是根午后的倭瓜秧子,又萎又瘪,突然这么一下支棱起了白毛刺,谁看到都会比真正的“白毛刺”厉害。我本来只是想吓唬吓唬芬爱国,但我下了决心,他要是不给我开这个证明,我真的去告他,就告他当年和梁腊梅打人。也不知道是哪根刺扎到了芬爱国的痛处,他的脸猛地像被粑上一块大猪肝,脖子上的青筋像灌水的油菜地里的蚯蚓全部爬了出来。我心想,这下完了,算把大队长得罪到盐缸里去了。

芬爱国的一脖子蚯蚓还在爬,他端过椅子,将涌上来的血全部堵在两只眼里:“你坐下来吧,你这样,我怎么给你开证明?”

芬爱国给红开了证明,拿出大队公章,连哈了三口气,正正地盖上了红印。我拿到手,一个字一个字地看了,证明证得比我想得还清楚。

证　　明

光华初级中学团支部：

贵校初三学生金三红系我大队第四生产队社员钱大松的养女,其“成分”在上报户口时已经审核为“贫农”。特此证明！

此致

敬礼

红旗生产大队

一九八四年十一月七日

“谢谢大队长!”我又成了一根午后的倭瓜秧子。

“回吧,回吧!”芬爱国用手像赶苍蝇似的在赶我。

红终于在考高中这年的“五四”青年节,加入了共产主义青年团,学校发了一本绿皮子的《团员证》和一枚金黄色的团徽。我让她到公社照相馆照了一张照片,和戴红领巾的那张一起压进了相框里。

给红开证明之后,我对我的“地主”成分倒不是很在意,一心想着能不能给梁秋霜的“帽子”摘了。这事,我不能跟红旗大队任何人讲,只要一张嘴,立马就有人扯我们的闲话。老太太在的时候,红小的时候,能掩着点儿、挡着点儿……好不容易日子不被人抓过来拎过去,我不能再伸只脚绊她。我便找到老王头,问他是怎么平反的,他说得简单,“谁打倒的,谁平反。”

“她是梁腊梅打倒的,可梁腊梅在监狱里服无期徒刑呢!”我不认为是这样,“那要是当初一枪毙了梁腊梅,那梁秋霜她们就这么被冤枉着?大队平反不了吗?”

“平反得经过法院,”老王头想了想说,“写信到上边反映反映?”

我和老王头以梁秋霜的名义给秋浦县法院写了请求“平反”的信件。信是寄了,上边没有任何动静。我盯着老王头又寄过一回,还是不声不响。

我是“地主分子”,梁秋霜还是“国民党特务”和“反革命分子”,尽管早已没有人当面叫了,但不能说没有人不这么想。

老王头让我感动过,感动得我从心里往外滚泪珠子,也就把五脏六腑掏出来摊到他跟前;他也让我恨过,恨得牙就像当年狠着命地拉弹弓打日本鬼子的飞机。让我没有想到的是,他死在傩上。我原想,只有像我这种人才应该死在傩上,为了傩被累死、被整死,有可能;犯了傩,被傩神收走,也有可能。

那年,有个十天半个月吧,老王头最后证实是二十一天,我没有见到他。等他回来,红都放暑假了,红考上光华初中,全公社她第二。老王头回来便跑到了河东,拎的有鱼有肉还有酒,他见到我笑得直打嗝。

“你回城找老婆子结婚去啦?”我故意捣他,“看把你喜得。”

“比结婚喜上,”他说,“老哥,你见到我头上的‘帽子’没有?”

“别赖我噢!你什么时候戴过帽子到我家来过?”

“右派,右派的大帽子不见啦!老哥我说得不假吧?中央开始分批落实知识分子政策,剧团又让我写戏了。”

“什么时候走?”

“不走!老哥,我已经打过报告了,秋浦县批准我在红旗小学教书啦。”

“你不是又在写戏诓人吧?”

“我就是要写戏,把傩戏都写下来!”

“梁秋霜的‘帽子’什么时候能摘?”

“都快了!你说她丈夫是不是到了台湾都还没有个确定,即使到了台湾,也不能说她是‘国民党特务’,她一个连县城都没有到过的农村妇女,把个‘革命’给她,她也不晓得怎么反!怎么能不是冤假错案?”

“这里不可能有我们‘地主分子’什么事吧?”

老王头正是从句话,没有接上我的话,让我吊在半空里。我也想,我和所有的社员一样,土地都在生产队,靠工分吃饭。“地主”是后大钱运德的事,他死后我也没有种过一天“地主”家那么多的田地,我的“帽子”难道就不是错戴的?别人不清楚我还不明白,里边有好多原因是梁腊梅活活地害我,她不是还坐在牢房里吗?这会儿去问她,她不敢不坦白从宽了吧?可我一想,她是个“无期”,怎么坦白、怎么从宽,她也活着回不到红旗大队了,她会说真话吗?说了真话,搞不好,还要加刑,改判个死罪,她是个好死不如赖活的人。

我的地主“帽子”也是个“无期”吗?

红帮我塞火,老王头带的菜和家里凑的,很快四个碗上了桌子。我给老王头摆杯子的时候,他将杯子倒着扣了过来,他说:“老哥,我不能喝酒啊!”

“扯淡,”我最不喜欢那种上了田埂不说地里话的人,“戴个‘帽子’半斤八两地灌我讲傩,‘帽子’一摘原来不是个瘌痢就一杯不喝啦?”

“你坐下来，我跟你说，”老王头伸手拉住我，“跟你老哥说实底话吧，在打成‘右派’头年我这胃就切除一大半了，医生说滴酒不能沾，喝一杯酒就少活一年。老哥，酒进我肚子里都变成了刀子。不是为了傩，我能喝它吗？我不是个怕死的人，可我怕的是死前没有把要做的事做完。你说是不是这个理？你要真让我再喝，我还一杯不少地陪你。”

老王头啊老王头，你何苦呢？傩比命还重要吗？

我实在含不住泪，任它们在老脸上趴着。我一句话也说不出来，把老王头扣倒的杯子扶正，两杯全满上，左手的是他的，右手的是我的，两杯对碰一下，先干为敬喝右手，接着喝左手……那天晚上，说了什么话都不记得了，“老王头不能喝酒！”我不知说了多少遍。红多次过来拉着不让我喝。“不行，我今晚要把你老王伯伯陪好！你老王伯伯不再是‘右派’了，是红旗小学正儿八经的老师了，他是个好人了！来！为你是个好人再干一杯……”红告诉我，我就是这么把自己喝醉的。从那次以后，我也滴酒不沾，否则和老王头吃不到一锅饭里。

老王头说话算数，他真的没有走，在红旗小学还打铃，还种菜，还做饭，也教书，隔两年，当了校长。他负责学校的那几年，红旗小学的毛孩子们个个像红的学习一样好，在红考上外国语大学之后，红旗大队年年都出大学生。

其实说恨也拿不到桌面上，老王头前后花了四年的磨工，终于将我肚子里的傩像当年我大金高榆刮粪坑一样地刮得只剩下肠子和肚皮之后，开始鼓噪起办傩来。

老王头想办傩由来已久，可以说从记下傩堂正月十二的规程之后，就开始琢磨了。他也不止一次地劝我出来办傩，我说：“先不讲这傩让不让你办。千万别左手给你摘下子‘右派’帽子，哪天右手再给你扣个屎盆子。”

“你得相信我，这种‘革命’不会再来了。”老王头说，“我那个老婆子要是相信我的话，是能挺过来的。我不是‘事后的诸葛亮’，不信有机会你问问我儿子女儿，当时我对他们说，‘文化大革命’快则三两年，顶破天不过十年。”

“好好,你不是人,是神,行了吧?”

“我要是神,就不办傩神了。”

“开门迎傩,关门办傩。哪个让一个外姓人在他家祠堂里办傩呢?祖先不同意,傩神也不会同意。再者,办傩不是我讲两句、你抄两句,就能把一堂傩办下来。讲的每一句话、走的每一步路都是老祖传下的模子,明明是错的词也得念,明明路上有坑也得走,音不能跑、脚不能歪。这些,你也要能记下的话,记到下辈子的棺材板里也记不完,有些我也讲不上来。”

“说得不正是这,记能记多少,词能记,音能记吗?民间的文化靠的就是口传身授,只有办傩,把音录下来,把像拍下来……老哥,我们要做的事还很多啊!”

“老王头,我再大声对你讲一句:是你在做事,不是我!你也别天天拿话来套我。傩,哪个想办,哪个去办,办好了,我不去看;办赖了,我也不幸灾乐祸。我与这傩无关!”

哪一次只要说到办傩,我都把老王头堵得死死的,因为我心里比他清楚,钱姓祠堂里就剩几根撑着几片瓦没有倒的柱子了。虽说我头上的那只棺材里还有一套“十三太保”,但那能见日光吗?我还是不敢。

我恨老王头不是因为他操操着在办傩,而他找的不是人,是鬼。鬼能把傩办好?老王头把省城里的房子卖了,还找儿女要了一笔钱,将一挎包钱扔给了金大栎。金大栎一辈子哪见过那么多钱?他拍着干瘪得只剩下排骨的胸脯,信誓旦旦地要把金姓的傩堂办起来。

我气得发抖,没有去找老王头,而是找到了在香纸厂当副厂长的金全森,我要他一定阻止金大栎办金姓傩堂。金全森很为难。

“金大栎不是在办金姓傩堂,而是在办老王头的钱。”我从来不说筐外话,但对于金大栎那种被我用了一顿晚饭的劲打歪了鼻子的人,我敢把筐外的话捡到筐里来说。

金全森递给我一根“大火把”的“光明”机制烟。

“戒了，”我说，“红心疼我，不让抽。”

“不抽也好，烟不是什么好东西。”金全森说，“我家有菊回来讲，三红的成绩实在是好，往后能考清华、复旦呢。”金有菊和红同级不同班，都在秋浦中学读高二。

“有菊也还好吧？”我不想把话扯远了，“这事你讲怎么好？”

“你还不如直接把话给老王校长挑明了，”金全森说，“你们不是老哥俩儿吗？”

“哪个跟他是老哥俩？”我一提这茬子就生气，“求你来着，摇尾巴舔屁股。跟你孩子讲了也不要紧，这么多年我把五个堂傩的‘总稿’都背给了他。光大厚本子他就记了二十多本，钢笔用坏了好几支，到头来‘一升米养个恩人，一斗米养个仇人’，吱声都没有吱一声，跑着跟金大栎穿了一条沾屎带尿的裤子。他这回真的是被傩神给扛上了！”

老王头能与金大栎接上腔，也是因为金全楠的小女儿发高烧上不成学，他去给老师请假，俩人咸一句淡一句就扯到了傩上。那时候，老王头和上了年纪的人，不论男女，三句必定要扯傩。金大栎先把他大金高柽当族长和总年首搬了出来，接着又大话燎天说他是如何如何当轮值年首的，一下把老王头给迷住了。老王头问：“要是你们金姓村傩堂再办起来，得要多少钱？”金大栎也没有想到老王头真的要办傩，就朝大处说：“没有五千块钱动不了手。”就这样，老王头背来一挎包钱给了金大栎。

“伯伯，你先也别气。”金全森说，“金姓傩堂属九个老金姓村，不是他金大栎想办就能办的。你今天不来讲，我们金姓能顶事的小辈也在下边讲话了：复傩是金姓的大事，金大栎在金姓堆里，脸不放光话不响，到时肯定得推举一个跟过去族长一样的人才是，要不，让他一门子办去！”

金大栎把老王头的钱花了半挎包，离办傩还差一大截。为了还能花余下的半挎包钱，金大栎也是一跌再跌，族人让他写下字据，办傩是他一门子的主张，往后要有什么“四旧”“五旧”的事全归他，他就写下了。金全楠老婆骂老东西要灭这门子呢？跑回娘家住了好几个月才回来；族人提出没有人愿意摊资，他说不用，为了宗族一分一厘都由他来操操，很快就有人知道老王头给了他一挎包钱，他再叫人做事，不好张口要钱但吃喝他得应着；族人不同意他做年首，他吭吱好几天也得僵着脖子点下头……“总稿”我一门清地说后，老王头记在笔记本上，金大栎看一眼多少还是能记忆得出来；祠堂请了几十个工的砖匠和木匠，修缮一新后也能像模像样地办个傩堂；社坛砸了，地基还在，不影响请神、送神；锣鼓家伙是老王头从省剧团托人如托宝一样要来的；傩神出“銮驾”的伞牌旗灯、斧锤钺刀，有钱就有人，能办得全……要人命的是脸子，到青阳、到九华山，请了几回人，不是把钱退回来，就是做得一点不像，用不成。金大栎实在没有办法，拎着还能盖得住挎包底的钱，低着头进了红旗小学，说：“老王校长，脸子的事你还是请河东的傩傩吧，五乡八里的看来只有他会雕了。”

老王头再来的时候，我不搭理他，他说他的话，我做我的事，我要扫地，我要抹桌子，我要喂猪，我还要到村里去拾粪……我走哪儿，他跟到哪儿，足足把那个年的傩事跟得一点影子都没有的时候，老王头才老老实实地给孩子教起书来。

我最终还是被老王头给逮住了，我不得不承认老王头比我狠。他趁暑假红回来去看他时，叫红拎回来两捆扎得结结实实的笔记本，交代红：“这都是你爸爸的，我全还给他，叫他当柴烧了！”他在孩子当面流下了泪。红都是要考大学的人了，能看不出里面的事吗？她一身汗地把笔记本扛到了梁秋霜家。我是在梁秋霜家看到那些有的是塑料皮，有的是纸壳子皮，还有的是报纸糊的皮的笔记本。用戏文里的话，老王头这是破釜沉舟、背水一战，我偏不上当。拎起笔记本回到了家，红看了梁秋霜的眼色，跟着我。她们都以为我真的要烧呢，我手上也没有一本傩事“总稿”，我想也把它们扔到屋顶下的棺材里，等我死后，谁要谁要去！

不一会儿，梁秋霜也跟着脚过来，她对红说：“那是你老王伯伯用命换来的，能烧吗？听话，送回去！”红最听梁秋霜的。话都被人家说了，我还能挡着？红走后，梁秋霜说：“把傩都讲尽了，还差那几张脸子，他们要办你就让他们办呗，只要你不伸手，就行。”

“老王头让金大栎在操操事。”

“我晓得你窝在那块儿，都是黄土堆到下巴颏的人了，还讲那么多做什么呢？”

“我做鬼也不跟金大栎在一个坟地里，他讲过红的坏话。”

“这么多年，也能看出老王头，他不图名、不图利，能再帮就帮他一把吧。他要是死在你前头，你能帮又没有帮，后悔的不还是你？我就想死在你们前头。”

我一趟一趟地爬到棺材里，又一点一滴地往外扣年少时刻在心里的一张张脸子。一整个夏天，我白天还要下地到生产队多少做点事、挣点口粮；晚上怕影响红学习，就让她到梁秋霜家，老太太死后，梁秋霜搬回了大屋，住得宽敞。我呢，防止蚊虫就把两在脚插在水桶里，我说过我最怕蚊虫，但还是咬着牙一笔一画地画了九十九张脸子。有金姓村的“二十四诸天”、梁姓村的“三十六天罡”、芬李两姓的“十八学士”和钱姓的“十三太保”，我想要是复傩不能是金姓一家，不管梁姓、钱姓、芬姓和李姓要不要，我都得画，哪个堂的傩神都是傩神，只要他们张张口、伸伸手，我都会给他们。

红返校前，我让她将“二十四诸天”的画稿送到了红旗小学，老王头什么话也没有说，从手上将上海厂的“钻石牌”手表抹给了红，红不敢要。他说：“伯伯送给你学习用呢。你不要我就摔碎它。”他给红戴上了。

那只表就是现在戴在我左手上的这只。老王头死后，我几次想从红那里要回那只表，实在张不开口。红上大学那年，我卖掉了地里棉花给红买了一只女表，小小的，很精致，也是上海“钻石牌”的。红把老王头给她的表主动给了我，从此我睡觉都戴在手上，经常没事看着它号我的脉搏。号得很准，跟老王头当年号我的脉一样准。

金姓村的傩堂终于开了！我不想去看，老王头坚持说"没有傩傩就没有金姓的傩堂"，主持傩堂的金大杨一次又一次地让金全森，还有金大桐陪着来请我。实在是抹不了面子，但我很严肃地对金全森说："让我去看着复傩，你们得答应我一桩事！"

金全森和金大桐哈着腰让我说。

我说："傩堂绝对不能再搞'傩神送子'了。老王头说这是伤风败俗，我也觉出它不是什么好事，我们傩堂祈子的事还少吗？"

"伯伯，您放心，复下的傩，该留的怎么留，该去的怎么去，都听您的，我们打半句磕嘴，你打我。"金全森说。"小时候，我还真扇过你屁股呢。"我们都笑了。

正月初六我带着红走进了前山金村。族人的脸都开得大大的，打个不恰当的比喻就像傩神路过门首一样，有的拉着我进家里坐坐，有的长辈给红的脖子上套线圈"挂胡子"祝她长命百岁，金全森在家门口放了一挂大鞭。没有家门要路过的人家，同辈人都挤到金全森家前前后后地扯着话。钱秀英还给红做了一件红色灯芯绒袄子，穿着很合身。

家庭联产承包责任制后，人的日子朝人自己的想头上过了，日子好了，人情事理也就自然多了。我和红在金全森家、也就是过去的老屋里住到正月十六红和金有菊要开学才回家。金全森两口子重新做了一个大相框将我大我姆的相片放在了一起，他们对我和红跟客人一样。见红碗里饭不多了，金全森喊女儿："有菊，给你姑盛饭去！"搞得两个同学的毛孩子都满脸通红。我每天跟着脸子到各个村看傩，金大杨是我一个辈的人，可走到哪里他都请我给祠堂贴对子——给小傩堂贴对子，是总年首的活儿——在最后的东山金村祠堂，我看他们对子编得不好，现场将小时候记下的他们祠堂门上的对子写了贴上："饮水思源感祖先荫德一脉相传家声远，慎终追远欲子孙衍绵万代继承世泽长"，老王头在一边叫好，叫对子好，也叫大字好。每个祠堂的堂中，金大杨都给我和老王头各按一个压了硬炭的火桶；办傩中有什么细枝末叶的拿不住的他都会哥长哥短地来问我。他对我的尊重，族人都看在眼里，我脸上有光，心却重得很，毕竟我姓着“钱”。

我也看到金大栎，尤其在金氏祠堂里，他几次想过来和我招呼。我也掉过来想了想，不管出于什么目的，金姓傩堂能开，他还真跑了不少腿，他比我大半个属相，毕竟也是七十五岁的人了。他即使一百岁，他不过来，我指定不会过去。他儿子金全楠倒是到我跟前喊了一声“叔”，我应了，心里挺痛快的。他要是过来，我也会让红喊他一声“伯”，但他一直没有过来。

这年春，尽管政府不让放铳了，但鞭炮比过去响；尽管戏唱得生扯活拽，但老汁老汤的味还在；尽管十五没有朝青峰山的昭明庙，但其他四个傩堂听到了金姓村的锣鼓声。

这年夏，红考上了外国语大学，我借了一口肥猪杀了，把能请来的小学、中学老师都请来了，加上送情还礼的办了六桌饭。红给文老师拍了电报，文老师回电报说孩子小走不开。老王头也没有来，他在省城住院，临走时说这回老胃又不知道要割去多少。我还说他臭嘴，叫他早去早回。

这年秋，梁、芬、李三姓都请族中最有威望或者感到与我最亲近的人拎着厚礼来找我。梁姓来的是梁尚武，等一行人进了门，我才对上号，他是金小四和兔豁子生的大儿子，他脸红得像泼了猪血地喊我“舅爷”；芬姓村来的是大队长芬爱国和我表弟芬光耀，芬爱国和芬光耀进门给我下跪赔不是。我还是那句话，只要不再搞“傩神送子”，我有什么给什么。在他们一百二十个同意地点下了头，我才将“十八学士”脸子纸样，还有老王头全部复印好放在我这里的“总稿”给了他们。

这年冬，钱壮虎和几个中年人在我门前转了好几天不敢进门，我说：“你们把祠堂打开吧，我一会就来！”“哎！”他应的声音很大。钱姓也朝办傩上聚人。

这一年，什么都顺，爬过年到了元宵，白水河两岸再现了的五堂傩共朝青峰山庙的盛景。山外来看傩的人比山里人还要多，我没有想到傩还会有今天！老王头肯定想到了，可惜他看不到了。二月初，他儿子给我寄来一个包裹，里边装着一本大书，书名叫《中国秋浦乡傩总稿集》，辑校的正是老王头。附信上说，医院把老王头的胃打开又合上了。他死于胃癌。临死的那几个月，他一刻不停地在校改书稿……

“这个老东西，要是不喝那几斤酒，会不会等我一起死呢？”我的泪湿透了那本厚厚的书的封皮。

正月十三
（戊辰年甲寅月甲寅日）

1988年2月29日
（星期一）

宜　裁衣　伐木　作梁　纳财　交易　立券

忌　诸事不宜

傩傩从桥头小卖部里打完电话回来，心里鼓点子敲个不停，腿几次都迈出了门槛又拉了回来，他想去和梁秋霜说说，又怕梁秋霜担心。他担心不要紧，等一会傩堂朝社的开锣打起来，不想忘也得忘了。傩傩是量着时辰到小卖部打的电话，要不，一天眨个眼混过去了，再有两天过了十五，打多少电话都是在年外了。年里是年里，年外是年外，不一样。

桥头小卖部是梁腊梅二女儿钱妞妞和她丈夫"大雷子"开的。分田到户的第三个年头，钱妞妞低垂着大辫子从乌沙大圩回来，用隔壁邻居家盖房子留下的一块断砖头砸开了娘家的锈锁。梁腊梅一摊子烂屁股鸡的臭事虽说过去多少年了，也与早已出阁的钱妞妞无关，可她毕竟是这门子里的人，搭理她的人并不多，她也不招话惹事。起先都以为她只是回来看看，等到她从夏住到秋，又把荒得只能窝兔子的菜地种得青是青、黄是黄，特别是在有人看到她身子一天比一天"发福"，都明白她是在"躲计划生育"。傩傩大声地在梁秋霜家说："老的是个犯罪的坯子，小的也跟着学，我要去报政府！"梁秋霜拿眼瞪他："你要是腿不痛，到地里把我那两双白菜秧子打打。"傩傩那时想什么时候到梁秋霜家就什么时候到梁秋霜家了，他不怕，别人也不说闲话了。男女那点事，不说小的，不说老子，只说中间那什么事都能办得了的。傩傩没有去举报，水上钱村也没有，已经把名字改回来叫白水河的村子也管不着，人家不是你的人、不种你的田，只是回娘家住住。“大雷子”来后，更没有人想这回事。“大雷子”是个砖匠，哪家哪户请和不请一个样，只要是活，他都默不作声地伸一手。在钱妞妞要生的那两个月，他白天黑夜拾石头挑砂土把水上钱村通到白水河桥的路修补得晴天不沾土、雨天不沾泥。钱妞妞终于生下了一个儿子，这是她的第四个孩子。这时候，大家都以为要田没有田、要地没地的钱妞妞一家不会愿意在娘家把名声搞得让人抬不起头的地方过日子，会很快回到圩里老家。再次让人没想到的是，“大雷子”拆了梁腊梅家连着主屋的披厦，将砖瓦椽梁搬到白水河桥头，盖了两间小屋子，开了个小卖部。河西的小卖部在大队改村时撤回到乡供销社了。傩傩认为的“鬼都不会去买他家东西”的地方，他是在金三红考上大学之后一个多月才去的。那是钱妞妞跑得一头汗到他家来怯生生地喊：“傩傩叔叔，三红从上海打来电话，叫您去接……”傩傩还在迟疑时，钱妞妞又说：“三红打的是长途，你快点吧，一分钟好几块呢。”傩傩去的时候，“大雷子”把电话挂了，说约好了十分钟后再打，电话等人也要钱。“大雷子”给傩傩让了烟，傩傩说多少年不抽了，“大雷子”就给他剥了一块糖，硬是要他含到嘴里。钱妞妞一手端着凳子，一手端着茶，傩傩没有喝也没有坐，因为电话这时来了。也就是这次之后，傩傩才时常上小卖部去，不光是为了打电话，“买买油盐酱醋，还是挺方便。”他对梁秋霜说。

傩傩的电话是给金三红打的。

“红啊，你要是今天回来，还能赶上十五看傩呢。”傩傩小心地说，“傩现在吃香得很，今天县上的副书记还要陪着国际友人来我们白水河考察呢。”

“我不想看傩，就想看爸爸和秋霜婶。”金三红说，“天冷你俩少出来些。”

“毛孩子不能瞎讲，回来能不看傩？”傩傩不再跟金三红说傩了，和她扯起其他的话把子，说着说着心里起了鼓点子。

寒假前金三红往桥头小卖部里给梁秋霜打电话，说放寒假不回来了，她要给学院看宿舍，还做了一份家教，年尾到年头两月不到能挣下半个学期的开支。傩傩生怕委曲孩子，急忙又把电话拨回去："大冬天的还是过年，毛孩子一个人在外，爸爸和你婶能放心吗？赶紧跟老师讲讲，还有那个'家教'也辞了！爸爸后天到池口码头接你。老话讲吗，有钱无钱，回家过年。听话，红！"金三红说她也想回家，可一想到傩傩为了她上学拖着病腿上山砍柴烧炭，念书的心思都没有了。这话差点把傩傩吓住了，考个名牌大学生是八代老祖宗坟山上才冒的一回青烟，怎么能不想念呢？傩傩把话唆住了，不敢催着她回来，说好过完年割油菜前去看她，叮嘱又叮嘱："要看就给学院的门看好，让老师和同学们放心地回家过年。"至于家教，傩傩问了好几声才搞明白，说白了就是旧年有钱人家请私塾先生。"自己还是个学生，怎么又当先生了呢？"这话傩傩不敢说。他叮嘱又叮嘱："教人家孩子不能学猫教老虎还留一手，要像文老师那样实着心地教。"金三红就在电话里笑，笑了一脸泪，傩傩看不到，只听到咯咯的声音。金三红每次都在电话里笑，傩傩做梦全能听到。

今天打的这个电话，傩傩在电话里又接了一个电话，这头的心刚放下，那头又翘了起来。电话里的是电话是文老师在说话，金三红做的正是文老师女儿的家教。听到文老师还给金三红开支，傩傩的鼓点子就打下了。"红这丫头，文老师是多好的老师，她的女儿还用得着你来教吗？就是看得起你，让你教上一页两页，文老师的钱一分一厘也不能要啊！她教你的时候，到家里连口红糖水都没有喝。"这话，傩傩只能自个儿对自个儿说，他要找梁秋霜想让她给金三红说说。"人这辈子，对神对人都一样，可以什么都不做，知恩一定要图报。文老师不会是在考验红吧？哪有老师给学生付钱的理？考上再大的学，没有爸爸在身边教着提醒着，什么时候都是个毛孩子！"

"嗵，嗵，嗵！"钱氏祠堂响的是三声硬炮的"高起"。铳在"文革"的时候被芬爱国全收了，"文革"后，青峰山乡派出所进山又全收了民兵的枪。在恢复钱姓傩堂时，钱壮虎他们想做一把双管子猎枪当铳，被傩傩制止了。枪这东西，是人做的，可一般人很难管得住它。

傩傩将火桶里煨的一壶姜茶拎出来对着嘴咕嘟了一阵子。这是梁秋霜从山外要的一剂方子，一年夏冬两季不停地喝它能治骨伤，还真管用。傩傩每年都在菜地里搭棚子种三畦生姜，够他和梁秋霜用的。他把火桶移开桌子边，是担心失火。换了年前梁秋霜给他新做的棉鞋——她也给金三红做了——准备到祠堂里看看。锁门的时候，水上钱村轮值年首钱壮虎喘着粗气跑过来："姑父，社树朝不成了！"钱壮虎是照着孩子的身份喊傩傩的，礼份很足。

傩傩捋了一把白胡子，看着钱壮虎往下说话。

傩傩在吴根旺死后，已经没有了上人，便可留胡子了，可那时他戴着"地主分子"的帽子，留多少根会被人扯去多少根。脸上的这批胡子是办下钱姓傩堂所有事宜，准备上二芬头村找剃匠刮时，祠堂里的一堆小年轻都说他留着好看。他去问梁秋霜，她说你想留就留，又没有管着你了，他就留了。白水河两岸也就他留了这么长，也就他留得跟银水漂的一样白。

"'牛屎饼'把猪圈摞在朝社的路上盖，'龙亭'根本过不去，"钱壮虎说，"一个外姓的'新来户'还以为儿子在县供销社里有什么了不起呢！"

"牛屎饼"大名姓的是文刀"刘"，名字很正，叫禀翔，却尽干一些干牛粪一样说不上多臭也说不上多好的事。他家和知青是一年落的户，一个年头，一个年尾。刘禀翔老家在屯溪河北的老山沟里，儿子当兵转业到县供销社，梁腊梅为了一张自行车票，答应他一家落户水上钱村。是穷怕了，还是生来就那德性，不吃别人一口，别人也痴心妄想吃他一嘴。整个不和人，背地里都叫他没人捡的"牛屎饼"。

"你也是生儿育女的人了，往后不能再叫人家外号。还有，他来村子有十好几年了吧？钱姓办傩时，他可是外姓中头一个张罗着摊资的。"傩傩把锁挂到门鼻上，推门回到家时才问，"村长呢？"

"那他是怕钱姓人孤单了他一门子。"钱壮虎也跟着进屋，"钱姓傩堂的事，村长去了没用。还是你去看看吧？芬李两姓在等着我们朝完社，他们再朝呢。什么人！朝庙的老路也敢占。河边的田，我家在上，他家在下，一季一季地从坡上往下刮草皮，两年不到挖下一脚宽的地。而到了山地上，我家的地在下，他家的在上，坡上的茅草他也要年年砍，他又扭过脸子撅屁股说，坡是他家的坡，茅草就得他来砍。跟这种人挨着田地，我前生欠他的。”

傩傩把火桶又移到桌子边上，坐了进去，“你们商量怎么办呢？”

“扒掉！”钱壮虎抓起拳头，“他今天敢占傩神的道，明天还敢占水上钱的天呢。”

“等占了天再讲占了天的话。”傩傩最不喜欢听伸着手往前捞的话，这话他听够了，一听到这话，耳朵里立马灌进铳的砰砰声音。

傩傩对钱壮虎一直不坦心——至于他是不是傩傩替傩神送的子、“文革”时当红卫兵抄家……这些生锈的事都不再扯了——按理“除掉郎舅无好亲”，后来的两件事傩傩记着，一个是钱壮虎母亲死时，钱壮虎不是把他当亲戚送信，而是下跪来请他去做老事。老人在世时，不管她乐不乐意，金三红一直外婆长外婆短。傩傩没有接钱壮虎的下跪“礼”，按照一个下人给老太太烧纸上香戴孝帽，钱姓人看在眼里；二个是金三红考大学请客，钱壮虎送来了十块钱的礼，没有上桌，单单这一天往池口贩木排去了。

傩傩走到刘禀翔东屋时，过年闲人多，巷子里塞得满满的，邻里朝着路的门窗上也框满着人头。这是办傩的日子，又挡的是傩神的道，傩傩一来，大家都锁了嘴，跟河里小鱼打气泡一样嘀嘀咕咕的声音沁了下去。傩傩看到刘禀翔抓着一柄鱼叉立在还散着石灰味的矮墙边上，顿时想到金高栓那把叉死了金大杉家小花猪的五爪倒刺鱼叉。尽管刘禀翔是一把排叉，但傩傩还是呼地上了气，“刘禀翔，你这是在屯溪河里叉鱼呢？想叉鱼，你在老家住得好好的，来白水河干什么？”

刘禀翔看到红脸白须的傩傩，顿时瘪了三分：“我，我……”

“别‘我’了！”傩傩站到与刘禀翔两步远的地方，“我问你，是你们家的猪大，还是傩神大？”

刘禀翔不敢看傩傩，吭滋两鼻子，说：“当然傩神大！”

“把猪腾到我家猪圈里去！”傩傩说，“九点半傩神要朝社！”他转身走的时候故意大声对钱壮虎他们说,“你刘叔叔起地脚时,你们都不过来看着,他个外姓哪记得这是傩神的老路？这时候又讲挤着了傩神,往后不能这么做！那,都过来伸手帮忙撤撤,别耽误了办傩。不是讲今天还有国际友人要来吗？手脚快点。”

傩神百年不变的老路两旁都是房子,弄里的风牵着傩傩的胡须朝下弯着,远远地看,像他嘴里咬着一把刀。

钱氏傩堂傩神朝庙的时辰戴在傩傩的手上,老王头的表走得清楚,也走得响亮,一分一秒都在傩傩的心里。傩办了这么多年,钱壮虎他们一班子三四十岁再加上“二坡子”大小的年轻人,一般的程式都能舞弄得开了。一个头一个尾,傩傩都得来,毕竟这是本家的祠堂。其余那几天,他多是被请到别的傩堂,尤其梁姓傩堂一直开得不如意,原因是他们的程式多,戏本子要求也高,多是高腔,很多人顶不上去,好不容易顶上了,不是下不来就是连滚带爬,没有一个漂漂亮亮的松鼠尾巴。初八,十二道梁村的小堂开戏前,傩傩还一腔一调地教了一下午。本来今天金姓村要请他去坐堂,还是考虑到十三是钱姓傩堂的主日子,年年担心的都是“献马杯”。虽说这些年,对犯傩神不像傩傩小时候那么厉害,但有些忌讳还是点滴不能碰的,好比“献马杯”,踩高跷马的人不能摔、传的红鸡蛋不能掉,否则……

傩傩不用跟着傩神去朝社,十五朝大庙他得去,那是从前年开始,五个傩堂年首一起来请他,他推辞不掉。傩傩上祠堂里转了一圈,“銮驾”出去后,屋里依然不显大,“还是梁氏祠堂宽,梁尚涛对梁姓有功劳啊!”他站到天井的太阳底下,多少有些点暖和。几个扛不上彩旗的小点儿的孩子在堂前堂后地穿着,他笑着说:“慢点,别把烛台撞倒,烫着。”他又想金三红了。

滴滴答——滴滴答——流水不断线的喇叭声从天井里像渔网撒了进来。“谁家来‘送灯笼伞’呢!”傩傩一捋胡子,“不是‘牛屎饼’挡着路,朝社的早回来了。这怎么办呢?”他看到屋里屋外就那么几个才走稳路不到两三年的小孩子在玩着一堆没有化尽的雪块。

“你们几个,哪个想学敲锣打鼓呢?”傩傩朝他们喊。

“我学!”“爷爷,我也学!”他们扔下玩得起劲的脏雪,跑过来一本正经地站到傩傩面前。

傩傩看了看两个稍微大一点的孩子,一个是将捅雪的棍子扔下正在衣服上不停地擦手,一个是用上吃奶的劲将拖下的鼻涕吸进了鼻洞里。“今天呢,只选他们两个,你们其他的在门口给我看着,等吹‘喇叭’的过来时告诉我们,行不行?”

“行!”没有被选上的小孩子也都分到了任务,很高兴。

“来,”傩傩一手牵一个,“我们上戏台打锣敲鼓去!”

两个小男孩子在雪堆前冻着的脸被激动的血一掺和,红透得跟秋天的柿子快挂不住枝了。傩傩让他俩坐到锣鼓手位置上,说:“你拿的是鼓,我讲‘咚’,你就用劲打一下。晓得不?”

扔棍子的小男孩点头还大声说:“晓得了!”

“咚!”傩傩说完之后,扔棍子的小男孩一点反应都没有。吸鼻涕的小男孩用脚踢了他一下,“爷爷喊‘咚’半天了,你怎么还不打呢?”

“呵!”扔棍子的小男孩歪着半膀子打下鼓。

“不要用那么大劲,能打响就行,”傩傩笑着说,“再听好了。‘咚咚’!”

扔棍子的小男孩连打了两下。

“对了,对了!”傩傩问,“哪家的儿子这么聪明?”

“他大叫钱道海,我大叫刘金龙,我爷叫刘禀翔。”吸鼻涕的小男孩等不及了,“爷爷,我怎么打呢?”

“你呀,我讲‘哐’,你就打。”傩傩一下喜欢上这两个小东西,“哐!”

吸鼻涕的小男孩及时打响了锣。

“你们都是灵孩子,”傩傩伸手各摸了一下他们的头,“打好了,我让你大给你俩一人两个炆蛋吃吃。”

“两个是卵蛋，不能吃，要吃就吃三个。”刘禀翔这个孙子懂得还真多。

“小毛孩子不要问那么多，吃进肚子里能长大个子就行。”傩傩听到喇叭响在村里了，“来，我讲什么你俩打什么，听好了，‘咚咚——哐！’”

“咚咚——哐——”两个坐在椅子里只剩下半个脑袋的孩子，打得有板有眼。

“好！接着来，我稍微快点，看行不行！”傩傩嘴上在说，手里在指挥着，“咚咚——哐，咚咚——哐，咚哐——咚哐——咚咚哐！”

“爷爷，爷爷！喇叭来了！喇叭来了！”门口看人的孩子们叫嚷着跑了进来。

傩傩听得分毫不差，“喇叭”是水底钱村得了孙子的钱道文来向傩神“献灯笼伞”。

钱道文扤着装有供品的竹篮子在前，一路放着小挂鞭炮。举着十三盏灯伞的是孩子父亲，垫后是一对“喇叭”，吹得起劲得很。

过去吹喇叭看心情，主家饭菜好了劲下得大，遇到大手的人家再落个三五元的红包，更得把命吹进喇叭里。如今，吹喇叭是手艺，有吃有喝是客气，没有茶饭也不计较，但得给钱，一场十五块，熟人熟脸的也得十块。听说，李姓村盖房子的帮工也得算账了。“分田到户好是好，可人心咋也钉了界桩呢？”这类话傩傩给梁秋霜说了不少，梁秋霜听着，很少应他，应又能应出个什么结果呢？两句说不到一块就会抬杠。日子好好的，为不起劲的话抬杠，是没有尾巴夹棍棍——找难受。

一挂应该是“万字头”的鞭炮在祠堂门前炸得一片红，傩堂接应的锣鼓响了起来。拍子慢是慢点，可一下是一下，听着挺洇心的。

钱道文进门前已经知道傩神朝社还没有回来，但这不耽误他替孙子“献灯笼伞”，“土地公公”在看着“龙床”呢。等他进到天井边上，看到白须飘飘的傩傩在左一下、右一下领着两个还散着奶香的孩童在迎伞。锣鼓点是有些单调，可一下不错。钱道文在“龙床”前摆好供品，边磕头边说：“钱氏道文代表全家叩拜傩神，感谢傩神送子的大恩大德，特制灯笼伞敬献‘十三太保’！”

傩傩放下手，锣停得住，鼓多打了一声。他笑笑地转身到戏台中间，从钱道文手中接过灯笼伞，唱起“吉断”——

红灯伞，灯伞红，
灯伞通光照傩神。
去年送子你家去，
今年光顾抢灯人。

过去，年首把话说到这里时，上来抢灯的跟起蛟的似的，一阵风地将灯上吊的小灯笼全部抢光，挂到祈子夫妇的房里。

傩傩把灯伞靠到“龙床”的右侧，用手一一招灭了里边的烛灯。

十三是傩堂祈子还愿的日子，旧年最热闹，尤其是抢伞灯，有给自家抢的，也有替亲戚朋友抢。在钱姓村，上午抢不到灯笼的，下午还能“接马杯”，终能如愿。梁姓傩堂做得也周全，没有抢到灯笼的主家会在午时午刻请到“太白金星”。“太白金星”进门入户到祈子的夫妇房里绕一圈，回到堂屋坐下“吃喝”一番，他会“不小心”将主家备好在桌子上的一只茶壶碰打落地。等在暗处的祈子妇人见到茶壶打碎，迅速捡起茶壶嘴揣到怀里进房，这叫“抢茶壶屌屌”。

直到傩神归堂后，傩傩坐在火桶里，才看到有两个小伙子不紧不慢地从灯笼伞上各启了一盏灯笼带回家。

抢的不抢了，还愿的却一年比一年多。钱姓傩堂开到初十，接到了二十六面彩旗、三套“十三太保”戏服、八把罗伞、五套桌围衣披和九顶神龛幔帐。傩傩一一看了，哪一件都比过去好十倍还不止，还有一顶幔帐全是蚕丝的，抓在手上溜得心里直痒痒。“还愿的多了，说明许愿的比还愿更多。现在政策这么好，肚子饿不上了，那些无事生非的事再也没有了，哪有那么多的愿要许呢？”傩傩想不透。

傩傩几次用饭团子塞到嘴里才把金三红给文老师女儿做家教还每月收二百块钱的事给噎住了，“小人不懂事，大人不能装聋卖傻。”既然下这么大决心不跟梁秋霜讲，那他就得吃定一个主见。他想，等送走傩神，凑足四百块钱寄给文老师，替孩子赔个不是。

上午梁秋霜到祠堂里转了一圈，叫傩傩中午别点灶了去她家。梁秋霜说得很家常，不像是请人待客。梁秋霜老了还是像水，清清的、静静的，生的能喝，舀一瓢能养白米虾。

年后，还是头一回到梁秋霜家吃饭，不看她说得很寡味，上桌子有八个菜碗。俩人坐下来吃饭不可能不说到金三红，梁秋霜夹了两块蒸咸肉摁到傩傩碗里，“三红真是没有口福，腌了一辈子咸肉就腊月这块腌得好，你尝尝！”她知道金三红上大学时傩傩借了人家一头猪，年下的斤两是到了，可过年猪肉不上价，只能再喂着等到插早稻田时杀了还肉才不亏人家的好意。傩傩没有杀猪，年前又得知金三红不回来，没有称几斤肉。

傩傩吃下了上边肥里夹着瘦的一块，又香又油，肉皮和瘦肉都有嚼头，咸淡正好，不像金全森家的肉，肥的勉强还能进口，那瘦点的像掉在盐罐里。

“你也吃嘛，不能光让我吃。”傩傩歇下筷子，“清早我给红打了电话，她在文老师家，好得很，别惦着她。”

“傩堂的事能放就放放。”梁秋霜的牙好，在嚼着黄澄澄的锅巴饭。

“我也想在家蹲着火桶，”傩傩说，“不行，你一溜神，他们不是漏这个就是掉了那个。上午要不是我在祠堂，水下底的钱道文替孙子给傩神‘送灯笼伞’还遇到了个冷堂。我临时抓了两个毛孩子敲了锣鼓点子。秋霜，你讲怪不怪，先年的傩神，那是一点犯不得的，这几年办傩，哪个堂多多少少都犯点儿，却一点事没有。要是傩神计较，我死十回都有了。”

“新正月里，讲这话做什么？”梁腊梅舀了一勺子蒸水蛋，把碗挪到傩傩面前，将勺子掉给了他，“快把蛋舀舀喝了，凉了生腥味。你那五保户的事怎么讲的呢？”

“乡里讲，得等到红成了家才能评。到那时候，我有没有这个骨头吃五保，还两讲。”傩傩说，“县上的副书记今天陪什么国际友人到白水河来看傩，到时要是能插上话，我得问问政策有没有属于我一这条。”

“跟当官的讲话，与办傩一样，顺路讲，不能犯忌。”梁腊梅伸手接过傩傩的空碗又盛了一碗饭。

只要到梁秋霜家吃饭，都很饱，不过一年也就几回。吃完饭，梁秋霜拧了热毛巾，傩傩擦了擦嘴，又将胡子捋了捋。

日头从屋顶玻璃亮窗上方方正正地打到地上。

“等会儿‘踩高跷马’，你不去看看？”

“还有你们年轻时踩得欢吗？”

傩傩暖暖地赶到钱氏祠堂，门前场坪上的上跷架子已经搭好。“年轻人做事就是快！”他去摇了摇，很稳当。刘禀翔那个鼻涕孙子见到傩傩，呼呼地跑过来喊了声“爷爷”，还问下午打不打锣，傩傩笑着说：“还想打？那好，明年教你打，往后就能年年打了。”鼻涕孩子嘴笑得扯到耳朵背后去了，正要跑，傩傩说：“去把你爷爷叫来看‘踩高跷马’，就讲是傩傩爷爷请的。”鼻涕孩子狠吸一口鼻涕，像被解开绳子的小骚牯，腾地射了出去，不见了人影。

四个“踩高跷马”的都是青年人，已经穿好彩衣等在祠堂里。傩傩走到他们的身边，每人肩膀上重拍了一下，“慢点不打紧，一脚稳住了桩，再起另一只脚。传‘杯’过神马的时候，右手不接左手不松。”四人都在点头。

“他们几个前两年都踩过，不会有事的。”钱壮虎说，“能礼神了吗？姑父。”

“‘踩高跷马’是傩神驾神马，怎么会有事呢？！”傩傩毛了钱壮虎一眼，“傩开了这么多年了，怎么还不会讲神话？开始吧！”

办傩上，钱壮虎不敢犟嘴。五个傩堂都不敢，惹了傩傩仿佛惹了傩神。

钱壮虎领着四个踩马青年并齐立到“龙床”前，门外的“高起”再次点响，门里三拜九叩、献香酹酒。

踩马青年出门来，同时坐到上跷架上，开始扎高跷。先年的跷都是到青峰山老林里寻双手合围粗的荆条子做，结实是结实——“破四旧”烧的那四副跷，几代老人都讲记事时已经有了——就是太沉。复傩时再做高跷选用的全是杉木，不易弯折，也轻便。四个年轻人差不多同时扎好了跷，起身刚好能立到地上，可见架子的高度是量着高跷的低矮做的。他们在场上来回走了几圈，又比画着熟悉了一遍套路。

这时，三辆轿子车开到了祠堂边上停了下来，已是全乡最老的村长芬爱国从头一辆车钻出来，紧接着后边都开门下来了人。

“副书记和国际友人来了！”傩傩伸手止住了已经举起的锣鼓槌子，“壮虎，你去接一下吧。给四个孩子讲一声，天王老子来了，该怎么踩还怎么踩，一丝不能分心！”

车上下来的人，顺着祠堂的屋檐一溜站到大门的左侧，芬爱国和钱壮虎一起跑过来对傩傩说：“副书记和国际友人都讲，一切按我们的规程来。”

傩傩想，“他讲和不讲一个样，还能按他们的规程？这是办傩呢！”

锣鼓点子看着傩傩的示意响了起来，钱壮虎捧着“战袍”，一一递给四人，他们在跷上穿上甲、戴上盔、插上软靠，又接过年首的递上的竹马扎到腰际上，四名武将顿时威风凛凛地立在了场坪上。

竹马。先头梁姓村竹马的马头是木雕，有驴头那么大，耳朵和舌头全是后嵌的，里边设有暗销，与马颈腔内的细绳联着，踩马时只到一拉细绳，马如嘶鸣。复傩时，傩傩和梁姓村都有再雕马头的想法，无奈找了几个木匠做不成，只得都用竹篾编成椭圆形的无底筐为马身，再扎马头捆在筐的一头，最后按照角色糊上不用的色纸。场上的“关索”骑的是红马、“鲍三娘”骑的是白马，“鲍礼”和“鲍义”分别骑黄马和青马。

“踩高跷马”演绎的是傩戏《花关索》中“关羽之子关索大战鲍家庄”一出。此戏本子，钱氏傩堂没有，尚能演的只有金姓祠堂，但他们戏文里“鲍三娘”的两个哥哥叫“鲍龙”“鲍虎”。

傩傩从半空路上接住鼓手的槌子,没有误点子。鼓手慌忙把位置让给他,将耳朵递到他胡子底下。傩傩说:“你悄悄地绕到副书记和国际友人的背后,听听他们在讲什么话。”

“他爷,”鼓手又把嘴贴到傩傩耳边,“来那么多人,我怎么晓得哪个是副书记和国际友人呢?”

“中间穿‘滑雪衫’那两个就是,瘦脸戴眼镜的八九不离十是什么国际友人。”鼓手应声走后,傩傩嘀咕道,“国际友人怎么长得跟白水河人一模一样呢?不会是假洋鬼子吧?管他呢,我们办傩又不是给他看的。他们穿的‘滑雪衫’也不晓得有没有女式的,红要能穿件枣红的一定好看。”

听说有国际友人到了水上钱村的钱姓傩堂,十几个村里的人都赶过来看热闹,香樟树上、木柴垛上坐满了人。

钱壮虎从祠堂里捧着一只大托盘上场,盘里依次摆着红脸长髯“关索”、绛红细眉“鲍三娘”、黄脸“鲍礼”和花脸“鲍义”的四副脸子。他先是走到“红马”前,将托盘举过头顶,踩马青年捧起“关索”脸子,同时拉动马头使马铃声声作响,表示谢意。这套脸子复傩时没有,是去年经傩傩同意才雕的,为的就是演旺子祈愿的“踩高跷马”。“十三太保”依然是“十三太保”,后来的神再大,也得放在“龙床”下边,这叫“挂脸子”。

傩傩猜得一点不错,副书记穿深蓝带锁腰的滑雪衫,国际友人的滑雪衫一半料子黄、一半料子黑。场上只要有一点什么动静,国际友人都会有问题要问,副书记也问。旁边有个翻译翻完之后,芬爱国就回答,回答上的和回答不上的翻译都能翻过去,回答不上的,芬爱国说:“你们都记下来,等会儿请教白水河老艺人傩傩。关于傩,没有他不晓得的。”

“傩傩是在这个村吗?”副书记问。

“是这个村!”芬爱国殷勤地说,“那我把他请过来给长鸟卫云先生回答问题吧?”

“他在打鼓呢!”鼓手从边上插进去一嘴。

芬爱国扭头看看，此人有印象，名字对不上号。

“就是那位长着白胡子的老人吗？”副书记又问。

“是的，是的，”芬爱国说，“他多年只张口不动手了，大概是得知副书记和长鸟卫云先生驾到，才……”

踩马青年全部捧到了所属脸子，面向祠堂，同时将脸子仰扣在马颈上，这是表示马已经是神灵依附的神马了，之后戴上面具。

傩傩咚咚咚连击三鼓，“落圣马”开始。

要是在初七“踩高跷马”，先得从祠堂到村子再至社树踩村一样地“启圣马”。“落圣”，指的就是众神被迎接降临后，落在了本村。钱氏傩堂从来不“启圣马”，他们重视的是最后“踩正马”时的“献马杯”和“散马杯”。

四匹马战姿英显，舞起令旗，发兵沙场。围场三周后，急促的锣鼓点子催马上阵，头马“关索”手执长柄大刀对阵二马“鲍礼”、三马“鲍义”和四马“鲍三娘”。“鲍礼”“鲍义”各使长枪、长斧，女将“鲍三娘”双剑交使。顷刻间，只见战马在固有的路数中或“蹭角”“踩踏”，或“刀枪”“斧剑”，或“斗马”“悠马”，或“两头忙”“搓边子”……动作骤中有缓、缓中有骤。更见功夫的是对阵“刀枪”，手上得应着“绞丝马”“过寨”“三刀”“架寨”和“团寨”五套“战法”，脚下还得确保“穿钉鞋戳拐棍——把稳又把稳”。

长鸟卫云先生一个劲地叫好，恐怕也只是叫眼里的好，叫不出心里的好。

锣鼓一收，“落圣马”结束。傩傩看了看表，时钟和分钟重合在一点零五分，他觉得好——办傩，处处都得有神意、神合。

“下来是什么？”副书记问。

“可能是接着表演‘踩正马’。”芬爱国对着翻译说，“‘踩正马’是‘踩高跷马’最热闹的一部分。傩堂要是选在晚饭后踩，就得连着戏，那样就得踩全套。接着踩也有好处，前边踩过的不用重复。”显然他对“踩高跷马”比较熟悉，说得也合了傩傩的意图。

傩傩另一个想法就是：多上一次马多一次担心，早踩早了。

傩傩再起鼓点。“战马”交叉穿行三次，兵器不再相戈。圆完场，钱壮虎上去接走所有兵器插于祠堂兵器架上。回来时，端了刚才摆脸子的托盘，里边摆有四只碗，一只里堆着八个红鸡蛋，不用说是钱道文得孙子献于神案的，另三只各装的是四个蛋，是哪三家生了女孩子献的。什么时候把碗里的“蛋”不叫“蛋”，叫“杯”。老王头问过傩傩，傩傩说他问过钱运德，也说不上来。

这时，“关索”和“鲍三娘”齐驹而立。钱壮虎高高举起托盘，“关索”左手拿一个蛋，从马腹穿过，右手接上并递给了“鲍三娘”，她也如“关索”一样将蛋从马腹里穿过，放到了早已等着接应的空托盘里……

长鸟卫云叽哩呱啦一阵，翻译问：“他们来回倒腾红鸡蛋干什么？”

“这叫‘献马杯’，”芬爱国说，“头年添了孩子的家里送来红鸡蛋，从男女两位大将的马下过后，求子的青年夫妻讨回去再吃下，来年就能生孩子。讨蛋就叫‘散马杯’，等一会到祠堂里表演。”

翻译又叽哩呱啦好一阵子，长鸟卫云小鸡啄米一样笑着点头，挤出了两个汉字：“好玩！”吓得芬爱国一跳。

钱壮虎又接换过经男女二神“作用”过的“马杯”，返入祠堂，将四碗红鸡蛋摆回到神案上。

四位踩马青年坐到上跷架上解下高跷，来到“龙床”前端，将脸子归上“龙床”，安放好神马，再次向傩神献香酹酒、三拜九叩。

随着“马杯”和踩马人，不少看跷和看老外的人进了祠堂。副书记和长鸟卫云被芬爱国护着一条路进到天井边上。

三位期望抱孙子的老人已经在踩马青年的拜叩时下了跪，向傩神求得“马杯”。钱壮虎从钱道文送的红蛋中捡了三个一一递给演头马“关索”的青年，演头马“关索”的青年又把蛋传给演四马“鲍三娘”的青年，演四马“鲍三娘”的青年再把红蛋散给求“马杯”的三位老人，三位老人接过红蛋向“龙床”、年首和两个青年作揖行礼，他们还礼。三位老人揣着红蛋跑回家，让儿媳分吃。

傩傩看到碗里还有很多红蛋没人接，心口又是一阵子堵。献过的“马杯”，没有人讨,连孩子们都不能吃,只能放到十五夜里一起送神倒掉。生活好了,倒几个蛋,没有多少人心疼。再看到上午钱道文送的灯笼伞还红彤彤靠在“龙床”上,要是过去别说是灯笼了,有的抢不到灯笼,干脆将伞骨子抱回去搁到床底下。过去的人想生生不得,现在是能生的不让生,政府要计划生育。在金三红考走大学的当年,傩傩谁也没有告诉,悄悄地给国家领导人邓小平写了一封信,大意是:地就这么多,人多了没有饭吃。计划生育是要搞!既然是“计划”就得有“计划”才是,可“计划”是按各家各户韭菜一扎齐地割,这不叫计划。计划生育得像种玉米一样,等苗出来了,多的地方间掉,少的地上得补上。所以,计划生育得按地儿分、按事儿理。像白水河三十一个傩村,办傩全靠男丁,如果按当前政策“计划”,很可能不出十年,傩就办不下去。希望国家领导真正地把生育计划好。信写了,也发了,就是没有回音。他寄的是“北京天安门,邓小平,收”。

钱姓傩堂“踩高跷马”到此结束。日头还挂在西天的老高处。

“他爷,他爷,”芬爱国逆着散场的人在喊傩傩,“你先别走!”

傩傩没有想走,“散马杯”的时候,鼓手顶着傩傩的耳朵将听到的话全学给他了。

钱壮虎将七八个小竹椅子摆到天井里,看中的恐怕也是太阳落下来的一抹暖。

芬爱国伸手搀了傩傩,“副书记,我介绍一下,这位就是我们白水河傩事艺人傩傩……这是我们秋浦县的李副书记。”

李副书记伸出手,傩傩从低下兜着接住。老王头和他开玩笑时说,他过去观察过领导握手,伸手的有三种人:一种是把手抬起来猛地劈下去。这种人不可交,喜欢使刀子,哪怕是损人不利己的事也会做得有滋有味;二种是从腰里直接捅出手。这种人不坏事,但也帮不了别人多大的忙,吃吃喝喝还行;三种是将手从底下兜着去接对方手的人,是个做事的命,但最能成大器的也是这种人。傩傩在电视里还真观察过,邓小平每次都是从底下兜着去握手。

“李副书记多指教!”傩傩这是客气。

“不敢不敢,我来秋浦之前耳闻我们白水河的傩戏一招一式都是中规中矩,学习学习。”李副书记笑着说,“你是傩戏的老艺人,这位是日中友好人士长鸟卫云先生,他也是日本能乐的研究者,他说能乐可能就是中国傩戏传过去的,这次专门来我们秋浦考察傩戏,他还有很多未解的问题需要得到您的帮助。”

鼓手已经对傩傩说过,这个国际友人是日本人。傩傩当时第一反应:日本鬼子又来啦?!

“你好!”长鸟卫云把短舌头拉平了在说话,傩傩一听便知道这种人唱不了高腔。他接着还是说他的“鸟语花香”。

翻译的意思无外乎是说长鸟卫云先生认识傩傩感到无比高兴,傩傩仅礼节性地说:“都高兴,都高兴!”

李副书记这时说:“傩傩老师,我和卢乡长他们到下游的几个村子看看水利冬修,长鸟卫云先生交给你,晚上我来听你们的傩戏。”

卢乡长朝傩傩微笑着点点头。

“副书记忙公务。”傩傩说,“我一定招待好长什么鸟儿卫云国际友人。”

“长鸟卫云,长鸟卫云!”芬爱国补嘴,“谢谢他爷爷了!”

李副书记一出去,三车子人只剩下长鸟卫云和长着一张蒲扇脸的翻译。

傩傩问“蒲扇脸”:“你也是日本人?”

“我是东北沈阳人!”“蒲扇脸”说。

“四几年给日本人做过事?”傩傩说,“不对呀,四几年你还不晓得在哪里呢? 那你爷还是你大做过?”

“老师,”“蒲扇脸”笑着说,“您真幽默!”

“要不,你怎么把日本话讲得比这个长鸟还溜呢?”傩傩还用手比了一下长度。

“我是外国语学院毕业的,”“蒲扇脸”说,“学的是日语。”

“你也在外国语学院?”傩傩的口气有些改,“我女儿也在。”

“您老还有女儿在读大学?”“蒲扇脸”又问,“在哪个外国语学院?”

“我有女儿奇怪吗?”傩傩反问了两句,“中国还有第二个外国语学院？你是哪个学院的,不是日本鬼子的吧?”

“老师,外国语学院多了,”“蒲扇脸”说,“我是在北京读的。”

“噢,那是我眼花了看得近,让你笑话了。这事可不能翻给小日本。”傩傩说,“从这句开始翻,你告诉小日本,我带他去看看名胜古迹,问他愿意不愿意?”

“老师,长鸟先生是日本友好使者,”“蒲扇脸”一本正经,“请您不能再用日本鬼子啦、小日本啦来称呼他。”说完,他将傩傩的意思转告给了长鸟卫云。

长鸟卫云对傩傩的主动和热情感到非常高兴,他拉直着舌头说:“谢谢!”

傩傩领着长鸟卫云和“蒲扇脸”过了白水河,往青峰山昭明庙遗址上去。一路上,长鸟卫云喋喋不休地说着日本傩,“蒲扇脸”也翻个不停。傩傩大意听出三点:一是日本也有傩,极有可能是从中国传入的,他正是为此专门来进行考察;二是日本文献记载最早举行大傩是在飞鸟一奈良时代,相当于唐武后平安三年;三是日本能乐中有二十多个剧目都是“中国货”,比如《钟馗》《项羽》《东方朔》等,日本学者称傩是能乐的“外祖母”……

“都外祖母了,你们还拿炮轰?”傩傩说,“太不孝了吧!”

“蒲扇脸”听不懂傩傩在说什么,没有做翻译。

仨人一直走到青峰山昭明庙遗址,“蒲扇脸”问名胜在什么地方,傩傩指指四周石座,还有前年朝大庙时五个傩堂的年轻人将一些有形的石板抬着垒了个台子,“这是傩堂自古正月十五朝大庙的地方！我讲你翻给长鸟听。”

傩傩从当年青峰山的庙门开始说起,门有多宽,庙有多高;哪是中殿祀有昭明太子、三皇五帝,哪是左殿祀有三尊大佛,哪是左殿为都城隍;柱子上雕了什么图,廊子上画了什么案;门外立的是什么,院内种的是什么……说完之后,傩傩又指着青峰山东北面的“九金十三梁”说:“原本这里有两个大的、二十个小的宗族祠堂，可以年年办傩，如今只剩下了四个半。”他说的半个指的是金氏祠堂。

长鸟卫云听了翻译，连说了几声“可惜”。

“你知道怎么这么可惜的吗？”傩傩左脚架踩到一个石座上，做钟馗踩小鬼的样子，“我告诉你，长鸟卫云，这都是你们日本鬼子用炮弹炸的！”

“蒲扇脸”似乎明了傩傩要干什么，他盯着傩傩银白的胡须在夕阳下显出了红光，半天没有翻译。

“你要是中国人，就一字不差对他讲，”傩傩叉起腰，“你要是被小日本雇了，我也不怪你。我女儿上的也是外国语大学，你不翻，我会让她翻。”

长鸟卫云坚持让“蒲扇脸”将傩傩的话翻译给他，当他听到这些是日本人所为时，脸上露出了惭愧之色。

“你再告诉长鸟，他要是想听白水河的傩，就得跪到这青峰山庙的地基上磕三个响头，赎赎罪。”傩傩厉声说，“否则，否则傩神不会饶了他。”

长鸟卫云说他不是“日本鬼子”，他不下跪。

傩傩抬头看到西北边的云像一条玉带环绕着青峰山，他轻蔑地扫了长鸟卫云一眼，转身下山。

傩傩觉得他步子很大，超过了年轻时从青阳回前山金村那次。过桥时，“大雷子”喊他进屋喝口水，他都没有进，就这么一直走回到钱氏祠堂。

“壮虎呢？”傩傩解开袄上的扣子。

“在这呢，姑父！”钱壮虎从戏台后边出来，“亮匾”中堂横批里的灯泡烧了，他刚换上，“国际友人呢？”

“什么国际友人，就是个日本鬼子！”傩傩说，“你先不作声，晚上的傩戏停了，改‘关羽斩妖’！”

“李副书记讲好，晚上来看《花关索》，”钱壮虎不明里边的道道，“也是为了让那个外国佬能看懂下午的‘献马杯’。”

“懂这个没有用，”傩傩说，“他晓得我们白水河是怎么驱鬼斩妖的才对。

就这么定了！你去准备吧，要是有人怪罪，全推到我头上。”

傩傩满面红光，心想：得去叫梁秋霜晚上来看傩舞。

兴许是中午在梁秋霜家里吃得太饱，兴许是上了一趟青峰山心里痛快，兴许是对晚上傩事的调整有几分自得，兴许……傩傩一点不觉得饿。

五点的时候，太阳就起懒了。钱壮虎揽着水底钱村的几个人到他家里吃晚饭，先头也两次诚心实意地请傩傩，傩傩说：“真的不饿，要是饿，我能客气？”

大伙出门时，芬爱国儿子芬光辉对着头挤了进来。他搀起傩傩的胳膊：“爷爷，我大让我来请你！副书记他们都在等你喝酒呢。”

“那个国际友人也在吗？”傩傩起了身。

“在，在！”芬光辉以为傩傩要走，身子都转了大半个，“我姆把鸡都煨成糊了，全在等你们，国际友人也是才进家门。”

傩傩拍了拍芬光辉的手背：“跟你大讲一声，这边准备着给副书记和国际友人演傩呢。我去不了，叫你大少劝点酒，傩事不等人。回吧，回吧！”

“你让我回去怎么向我大交差呢？”芬光辉还是扯着傩傩的胳膊不松手，“你去沾个筷子也行。”

“孩子，心意我领了。”傩傩笑着说，“等办完傩，我专门到你家吃顿饭。”

“真不去啊？爷爷。”芬光辉有些失落，“那这么讲定了，十六我到家接你。”

“芬爱国养了这么个实诚孩子。”傩傩捋了一把胡子，“快回吧，别叫客人等家里人了，快去，快去！”

芬光辉一出门，傩傩突然想要喝一口酒。“真是贱粑子骨头，怎么想喝酒了呢？”

傩傩还真到桥头小卖部买了一瓶“杏花泉”和两包饼干。一包是留给梁秋霜的，前几年他才知道，梁秋霜特别爱吃饼干，她能把饼干当饭。

傩傩把火桶挪到“龙床”前，撕开饼干摊到供台上，将案上三只杯子里的酒画线般地敬倒到地上。又从供台上“借”了一只杯子，斟上他的“杏花泉”。“诸位神仙，我傩傩办了一辈子傩，还从来没有和傩神喝一次酒呢！来，我先敬‘皇帝’一杯。”他一干而尽，拣一块饼干咬在嘴里，将供台上的两杯又敬倒到地上，权当“皇帝”吃了。他吃下小半块饼干，又脆又甜又香，“现在人做东西就是好，可惜没牙福了。”他再斟上酒，端起杯碰了另两只杯，“这杯敬‘关公’，关圣帝关老爷，你得喝干了，晚上我演你时，你得扶着我，要是从桌子上摔下来，那会让小日本鬼子看到笑话。”傩傩嗞嗞地喝干了……就这样，他照着“龙床”上的排位，一个一个地敬，一个一个地喝，连女神“老旦”“小旦”“鲍三娘”也都敬到了。

刘禀翔孙子扛着一条板凳，一崴一崴地进来占位子，他看见中间的好位子都被占了，就前后挪了挪别人的椅凳，硬是把一条凳子插了进去。当他抬头看到傩傩在供台前时，小脸的色儿有些不大正了，“爷爷，是我婆婆要来看傩戏。”

“晚上不唱傩戏了，只跳傩舞。天冷，叫你婆婆在家吧。”傩傩与“鲍义”喝下最后一杯酒，“你得来，到时候我把火桶给你暖着，好不好？”傩傩打眼这么一看，毛孩子中还就这个是块办傩的料子。

“嗯！”孩子的“嗯”声很壮，“爷爷，你在做什么呢？”

“我啊？我在陪傩神喝酒呢！”傩傩逗他，“你要不要也来敬一杯。”

“我不敢喝辣酒，”鼻涕孩子还是把头上的黑翻毛带檐的人造革帽子摇歪了，但很快去扶了一下，不过把左歪扶成了右歪，“要是‘猪尿酒’，我敢。”他说的“猪尿酒”，是这几年桥头小卖部里夏天才有的卖的啤酒。

傩傩喜欢小男孩的调皮劲，“一皮三分精”。他用酒洗了洗沾口的杯子，“还”给了供台，剩下不到三两“杏花泉”搁在了供酒边上。他起来挪火桶的时候，鼻涕孩子跑来伸手帮忙。“你别动，这个火桶老沉了，要是把你脚压了，你爷爷还不跟我拼命啦！”

“不会的，”鼻涕孩子绷起了小脸，“我爷爷在家讲你就像个神。”

“认半天了，你还没有跟爷爷讲你叫什么呢？”

“大号刘天成，小号傩福。”

“你的生日呢?”

“阳历十一月二十六号，古历十月十二，是大白兔的卯时生的。”

“小号不好，往后别叫了。你看爷爷都七老八十了，还被人叫着小号。”

“我大我姆都叫我‘天成’，就我爷爷一天到晚地喊‘傩福，傩福’。我爷爷小号不叫‘牛屎饼’，叫‘黑狗’，奶奶偷偷对我讲的。爷爷，你也有小号?”

“有啊。我们出生那个年月，兴着起小号。”

“那你叫什么小号?”

“鬼东西，回去问你爷爷去……那我也跟讲吧，爷爷的小号叫‘傩傩’。”

“是不是有傩字小号的人，长大了才能办傩?”

“那不一定。你喜欢傩吗?”

“喜欢！有炮放，还能耍到天亮不用回家困觉。我最喜欢那伞和钱一戳一戳的，下下都能戳到钱眼里，好耍死了。”

……

一老一小孵在火桶里，有说有笑。

李副书记和长鸟卫云一行十来个人赶在锣鼓起槌之前进到祠堂里，酒喝得不多，酒气还是有。钱壮虎吃饭回来时，将家里的和隔壁四周邻居家的大椅子都搬来了，摆在傩傩大火桶的两边，瓜子、花生、米糖和茶水一边搁了一份在矮点儿的小方凳上。

傩傩说是说，“傩事不等人”，那是指请神送神，像今晚的傩舞，人不来他还不演呢。

傩舞不用“报台”。

中堂“亮匾”下摆好了桌子，桌子中间和两边又立一把椅子，钱壮虎对右边的锣鼓做了个手势。随着咚咚——哐，戴着红脸“关羽”脸子的“关公”率领部属“关平”“周仓”上场。“关平”戴的是“千里眼”脸子，“周仓”戴的是“顺风耳”脸子。

“哎，不是唱傩戏《花关索》吗？”芬爱国在长鸟卫云和“蒲扇脸”中间后排凳子上坐不住了，跑到换戏服的后台找到了钱壮虎。听到这都是傩傩临时调整的，觉得有些不对头，“不能光听他的呀？副书记都在这呢。”

“办傩不听他的听哪个？”钱壮虎说，“白水河只有他懂傩。”

“戏还唱不唱？”芬爱国朝戏台上猫一眼。

“关公”正从下边椅子往桌子上迈腿，“关平”扶着他，“周仓”给他在大腿的地方拎绿袍子。袍子有些长，还愿的人家估计没有想到个子不高的傩傩还会上台，否则做短点正好。

长鸟卫云和一班孩子挤到戏台前，端着相机在拍照。一个大好的晴天晚上，被他一闪一闪地拍着，跟要打雷下雨一样。

“要是唱《花关索》，《关公斩妖》就会放在戏后演，”钱壮虎说，“傩里的道道太多，我也不太晓得，还得听孩子他姑父的。”

芬爱国没有吭声，挤到李副书记后边讲了一通。

“别的可以不演，《花关索》得演，演不了一本，演个片断也行，”李副书记说，“长鸟卫云先生来一次不容易，他对我们秋浦的外宣工作会起很大作用。”

台下有人小声议论，“他傩傩爷上台啦？”“不可能！”“你细点看，‘关公’大黑髯里是不是有一节白胡子。”“哎，还真是呢！三红他大办傩就是起劲，五个傩堂一百年找不到一个人。”“傩神都装在他心里。”……

“关公”坐到桌子中间的椅子上，“关平”和“周仓”两旁立于椅子上。“关公”登临巡视，他的眼一直在追着长鸟卫云，而长鸟卫云的眼在取景框里，即使他在照“关公”，也看不清傩傩的眼神。

锣鼓点子打到“｜哐 呆呆｜次呆 次｜哐 呆哐 次呆｜哐 0｜”时，戴着“净角”脸子的财神“赵公明”和戴着“土地”脸子的“土地公公”出场。财神“赵公明”手执钢鞭，自顾自地挥打四方。“土地公公”手里除了古老钱，还多了一把单刀，他在台上或劈刀击打，或举钱作盾。两人在台上好番舞腾之后，大汗淋漓地站到“关公”麾下。

"关公"自报来意——

关公:(诗)今值三阳开泰运,时逢佳节庆良宵。号喻神圣耍今朝,预保钱村真吉兆。

(白)俺,乃汉寿亭侯关云长圣是也。今接玉帝圣旨,册封我为"伏魔大帝",命我前来降妖护民。周仓!

周仓:(白)有!

关公:(白)命你携我大刀前往钱姓傩堂降妖。

"周仓"接过钱壮虎递过的也就是下午"关索大战鲍家庄"的长柄大刀,纵身跳入天井,此时的天井四角已经点起了四把火,钱壮虎就着右后边的火点着了一挂"千字头"的鞭,"周仓"开舞大刀。

芬爱国见不用再给长鸟卫云说什么了,便蹭到了李副书记的后边,他眼盯着"周仓"的刀,嘴上在小声说:"书记,刚才哪叫'调刀',现在舞的是'捧印'……这是'抱子',接着'三刀两砍两喊',就是'砍刀''拖刀''拍刀','砍头''砍脚','面喊''背喊',……这是'背剑''顶枪'……"

"让书记好好看,"卢乡长扭过头,"问的时候再讲。"

"周仓"降妖逐疫的舞刀原有三十六路套数,复傩时傩傩实在只能记起二十二路。

"周仓"头顶天井上的月亮,脚踏四堆火光,在阵阵喝彩声中,刀光剑影,杀声震天……进到十四路"跳刀"之后,人刀不分,见光不见人,见声不见刀……直到"刀下留人"时,钱壮虎和另一个青年人跳进天井里接住刀、搀住人。四周点火的快快地踩灭火堆,也有顽皮的孩子伸脚在踩,腾起的火星和灰尘像长了四根柱子顶出天井。

"这是做什么呢?"李副书记问。

"书记,听讲降妖的神不知道什么叫累,"芬爱国及时伸过头来,他的心还是在李副书记身上，“要是不下人去扶他，他会一直舞到气绝身亡。”

“噢！”李副书记点点头。“这个是不是结束啦？我能到后台去看看傩傩老师吗？”

“结束了！”芬爱国说，“行，行！”

李副书记在芬爱国的引领下走到后台的戏围里，卢乡长也跟着，“关平”和“周仓”正在给傩傩脱那件过长的绿袍子。

“他爷，”芬爱国从傩傩背后轻轻用指头拍了拍，“书记来看你了。”

傩傩一扭头，果真见李副书站在身后。

“傩傩老师还亲自上台，”李副书记再次伸出手，“谢谢！”

“演得不好，请书记指教。”袍子脱下，傩傩轻松半截。

“下来的戏，你就不要再演了，”李副书记说，“我陪你说说话。”

“今晚只演‘关羽斩妖’，”傩傩说，“他们没有告诉你呀？”

“傩傩老师，翻译回来都跟我讲了。”李副书记说，“您那代人的情感，我们都理解，但现在毕竟是现在，中日友好十多年了……”

“书记，傩戏只娱神、娱人，不娱鬼！”傩傩将眼盯着李副书记说，“他长鸟讲他不是鬼子，行，我让他替他们小日本鬼子给我们傩神赔个不是，过分吗？他不下跪，他也就是鬼子，只有鬼的膝盖是直的不打弯。”

“我尊重傩村的规矩。”李副书记无奈地摇摇头，“不管怎么说，非常感谢您几十年来对白水河的傩做的重大贡献。您还有什么要求，请提出来，我们县委和政府将不遗余力地给予支持！”

傩傩很想提提他“五保户”的事，转念一想：人家那可能是“让人是一礼，锅里没有下你的米”，况且想看一场傩戏你都不给唱，提也是白提。“没有，没有！如今政策好了，办傩，只是正月里图了心愿和热闹，不劳政府了。”

长鸟卫云还是“听”到了傩戏《花关索》。

“以后要来的领导还多呢，你这接待工作一定要加强。”李副书记一行上车时，卢乡长问芬爱国，“其他的傩堂今晚都没有唱《花关索》的吗？”

“一定，一定，”芬爱国想了想，“不行的话……金姓村还有个老人，他恐怕能唱几句这个戏。”

“那还愣着干什么，”卢乡长一挥手，“快上车。”

车子开进了金大栎家的院子，芬爱国承诺白水河两岸树林以每年五百元的工钱让金大栎看管三年，金大栎在家里唱起了傩戏《花关索》，遇到不会唱的他就说，遇到不记词的他就跳……折腾到月落星稀，总算滴滴拉拉扯完了金姓傩堂“十九出”的本子。

长鸟卫云用相机还拍走了金姓傩堂的“总稿”。傩傩听到后，气得吹胡子瞪眼：“汉奸！‘狗腿子’金大栎没有几天活头还当了汉奸！”

钱道先回来了！我听到这话是在早晨。

头两年的确有风声，说山外新中国成立前跟着蒋介石去台湾的国民党老兵与家里取得了联系，很快就能回家了。我送红从池口上船念大学那年，在县里住了一晚上，专门到民政局问了有没有钱道先的下落。回来告诉梁秋霜时，她恨恨地说：“台湾多好，听讲路都是金子铺的，他还不晓得在哪里讨了几妻几妾呢！还会想着你这里的老太婆？我不图他什么荣华富贵，只要他回来跟政府讲一声，我不是什么‘国民党特务’，就烧高香了。”

钱道先终于有了消息，我进梁秋霜家时，她也听说了，正闷坐着抽泣，桌子上摆着“老瞎子”和她婆婆的遗像。她看到我，不停地说：“他还回来做什么呢？等着找我要一副棺材板呢。”

“不管怎么样，回来总比不回来好吧？你这回心里的大石头总算落地了。”

“落地也是砸在脚背上。是个什么样子还不晓得呢？你是不是也听到讲，县里正派车子往乡里送人呢？”

“是的吧！先头从台湾回来的老兵，有人看到十根指头戴的全是金镏子。他要是带你走，你去不去？”

“往哪去？台湾！那里的人也不晓得吃不吃米饭。”

“神还得三荤三素呢。去吧,等红毕业了还能去台湾看你。”

“下午去乡里,你陪着我吧?”

我很想看看当年我差点也当了的国民党老兵的样子,比梁秋霜更急的是,想听到钱道先会不会把她接到台湾去。应该会的,一日夫妻百日恩。梁秋霜不说,我也会说“你钱道先拍屁股当兵又到台湾荣华富贵,梁秋霜替你把两个老人体体面面地送上了坟山,还为你守几十年的寡,你要不接她走,良心……”可我嘴上还是没有答应,主要是怕钱道先见到误会,他回来不会马上就走,怎么着得给他大他姆上上坟再走吧?有些话到时再说也不迟。我说:“还是让你娘家侄儿陪你去吧?我在家备酒等着你们。”

梁秋霜的头点着点着,泪下来了。泪在别人脸上很快会花得败在枝叶上,她不会,她的泪都是清的。

要是平时,梁秋霜肯定留我吃午饭。这天,她没有心思做,我也没有心情吃。我到菜园里转了转,一畦苋菜长得挤过了沟。“亲戚如苋菜,不浇它就败。”我没有去掐,而是拔了一把。又在豆角架上扯了一把豆角,劲用大了,差点把一排架子拽倒。往回走的路上,看到一头老母猪带着七八只拱奶的小黑猪,我将苋菜扔给了它们。它们立马吃将起来,猪就是不如狗,只顾着吃,也不晓得摇摇尾巴谢谢我。

我在快到家门口时,遇到了“大雷子”。他说:“他爷,乡里来电话讲回来的国民党老兵不是钱道先,是金大杉回来了!”

金大杉回来了?!

我还以为听岔了耳,“你听清了啦?是一队前山金村的金大杉?”

“乡里电话是这么讲的,我才去告诉村长。”“大雷子”说,“他爷,我先走了,店里只有‘小的’在守着柜台呢。”

才半天不到的工夫,钱道先怎么又变成了金大杉呢?金大杉不是死三十多年了吗?“革命烈士”的相框朽了又重新做了一个,里边的纸脆得跟锅边的米皮子一样,伸手就碎。“烈士”还能活过来?他要真是活过来了,那钱秀英和金全森他们当了这么多年的“烈士家属”怎么办？政府不会再连本带利的要回去吧？

我回身往桥头去，见那头老母猪躺在了树荫下，小猪们哼哼叽叽地爬上爬下地拱奶，我一扬手，将那把豆角也扔到了老母猪嘴边。老母猪立马起身，还有一头小猪来不及松嘴，吊在奶头上，摔了个屁股墩。我笑不出来。等我到小卖部往乡政府打了个电话后，更是一碗糊泼到了一锅浆里，人家说：“是个叫钱道先的金大杉回来了！”

我急得直想骂人。钱道先就是钱道先，金大杉就是金大杉。这台湾本事也太大了吧？两个人去了，合成一个人回来了？到底是钱道先回来了，还是金大杉回来了？接电话的那人还有些不乐意了，他说：“我再讲一遍，回来的这个人是金大杉，他叫钱道先。”

操！你把我老头子当傻子在日弄呢？

我撂下电话，气得连电话费也忘记给“大雷子”了，还是事后才付的。

我直接到了前山金村，金大杉家的老屋子门前停了一辆拖拉机，一家人都在屋里，没有一个高兴的，见我进去，金全森拖了椅子给我。过一会儿了，金小四急抓抓地进来了，钱秀英撇了撇嘴，哭出了声。

我问：“到底是不是大杉回来了？”

“都讲是，”金全森扔下海绵嘴的烟头说，“可又都讲是钱道先，话里全在转圈。这不，叫了台拖拉机，一家人想到乡里看看。我和全林正在商量着去叫你呢，伯。”

“我去不去不打紧。”我总觉得这事怪得出奇，“全林，你过河去把你秋霜婶子叫着。”

“唉！”金全林跑出门，又回过头来，“哥，我接上秋霜婶就不到家里来了，在桥上等你们。”

拖拉机拉着钱秀英一家老小，还有我和梁秋霜。满当当的十一个人，突突突地突向乡政府。金小四没有去，她留在家看门。我们到时，县里送人的车子

傩俗

送灯伞

还没有到,我便去找卢乡长,想问问到底是钱道先还是金大杉。办公室一个脑后扎着扫把的年轻女孩子说乡长到路口迎接从台湾回来的老兵去了,我看到屋里的一圈茶几上,都摆了西瓜和苹果。心想,“乖乖,这个钱道先或者金大杉是不是在台湾当什么大官了?政府这么客气,要不是姑姑把我拉下来,讲不定今天回来吃西瓜的就是我……”但话也说回来,一个大活人变成“革命烈士”的一张纸也是有可能的。

我们都等在乡政府外边的大槐树底下。一会儿,金全森买了两屉包子过来,我才想起还是早上吃下的半碗泡饭。一看孩子们上来抓着往嘴里猛塞,知道这几家可能中午都没有开火。钱秀英和梁秋霜一人拿着一包子在手里,我吃下两个,走到他们身边说:“先吃点压着心慌!”钱秀英吃了,梁秋霜还是没有吃,钱秀英劝了,她也没吃,之后递给了金全林的大儿子。

站着脚板生痛,我坐到石板台阶上,坐到屁股上的肉跟死了一样,县里的送人的车子还没到。金全林小儿子在他姆怀里睡了两觉。看日头,回青峰山要走夜路,拖拉机师傅在接大灯的电线,接好后,又摇着机器试了试,金全森小儿子和金全林的大儿子便到灯里边耍光线。大概就是因为拖拉机师傅在开着机器试灯,县里的小轿车开到我们身边也没觉察到。金全森和金全林呼地冲到车子的两个门边上。

车子前座上下来了一个梳着背头的中年人,他说:“谁是钱老先生的家属啊?”

话里分明是在说,回来的老先生是钱道先嘛!我用手指了指梁秋霜:“在这儿呢!”

“大,大,”金全森大声喊起来,“姆,是我大回来了。”

原来,车窗子摇了下来,金全森一眼认出了车里的父亲——金大杉。

我站到梁秋霜身边,看到她在发抖。

“背头”把车门打开,一脸麻子的金大杉走了出来,一家人嗡一声上去抱头痛哭,钱秀英还晕在了大儿媳郦鹃的怀里。

我朝车里再看看，没有人了，那刚才“背头”不是在问“钱老先生的家属”吗？我过去轻轻地拉了一下“背头”，“同志，请问这位老先生叫什么名字？”

“钱道先，钱老先生！”“背头”说得再清楚不过了。

可眼前正被两个儿子搀着与钱秀英顶着头在鼻涕口水一裹连的麻子脸的老头是金大杉啊，不要说是个大活人，就是烧成了一把灰，我闻一鼻子也能认出他来。

“我晓得不会是他，”梁秋霜见我过去，“他要是念家，当初就不会走。”

“你也别灰心，”我想伸手扶一下梁秋霜，“大杉回来，什么事也都能问个清楚。”

脑后扎着扫把的姑娘笑盈盈地开始将金大杉一家往政府里引，她让我想起来了那年“拘留”时见到的女公安：政府里的人长得都排场！

“大，傩傩伯也来接你呢。”突然，金全森大声地喊道。

金大杉伸头看了看，没有认出我。

“你把头往天上瞅，能瞅到我小个子吗？”我说。

“哥，哥！”金大杉听到我声音，甩开金全林，扑到我身上，差点没有扑倒我，“哥啊，你把我想死了啦！”

我再也止不住泪，呼呼地往外冒。“你不是‘烈士’了吗？我巴望着到阴曹地府里找你打麻雀呢。”

“一言难尽啊！哥。”金大杉大张着嘴，“回到县里我都听说了。哎，我对不起家人啦！”

“好了，”卢乡长一手扶着我，一手扶着金大杉，“我们先到会议室里坐着喝口水，钱老先生一路奔波很辛苦。你们老哥俩有的是时间，慢慢聊！”

卢乡长也把金大杉叫“钱老先生”。

我看梁秋霜低着眉站着不动，便伸手拉了她一把。

梁秋霜说：“我不进去了吧？你帮我问问是怎么回事。”

“来都来了，还在乎这么几步路？”我能想到梁秋霜的心情。

晚饭前，所有人都清楚了——尽管有不少麻子已经吃在皱纹里的这个人，就是四十七年前从白水河当兵走的、我儿时最好的朋友金大杉，但他的名字也一字不差的叫“钱道先”。

前因后果，金大杉说得也很明白。当初跟着接兵的干部到了南京的下关，他们便被交给了国民党一支部队，训练不到三天，开始分兵上前线抗日。部队交接时，金大杉弯腰在系鞋带，正好名字点到“金大杉”。军官见没有人应答，又点了一声，站在前一排的钱道先，扭头用眼找到蹲着的金大杉，就哎，哎！地准备喊他。不想，军官身边的警卫拎着枪托过来，朝钱道先肩膀上就是一下，骂道：“金大杉，你耳朵里长毛塞住啦！快上车。”——后来去的两支部队，哪个当官的也比不上进山招兵干部的客气，尽管都穿着白衬衣——钱道先就这么被大卡车拉走了。等又一支部队当官的点到“钱道先”时，吓得不敢作声的金大杉只得应了。他们就这么阴错阳差地“钱道先”叫上“金大杉”，“金大杉”叫了“钱道先”。钱道先他们很快与日寇交上火。金大杉他们没有，那两年，他们尽在跑路，先是到四川，后又到河南，等真的开火打仗，日本鬼子早投降了，对方变成了共产党的部队。金大杉知道钱道先的死，还是到了台湾之后的好多年，遇到沙果李村的同乡才说钱道先当年就被日寇飞机炸没了，白水河一起去的还有好几个……

金大杉回来两个月，我跟他跑了六十天，晚稻田里的草要不是梁秋霜替我拔了，秋后恐怕只能收稗子了。我也听到有人在背地里酸着牙板说我“这回黏上从台湾回来的兄弟，金大杉还能亏他，从手上抹两个金镏子够他吃到棺材板里去。”我实在是没有工夫对他们说什么，我是忙完金家忙钱家。

卢书记当晚没有让我们回家，吃住在了乡招待所里。第二天一大早，钱秀英带着儿孙气呼呼地坐着拖拉机回到了白水河，把金大杉和我、梁秋霜都搁了下来。钱秀英生点气，是能理解的，头天晚上，听清了金大杉的话，她当即拍了桌子：“你还回来做什么？给我显摆呢！你反正是长满了麻子，我儿子孙子的脸都光玉着呢?"一时,我说不了劝下钱秀英的话。梁秋霜倒是说了两句:"回来就好,都少讲两句。要不是没有法子,咱哥也不是那种人!"但让我没想到的是钱秀英会这么做,她一下把金大杉架起来了,我看着他上也上不去、下也下不来,想喊,喊不出声;想哭,哭不出泪。

"哎,我还真不如像先老弟为国捐躯了呢!"金大杉连声叹气,"哥,我是做梦都想回白水河啊!"

"不要讲活着,死了还想把骨头埋到祖坟上呢,"我生怕金大杉出什么事,"放心,秀英也是苦了这么多年,眼看着你回来高兴得没法,可一听到这事,一时转不过心筋来。"

"全森和全林也走啦!"金大杉的眼里灰蒙蒙的,一层压着一层。

我是他哥啊!看着兄弟刚从一家团圆的热炕头上猛地掉到凉锅里,能不管吗?

乡政府派车子来送我们,我说:"不用了,家里人回去包车了!"说完,我跑到政府邮政所给金全森挂了电话,厉害地对他说:"赶紧包个车来接你大!"不等他说话,我把电话撂了。

金大杉这次只是探亲,末了还得回台湾,在那里他还有一个家。家里有个老伴和一子二女。老伴是高山族人,一九五二年七月结的婚;大女儿是牙科医生,儿子和小女儿都在大学教书。他还带来了台湾的"全家福",钱秀英没有看,我看了,挺让人羡慕的一家,可我不能说出口。

金全森很快骑着摩托车过来了,金全林包了一个双排座拖车跟着也开进了招待所。什么话也没有说,我们上了车。金全森还算精明,在路上买了一挂鞭炮,先一步在家门口接上了金大杉。前山金村、后山金村还有下边的金姓村呼呼地来了几百号人,比看傩堂正月十五朝大庙的人还多,都要来看看明明说死了当上"革命烈士"怎么又从台湾活着回来的金大杉,到底跟电影电视里的国民党老兵有什么两样。郦鹃在小卖部里拎回五斤一包的水果糖,见人就散。

有人遗憾地说:"他那十根指头怎么一个金镏子都没有戴呢?"

有人诡异地说:“真正有钱的才不露呢?金子放在县里的金库里多放心。”

我问过金大杉在台湾的生活,他说,当初拿的退役金勉强盖了所房子,政府的补助只能够吃药——我看了他的后背和大腿,一共有六处伤疤,有一个鸡蛋大的坑里只有一层皮盖着骨头——家里主要收入是不到四亩山地的榴莲。二〇〇一年九月我去台湾,还以为榴莲是什么好东西呢,臭得我差点没有吐出来。也怪了,红跟梁秋霜一样干净却吃得比什么都香。金大杉供完三个孩子读书,家里还欠了十多万的债,不过这两年孩子们都有班上了,才松口气。这次回来,三个孩子一人拿了六千块钱,老伴也凑了两千,不晓得这边缺什么,也不敢乱买,路上花花加上回去的机票,能留下了一万块就不错了——我以为一万不少了,会让他们金家陡地成为万元户。不过,那时候我还不晓得,台湾的钱比不上我们这边的禁花。

我和金大杉同时住进了我家的老屋,也就是金全森家。金全森和金全林他们两口子都好说,年轻人什么理只要是理,都能听得进,也能想得明,两个人在听到我左说一通、右说一通之后,都给金大杉赔了不是。家家也都轮着割肉买鱼,时不时地还把亲戚和金姓的老人叫来陪金大杉喝两盅。

问题主要还是钱秀英,她就是不见金大杉。起先,连我都躲着不见。好不容易在金全林家逮上了她,我说:“人走时,你不愿意。等听到他当了‘烈士’,你死去活来。这回好,一个大活人回来了,你又这里不是那里不是,那你还让他死了算了!”

“他要是死了,我给他十二圆的大棺,”钱秀英把牙咬得呜呜叫,“他这边甩着手丢下了个家,把人往死里熬。他倒好,到那边才几年,又是亲又是热地起个家。他可是一滴没有耽误,这是毛孩子打锅灶呢?”

“大杉不也讲了,哪个想到今生还能有指望回白水河呢?”我替金大杉说实话,“到现在,半夜里他还拉着我的手问,‘哥,我这不是在做梦吧?’秀英,你的苦别人看不到,我是看在眼里,也都一滴不剩地对大杉讲了。有菊听讲她爷回来了,这两天请假正往家赶呢。你们两个老的这个样子,孩子们怎么看?大杉要是不念着这边，还回来做什么？大杉也待不长，政策上有规定，我讲句不好听的，这回见了，下回是不是在阎王殿里见还不好讲呢。听我的劝，俩人好好谈谈。我们都这么大岁数了，有点好日子，不能用在怄气上，得好好地过。讲句你不多心的话，这回能再见大杉一面，我死都多安一分心。”

钱秀英当着我的面号啕大哭。

当晚，我们在金全林家里上了一个桌子吃了饭。金大杉给钱秀英端了一杯酒，钱秀英红着脸喝下。

忙完这头，我还得忙那头。我都来不及去安慰梁秋霜，便跑开了。

金大杉回来，证明金大杉不是烈士，活着的金大杉护照上写的却是“钱道先”。真正钱道先是以“金大杉”的名号死在了抗日战场。——只要把钱道先的“革命烈士”跑下来，梁秋霜是不是“国民党特务”、是不是“反革命分子”，不言自明。

金大杉陪着我去了三趟县民政局，正好一个月前送金大杉回乡政府的“背头”是局长，他比在乡里还热情地次次接待了我们。他指派一位姓叶的干部专门负责钱道先“革命烈士”的事，通过调阅当初认定“金大杉革命烈士”的档案，通过金大杉家人指认叫“钱道先”的台湾老兵是金大杉，通过梁秋霜证明她丈夫钱道先当兵抗日而她也因此在“文革”中被打成“国民党特务”和“反革命分子”（这点让我想不通，梁秋霜原本就是要证明她不是“国民党特务”和“反革命分子”，反而还用她是“国民党特务”和“反革命分子”来证明——叶干部说这个证明很“重要”），通过我整理的金大杉和钱道先在抗日尾声时在国民党部队分兵中的阴差阳错的金大杉口述，通过这批与金大杉一同回来的青阳街上的一位老兵补证“叫金大杉的钱道先的确死在抗日战场”……

金大杉走后，我抢着收回了一亩田的晚稻。追认钱道先为“革命烈士”的通知下来了，梁秋霜被请到县里参加了“追认大会”，还给她颁发了“革命烈士”证书。我到梁秋霜家里看到“证书”时，问要不要做个相框裱着挂起来，梁秋霜无所谓地说：“又不是三红得的奖状！”

梁秋霜也走了，她作为烈士遗孀住进了秋浦县“八一敬老院”。我的“五保户”也批下来了，田不用种了。梁秋霜将那台我有事没事就去她家看的十四英寸的黑白电视机留给了我，头几天，我还掐着点看看江南天气预报，之后觉得不种田地，天气预报与我无关了，把它摆到房里能看见就行。

日子成了一瓢清水煮下的白菜帮子。

傩，一年盛过一年。很多比长鸟卫云老外得不知要老外多少倍的老外三五成群地穿着牛仔裤、背着大背包、眨着蓝眼睛，来到白水河。好多领导也不在家里陪老婆孩子过年，来看傩，他们的官一个比一个大。差不多也就两年，热乎乎的卢乡长也开始说带风的话了，“到青峰山当干部，甭想过一个安稳年。”还有很多扎着小辫子、留着长胡子一时分不清男女的中国艺人和这个报那个社的记者都来了，有的要拍照，有的要采访，搞得我连梁腊梅骂我的“一辈子也就能那么几天”的办傩时间也拉扯得一块一块的，像补丁一样地补在日子上。

我知道我会怎么死了，也知道我会在什么时候死。

我一定是被气死的！只要红再气我一回，这条老命立马会落到她手里，硬翘翘的。

红只要一气我，我的肚脐上方便会快快地气个大包，硬得像里边塞了一个拳头。梁秋霜摸过，还替我顺了顺，一点用不管。气门芯在红手里，她不放，我这个气包消不了。

红伙同她那个法国同学劳森将我“埋”在后姆田荷花棺材里的“十三太保”脸子“偷”走了。挖傩神的脸子是要遭天谴的啊！她不仅“挖”了，而且还把“十三太保”不分大小摆位、随随便便地放到了法国一个什么展览中心，让老外们看了又看、说了又说，轰动了整个巴黎——怎么不轰动呢？法国在家门口不用请就看到了中国的傩神，能不乐呵？

事隔九年，我再去巴黎，那一群比我们白水河人还要信傩的法国人依然在津津乐道见到"十三太保"时的癫狂。

红是怎么知道后姆田荷花的棺材里有"十三太保",多年以后她才告诉我,她小时候钻到那里躲过猫猫。我默默地笑着想:真的不是一家人不进一家门,躲猫猫都往一个地处里钻!

"你说她胆子大不大?"我气得实在无处可说了,跑到梁秋霜那里,"她把书念到狗肚子里,也晓得傩神动不得啊?出了青峰山,傩神的路都得引,还去法国,法国比天边还远,这叫傩神出门两眼瞎!那个什么劳森,眼睛像叫春的猫眼。肯定是他骗红的,否则她不会……劳森这个小鬼子要是再来白水河,我先把他的腿打断再讲……"

梁秋霜再不怎么关心傩,当听到这事,也吃惊不小:"先别急,你是怎么晓得这事的?"

"钱壮虎他们拿着一张报纸堵到我家口了,"我捂着肚脐上的气包,"找我要一百万呢。"

"什么?"梁秋霜停住正在给我倒水的手,"哪来这么多钱?"

"报上讲,那副'十三太保'脸子雕于清代光绪年间,是古董,有外国大佬要一张脸子出十万买下呢。"我的气包又鼓了一圈,"你讲要命不要命,红在报上把什么都讲得底朝天,白纸黑字写着'十三太保'是我偷偷保存下来的。壮虎他们讲'十三太保'是钱姓的'十三太保',不能让我一家独吞了。那是傩神啊,不是市场上捉小猪的买卖!她婶,红再糊涂,不会卖脸子吧?"

"应该不会,"梁秋霜也没有底,"红不是那种想外财的孩子。"

"那个劳森像啦!"我只能求傩神显显灵,保佑红把"十三太保"带回来。她只要把脸子带回来,我保证一句话不骂她。"红要是敢卖一张脸子,我就不认她这个女儿。"我狠下心对梁秋霜说。

头年腊月二十三,我和梁秋霜到池口码头接红回家过年。从轮船上下来的就有劳森,他中国话说得比我还溜,不用红介绍,他主动告诉我他和红是同学,法国华裔,外祖母是大连人。他是听到红说白水河的傩多么的神乎,才跟着飞来的。这也是红大三考上公派巴黎第一大学的“艺术史与考古”专业后，头次回家过春节，我杀了那头其实正在起膘的白毛猪。两只腰子，做好送给梁秋霜吃了，她一入秋，腰就痛。我很想让梁秋霜一起回白水河过年，但她有些感冒，我又不敢了，她们养老院暖和得很。红和劳森一进白水河，我很快听到有人在传他们的“坏话”——红在法国和一个老外好上了。我也偷偷地问过红，红笑着说“没有”，不过她挺喜欢劳森热爱中国文化的那股劲儿。红和劳森在一起有说有笑，他们很少好好说话，一会儿说两句中国话，一会儿又叽里呱啦地说外语，外人要是路过我家，还以为我养了两只八哥呢。初六前，劳森跟着红转，红到哪里他跟到哪里。他不是那种跟着只瞪着两只大眼看的人，他动手。红这么多年在外读书，每次回来都会里里外外地把要洗的都拆下来洗一遍。这回，劳森也跟着洗。我在想：外国是不是都是男人洗衣服？初七之后，劳森一刻不停地黏着我，他比老王头还要“烦人”，一句话问过几遍不算，有些字还得教他写，很多次，整个傩堂里都看着我们在比画。他们是正月十七走的，也是我和梁秋霜送的，他们回来时是两个箱子一个包，里边满满当当的，走的时候还是两个箱子一个包，怎么就把“十三太保”带走了呢？我太大意了，要是日本鬼子来的那几年，我会小心的，可日子好了，人也就大心了。很多事都坏在大心上，钱谷子用死给过我的教训我都没有记住，一切的都是我的错！

谢天谢地谢傩神！红没有卖掉“十三太保”。她从法国巴黎落地上海的头件事，给我打了电话：“爸爸，请你原谅我把‘十三太保’请到巴黎。劳森说得对，像傩这样的伟大艺术，不应该只属于白水河，不应该只属于中国，他应该属于全世界，属于全人类。您太伟大了，老爸！是你保住‘十三太保’，傩脸子是我们的国宝！”

我像伺俸傩神一样地对红说：“乖，赶紧把傩神送回家！”

“不，爸爸！‘十三太保’要是再送回白水河，说不定就会被他们毁了。”红的口气很坚定，“我已经与秋浦县文化局取得了联系，决定将‘十三太保’捐献给政府，只有这样才能更好地保护这批古老的傩脸子。”

"脸子是钱姓村的,你把它们送人了,算怎么一回事呢?自古只有送钱送物,哪有送脸子的,这会不会犯傩神啊?"我一忍再忍,"红,你是个有知识的人,国家都拿钱让你到外国读书了,得晓得理事。爸爸答应你,一定想法子带着钱姓老小把'十三太保'赠给县政府。"

"傩脸子是爸爸用命换来的,"红很固执,"它们不属钱姓村。"

我说不过红,也说不服她,只有消了这个气包,鼓起那个气包。

红将"十三太保"赠送给秋浦县文化局时,又上了报纸。这回,钱姓村堵到我家的人更多了,连水底钱村的钱道文也来了,他们一再逼问:"十三太保"在法国挣了多少钱?县政府征收时又给了多少钱?那架势不下于六几年到七几年的那十年。

"我要是花了一分傩神的钱,我今晚就被傩神带走!"我关上了大门。

他们还在外头的稻场上吵吵呼呼,末了,钱壮虎在门外大声说:"我们钱姓村的傩神,无缘无故地让个外姓人做了好人!"

这话跟钱壮虎小时候和一班不懂的孩子抄我的家一样,既打脸又戳心。一天一夜我坐在屋里,从当初看到后来连我也在怀疑到底有没有的那只滚灯起一直默想到眼下,我先后四次在问我:"我姓了几十年的'钱'怎么在钱壮虎他们那里还是个外姓人呢?""我还有没有脸再进钱氏祠堂?""钱姓村的傩堂还要不要我来办?""秋霜不在村里了,我还住着干什么呢?"

我爬进了后姆田荷花的棺材,那只装"十三太保"的"日"箱还在,"日"箱与棺材小头间放着的东西也还在,我摸了摸,它发出的声响还是那么的清脆。

这天上午,我到香纸厂找到了金全森,直截了当地说想回到前山金村住。金全森高兴地说:"伯回家,是我们的福分,也是金姓村的福气呢。"他二话没有问,让厂里送货的小拖斗车开到我家,将几件衣什收拾着拉到了前山金村。我住进了我小时候住的屋子,郦鹃给里外收拾得干干净净,可我心里还有一层灰。

本来我是想等到这年腊月二十四请祖时,对着祖先,对着金姓村的同宗,将我的心思摊开来说说……不想，一组组长陈阳在里头想挽我一个疙瘩，他说我回到前山金村，他管不了我的“五保”。我回不回，与他一组何干？我的地在四组，我的户口在四组，“五保”是上级政府给我的五保，怎么到他嘴里成了“獠牙”了？按理我不作声也就算了，可他是在村部开会时跟现任村长金全林说的，恐怕还有四组的组长钱壮虎在。

我到地头里找上了陈阳，垮着脸说：“一组组长是多大的官啊，比青峰山大吗？即使比青峰山大，你当你的组长，我回的是我老祖‘穿红鞋’走出的地界，管你什么屌头不挨卵子的事。你大周庚短命是短命，但不至于没有对你讲他当年挑着一担破箩筐差点没讨上饭，是哪个隔三差五给他一只碗才生了你这么个有出息的独苗儿子？你也可以回到太湖扒开你爷爷的坟头问问，是你们祖上积了阴德，还是金姓人仁义？你这才当几天小组长，哎哟喂，不得了了，是吧？撅起屁股忘了擦屎的土块。我告诉你，小子，老子在白水河走了这么多年，身正影直，还摊不到你来说三道四。老子还告诉你，现在的日子是晴多雨少，你别想到伸手来遮天？当心老子用茅镰刀剁了你的指头……”陈阳没有袭他父亲的姓，跟的是他母亲。

我好生痛快地骂了陈阳一通，连他想赔小心的话我都不让他说出口。

于是，当月十五，我让金全森把金姓村五十岁以上和这几年参加傩事并在家的年轻人叫到了金氏祠堂。我坐着金全森的摩托回了一趟水上钱村，从后姆田荷花的棺材里拎出一只麻袋，一路抖着松木老气，在所有人的疑惑中回到了金氏祠堂。

“本不该在这个不是年不是节的时候把大伙请到祠堂里来，可我急着要回前山金村。”我放下麻袋说，“我想死后埋进金姓坟山！”中屋金村的一位比我还大月份的老哥要说话，我用手摁了摁，“老哥，你让我把话讲尽了。我也晓得，旧时的规程没有那么多的计较了，但我，还有这些上了年岁的老人都是从旧规程里长大的，得按旧规程办。我是二十八岁那年跑到我后大钱运德家当了继子，这是为什么？因为老的都老走了，这里还有他们的下人在，就不讲那么多了。当着老祖的面,我没有一天不想着回到前山金村来。全森,你把这个麻袋打开。"

金全森去解麻袋,我知道所有的人都把眼盯着麻袋看,我接着说:"要是你们看了它,还讲我没有资格回到金姓村,我后世再也不踏河西地块一步。"

"当——当——"随着金全森拖拉开麻袋,一把把茅镰落到了地上。

金全森抓着麻袋惊呼:"伯,这是我们老祖的那十二把镰刀吗?"

几个与我年岁大差不差的金姓老人,一起扑到茅镰前,哭喊着老祖的名号:"老祖啊!老祖,我们金姓的茅镰回家啦!"

一九五八年"大炼钢铁",我看到梁腊梅连家里吃饭的锅都炼进了土炉里,还有金大栋已经挖空心思在找铁时,我偶尔想到金姓老祖留下的十二把镰刀可能要被扔进火炉里。于是,趁那个下着小雨的晚上,摸进金氏祠堂将它们偷出并冒雨送到水上钱村藏进了后姆田荷花的棺材里。至于镰刀失踪大案,没有一个人包括金大栋和县里的公安怀疑到已经"背叛"金姓的我的头上。

"傩傩老弟啊!"中屋金村的老哥一把抱住了我,满脸泪水地说,"当年你学傩,金姓傩堂不让你唱;前两年复傩,不是你,金姓哪还有傩神。没想到,你赔着命护下了老祖的茅镰,要是再讲你没有资格回来,那我们还是什么金姓子孙?你是对老祖最衷心的。我建议,我们一起把茅镰再挂到祖先的牌位上,你再带着我们向老祖们叩拜。"

我很欣慰,金姓对我的接纳。因此,我的晚年才春光灿烂。后来金全森问我,为什么不早点将茅镰拿出来?我怕啊!那可是县公安局立过的大案。直到这几年,傩可以冠冕堂皇地办了,心里才踏实起来。可一直又找不到机会,这回要不是红闹出个"十三太保"的事来,还真不晓得什么时候才让金姓老祖开山立足的茅镰回到祭位上的呢!

我回到金姓村,除在地头骂了一通屁都不敢放一个的周庚儿子陈阳,那就是被活拖着到相仿年岁的几个老人家吃了一两顿饭、喝了一两壶茶。我心里知晓,破袄子越翻越能看清花皮子里的脏,讲到哪里,多少都是不合老辈人的规程。可这事，丙兵竟然知道了，他起码十多年没有来白水河做“应付和尚”了，后来老人过世，来念经的是他第三个儿子，他要不是坐到我面前而是在半路上遇到他，我绝对认为是见到了鬼，他老婆也就是妹妹钱小末死时他连个信也没有给我送，我们两家早已断绝往来。

丙兵驼背了。我比他大两岁三个月，背却直得很，老了反而显高了。丙兵的背听说也是作为“四旧”分子“坐喷气式飞机”坐的，很感谢那个时候梁腊梅她们不会这一招，否则我的背比丙兵好不到哪里。丙兵的来，我不冷也不热，全看在老到快进棺材的分上，我有一耳没有一耳地听着他的话。他还是那副念经的腔调，念着念着就念到了他来的目的上了——他想我把水上钱村的屋子让给他二儿子在白水河开诊所。

我气得嘴唇直哆嗦，很是澄了一会儿气，才说出话来，“你一辈子都是做人讲鬼话，怎么不当‘应付和尚’也不讲一句人话，不怕到阎王那里给你舌头割了喂狗啊？”

“钱运德的家产本该就是我的，”丙兵矮是矮，说起不要脸的话跟做不要脸事一样使劲，“当初两家讲好我做上门女婿，钱家已经倒着给我们家亲戚上了两个节的腰篮礼了。是你，从中插了一竿子才这样的……你们家三红都到国外去了，还要那破屋子干什么？”

“丙兵，你矮冬瓜是矮冬瓜，可这点个子也是吃米饭长大的，不是吃屎的吧？”我把话阴着往上抽，“老人过世时，是我捧的头、起的水，你在干什么？不要以为我不晓得，我不想讲了你的丑事歪了我的嘴。不要讲我只是来到金姓老宅子里来住住，就是跟我家的红到法国去，水上钱村的房子你也得不到一片瓦。你听到了吧？”

“你不是又改姓金了吗？”丙兵也开始把话朝硬里说，“你不要以为别人都是睁眼瞎子，你当初就不是存心当钱运德儿子。有你这么当儿子的吗？连个根都不给钱家留下，你图的就是人家的家产。”

“这个家产也只有我能图得到，有人从阴曹爬到阳间，又从阳间跌进阴曹，只能做些偷鸡摸狗的事。”我很想把他与梁腊梅的事揭出来，出出恶气。

“你是看到了，还是逮着了？”呙兵直起身子和我说话，“你办傩时，丑事做得还少吗？要不钱谷子能上吊？”

呙兵的这话，打蛇打到了七寸上，我心里痛，嘴上却不让三分：“我活着，还是死了，都问心无愧。你在犯傩神，是要遭报应的！”

“我不跟你扯这么多，”呙兵起身说，“钱运德的家产，你不能独吞。你今天不给，我明天上法院告你。”

“告！”我说，“你告一个我背着，你告两个我挑着。再告多了，我雇汽车拉着。”

呙兵有没有告我，我不知道，反正至今没有接到法院的传票。

后大钱运德屋子的钥匙，我后来给了“大雷子”，让他得空照应着，里边还架着后姆田荷花的棺材。我再也不想回水上钱村了，哪怕是正月办傩。

我一直生着红的气，什么时想起来，什么时候肚子就起包，她将“十三太保”赠给县政府那回，很想回一趟白水河，我不让。梁秋霜往小卖部打了四次电话，我也不进城。“红哭着走了！”梁秋霜说这话时，骂我老东西快成孤老坯子了。

梁秋霜乘着“大雷子”的车回到前山金村。

“大雷子”荒下砖匠手艺，买了一辆中巴车，一天往县城跑两个来回送人拉客，一个人一趟十块钱。有了小客车，一下将白水河与县城拉近了，我去看梁秋霜只要有个想头，抬脚就走。也就两年，最多不过三年的工夫，“大雷子”在桥头盖起了三屋小洋楼，一层卖货，二屋住人，三层空着。“大雷子”后来白水河，却先富了起来。

梁秋霜很少回白水河，有什么事打个电话能说得清清亮亮，她即使想看我或者想让我去看她，她从来不明着说，都是我揣摩出来的。她进门的时候，郦鹃在家，喊着“她奶稀客”，慌忙双手接进门。我也感到奇怪：上个礼拜我才去的县城,不会出什么事吧?我这边的嘴还没有张开,她却黑着脸骂开了:“你个老糊涂,三岁毛孩子都晓得胳膊肘往怀里拐,你倒好,还告起了家人?你现在就跟我到县里把‘状子’给启回来……你快成精了!”

郦鹃精明,打个招呼,进到灶屋里点火待客。

梁秋霜说的“状子”,是我给秋浦县李副书记写的一封信。那是金大栎死后不久,我决定要写的。

金大栎的算盘珠子打过了劲,蹦出了框。他乐滋滋地背着被褥到白水河下游看护树木,不想,三年的一千五百块工钱,连一块也没见着,他先见了阎王。秋上,金全楠给他挑米送菜时,发现他死在了床铺上,他应该是老死的,他是害人的人,不会有人害他。我是在听到金全林给金大栎办完老事回来说“河堤上的树,村里不准备再寻人看了,要不了一年差不多全死光”之后,想着到河边看看。后来,我还上了河上游的青峰山。

白水河成了像老书上说的卖肉的女人烂了裆。河水比黄牛尿还黄三分,过了九道梁村,水道打弯的地方,基本见不到水,全被白乎乎的“肥皂泡”盖着,随风飘着恶臭。河边上的草,只要碰到水的地方,都跟提前过了冬一样地枯死着。我走进堤坡下的树网里数了数,面前的几十棵槐柳死有七棵。我突然拎起头皮,好比断腰蜂子在后头追着地往堤坝上爬,全身冷飕飕的,我看到了树上从下到上趴着一层飞虫,还有指甲盖大小的绿头苍蝇和黄得透亮的牛虻。

一棵死树上轻飘飘地顶着一巢老鸦窝,稀得能从底看到天。鸟早飞走了,树上兴许在起风,窝巢里漏下两根“栋梁”。

白水河的病根子在青峰山香纸厂。

如今的香纸厂比后大钱运德在时,要大十倍还不止,厂房从河东青峰山脚下快盖到白水河桥头了。两台水磨又像我家被定为“地主”时,撂在水里不动了,而这回厂里换上的却是一天到晚也不停歇的、轰隆得连鸟儿都不敢过河的大机器,正是它们屙臭了河水,呛死了鱼虾。去年,五队有十三户人家从河里直接引水浇田,一季晚稻枯在地里点把火能从头燎到尾。损了季节的农户和着下游几个队的人堵住了香纸厂大门口，乡政府派人调解多次，才以每亩六百斤稻子作了补偿。

“香纸厂好是好，让村里上百人挣到了活手钱，可白水河死啦！”我顺着河往上，来到小时候经常与金大杉玩的柳树林里，这里的树也开始死了，有一棵紧挨着我俩尿尿比着养的柳树边上。“这不行！不能让柳树死在我前头！”

我又爬上青峰山庙址的高处，朝山里一看，那个心啦猛地被什么钩子挂了起来。青峰山也成了化脓结痂的癞痢头，一九五八年那么下着命地砍伐，日常每年烧炭成片地烧山，也没有这么断子绝孙的劲儿。两辆加着挂的大车，恨不得一趟拉光整个青峰山的大树，从老林里哼哟着爬将出来……我早知道山里人像山外人一样疯着地想致富，开始学着“双抢”的劲头往怀里抓钱。“抢收、抢种那是抢季节。季节年年有，这树抢着砍却不能抢着种、抢着长，那怎么好？”

我给李副书记写了一封信。李副书记亲口对我说，要大力发展白水河的傩文化，打造秋浦县的傩品牌。如今山秃了、河烂了，牌子打得再高也遮不住青峰山、做得再大也盖不住白水河。哪个会捂着鼻子来看傩呢？

“你先坐下来歇歇，”我不想让梁秋霜生气，“我哪写什么‘状子’了？你不看看白水河、青峰山成什么样子了？我没有告全森啦，只是想着让李副书记出面整治整治。”

“你是村长，还是组长？”梁秋霜冷冰冰地说，“白水河几千人，就你会写几个字？你是还想到那河里去洗澡，还是担心死了山上差你一块地？”

“我不是想着村子的好吗？水不能吃不能喝还叫什么水？山没有树没有林还叫什么山？”

“你都是有理！动不动给政府告状，这下好了吧，李副书记听你的话了，已经把全森的厂子封了。你等着给他一碗饭吃吧！”

郦鹃一手端着一碗荷包蛋，她轻轻地说：“她奶、她爷，先喝口水再讲。”

“都是家里人，别客气，”梁秋霜接过碗，“全森一家这么待人，你往里扎刺钉子。不是老糊涂了是什么？你晓得不晓得，香纸厂已经被全森承包了。你一下把孩子整趴到地上，结结实实的……”

郦鹃坐在一边，不吭声，把手放在围裙里。

一碗荷包蛋——郦鹃劝了多次，我没有动一下筷子——怎么端上桌，又怎么端回了灶。

梁秋霜没有停下来住一夜，赶着“大雷子”的最后一班车回县城了，我没有送她，郦鹃送了。

青峰山香纸厂真的被县政府一纸封条给封了。在家里，我几次想和金全森谈谈心，他都因为很“忙”，没有谈成。后来问了几回金全林，总算心里舒坦些——县乡两级政府清算了香纸厂的资产，进行了合理的补偿，金全森没有遭多大的损失。

青峰山已经封山育林了。第二年春，县里“四大班子”领导开着车来到山上种树。

让我过意不去的是，金全森的厂长当不成了，听说乡里想让他到双湖农场当场长，他不干。很快，金全森和金全楠结上伙，成立了一个白水河建筑队——他俩连瓦刀怎么拿都没有学过，怎么就能盖房子呢？我担心他，又不敢问。金全森还真的在安庆、铜陵给人盖上了房子，不是盖白河村一家一户的那种，是一排一排地盖、一片一片地盖，最远的还盖到了浙江和上海。

金全森没有记我“告”他当不了香纸厂厂长的“仇”，他当了建筑公司“老总”，回来接郦鹃和孩子住到省城时，执意把我也接过去。我说：“你把你姆接去享享福吧！我年年还要看着办傩呢！都走了，傩神哪个来请、哪个来送呢？”

世道应该越来越宽才是，可我还真是越来越糊涂了，老有一时解不开的疙瘩事。我不跟梁秋霜说，她也不是一个会解疙瘩的人。其实红最会解疙瘩，小时候家里有什么绳头线脑的打了结，她小手一扣就解了。我还生着红的气，怎么给她打电话？疙瘩事很多，比如白水河有很多人都把田地撂给了老的和女人，跟着金全森后边抛砖上板，只是田地里收种时回来一两天，还有的跑到更远的无锡、上海、广东进工厂当了工人拿月钱。金全林村长也不干了，跟着他哥当“副老总”；比如红，好端端的留学回国，叫什么“海龟”，能进政府大楼吃国家粮、坐办公室多好？她却和劳森开什么文化公司，当了肯定没有金全森大的董事长。她回来过好几回，我不见她。她开着小轿车呼地一下来、笛地一下走。劳森也跟着，他们让山里人看到了的新鲜是劳森拿着一只砖头大的电话，走到哪里打到哪里、想往哪里打往哪里打，像电话局装在里面一样。他对“大雷子”说，那叫“大哥大”，应该是外国人起的名字吧？怪老吧唧的；红的腰上还别着一个小方盒子，劳森在电话里说什么话，不一会盒子里发出“滴滴滴”的声音，里边立马显示劳森说过的话，这叫 BP 机，等“大雷子”也有了一个时，都叫它“Call 机”，果然又是个老外的名字。很快，红也给了我一个“摩托罗拉”，有什么事，一呼就来话，省了不少电话费。现在的人能得能管天了！那些话都是从天上来的；比如梁秋霜，她在敬老院衣来伸手、饭来张口，只愁不知道怎么快活，却吵着非得回到水上钱村……

红和劳森好上了，俩人跟当初背着我偷走“十三太保”一样在“办傩”。他们不说我也装着不知道，到底要看看两个不知天高地厚的毛孩子能把傩办个什么样子？傩神不记小人过！

正月十四
（戊寅年甲寅月戊子日）

1998年2月10日
（星期二）

宜　祭祀　沐浴　开光　塑绘　祈福　求嗣　订盟　纳采
　　冠笄　裁衣　嫁娶　动土　除服　成服　移柩　启钻
　　出行　安碓　放水　开市　立券　交易

忌　安葬　上梁　入宅　作灶

傩傩一把锁把门锁得紧紧的。他锁的不是别人，是他的女儿金三红。

初十晚上听下梁秋霜一席话，尽管他答应她——“要是让孩子大过年的哭鼻子抹眼泪，下辈子也不会再理你这个孤老坯子”——这句话，但他调过来想想、调过去想想才想出这么个不是法子的法子。他不能那么敞开着大门让金三红回家，还有那个一想起来便让他气不打一处来的女婿劳森，是他坏了金三红的大好前程。多好的一个女儿，自从认识了劳森，在傩傩看来她哪一步走的都不是正道。“洋鬼子没有一个好东西！”他要让“能得有梯子想上天”的金三红和劳森在他老子这里看到的是一扇锁着的门。小时候，他和金大杉玩够了回家，远远的只要看到家里的门上着锁，再热的心也会凉下来。他要让金三红凉这么一回，不仅仅是表示他当父亲的一点杀力，而且是让她记住一个人少了家会是什么心境。哪怕凉个三分钟之后，他再来打开锁、推开门，也够了。

山里傩村锁门的人家越来越多。早些年，多是青壮年劳力认为从田地里黄汗淌黑汗流地抓不到想要的钞票，便把孩子丢给妇女或老人，年初出门、年尾回家，到城里打工。的确殷实了一些家庭，从孩子们很少失学就能看得出来。后来,他们干脆“只把他乡作故乡”,一门一户地开始小鱼戏水似的搬迁。前年,金全森一家搬到了省城,不久金全林也把老屋锁了,留下了三把钥匙给傩傩。金改水一门子四户,同一天噼里啪啦地住进了秋浦城。金全楠最精,城里房子一年三百六十天住三百五十天,春节前后十天半个月,还回到前山金村来抓一把,因为他把老家改成了旅馆,外地来看傩又不舍得走的人都得掏着钱来住。当初,傩傩极不愿意。他说:“真是世风日下啊,小时候江北说鼓书的在我家住了一个冬天,我奶也没有要他一个子儿,临走还送了二十个锅巴团,备着路上顶饥。”他还说金全楠什么都好,抓钱的劲头这点学着了他家的老人。于是,他主动把进山看傩的人往家拉,可他们笑着一个也不愿意进,偏偏乐意连吃带住一天五十块钱地住到金全楠家。傩傩说的话,背后有人讲他老古董了,反过来啧着嘴讲金全楠有经济头脑,跟讲“大雷子”一样。

“城里真的那么好吗?”傩傩经常问出去又回来的傩村人,他是一种故意,就像这次锁门一样的故意。回来的人一个个喜滋滋地不计较傩傩话里多少带着点儿的刺钉,各有各的说法。话也说回来,问这话不如不问,城里要是火炕,哪个又不是水上钱村的“老瞎子”,睁着眼往里跳啊?傩傩曾经对梁秋霜感慨地说:“讲句粗话:农村拉泡屎能种田,城里拉泡屎五毛角。农村人都进了城,光盖房子、做机器,田地哪个来种?不种庄稼,房子和机器能当饭吃啊?踩泥的脚走不长水泥路哦!他们迟早还得回来,不信你等着!”梁秋霜说她活不到二百年,也不想等着看到那一天。

傩傩的话全在理上,但挡不住进城人家的锁门声。他还听到果子李村的一个姑娘对媒人说,男方要是在城里没有一套房子……下来的话就不要再提了。人家姑娘的理比傩傩说的还在理上:“买房子又不是我想住,还不是为他们家后代日后能在城里上个好学?”也不知哪个跟傩傩讲了,他听到便上气,“白水河考了那么多大学生,红还留过洋,哪个小时候在城里待过一天?管成人一滴脓,自成人一条龙!”

每次经过上锁的门,傩傩自然会默想起这一门子里的兴旺,有的是三四代人与他一起办过傩的，而今进坟山的进坟山、进城市的进城市，一把锁锁住了热闹。腊月三十，傩傩从金氏祠堂里出来在前山金村转了一圈，有六户没有贴门对，“傩神要是经过这门头，怎么得了？还以为绝了户呢！”他快快地回到家，裁了六张方块红纸，对角写了六个大“福”字，倒着贴到六扇门上，算是圆了一个村庄的喜庆。有些在外边挣了一点苦力钱的年轻人回家摆阔，鞭放得一家比一家长，烟花铺着天地开。但在傩傩的心里，初一早晨至少前山金村少了六挂开门炮。白水河有多少户呢？当年只有梁腊梅一家关了门，幸好后来钱妞妞“躲计划生育”将它打开。这些门户，走的时候，有几人想到过还回来？钱秀英回来了，她出山时是一个囫囵人，回来却成了装在一个铁锈色小盒子里的几捧灰。钱秀英被火化了！傩傩当着金全森和金全林的面，骂他们兄弟俩即使把银行挣回了家，也是不肖子孙。最终还是金大杉从台湾打来电话，告诉傩傩人死如灯灭，土葬和火葬都是葬，他才止住了这口气。钱秀英的小盒子再次被放到大棺材里，所有的程式又回到前山金村的老规程上做了一遍老事，架势比哪家的都大，也算是做儿子的一点补偿吧。待钱秀英上山时，抬棺的说从来没有抬过这么轻的人。“骨头都化成粉了！怎么能重呢？”傩傩在心里说，“这就是进城的好处？”他想到了梁秋霜回白水河，是不是怕百年后的火化？吴根旺被烧时，都说是惨死。这个，他不去问梁秋霜，但想到这里，便认为她是个精明人。那时候，他暗下决心，金三红要是能回到小时候的金三红，他也不会跟着她和劳森进城，他不愿意死后还遭一把火，他怕热。

傩傩锁上门，把钥匙插到门槛石与墙砖的缝里。他走了村子里的一条后门路，有没有被人看见，他没有在意。应该是被人看见了——看人，不一定都要脸对着脸，只要有个能通光的地方，哪怕半只眼大小都行——否则，他不会那么快地被人找到。

傩傩上了白水河小学对面的山坡上，老王头在那里。老王头与钱秀英一样，火化了之后被儿女按照他的意愿埋了进来，不过他没有套大棺。对有没有大棺，老王头不在乎，他只想平时能听到孩子们琅琅读书声、每年正月能听到各个祠堂里上演傩事的锣鼓声——这是傩傩琢磨出来的,可如今锣鼓声一年比一年稀。"等我埋进土里,能不能听到,还是两码子事!"

傩傩不经常到老王头这里来,来也是空着手来,什么酒啊烟啊香啊纸啊,他都不带,只带一些话来。有时候连话也不带,只是在坟前坟后看看有没有哪家不长眼的牛蹄子踩了坟、拔拔根把乡里人认为比如火燎草等不宜长在坟头上的草木,要不就站站或坐坐想想老王头,有时也骂他几句。

"老王头,我来看你了!"傩傩看到坟边上的丁香树好像过了一个年长粗了一圈,他想起曾经对老王头讲的一个故事,那是小时候江北枞阳说书先生给他讲的——说前朝有个书生娶了个才女,洞房花烛之夜,才女出了个对子考书生,要求对上才能进洞房。上联是:"冰冷水一点两点三点"。"冰"字在旧书上有"一点加个水字"的写法。书生苦对一宿无果,黎明前羞愧才学浅薄,上吊而亡。来年清明,才女上坟,看到书生坟头开了一朵丁香花,于是大哭丈夫是个才智之人,死后还对出了下联:"丁香花百头千头万头"。"你真能,坟边上这棵丁香树长得都能给你挡荫了。"上辈老人讲,坟上长树越大越好,土里的魂灵会跟着树长上来,不再四处飘零。傩傩信这个,傩神不是经过树伞才下来的?老王头是火葬,他的魂灵是不是跟着青烟跑了呢?也难说。

"红要回来了!是梁秋霜同意她回来的——我死了,她不回来我也不想。上回我就跟你讲了,她就是祸害我来的——你晓得,梁秋霜的话我不能不听,红算是她的半个女儿。"傩傩喋喋地说,"子不教,父之过。我讲了也不怕被你笑话,不能只怪我管教无方,她还是你的学生呢!在秋浦地块上她听话得很,到了上海又到了法国,我的话哪能那么长?况且她学的是外语,我这老头子的土话是一个字听不进去了。你不看那些在外头打了几天工回来的,拿腔怪调的,把傩腔全交给老祖宗了,只有我们这几个老东西还在台上。不讲别人了,就讲我们家红,翅膀才硬几天,扑腾得我看不到她一点事象。把'十三太保'偷到国外搞什么展览,背着我;与那个老外劳森叫什么自由恋爱,背着我;回来办公室不坐开什么文化公司,背着我;现在又在与县政府合计成立什么傩艺团,背着我……这哪还是我的女儿？老王头，我只能问你了，红不会是因为不是我身上的精血，而不贴骨吧？我把门锁着，只是让她看看，女儿不能这么对老子。翅膀长得跟飞机一般硬，也不能飞着不落地，是吧？你真好，死后想回白水河就回白水河，你那儿女真像个儿女，哪年清明冬至都从省城来。我啊？活着都听不到一句贴心的话，死后还能指望哪个？红肯定是那个老外劳森教坏的，他要是来，我得夯他一扁担。扁担我都放好了，在大门背后……你等会儿，让我搬块石头过来，坐着和你唠。"

山坡上到处是石头，傩傩看了几块都不中意，他想，找就找一块合意的，放到坟的大头上，老王头要是土葬，这地处应该是棺头，即便是火化了，他的魂灵也会头高脚低地躺着，这样跟老王头的头部挨得近，说话不用大声……石头放下就不挪位置了，什么时候坐下来就能唠。往下快到学校菜地的略显陡的一个坡上，有一个小锣大的扁圆的石头露在土外，出来一半，还有一半在土里。傩傩上手摸了摸，细滑细滑的。他用力上下左右地摇了摇，看着土有些松，便将全部身子的重量挪到双手上往下猛地一压，石头噗地从怀里落到裆里，又从双脚间滚到身后，他却趴倒在坡上。"这么不经压啊！"傩傩笑着起身，掸了胸前的土砂和几根松树针，才弯下腰来抱起石头。石头并不是傩傩想的小锣样，而是埋在土里的只是一个边沿，所以它呈扁长形。这也不是傩傩最得心的石头，想想也差不多，还是因为急着要和老王头说话，所以在搬它时多少有些凑合的意思。就在傩傩双手端起石头时，它在手里打了个翻身，傩傩随眼看了一下，全身猛地僵了起来。好一会，才将石头竖起来，他竭力睁开眼，又不惜年下才做的羽绒袄子新外套拭了上边的土灰，看看又看看，像当年抱着金三红……傩傩抱着石头扑着地上，头顶着石头，"傩神现脸子啦！"

傩傩捡到的这块石头，活脱脱长着一张"土地"的脸子，大耳、笑脸、眯眯眼，下巴颏底部的石纹稀朗若须。

梁姓村原有一本"副稿"，在抄录之后，这门子先祖兴许是个有文化的，将与傩有关的传说和禁忌附在稿尾。其中讲到，傩神在特殊的时候才现脸子，一般在树上和石块上。哪个宗族之人要是看到现脸子的树木，这个傩堂一定要换这棵树来做一套新脸子，否则会遭遇到灭族之祸。石脸子是福，是傩神对傩堂的奖赏！

金姓傩堂办到只有傩傩一人在后台唱、几个老人在台上演的分了，怎么还得到傩神的欢心呢？在傩傩眼里心里这是比“文革”好不到哪里去的傩事啊！但傩神现脸子的石头却重重地抱在了他的怀里。

“傩神太看重我傩傩啦！”傩傩激动得一脸泪水，他脱下外套，包好了石脸子，对“老王头”说：“我不能陪你讲话了，傩神现脸子啦，我得赶紧将他请上‘龙床’。”

金姓傩堂现了一块“土地”石脸子，跟放了铳一样。到五个村里来看傩的山外人都蜂到了金氏祠堂里，照片拍走了几千张不止。只有秋浦县报在三版屁股的“陪你一道看傩”专栏上发了一则一百九十三个字的消息和火柴盒大的一张印得模模糊糊的照片，其他大报大刊“名记”们咔嚓之后就没有了声音。后来听说，县报领导因为发了“傩神现脸子”新闻还作了检查，原因是没有正面宣传傩文化。傩傩搞不懂：宣传的全是脸子的正面啊？

金氏祠堂的石脸子，是个不争的事实，长眼的都能看到，从正月十四上午九时恭放到“二十四诸天”的“土地”旁边，像一对孪生兄弟。

金三红错过了傩傩的闭门羹，自然不会体味到傩傩的良苦用心。

因为文老师和小叶两个曾经的上海下放学生在午饭时像傩神的石脸子一样突然出现在白水河。傩傩顿时放下紧锁的门和金三红。白水河村许多人都放下手头上的人和事，来看文老师和小叶，他们也顺眼看到了文老师的丈夫、女儿，以及小叶的儿子。小叶的丈夫在远洋船上工作，春节都在太平洋上过的，所以没有来。他们穿戴得都跟电视上一样光鲜，让白水河很放心。当然他们也会想到开拖拉机的小张，甚至还有一九九七年七月病死在了牢房里的梁腊梅（也有人记得她叫梁捍东，不过讲出来仿佛在说书）。梁腊梅得的是心肌梗死。

金三红没有在傩傩的算盘里回到白水河，没有看到家里故意为她紧闭的大锁，不能算是傩傩的失算，也不能说是梁秋霜传话有误。梁秋霜是一分不差地在白水河与青峰山腰眼的地方接到了车子，只是没有金三红，而是当年下放的知青文老师和小叶两家人，但她也高兴，毕竟是山里的客人。

三个小时前在秋浦县委招待所吃早点的时候，金三红还在与文老师和小叶一同想象着白水河和白水河的熟人熟事，各自表达着渴望的心情。

金三红在上车的时候，手机响了。

“喂，请问是金董事长吗？我是秋浦县政府办公室的袁秘书长啊！”

“您好，您好，秘书长！”金三红朝正在大声说话并向往车屁股里装着行李的司机摆了摆手，让他小声点。她说，“我是金三红，领导有何指示？”

“是这样，董事长！刚才张义县长让我和您沟通一下，上午有几位人大代表想进一步咨询《关于建立中国傩艺园的概念性规划方案》，他们非常看重这个项目，决定作为这次人代会的主要议案。不知道，您能不能抽出半天时间来和他们谈谈？”

“好的，秘书长！”金三红满嘴答应下来，“不过，我这里有两位上海的贵宾，送走后，马上过来！”

“需要派车来接您吗？”

“不麻烦您了，秘书长！”金三红一脸歉意地走到一直站在车边看着她打电话的文老师、小叶还有她们的家人，她摇着头不好意思地说，“文老师，还有叶阿姨，县人大代表临时决定要听项目汇报。看来我不能陪你们回白水河了，请你们先去，我爸爸和秋霜婶他们都在……要不我再给他们打个电话？说清楚……”

文老师摁着金三红的手，“不用打，要打不早让你打了吗？我们这是回家呢。你忙你的吧，我们在白水河家里等你。”

“真是过意不去，”金三红的手指不停地来回推拉着手机滑盖，“好不容易把你们请来，还半路上撂下了。”

“三红，不要这么客气。”文老师笑着说，“你爸爸那里我们替你兜着，放心做你的事吧！”

小叶也应和着：“你忙你的事业，我们又不是不晓得回家。”

车是公司从上海直接带过来的，路不太熟，金三红对两个司机又一一作了嘱咐，“手机都开着，随时保持联系！”送走文老师和小叶，她才拦了一辆黄色面的直奔县政府。

金三红真的不是白水河的金三红了，英格力士、上海滩、巴黎时装……这些对她来说，已经不是词汇，而成长在了她生命里的时尚元素，但“让中国文化走向世界”是她的理想和坚持，也是她的上海三红文化发展有限公司的建设宗旨和发展理念。她正一步一级往秋浦县政府的大门走去，那稍略自然卷的乌发，在面前精巧地勾勒着一张什么时候都流溢着清透的脸，她身着一件中长款墨绿色羊绒大衣，长长的颈脖上轻绕着一条米白色的湘绣围巾，银色金属带子吊着的暗色蛇皮纹小包在腰间配搭着小幅行走的节奏……

“各位领导和专家，过年好！”金三红在袁秘书长介绍完所有在座人员和会议主旨之后，她开始阐述办傩理想，“傩是中国的艺术瑰宝，也是我们秋浦的文化名牌。由于它受传统观念、演出时空等诸多因素的制约，一直瘗埋在大山深处，作为一个秋浦人，作为一个将以推广传播中国文化为己任的公司，我愿它走出国门，让世界人民最直接地看到中华文化的独特的傩的魅力。我们上海三红文化发展有限公司计划用十年时间完成关于傩的三件大事。一是注册秋浦傩艺展演公司，对外传播中国傩文化。整理出一部分适合于舞台演出的秋浦傩仪、傩舞和傩戏，将依托县黄梅戏三团和白水河傩村民间艺人组建傩艺剧团，项目已报批，正在落实人员编制。计划今年编排舞蹈《傩伞》和《打赤鸟》参加中国电视舞蹈大赛、组织一个二十人左右的演出队前往巴黎参加国际旅游文化艺术节。这里，我也不妨向诸位透露一点，目前公司已接到国外演出订单一百二十三份。二是成立中国傩文化研发中心，集聚傩文化人才，开发傩文化产品。去年全国首届傩戏学研讨会在我们秋浦召开,他们的选择,就是我们的机会。我与中国傩戏学研究会已经有了接触,力争在秋浦建一个傩艺研究基地,计划不定期编印傩艺研究成果资助出版傩艺著作和傩戏剧本选,开发以傩面具、服装和法器为主要内容的文化产品,这套方案也得到了政府的大力支持。同时,我们基本完成了全国近六十个乡傩、寺傩、军傩面具的图样收集,准备精心制作一批傩面具进行世界巡展,目前计划第一站是第二十七届奥运会举办地悉尼,这个构想已经在澳洲立项……"

"请问董事长,"有位谢顶的人大代表开始咨询,"您的主要经费来源是什么?"

"就叫我'小金'好了。"金三红将注意力全部集中过来,她说,"我们的资金来源主要有三块:一是我先生劳森家族的支持。他们是华裔,拥有法国造船龙头企业,他们每一个人都愿意为弘扬中国文化出一份力,这是一个令我感动的家族。二是国内外知名企业的赞助。目前国内已有四家上市公司、海外也有两家有意向合作开发傩文化产品。三是将来的展演收入。当然,还有一块也很重要,那就是我们政府的扶持。目前经费需求不是很大,主要是政策,当下需要重点解决的是部分白水河老艺人的保障问题。至于建设傩艺园,的确需要全方位的扶持,待会儿我再细说。其实,对于将老艺人编入正规社团管理,不仅是解决他们个人生活问题,关键是保护人才。因为目前申报世界非物质文化遗产保护还处在论证阶段,国内民间艺术的保护更是捉襟见肘,秋浦傩艺传人青黄不接的现象日益严重。"

"是的!这个问题我调研过,"长着一对小得像被草绳子扎着耳朵的人大代表说,"傩村还能上台的艺人中,七十岁以上有十一人,五十岁以上的有三十三人,三十岁以上的只有十二人,三十岁以下的基本没有。能全面掌握各姓傩堂的艺人,只有八人。值得庆幸的是傩村至今留下了两宝:一位叫傩傩的老艺人,他是秋浦傩艺术的活体,去年春节我去时,他依然在主持金姓傩堂。不过,要是我没有记错的话,翻过年来他已七十八岁高龄了……"

袁秘书长扭过脸，笑笑地看着金三红。

金三红放下正在记录的笔，起身施礼说："谢谢，您好记性，我爸爸属猴。"

几个不知道金三红身世的人，惊奇地看着眼前这位年轻貌美的女子，怎么直呼白水河的老艺人为"爸爸"呢？他们不勉咬耳问起身边的人来。

"小耳朵"代表点点头，说："那你这是女承父业啰！"

"不，不！"金三红摇摇头，觉得在此多说几句也不为过，"我爸爸一直不支持我办傩！这个不难理解，传统习俗中，傩是男人的事。据说很早以前我有个姑奶奶因为唱了一段傩戏差点被族人活埋，逃出村子后一生不敢回到前山金村。还有，白水河的乡傩成百上千年来都是宗族自己办、自己看，他们对这种祖传下的艺术处于一种潜意识甚至无意识的认识状态之中，包括我爸爸。不瞒各位，我爸爸一直在生着我的气，他既不愿意我将'十三太保'拿到巴黎展览，也不愿意我将它们送给县政府……我有六年没有回家了，我怕他……这次，我专门请当年下放的知青老师陪我一道……"金三红说着说着哽了起来了。

"傩傩大伯我见过，他是人这边的神，又是神那边的人。我相信，他只要看到董事长的业绩，一定会理解并支持的。这个工作，我们政府做得不够。"袁秘书长及时补话，他朝"小耳朵"代表伸伸手势，"请你接着讲。"

"傩村还有一宝，他是一位姓王的戏剧专家整理出版的《中国秋浦乡傩总稿集》一书，但这本书只是对办傩的程式和部分戏文进行了校辑，至于响器、唱腔基本没有记载，亟待我们去完善。""小耳朵"代表人匆匆说完，"我就讲这么多了，还是请董事长接着介绍。"

金三红将情绪很快调整过来，她说："下面我重点汇报中国傩艺园的基本构想。它的建设指导思想是：弘扬传统的中国傩文化艺术，推动独有的秋浦县旅游产业。建设动因，第一个自然是我们秋浦拥了在中国艺术门类最全的傩文化中的三大艺术载体，而其他地域有的只有傩仪，有的只有傩舞，有的只有傩戏，有的同时拥有两种，但三个共有的只有我们秋浦有；第二，贵州铜仁已经捷足先登地建立了中国傩文化博物馆,我去参观过,项目和规模都过于立足本土,但影响力不小。第三,秋浦有佛国九华山、诗地杏花村两大旅游资源,如果傩艺园能与之有机融合,必将有力推动旅游兴地的战略规划……"

"对不起,我打断一下董事长,""谢顶"代表说,"傩有很多禁忌,你应该知道。首先申明我是个无神论者,但据说犯了傩神会有遭天谴般的噩运。请问,贵公司将如何处理?还有它与生俱来的迷信基因。"

"谢谢您,这的确是个大问题,关系到所有傩文化的推广,"金三红说,"傩的最大禁忌是'脸子不可亵渎的神圣性',这点我们已请民俗专家论证过,只要对面具不开光,它就不具有神性,也不会影响它的艺术性。既然神性没有了,那么'仪式时空不可更改的程式性'和'封建礼教的墨守成规的讳忌性'也就不复存在了。"

与会人大代表点头称赞。袁秘书长示意金三红接着讲"中国傩艺园"。

"傩艺园的推广口号是:上山拜佛,下山看傩。"金三红说,"经考察,我们认为傩艺园选址在九华山与秋浦县城之间并且与傩村一山之隔的罗山为好,这里依山傍水,地势开阔,尽管需要近五百亩土地,但除修一条连接旅游快线的道路之外,基本不占用农田。整个建设规划是'一楼六园','一楼'指的是修建一座足以容纳千人的类同于大型宗族祠堂的戏楼,主要用于秋浦五个傩堂的傩艺演出;'六园'是根据当前傩文化圈研究成果划定的,依势将修建六个文化园,分别是中原傩文化园、巴楚巫文化园、百越巫文化园、北方萨满文化园、青藏苯佛文化园、外国傩艺文化园。中原傩文化园里主要展演山西曲沃的扇鼓和寿阳的'艾社',河北武安的'捉黄鬼',陕西合阳的'跳戏'等;巴楚巫文化园,这是个大园子,主要展演贵州安顺的'地戏'和威宁的'撮泰吉'、福泉的'阳戏',云南澄江的'关索戏'、元江的'九祭献'和楚雄的'罗罗虎节',四川平武的'跳曹盖'和阿坝的'祭山会',湖南的湘西'傩堂戏'、土家族的'毛古斯'和古丈的'跳马',安徽祁门的'平安舞',江西婺源的'傩舞',江苏南通的'童子戏'等;百越巫文化园主要展演广西柳州、贵港、南宁和桂林的'师公戏',广东丰顺的‘烧龙’、雷州的‘考兵’、湛江的‘走成伥’和潮汕的‘英歌舞’，福建寿宁的‘打狮’和泉州的‘打城戏’，浙江永康的‘翻九楼’等；北方萨满文化园主要展演东北的‘民香’、‘旗香’和‘萨满跳神’，内蒙古赤峰的‘好德歌庆’和‘安代’等；青藏苯佛文化园主要展演北京雍和宫的‘打鬼’，青海同仁的‘跳於菟’、‘祭山神’及民和的‘纳顿节’和青海湖的‘祭海’、‘跳欠’，西藏的‘鼓舞’、‘野牛舞’、乞讨歌舞‘吉达吉姆’、说唱‘折嘎’和‘藏戏’等。最后一个是外国傩艺文化园，越南的傩俗‘逐鬼杆’、‘桃符舞’和跳神的‘侯影’，韩国‘山台傩戏’、‘别神祭’、‘假面剧’、‘野游’和‘五广大’，日本的‘追傩’、‘豆打’和‘能乐’，希腊的‘假面驱鬼’，美国的‘可亲那’、奥地利的‘裴西特’等等，都与中国傩文化有着等千丝万缕的联系……”

“董事长快成傩艺专家了！”袁秘书长由衷地佩服起金三红。

“小耳朵”代表左右张望，看看没有人要问话，他暗示性地轻咳了一声，“傩艺园是个大思路，也是个大建设。只要有资金保障，建起来不难。难的是，这么多展演项目，难道要把他们从各地全部请来？有的还涉及宗教和民族问题，这是其一。其二，刚才董事长在列举六个傩艺园的时候，我大略数了一下，仅国内的傩项目就达四十个之多。经营难度之大不言而喻，我们设身处地地想想，如何保证游客在相对短的时间里看完这么多展演？其三，这些傩艺中有多少娱乐性或者说有多少看点？我想听听董事长的意见。”

“好的！”金三红说，“这位领导提出的多是事关傩艺园未来持续发展的软件建设问题，我们的构想：一是聘请全国各地傩艺传人为傩艺园艺术顾问，有计划培养一批青年演员充实到傩艺园里。当然，从事过傩艺表演的艺人直接过来会更好。这方面，我们在收集脸子时，已做了一些铺垫工作，很多老艺人非常乐意以艺传人；二是关于项目展演，我们计划园区以每周为单位排列展演项目，以游览干线为视点，以整点时辰为节点，达到园园有项目，处处有展演，时时有看点。为了配合政府‘把游客留在秋浦过夜’战略，我们的戏楼专门在晚上演出以秋浦白水河为主的大本傩戏；三，傩的古老性本身就是看点，它的目的是娱神也娱人，其中娱乐性很强，比如游客可以直接参与我们秋浦傩堂祈子的“抢灯笼伞”、晚上看戏可以“吃邀台”，到各个园里都有群体性展演项目，比如河北的‘提黄鬼’，还的很多傩舞都能参加，我相信傩文化有这个魅力。”

随后，金三红对傩艺园的建设预算和傩文化产品的开发营销的阐述，尤其是在某种灵感的启发下提出了“影响力也是软实力，软实力就是发展力”的观点，再次受到与会人大代表的肯定，他们纷纷表示一定要以傩文化的建设来进一步推动秋浦文化旅游的大发展。

金三红惦记着白水河，婉谢了袁秘书长的午宴，她实在是思念父亲傩傩还有亲如母亲的梁秋霜。出了政府大门，天阴沉沉的，预报这两天有小到中雪，金三红却心空晴朗，

“那不是傩傩叔吗?!”还是小叶的眼快，一眼看到了正从菜地斜坡上往下走的傩傩。

“肯定又是来看老王头了。”梁秋霜对搀着她胳膊的文老师说。

“王老先生的事，三红跟我讲了不少，历史可能愧对了他们这代人，但他们却善待了这个时代，很值得我们敬佩。”文老师放下梁秋霜，直线穿过学校操场，边跑边喊，“傩傩叔！是我啊，知青小文！”

文老师她们被梁秋霜接到后，没有再坐车了。回村的路上，她们见到一根草能说一箩筐，她们的家人特别是两个孩子仿佛跟他们母亲当年进山时一样，听到什么都觉得稀罕。梁秋霜见到一个村民喊一个，并大声说：“我们白水河的女知青回娘家啦！”听到的人都会立即跑过来，热乎乎地问候着、跟随着，等快到村口时，人多得已经挤不进接傩神进村的大巷子了。梁秋霜领着文老师直接到了傩傩在前山金村的老屋，看到的却是锁着的门，还没等她们张口问话，背后的人堆里已有人说看到傩傩往学校方向去了。

傩傩用衣服包好了傩神的石脸子，重重地抱着它，小心着下坡的脚步，心里盘算着如何供奉这张石脸子，还有就是傩神为什么在这个时候、在金姓村的

地盘上、在他傩傩面前显灵？好事肯定是好事，可是会是什么好事呢？傩傩看不到一点迹象。也就是在这个时候，他听到了有人在脆脆地喊“傩傩叔”，他一抬头，看到了一个红影子往这边快快地走来，而红影子的后边还有一群人在站着。傩傩不能一眼看清红影子是谁，原因是太阳正从青峰山背后有劲地打着光，他腾出一只手揉了揉眼，之后挡在了额头才看清了来人，他一拍大腿，“要死了，是文老师吗？”他嘀咕完话，文老师已经来到了他身边。

“傩傩叔，您不认识我啦？”文老师看到傩傩抱着个大包裹站在那里朝她直直地看着，生怕傩傩忘记了她似的，急抓抓地说，“我是知青小文，三红的老师……”

“我怎么能不认识文老师呢？”傩傩想笑，泪却涌了出来，“你们这是看不起我老头子啊，来之前不能打个电话讲一声？也好让我开着门放挂鞭接接，叶会计呢？”

“也回来了，”文老师上前像搀住梁秋霜一样地搀住了傩傩，“我们这不是回家嘛，哪有那么多讲究？”

“你在白水河当过老师，又不是不晓得，傩村人讲究的就是规矩。”傩傩抖了抖双唇，“我们快回家！”

傩傩和文老师走出几步，小叶她们都涌上了来，又是一阵问候和寒暄。当文老师给他介绍到女儿时候，明显感到傩傩在应声孩子喊“爷爷”时的声腔里哽了一下。她顶着傩傩的耳朵说：“三红也回来了！”

“她的家在这里，爱回不回！”傩傩嘴上这么应着，眼却爬过人头在眺望，他看到了在人圈后立着的梁秋霜。梁秋霜的头发白得快赶上他的胡子了，年前他让她到城里染染。钱秀英死前的最后一次回村，头发染得乌黑，说是郦鹃孝敬的。梁秋霜说，老就老了，染能染成十八九？

“爷爷，您怀里抱的是什么宝贝？”文老师女儿好奇地问。

“噢，”傩傩回来神来，朝梁秋霜喊，“她婶，你过来一下！”他又对文老师和小叶说，“你们先跟红她秋霜婶回家，我得去祠堂一会儿，傩神显了石脸子要马

傩舞

大战鲍三娘

上供起来。”

文老师她们不懂傩也不懂什么石脸子，但她很清楚傩傩对傩的神圣，她说：“您忙您的，都是一家人。”

“什么石脸子？”文老师女儿问，“能给我们看看吗？爷爷。”

文老师伸手拍了一下女儿：“傩的事不能瞎问，你又是个女孩子。”

“三红阿姨不也是女生，她还把傩当着产业在做呢？”文老师女儿一点不怕人的样子。

傩傩对梁秋霜说：“钥匙在门槛下，锅里热着炆蛋，你盛着给文老师她们吃。我在山上见到了傩神现的石脸子，等供上‘龙床’就回。”

“哥哥，我们跟着爷爷去看石脸子吧？”文老师女儿在招呼小叶儿子。

“好，好，爷爷带你们去，不过……”傩傩说，“不过得听话，傩神在祠堂里！”

文老师女儿调皮地朝父亲伸伸舌头。

傩傩带着两个光鲜鲜的孩子进到金氏祠堂，让人叫来的金大桐已早一步驼着背站到天井边上。“大桐哥，傩神在学校后山坡上现了土地公公石脸子了！你看！！”说着，他在戏台沿上打开包着紧紧的石脸子。

金大桐贴着戏台一点不差地看到了“土地”，陡地直起腰，跪了下来，“谢谢傩神大恩大德！老弟，快些点香烧纸，请石脸子上‘龙床’。”

傩傩让文老师女儿和小叶儿子站在天井边上看着，他和金大桐亦步亦趋地点香烛、磕响头、“开脸子”、喊“吉断”、上“龙床”……把喜喜闹闹的两个孩子看得一本正经。

文老师还是不放心女儿，在屋里剥了一个炆蛋，便往祠堂方向走，路上碰到了傩傩和俩孩子有说有笑。傩傩说：“只要你们喜欢，晚上爷爷唱傩戏给你们听。”孩子直呼“爷爷万岁！”

“你们俩到爷爷家歇歇，”文老师等着他们来到身边说，“我还有些话和爷爷说。”

“到家再讲呗，”傩傩说，“还有客人在呢？”

正因为家里有人，文老师才想出来和傩傩说说话，她借口想到村子里转转，傩傩没有坚持就答应了。俩人出了前山金村，上了白水河，又进了五道梁村，之后往西上了金梁两姓的坟山，一直走到了一个大坟包前，坟包是与文老师同时来接受贫下中农再教育的女知青小张的。

文老师和傩傩一路走一路说，说的全是金三红。

“我和小叶俩家今天能回到白水河，全得感谢三红，”文老师真诚地说，“没有她，我们想都不敢想。”

“她要有这么大本事，我早捏鼻子一笑了。”傩傩以为文老师是在为金三红说好话，“文老师，她是你的学生，也是我的女儿，她有多大能耐，我当大的蹲在山沟里也晓得。你们大上海人，别讲回知青点了，就是去国外也用不着她。”

“叔啊！你真是小看三红啦！她是一个非常能干的人，还有你的女婿劳森。去年我们公司组织国内文艺团体到十一个国家演出九十六场次，举办的国内博物馆镇馆之宝展览走到哪里震撼到哪里。”文老师说，“你还不知道吧，我和小叶下岗后，全都到三红的公司打工了。我在策划部，她在财务部。”

文老师自从离开白水河就不再当老师了，她师范毕业后分到上海纺织厂团委，后来到工会，再后来国企改革，她和轮胎厂的小叶一前一后下了岗。

“她为你们做多少都是应该的，”傩傩说，“文老师，她做什么我都不怪她啊。可劳森和着她把钱姓傩堂的‘十三太保’偷走啦！你讲讲，让我哪还有脸在河东待？中国这么大，这么多文化，她做什么不好，偏偏要沾这个傩。傩是哪个都能办的吗？我这辈子受的还不够啊？”

“叔，这我得说您两句。”文老师把早已想好的话端了出来，“白水河办的是傩事，而三红办的是傩文化，她不仅办白水河的傩，还要办贵州的、湖南的、西藏的，和全国的傩……”

“怎么？”傩傩有些不大信，“那些地方也有傩啊？”

“越南、韩国，还有大洋那边的美国、加拿大也都有傩。”文老师说，“但中国傩最丰富,也最具民族文化特色。”

“我苦点受点都行,就是望她过得好好的,”傩傩叹了口气,“管不到了啰。”

“三红最挂念的是您,还有秋霜婶,一提起就流泪。”文老师说,“三红没有做错什么,反而做得很出色。不是三红的努力,秋浦县哪想到大力打造傩文化品牌?年后县里将投资一千万元修通到白水河的旅游通道。县里正在审批由我们公司成立的傩艺展演公司。到时,您和我们白水河的傩艺老艺人就可以到公司上班了,出国演出也是时常的事。我们还有更大的傩艺园建设规划,三红今天没有同我们一道回来,就是临时被县里请去作报告。叔啊,你得理解三红,你得让三红回家。”

傩傩咬着嘴唇,下巴连起胡子,跷得老高。天灰灰的,白水河在不远的地方弯成了妇人膝下纳鞋的麻线。

文老师给正爬行在青峰山车子里的金三红拨通了电话:“三红啦,你到哪里啦?……哦,那快了,我正和傩傩叔在一起,要不要和他说说话……那好……”她把手机递给傩傩,“三红都到青峰山了。”

傩傩抓着电话,听到里边不停地在喊:“爸爸,爸爸,我是红啊!……爸爸,红想你啦!”他微颤着将手机贴到耳根上,抖动着银白地胡须说:“红啊!快回来吧,文老师她们都在家呢。中午,爸爸给你做‘老哇头’吃!”“老哇头”是一种面疙瘩,麦粉做好,金三红小时候最爱吃。

傩傩听到金三红催司机开快点,连忙嘱咐,“红啊,别急,进山的路弯道多,慢点!”

傩傩和金三红热流满面,尽管彼此没有看到,但父女的心是相通的。

“看傩不看瞖”,正月十四正是傩的屁股蛋子。大小傩堂都没有什么好的演示,住在金全楠家的两拨老外一大早租车上九华山拜地藏菩萨去了,他们只等元宵的朝青峰山的昭明庙。

趁文老师和小叶俩家人，还有金三红回来的机会，傩傩在家摆了三大桌，把金大桐他们还跟着傩傩办傩的前山金村、后山金村的五个老人也叫上了桌。实在想让文老师和小叶家人多看点"娘家"的傩，几个老人在一起几碰又几碰，才排出了小半夜的傩事。

中饭一直吃到晚饭。

天在入晚的时候起了冷风，电视上的预报和人的感觉都认为今天的雪恐怕是要下了，不想，金氏祠堂的锣鼓响起来的时候，月亮却钻出厚厚的云层把一片光打到了天井里，增添了祠堂烛光的亮。祠堂里看傩的人并不多，要是拦住从傩傩家饭桌上过的人，再减去爬到老年人边的七八个办傩事的，没有几个。两年前，傩傩就叹着气对金大桐说过："电视那么好看，哪个还来看傩呢？"

进门的时候，傩傩对文老师说："再大的傩堂，正月十四办的都是小场子，金姓是年首定的戏，一般三两段，只是哄哄傩神。我看那两个小的很迷傩，就和年首商量着把能插的插进了两个仪式，多少花哨点，让孩子乐乐。"

"可不敢，他爷，"文老师丈夫兴许是喝了点酒，话也多了起来，他接过嘴说，"他们能懂点什么，你该怎么办还是怎么办！"

金三红被那两个孩子缠着说说东又说说西。

年首金大桐弯弯地往天井里丢了一挂鞭，祠堂里各门各户的老人都上到台上，跟初七"请阳神"一样跪到台上。傩傩没有上台，他坐在文老师和小叶俩家人中间，金三红一直站在他椅子后边。

金大桐比傩傩长三岁，爬过年八十一，跪下去时犹如一个铁圈滚立在台上，声音也是裹里带拖。

"文老师，这是'做春斋'。"傩傩扭过头看了看金三红，"这么多椅子，你坐呗。"

"坐一天车，我站着看。"金三红把一只手搭到傩傩的肩上。

金大桐喊出了第一请——

拜请：金门供奉元宵会上二十四位和合戏神，马赵温关四大元帅，金花小姐，梅花小娘，下坛兵将，五福大猖官，一切号喲戏会龙神。

待台上人磕完头，傩傩说："每个傩堂在初七接神的时候都要请神，傩神是阳神，所以叫'请阳神'。其他轮值办傩的祠堂有的请、有的不请，请就叫'做春斋'。请神各堂有各法，词有长短，神有各异，但基本上是各位神仙和戏神。傩村请阳神请得最全是李姓傩堂，请的神是从秋浦县池口到白水河一路的所有神仙，一次请下来要半根蜡烛。"

金大桐依旧在台上照本宣科，每一请，众人均叩首——

于戊寅年甲寅月戊子日，为首弟子、金氏门中大桐人等，傩傩等追阖门人等拜请：迎请众位神祇到于家堂，搬演戏文。做戏在前，保佑在后。

拜请：弟子虔备荤素之仪，铺于三界位前，乞祈诸神鉴纳。鉴纳以后，回赐保佑。

阖门人等拜请：保佑金氏门中，春多吉庆，夏保安宁，秋免三灾，冬无灾难。一年四季，月月保平安；一日十二时，时时多吉庆。

……

当"拜请"到"保佑金氏门中弟子，各家有养乌毛猪只，低头吃水，抬头长膘"时，文老师女儿什么时候挤到金三红身边伸头问傩傩，"爷爷，像我们在城里，不种粮不养猪，那怎么被保佑呢？"

"你往下边听，"傩傩笑着说，"只要傩神到，什么愿都能保。"

"台上的爷爷唱的我听不懂，"文老师女儿噘着嘴。

其实，文老师她们都只能听个大概。有了文老师女儿这么一说，只要金大桐在台上喊一句，傩傩就在底下复一句。

"做春斋"刚结束，文老师女儿跳上戏台，拉着金大桐让小叶儿子给照相，金大桐有些不乐意,但见是女知青文老师女儿,照也就照了,但他下来时还是拉了文老师的衣襟,说:“别再让孩子上戏台了,女的离傩远点好。”文老师一个劲地点头。金三红也听到了,她没有作声。

傩傩等文老师绷着脸对女儿说完话回来,又给客人们让了让面前桌子上的花生瓜子米糖。他站起身说:“我得上后台了,红招呼着文老师,等唱完戏,我再过来。”

“她爷太客气了,”文老师说,“我们都等着听您的戏呢。”

“这戏有什么听头,”有个十七八的小伙子在稀稀的人群中喊,“有槐,去你家唱卡拉 OK 吧。”

金有槐是金全楠计划生育罚了六千块钱才生的一个儿子,小号叫罚钱。金有槐又招呼两个男孩和一个女孩,咋咋呼呼地出了门。

祠堂里又空了很多,灯火和烛光一样地照着,月亮什么时候不见了,谁也没有在意,尽管有人不大喜欢傩,但眼还在祠堂里,很少有人看天。

一位老者上场“报台”,他身着彩衣,白须庞眉的“土地”脸子盖得人严严实实,只有傩傩认得他是后山金村的金有权——

汉室江山一鼎,刘关张结义桃园。胡氏一孕产子,索老看灯失回公。

花岳指教文武略,鲍家庄上结东床。王桃王月成婚配,西川认父大团圆。

“文老师,今晚唱《花关索》。”金三红说完,觉得有点不对劲,在趁金大桐进场时,她看到傩傩坐在台后的一张桌子上正对着祠堂,金大桐也在一边坐着,她心里不免在发问:“不会是爸爸一人唱、众人演吧?那哪能吃得消?”

“花关索的故事,我在一本野史上读过,挺奇的一个人,”文老师对小叶说完,又问金三红,“刚才念的‘索老看灯失回公’,是我听错了,还是……?”

“应该是抄写时的错误,后人因怕犯忌,又不敢改正,就这么一直错了下来,这在傩本子上多的是。”金三红的心还在台后,她没有坐到挨着文老师的旁边的傩傩的椅子上，而是抽了一只条凳将两只脚放到梁秋霜的火桶里坐着。

锣鼓声中，“张飞”戴“包公”脸子、着蓝衫上场。

张飞：俺家姓张名飞，表字翼德，乃亳州人氏。只因黄巾贼作乱，天下不得太平。经往桃园，结义兄弟仨人，替天行道。在家牵挂，恐有回心散约，彼此换杀老小。关家一十八口，俱被我杀了。

今有胡氏嫂嫂，身有怀孕三月，立誓在前，一刀不伤二命，私自放她残生。……

在听到“俺家姓张名飞”时，金三红已确信，台上的“张飞”中只演不唱，所有人唱白都是傩傩在后台操弄，但她还是问了梁秋霜：“婶，从什么时候开始傩戏没有人唱了呢？”

梁秋霜打了个哈欠，拉着金三红的手放到腿中间暖和着，“别讲唱了，你看看这祠堂里还有几个人在看戏？年轻人哪个还学这个，就是想学也没有时间啊，从初三开始，江苏浙江的大客车就在山外等着接人出去打工了。”

“爸爸一个人唱下来还得了。”金三红担心地说。

“你大桐伯还能搭几句腔，”梁秋霜说，“你不晓得吧，讲了你也别让你爸知道。现在来办傩的，他一人一天付二十块钱呢。”

“怎么会这样？”金三红说完，抿住了嘴。

“他愿意！”梁秋霜说，“哪个也管不了他。”

戴着“社公”脸子的“刘备”上场。

刘备：（念）汉室江山似剖瓜，曹瞒帝出乱如麻。几时得遂平生愿，扫却奸邪定国家。

（白）俺家姓刘名备，表字玄德。乃中山靖王一十七代玄孙是也。

"关羽"有专用的"关公"脸子,他随着"刘备"上场道白。

关羽:(白)俺家姓关名羽,表字云长,乃河东人氏。大哥、三弟相邀,必须前去。

张飞:(白)大哥、二哥,未曾远迎,多有得罪。

刘备、关羽:(白)好说。但不知三弟呼唤有何见论?

张飞:(白)非为别事,今乃新正,又是闲暇,略备水酒,与大哥、二哥消遣。

……

"第一出"谢幕。文老师女儿从戏台边上跳过来,拣了一块黑芝麻糖扔进嘴里。金三红问她,"好听不好听?"

文老师女儿看了看和小叶说得有劲的母亲,又看了一看专心照相的父亲,凑过小声说:"姨,我要是没有读过《三国演义》,一句听不懂。说句真话,比不上张学友!"

"你这哪里对哪里?"金三红说,"好好听,比张学友不知强多少倍。"

小叶儿子也过来说:"跟木偶剧一样。"

"你还算看点道道了,"金三红说,"过去就有一种戏叫肉傀儡,傩戏与之接近。"

"接着看吧,"梁秋霜指指台上,"'第二出'开始了,讲的是花关索身世,这个《三国演义》里没有。"等两个孩子又到戏台前,她问,"张学友是哪个?"

"香港的一个歌星!"金三红说,"现在的孩子们都迷他。"

梁秋霜又打了一个哈欠。

戴着"大娘"脸子的"胡氏"已经开唱——

胡氏:(唱)自叹红颜多薄命,鸳鸯失偶守孤单。夫去西川无音信,孤儿意外得周全。我亲无子奴当代，安排筵席贺新年。

(白)奴家胡氏金定是也。良人关羽，素有大志。向日桃园结义，兄弟仨人替天行道，换杀老小。感得张恩叔叔，见我哀告身有怀孕，放我残生，逃回母家，幸产麟儿。可怜萱亲早逝，老父在堂，后裔无托，真好伤感。今乃爷爷七旬，略备水酒，与爷爷添寿。

梅香。

……

傩傩一口气唱到“第四出”神仙“花岳”欲收“花关索”为徒授艺方才歇休。其间唱到神仙感怀人生时，情深意长，金三红听得扑在梁秋霜的膝上抽泣——

花岳：(唱)人生十岁正好修，不惹闲愁。大船无漏过前舟，玉粒金丹全不坏，清净瀛洲。

二十岁，娶婚嫁，快活如麻。夫妻恩爱实堪夸，夜倒玲珑并宝塔，走了丹沙。

三十岁，火焰兼。蚕在茧中眠，浑身上下被丝牵。若人识得其中妙，羽化登仙。

四十岁，儿女多，家事蹉跎。莫待元神耗散损中和，纸糊船儿过不得海，奈不得风波，奈不得风波。

……

梁秋霜拍着金三红的背：“你爸唱戏呢，傻丫头。”

傩傩喝了一壶茶，锣鼓点子又起，他又一连唱到“花关索”收编“许霸山”“赵拿云”“张擒龙”“李捉虎”“飞过江”“跳过海”“祛到河”“追翻浪”“罗文龙”“石太岁”“冰上走”“草上飞”一十二盗前往西川寻父，金大桐等几个办傩老人实在站不住台才罢休。

傩傩出来到天井边上，金三红心疼地站起来，让他赶快到火桶里坐一会，傩傩摇摇头。他走到文老师面前说："傩不吃香啰，你看祠堂就我们几个老家伙了，但话讲回来，只要老祖牌位在，即使没有一个人来看我们也得办傩。更何况，今天是文老师和小叶会计两家人回白水河，又逢傩神现石脸子，这是个纳吉的大好日子，待会儿我再给你唱段多少年都没有人唱过的《散花歌》！"

"谢谢爷爷！"小叶儿子开始喜欢上了傩。

"也不晓得让爷爷歇歇！"小叶瞪了儿子一眼。

"只要你喜欢，爷爷就唱给你听。"傩傩喘了口大气，"你们也是白水河人，傩神一定保佑你们！"

金三红剥了一块大白兔糖喂给了傩傩。文老师女儿从父亲手里拿过数码照相机，一张一张地翻着照片给傩傩看。

十四不吃邀台，不多的几家人听完戏，扛着凳子、端着火桶回家了，祠堂里只剩下文老师她们和办傩的人。

傩傩戴着"土地"的脸子，坐到戏台中央，在"咚咚｜哐 咚咚｜哐 咚｜哐咚｜哐｜"的锣鼓点中，开唱《散花歌》。

春赛牡丹夏赛莲，秋赛荷花朵朵鲜。唯有东家无花散，十月芙蓉赛牡丹。神仙会，散仙花。

傩傩每唱到"散仙花"，都放开双臂配以相当的动作，朝着文老师和小叶俩家，当然还有金三红。

唯有吾门住得高，四边风水都来朝。两边骑得乌龙马，子子孙孙穿龙袍。神仙会，散仙花。

姐家门口一渡桥，脚踏中间两头跷。千人万人难得过，神仙过了永逍遥。神仙会，散仙花。

……

“你们还讲爷爷不让我们呢，这不……”文老师女儿大声地说，“爷爷在唱女子也能成佛呢。”

“你那话怎么那么多呢？”文老师丈夫从眼前放下相机，轻声说，“好好听着，这里边学问大着呢。”

傩傩接着唱后五段“散花”，专门给文老师她们加了一段——

散花弟子散好花，知青大姐戴头上。傩神仙会逢时日，万年春景驻你家。神仙会，散仙花。

文老师和小叶听进了心里，含着泪给傩傩狠劲地鼓掌。傩傩收尾“散花歌”，也算当晚傩事的结束词——

伏以：锣鼓喧天接圣神，人人喜庆远来临，送了傩神归宝殿，今年五谷便丰登。神仙会，散仙花。

傩傩将脸子递给金大桐后，金三红跑过去搀着了他：“累了吧，爸爸！”

“不累，不累。”傩傩嘴里这么说着，喘出的气却是粗的。

金三红招呼大家回家，看到梁秋霜在火桶里睡着了，便叫醒她。她有些不好意思地说：“上了点岁数，熬不住夜了，你爸真行！”

所有人出了祠堂。一团七色的灯光在前山金村上头滚动着，一群年轻人在金全楠家的小二楼上恨不得把五脏六腑都给吼出来——

你就像那冬天里的一把火，

熊熊火焰温暖了我的心窝。

每次当你悄悄走近我身边
火光照亮了我。
你的大眼睛，
明亮又闪烁，
仿佛天上星，
最亮的一颗。
你就像那一把火。
……

“唱的什么？”傩傩气呼呼地说，“吵得一个村子睡不着觉。”

“爷爷，”文老师女儿快嘴接上，“这是费翔的《冬天里的一把火》，很著名的。”

整个青峰山也都在支棱着耳朵，反正天没有把雪下下来。

我终于明白过来，傩神现的石脸子，是给红的。我没有对红说，也没有对任何人说，石脸子依然同“二十四诸天”一起坐殿在后山金村的小祠堂里。傩神清楚，我清楚，就足够了。

文老师说得好，红是个做事的人。

红在白水河住到我都有些心焦了。我不好对红讲，就让梁秋霜讲，梁秋霜骂我贱骨头，“孩子没有回来时，做着梦的想，还没有住几天又想撵人走。”我哪是不想红天天在我身边啦，可她有那么多事要做，我是担心她怕我不舍得她走。红这次跟我说了很多细话，仿佛她上小学时每天进门都要一五一十地对我讲她一天上了哪些课、念了哪些书、写了哪些字一样，想到哪说到哪、说到哪蹦到哪。红没有一次正儿八经地对我说她将如何如何开公司，也没有讲她将要怎么怎样地开发白水河的傩文化。文老师倒是讲了不少，红只是在遇到话把子时接一句半句，跟在我面前提劳森似的。慢慢的我从心窝子里拔掉了对红的气根子，她是个争气的孩子，我没有白养她，她也没有白吃白水河的大米饭。

我是亲眼看到红在做事，她每天有很多电话，有时用汉语普通话，每个字跟秋黄豆一样，又滚又圆；有时也用英语，呱呱啦啦的像山薯藤，想牵到哪里牵哪里；有时很平和，细声轻语，好比偷食的小麻雀；有时也很急躁，把手机摁到嘴上大喊大叫，几次都要给人家“炒鱿鱼”（好久我才知道，她是拿开除人的话在吓人）；有时话很短，短到嗯两声就挂了；有时话很长，长得从早饭说到中饭还要等到下午再讲……她说的话，我能听懂一些，多是公司的事，但听不全，也就不好问，只是很担心她一天能挣多少钱来付电话费。我晓得他手里的电话是打也要钱、接也要钱，跑远了还得交跑路费。红也很少跟我讲电话里的事，她合上电话，不是做家务，就是陪我或者梁秋霜说话。说话，她也不起头，而是我和梁秋霜说到哪里，她跟到哪里？“孝顺，孝顺，重在顺。”这是老许元先生说过的话，我才忆了起来。这些年，我总想起老许元先生的话，一句一句的，嚼着挺有味。

红和我商量过一件事，我没有同意。

红到五个傩堂里走了一圈，回来拟了第一批入选“秋浦傩艺展演团”的人员名单，有十二个人。我不是不同意她成立展演团，听听文老师她们的解释，想想老王头当年的话，再看看政府的作为，我已经掂出傩的分量了。我不是不同意从白水河傩堂里挑人进展演团，这是大好事，讲是讲现在商品粮户口不值钱，但像老王头一样到正规的戏团里写呀唱地拿工资还是好。我是不同意她选的人，可我也不是因为这十二个人中没有我——这话，红在写单子前就对我解释了，她说得很合我的心——展演团是政府批的编制、她着手组建，要是第一个把自己的父亲按进去，别人嘴上不说心里会说。说句十六两制秤的精确话：我不想入展演团。我是不同意那十二个人选，他们年龄最大的金大桐八十一、最小的李光辉六十三。我说：“红啦，你是在建展演团，又不是开养老院。”

“爸爸，他们是白水河最好的傩艺老人啦！”

“好是好,但都老啦。你把一班老胳膊老腿拉到外国人面前,展现什么?白毛枯皮啊!”

“老艺人需要保护啊!爸爸。”

“保护,不能这么个保法。你要是听爸爸的,这次老人一个不选,把哪些中年人全挑出来,有年轻的更好。我也晓得,能唱两嗓子、能跳两下子的人大多出去打工了。我打听了,在外打工有几个打得好的?舍家离子不说,有的打了一年工被黑心包工头卷了票子落不到一个子儿,只要你的公司给的待遇好,他们会回来的。年前我去接你秋霜婶,在桥头碰到水上钱村的刘天成,他大学毕业找不到工作在城里给人修冰箱,可他的响器打得最灵性,我要是给他打个电话,保准他愿意。”

“那不……太对不起白水河的老艺人啦,没有你们哪还有白水河的傩啊?”

“办傩哪是为了办饭碗,办的是老祖宗传下的脉象。”

“我懂了,爸爸!但你刚才一句话也提醒了我,等我的生意做得有了起色,我决定在白水河修建一所养老院,供养白水河的老艺人。”

“能有这一天当然好,不过……做了,比先讲了的好。”

红果真听了我的话,梁秋霜也说我讲得在理。让我和红始料不及的是,我和红商量的话还在门里,钱壮虎就在门外敲门了,他拎着正月里走亲戚的重礼,进门一个小心又一个小心地赔着礼,说从年前到年后一直病着没有来看“姑父”,也没有来看“表姐”。他把礼做得天衣无缝,嘴里全是跟着孩子降着辈分的一声长一声短地喊着我和红。打小到如今,对钱壮虎我一直热乎不起来,至于小时候不懂事的行为,至于捕风捉影地要“十三太保”几百万,我都不记仇,可我只要一见到他、提到他、想到他,就不能不现出她姐钱谷子来。钱谷子是个冰窖,刚好能装下我。毕竟是郎舅亲,按理红应该正月里回来先去看舅舅钱壮虎,这不怪红,是我压根儿没有记起这门亲。金大桐一门子,我都让红去看了,还在乎多那么两瓶酒。我和红张罗着做了七八个菜,红敬了“舅舅”的干红,我也陪了“兄弟”一杯白酒。之后,钱壮虎还是说到“正事”上——他听说红在白水河的傩堂里选人进城组建戏班子，特别问到进去是不是就吃公家饭。我很想一口把他回净，可红很客气将组建傩艺团的来龙去脉说了个仔细，听得钱壮虎更是一杯接着一杯地给“表姐”敬酒，口口声声要支持“表姐”工作，就像他被招进了展演团一样。

钱壮虎最终还是第一批进了“秋浦傩艺展演团”，不全是看在他跟我有着钱谷子的关系，虽说他的傩事办得拖泥带水，但他在钱姓傩堂还算是个“老人”。同时进的还有九个人，他们在白水河办傩不是顶级的好，却都年轻，可用红的话说他们的“艺术感觉很好”。那个小时候拖着鼻涕跟着我打鼓的刘禀翔孙子刘天成，接了我的电话立即回到白水河，打了锣鼓，还唱了高腔，连我都看得心热。他有个小号叫傩福，我低声告诉了红。

选人进傩艺团并不是我讲得这么简单，后边还跟着一串羊拉屎的事。头一个跳出来不愿意的是年岁不算大可老得一颗牙没有的“老干部”芬爱国，他说我和红公报私仇没有将他儿子芬光辉选进展演团，他扬言要到县里告我和红。他说的仇我早忘了，一提起我还真生了几分气，他指的是给红开证明入团的事。我给红说了，红笑了笑说：“他真老了！”结果芬爱国没有告，钱姓村真有人写了“状子”，但告的不是我和红，是钱壮虎，有二十多人摁着红手印一口咬定他近几年办傩敛财、不够加入展演团吃公家饭的资格。既然选了钱壮虎，我和红都硬着脖子挺了下来，可后来钱壮虎“好心当着驴肝肺”，我气得真想跑他家扇他几个大耳光子还踹一脚。他还有更气人的事在等着我。

红是劳森开着车来接走的。我没有动门后的扁担，他对红很好，他一进家门什么事都不让红做，只让红陪着我，有时还有梁秋霜。他从法国才回来，给我和梁秋霜带了很多衣服，有厚的也有单的，我件件都很上身，梁秋霜的恐怕很多不敢穿，太花了。劳森来的当天晚上打水要给我洗脚，我以为他是怕我用扁担夯他的腿，或者故意献殷勤讨好我。红说，劳森只要在法国，他天天晚上给他父母洗脚，他父亲给他爷爷奶奶洗。劳森的礼节很多，白水河早都不用了，可都是中国的老礼老节，是他们家族保护得好。

红走时，劳森把手机丢给了我，从此我和他们再也没有断线。又过了两年，我给梁秋霜也买了一部，每天我们都能隔着白水河通话，把傩村上百年前的话翻过来覆过去地说得快活。

短短三年，傩村的变化比放电影还快。

白水河正式挂牌为“傩文化旅游区”。县长亲自来到山里，面对面地听取了村民的意见，回城不到一个月下发了红头文件，撤销了白水河村的五个生产小组，回归到最初的三十一个自然村，那几天各个宗族都集在祠堂里放了鞭炮和烟花，热闹得不下于过年。

中间夹着绿化带的六车道混凝土大路从九华山旅游通道开口向东，穿过青峰山，沿着白水河，在桥头两腿叉开，仅用了十八个月就宽宽敞敞地直通到三十一个村落。

要说撤组归村与我有点关联的话，那我承认。当时，我作为说是普通其实也不是最普通的村民代表参加了县长组织的村民座谈会，我也是临时想起家庭联产承包责任制头几年办傩时，有些队长正月里抽工挑河堤与宗族办傩发生的冲突出现了不快，有一次是在五队，还让我给李姓的组长做了解释，才没有影响水底钱村的人上来办傩。于是，给县长有了建议：既然要发展傩文化，就得恢复老傩村。

修路呢，是政府摁在箩筐里的规划，红早都跟我说了。改革开放，改得最好的是放开了人的手脚，开得最好的让人的手能抓钱、让人的脚能跑路——这是我最初的浅薄理解。可是，梁姓村的十至十三道梁的四个村子不容我张口，一言撂在地上砸一个坑地说：路是我家修的！即使不是我家修的，我也能把路想修直了修直了、想修弯了修弯了。他们说他们亲眼看到开工修路那天，红和县长一起站在白水河桥头，一起用剪刀剪开了十来米长的绸子布，一起上了一天播四遍的秋浦新闻。这我也看到了，不能因为看到了这些就说明路是我家修的呀？但这个时候，他们有一百二十个理由相信我有办法，我也明白，他们其实是相信红有办法。原来他们从竖立在桥头的规划图上看到河西的路只修到九道梁村，打听清楚原因有二：一是这四个梁姓村原有的两个小祠堂被日寇炸平之后再没有修建，他们所有的傩事主要集中在梁氏大祠堂里，专业地讲就是缺乏旅游资源；二是九道梁村与十道梁村之间有一条宽二十多米的通往白水河的干河，只要山里不下雨，平日里清澈透底的水只供两边人家洗洗菜、捶捶衣，要是路往前延展，还得架桥，修路成本的大幅提升不言而喻。

我成了土地公公上"龙床"，不是神也是神。梁姓这四个村的村民破了性命也要利用这次机会将马路修到家门口，从心里讲，这是好事。在山里山外很多人恨不得用竹枝子支着眼皮瞪着钞票不眨眼的时候，他们还把修桥补路看得这么重，着实让人感动。最后，他们把话说到这个份上："要是梁姓老祖过去有什么做得对不住金姓的地方，他们愿意竭力补还。"真是什么话都说得底朝天，我不答应也得答应。

我去了傩村道路建设指挥部，也去了乡里，还去了县里。到哪里，哪里都是笑脸、都有茶水，客客气气的，话怎么说的都有，有的从大处着眼，有的从小处开口，归根到底：钱是政府规划的，一分钱只能修一分路。末了，我又到傩村道路建设指挥部让他们用计算器给我算了一下，要是把路修进四个梁姓村还得要多少钱。我回来把话原原本本地告诉了四个梁姓村村民，他们一听到"三十万"脸都白渣渣的，根本不是他们想象的一家凑十几二十块钱就能办个热热闹闹的傩堂。

我想到了红，要是他们公司能拿出三十万就好了，但三十万毕竟是三十万。我探过劳森的话风，他说公司做生意是下饵钓鱼的差事。梁姓村中的干河里只有小白虾，每年夏天山洪时才可能从白河里游进几条能上桌子的鱼，但无法下钩。梁秋霜说我是吃饱了撑的，尽管是给她娘家村子里做事。

通向梁姓四个尾子村的五里半路外加一座二十六米长的桥还是修通了，接上傩村道路建设指挥部修建的旅游路，看不出花的是两份钱、出的是两份工。四个村的人要在桥头上立碑记着我的好，我一万个不愿意。因为路不是我修的，是金全森修的，准确地讲是我叫金全森修的，但金全森也是有条件才修的，金全森和红还有劳森一样是开公司做生意挣钱。

金全森的鼻子和眼睛在外头早都学得尖溜溜的了，什么信息打前一过，里边有多少响动听得不少一个分贝。“白水河列入了傩文化旅游区，三红挣的是头牌，我也要为家乡做点事。”他是这么说的，我耳里听的却是：他也要学着金全楠，外一手、里一手地“两手抓”。金全森跑起路来比红还要快，这话还在我耳膜里嗡嗡响的时候，他又来对我说：“伯，政府已经批准我成立‘白水河旅游观光发展有限公司’。”傩的事政府全部让红的公司在做，除了这，白水河还有什么观光的？金全森说有，大大的有。其中的一“有”，就是想请我出马到梁姓村商量能否请干河以下的四个村将河西的山地和稻田联成片的，全部栽种由他提供菜种的油菜，并以当年最高价无条件收购菜子，他要办“油菜花节”。我一听，这不是“锅补的遇上了补锅的”？我说：“你只要把这四个村的路修通了，我保证田角地拐都给你种上油菜。”金全森出资修路和与九十九户梁姓签订种植五年油菜的协议在一个晚上完成。

二○○○年，金全森在白水河成功地举办了油菜花节。金全森把种油菜当着修路，他在十二道村梁把修路指挥所改成了“白水河油菜花节”办公室，从大学里请来专家指导田怎么整、苗怎么栽、花怎么养、子怎么收……连我都没有想到，打小年年都看的油菜花，经金全森这么一种，成风景了，真的是好看，什么白眼、蓝眼、近视眼、老花眼甚至白内障眼，全都看成了金光眼。金全森要给我照相，我是拉着梁秋霜照的——我和梁秋霜并排照在一张相片里，我做梦都没有想过——上边仿佛镀了一层金，喷香的。金全森说可惜他姆钱秀英没有看上，其实他大金大杉也不可能看上了，他在台湾的香蕉林里了摔断了股骨，瘫痪两年了，我跟旅游团去看过他一回，三个儿女都很孝顺，晚年不会有苦，我算放下了心。“油菜花节”开了两个月，到白水河村的人来海了，金全森公司的四台旅游观光车一天三趟地往返秋浦，别的不说，钱妞妞的超市里光卖茶叶蛋就卖了一万多个。

除此之外,金全森还开发了白水河漂流和青峰山野板栗采摘,他还要圈起老林外的山地搞狩猎场、沿河修建农家野味自助乐。别的我先不讲,白水河漂流他还得感谢我,不过他没有想起来,是我提醒了他,他才红着脸、合着掌地说:“谢谢傩傩伯!”没有我“告”他的一封信,香纸厂能关吗?香纸厂不关,白水河还是河吗?白水河不是河,他搞哪门子漂流?也就是我在讨金全森一个“谢”字的时候,这小子又想起一个项目来,所以我讲他脑子里上了油,润着呢。他要让香纸厂再动起来,当时吓了我一跳。原来,他要“动”起来的是我后大家的两口大石磨,目的是让现在的人看看老香、老纸是怎么做的?大石磨开磨那天,金全森让我去“解绳”,我死活不干,他哪知道我听不得石磨房里的水声。

金全森在白水河跑得是真快,转眼走在两岸上的人基本上是他请来的也是他送走的,来的人多多少少要在白水河花几个钱。这几个钱,大头落在金全森的公司,小头进了村民的腰包,一天不显、一月不显,一年下来就拽腰杆子了。

令我大吃一惊的是,金全森辞去建筑公司总经理,回到白水河,将“白水河旅游观光发展有限公司”更名为“白水河村旅游观光发展有限公司”,一字之差,白水河村和白水河村的村民开始被领着走向“小康”之路。

金全森被推选当了白水河村委会主任,其中有一票是我投的。

红跑得没有金全森快,但她走得实,似乎也走得远些。

我是红的父亲,这话自然不能从我嘴里说出来,就是梁秋霜说也不太合适,毕竟白水河村都知道她与红的关系。这话是金全森说的,我听着当然舒坦。

红率领的“中国秋浦傩艺剧团”在巴黎国际旅游文化艺术节上,用当地电视主持人的话说,掀起了“傩旋风”。前往法国的二十人中白水河占了七个,钱壮虎也在。我不是傩艺剧团的人,当时也不是傩艺剧团聘任的艺术顾问。我能去艺术节,全是红和劳森两口子的孝心。我没有跟红的剧团从上海走,而是三天后，劳森单独陪着我从北京起飞的，劳森的祖母和父母都到机场迎接了我，全是地道的中国礼节，纯得比在秋浦还要正三分。我一点不生分，当天的晚宴上，我给劳森的祖母用青阳腔唱了芬姓村带神话味儿的《孟姜女》的最后一出"团圆"，老太太从头到尾听得眼睛没有干过，激动得非要将劳森祖父留下的一根嵌碧玉的龙头拐杖送给了我。我实在没有准备什么礼物，想来想去，让劳森开车送我回到宾馆，请出我带来的"太子菩萨"，送给了老人。"太子菩萨"是我专门为红的这次巴黎之行雕刻开光的，意在保佑她们的这次展演成功。我没有对红说，其实也没有对任何人说。

"傩旋风"，要不是我亲眼所见，哪怕是红说的，我也不十成十地相信。

艺术节是在巴黎最大、最美的协和广场上举行的，有九十多个国家三百多个艺术团体参加，给傩艺剧团表演的区域并不显眼，在广场中央矗立的那座有着三千多年历史的埃及方尖碑的东侧，比我后大钱运德家的前院大不了多少。然而，等我们的傩队以小型的"銮驾"入场时，那么大的广场、那么多的人几乎瞬间成了"铁、钴、镍、钌、铑、钯"，被"傩磁场"牢牢地吸引着。举两三个例子足以证明：一个，展演到"花关索大战鲍家庄"时，紧临的日本、印度还有什么东亚的团体主动让出表演区，其实他们不让也不行了，不说他们的观众，就连他们的演员也都放了手中的活儿调过脸来看傩了；二个，不知道那些记者们是怎么知道我是傩艺传人，每天早上都有几十上百的记者堵在我住的宾馆前，甚至有个英国记者前来证实我是不是已有三百岁了。记者哄抬得宾馆老板也小心翼翼地进到我房里来照了两张合影，我走的那天正好挂到了大厅里，放大得跟法国前总统夏尔·安德烈·约瑟夫·玛利·戴高乐一九六二年下榻宾馆时的照片一般大小；三个，傩脸子展览。那人多到什么程度，一点不夸张地说，第二年国庆节我到天安门瞻仰毛主席之前从来没有见到过那么多排队的人。红她们带的六千多件与傩脸子有关的壁挂、服装、邮票等文化产品，一上午，稍微准确地说是从八点到十一点前三个小时里一抢而光。一个拇指面大小的"土地"脸子手机挂件，你猜多少钱？十六法郎，相当于二十块人民币，在白水河能买四斤五花肉或者九斤鸡蛋,就这个上天的价,我看到一个小青年脱下上衣兜了一大兜,兴奋的样子远远超过我捡到傩神现的石脸子。——“傩旋风”,我在巴黎算是领教了,有点怕人。

《傩伞》在中国电视舞蹈大赛中一举获得民族舞金奖。比赛那几天,预赛到选拔赛再到决赛,红都从北京给我提前打电话告诉我是哪个台几点转播或直播,可我一场没播上,秋浦连下暴雨,白水河鼓胀得像临产的老母猪,电视信号断了。我再看到获得大奖的画面是快半年之后,劳森捎来的一盘碟片,里边有所有获奖的舞蹈,我只找到《傩伞》看了。说句真话,没有我跳得好。当然,是指没有我年轻的时候跳得好。但我承认,《傩伞》编得好,该走的步子一步不少,该舞的身段一个不落,但它只用了十一分零九秒。后来,我去傩艺剧团特意见了这个编导,简直不敢让我相信,她是个才二十出头、喊我爷爷的小丫头。红说她是北京舞蹈学院毕业的高才生,我相信。

傩艺剧团在巴黎和北京的两大成功,直接推动了秋浦傩艺展演公司的快速发展,“中国傩艺园”获得了“861”计划列项,破土动工指日可待。一辈子下田一腿泥、上埂一身土的白水河那十个农民,一个月两次坐飞机比坐“大雷子”车还方便地出国演出,钱挣多少我不管,我最受用的是他们回家时身上长出的那股子劲头、眼里藏着的那股子气力。他们也让我有了一次尴尬,那年冬,我提前和红有了商量,希望傩村的十个人春节回到白水河参加各个傩堂的演出,回报傩神。红特意推卸了东南亚两个国家和地区的演出,让他们回到了白水河。什么都想到了,甚至想到了他们回来要不要钱的事,就是没有想到,他们入了傩剧团回到村里反而不会唱、不会跳了。最先到家里来说这事的是芬姓村的芬光辉,我先还以为他和他大芬爱国一样记着当初没有让他进傩艺剧团而故意来说三道四,等李姓傩堂的轮值年首也来说了同样的话,我才有了相信。那天,我特意去了水上钱村,仔细问了刘天成,脑壳里才进了亮光——傩艺剧团的所有仪式、舞蹈、戏本,包括锣鼓点子都不是白水河傩堂的照搬照抄,刘天成说了一大通,我算是听明白了:剧团对全部的傩过了文化的筛子、上了艺术的包浆。他们回到傩堂,步子撵不上、调子合不上、拍子跟不上,上台只能让傩神和祖宗笑话。我想了半天,脑壳里进了更大的一片亮光,我给金全森拨了电话说了另一个想法,他立即开着带有四个圈的小轿车来河东接我。

"白水河村完全可以以公司名义将五个傩堂的傩统起来,每年正月办个'白水河傩神大会',"我说,"不信没有人来旅游观光!"

"这个……伯,这对三红妹的公司……好像不好吧?"金全森点了根烟,他的烟瘾越来越大。

"刚才我和刘天成谈了谈,总算理开了这里边的绳头。"我说,"红办的傩是朝外,是文化传播,是要让全世界的人都了解中国的傩。傩堂的傩是在门里办,是请神,是娱祖,是老汤老味,电视上讲,叫什么生态呀。"

"原生态!"

"对,原生态!你别以为我不晓得,其实你搞的这些项目,哪个多多少少不打点原生态的牌子?狩猎,打法是棍棒、刀叉,吃法是火烤、炣煮,玩法是打什么吃什么……我认为,傩堂与傩艺剧团是一种菜的两盘子味。只要你愿意,我来对红讲。"

"伯,我哪没有想过啊!正月恰是白水河观光的空当,我主要是担心对红的公司有冲击,他们'中国傩艺园'快要上马了,选址就在山那边。还有,村里办傩毕竟不是演出,来多少人也不能收钱啦……"

"你搞油菜花节朝人少收一分钱啦?你不是照赚不误。这几年,我跟红到外头跑了几趟。挣钱这个事,特别是旅游,既不能朝游客昧着心地骗,也不能黑着脸地伸手要,要让跑着来的人高高兴兴地花。红他们搞了那么多的文化产品,我们傩堂为什么不能拿一些过来卖呢?"

"伯,这都是为白水河村好的事。我原本是想等'中国傩艺园'成立了,和三红妹子谈谈,将白水河作为傩艺园园外的一个点。"

"哎,你赶紧和村委商量商量,今年就开始做起来,好让傩堂别年年为凑几个人、花几个钱跑断了我们几个老东西的腿杆子。还有,我多讲一句,要不是我拦着,村里这些老人都进了傩艺剧团、早吃上公家饭。傩堂被统起来,公司设法将他们养起来,你讲呢?”

“白水河村所有的花甲老人都得养起来,这是我把公司划到村里时许下的愿。”

金全森比他大金大杉还要让我放心。

红不仅百分百地支持我的想法,而且决定与金全森正式商议修建“白水河敬老院”。

白水河的五堂傩,前无古人地安排在横是横、竖是竖的表格里由着一个人在操办。这个就是我。我都这么大年纪了,哪想操这个头呢?没有办法,金全森和五个傩堂的年首异口同声地说:要是我不出来 ,那还是各家办各家。

金全森在秋浦城广场、九华山脚下各停了两辆免费“看傩”大巴,早一趟接、晚一趟送,四面八方的人在正月初七至十五的九天里把白水河挤得满满的,中间下了一场雪,村里没有一个人感觉到冷。

不管事的时候,事到了门槛边上,看不见半个脚印子;只要一管起事来,有事无事,门板都响三声。

过去我一直认为,白水河最不要脸的人是梁腊梅,没想到还有一个人有过之而无不及,他就是我的小舅子钱壮虎——我越来越肯定:钱谷子怀疑钱壮虎与我有着精血关系是子虚乌有,我即使撒泡尿进去,傩神也不会送这么个养不了家的狗。他还有脸来找我:“他姑父,你还是跟他大表姐讲讲让我回剧团吃铁饭碗吧?!”

“你以为傩艺剧团是你家的菜园门呢?进由着你,出由着你。”我压着火,对这种人,不值得生火,我指着他拎来的两瓶“杏花泉”,“你赶紧把它拿走,我喝不起你的酒不讲,要是下了毒,死得才冤呢。”

钱壮虎给我下了跪。

“钱壮虎,你他姆的按的什么心,咒老子死呢!你要是想磕头,到你大、你姆坟上去。”我咬着牙骂道,“滚！我没有你这么个亲戚。”

钱壮虎爬起来,拍拍膝盖上的灰。我真不晓得我前生作了什么孽,结了这门子亲。本以为把他弄进傩艺剧团,能吃一碗安稳的饭,等百年后我到地下遇到钱谷子也能有个说头。当初的确是有人看不到傩艺剧团的好,可如今不这样了吧？哪想钱壮虎这山望着那山高,吃里爬外,他哪个招呼也没有打,偷偷跑回到水上前村,害得红到台湾的两场演出要不是我硬着骨头顶了上去就泡了一糊子稀汤。

红气得直哭。我接完电话,差点把手机摔到门板上。

钱壮虎的心成了九月的板栗——开裂了,他看不得红的傩艺剧团里一把、外一把地火热,也要组团到国外挣大钱。形势也凑了他的野心。有着红的傩艺剧团国外展演,有了村委的集中傩堂办傩,傩不是一般的稻米香,而是喷香。这年的年前,有不少年轻人早早地从外头回来,成班结队到村里或公司找到金全森要求参加本姓的傩堂演出。还有的干脆年后不再出门打工,找着门子的要学傩。来找我的人自然不少,梁姓村有个老实巴交的父亲正月十二领着正在读高中的儿子到我家要来拜师学傩,他说:“上大学不也是为了吃一口轻巧饭？老祖宗手艺学到身上,国外的饭也能扒到两大碗,多好。他爷,我就把儿子交给你,他要是有出息了,一定把你当爷孝顺。”钱壮虎就是这个时候回的水上钱村,他办了个傩艺学习班,一钉耙往家拉进五十三个人,有男也有女,一人一千六百块学费。按理,人各有志,蛇有蛇路、鳖有鳖道,他既然说他不愿意在红的公司里拾下颏边上的米粒吃,也没有什么,但他不能一声不吭地走,更不能回到白水河,有没有根据也都张着红口白牙说红挣了多少又多少,而给他们是少之又少。怎么说他是红的舅舅,他说起红来比哪个说红都会让人更信。最气人的还不是这些,等到他教得没东西教时——他懂多少傩,别人不晓得,我能不晓得？——却又没本事组织这些人到国外演出挣“绿票子”,他便四处散布谣言,说红在捣他的鬼、挖他的墙脚！起因是红叶李村一个其实打小在傩堂里滚大、想着钱壮虎有能耐便在他那里学过几天的人,在傩艺剧团招收第二批人员时考上了。钱壮虎把人家的钱鼓鼓地收在口袋里一分不退，涎着比草鞋板还厚的脸皮在河东还想招一个班学生，却没有一个人相信他了，他就想着再回到傩艺剧团。我真后悔当年给劳森准备的扁担之后劈了烧了茶水，要是在，我非得夯钱壮虎一腿杆不可。也好在扁担不在，要是夯了这种人，我余生的这几年恐怕不得安宁。

我并没有夯钱壮虎，也没有喝他的酒。两瓶"杏花泉"，他是怎么拎来的还是怎么拎走的。我谢谢他走时拎酒的动作很快。

钱壮虎走的时候撂了一句话，我以为他不过是觉得在我这里牟下脸皮，自寻台阶下而已，当时我只想着他快点走，没有注意听他说话的口气。他说："既然你不尿我这一壶，就不怪我是骚还是臭了。"

"你香，比青峰山老林的九里香还香，行了吧？"我用上了赶牛虻的口气，这辈子我是矮过，但大多年份是长大的，不是怕大的，特别是梁腊梅受到正法之后、红上了大学之后。

我在红"不听话"的那几年，说过我会被她气死，那是气话，而钱壮虎这回使的阴招的确差点要了我的老命——钱壮虎把红的亲生父母指进了我的家。

其实，红的亲生父母在我当年一气之下回到前山金村的第二年秋上，就到水上钱村找过红。他们在村里转了两天，果断地坐到了后大钱运德家的青石板户槛上。也该有这么档子事等着钱壮虎日后到我头上来捏抓，他那天正好别着砍刀到山上给香纸厂砍毛竹，便与那一对夫妇有了对话。

"你们做什么事的？"好几天没刮胡子的钱壮虎样子和话都粗得很，吓得那对夫妇猛地站起来。

女的不敢吭声，低着头，垂下的头发打着卷，一看是那两年时兴的烫发。男的慌忙从口袋里拿了烟，是白壳红字的"红塔山"，要八九块一包，像钱壮虎他们在村里的人平时只抽一块五一包的"盛唐"，就这，他老婆见他买一回烟骂他抽得好死去。男的是从烟盒底下打的烟，看来不是个磕泥巴头的农人，他说："大哥，我能向您打听一下这家人去了哪里？"

“死的死了，跑的跑了。”钱壮虎跟吃了扁担一样直着腰吸着了男的上来点的火。

“大哥是村里的老住户吧？”这回，女的抬起了头，眼里红红的，她咽咽地问。

“我是钱姓老祖直根上的户头，算来二百多年了，”钱壮虎狠狠地吸了口烟，烟好是好，就是装得松了些，一口抽了半截。

女的见钱壮虎口气比烟更呛人，再也没有说话了。男的脸上还是带着求人的笑意，他说：“那算是问对人了。大哥，你记不记得六八年春上这家在门口捡了个女伢？”

哪个也不知道钱壮虎当时是出于什么心，他吐出吸得海绵嘴快烧焦了的烟屁股，兴许怪那个男的没有给他再接上一根“红塔山”，他说：“没有！他家是地主，六八年该斗死的都斗死了，你们肯定记错了。”钱壮虎正了正腰上的刀，“不会是年轻时把不住门，养了个私的吧？……”

“讲了也不怕大哥笑话，”男的扶着正在抽动着双肩的女人，苦着脸说，“哪是这话啊？我们头两个都是丫头，到这个时，家里两个老的发狠讲要是再生个顶不上梁的，就得赶她出门……作孽啊！这两年，她姆天天晚上梦到丢下的这个。其实，我们哪有脸来找啊？只想看看她是不是落个好人家，不会被豺狗叼了？”

“那不会的！只要你放到了人家户槛上……”钱壮虎听到人家女的哭出了声，“傩村这么大，房子又都是老祖们盖得差不多样子，记错也是可能的。这样吧，你们要是相信我，留个地址！我一天到晚在傩村子里跑，打听到了，给你一个信。”

“大哥，真是热心人！”男的撕开烟盒在背面写上了姓名和地址，余下烟，他全塞给了钱壮虎。临走时，男的还对女的嘀咕，“不会错吧？过河来的第一个村子，这家的房子也是村子里最大的，怎么就没有呢？”

男的叫方立业，青阳老街“大愿商店”老板，家里还有电话。

事隔十三年，方立业家的电话号码已经由五位升到了六位。在我这里吃了不痛快的钱壮虎，打车去了青阳，在青阳佛像一条街上找到了方立业，三言两语就把我与红、红与方立业、他与我和红说得底朝天的透亮。方立业恨不得在他那“桑塔纳”车上插着翅膀，飞过青峰山。

方立业两口子从车上搬下了足以堵住我家大门的几大兜礼品，齐刷刷地跪到了我面前，磕着头地喊“恩人”，蒙得我不知出了什么事，好不容易听清了里外来头，我浑身上下被挤得不出气，好久才开口说话：“哪个讲的？”

方立业满面泪水地说：“孩子他舅！”

磨档合上了磨眼。我不想瞒，瞒也瞒不住。我把方立业两口子拉起来，泡了茶，等他们稍有平静之后，说：“红是我捡的！打小我就对孩子讲过，她不是我亲生的。当时，我也没有想到这么多年她亲大亲姆还会找来，那些年坏人多，我怕孩子长记性时，有人在后边讲怪话，伤了她。”

“您真是大人大量！”方立业说，“是我老方家的救命恩人。”

我的身子依然还是被挤得紧巴巴，但话不能少说了一句，“按理亲大亲姆找到孩子是个喜事，但红已经不是个孩子了，孩子她舅应该也会对你讲过，她还算争气，出国留学回来，现在是文化公司的董事长，手下有一百多号人呢……”

“全是您教育有方，”方立业的手不停地扣着桌子边，“我们只是想……”

“你们的心情我能理解，”我故意不让方立业把话说完，“你们要是听我的，这事不能急，下个月傩艺剧团要到菲律宾演出，等有机会我再跟红讲，行不行？”

“行！都听您的。”方立业伸过手抓着我，“我们两个不懂事的也给您保证，她认不认我们都不打紧，只要能看一眼就好。都是一家人了，我讲了您也不见外。政策好了之后，生意做得很顺手。孩子要是有什么不凑巧的，我们多少能伸手帮帮……千错万错都是我们的错，这生补偿不了您和孩子，我们还有来生。”

方立业两口子的话句句能入心。他们前脚走，我后脚出门去了水上钱村。梁秋霜劈头盖脸地骂我一通“软骨头”，听不到人家三句好话。我能怎么样？一口赖掉钱壮虎的话，况且除了钱壮虎，水上钱村知道红的身世的还有好几十，方立业不能再问啦？电视上这类事又不是没有，有的还打官司告状到法庭上见分晓，有必要吗？梁秋霜也猛一听，心里缺少准备才生出这顿“火”的。她很快静了下来，也很快明白我是来跟她商量怎么办的。我们从八月的“秋老虎”白太阳里一直正一句反一句地说到十九破锣一样的月亮里，我们最后定下来，当即由梁秋霜给红打个电话，看有没有机会把这话插进去。

红在上海。电话拨了，也就通了。

电话，好也是真好，说通就能通，什么时候想说什么就能说上两句；不好也真不好，有了电话，就没有信了，那种等着收信的心情冻住了，还有就是，电话慢慢地吃掉了“亲热”，我指的是过去相隔多长时间后相聚时的那种积在一起有着厚度的亲热。电话是块磨刀石！

梁秋霜“磨”几个回合，便把方立业“磨”了进去。红好像在电话里等了一会儿，梁秋霜趁机揌下手机的“扩音”，红说：“婶，您跟爸爸说，我只有一个Daddy，他叫金大松；我还有一个Mommy，就是你……”

“红啊！”我把嘴按在手机上，“怎么讲，方立业他们是你的亲生父母，这是雷也劈不开的……”

红说：“爸爸，我有了！”

“有什么啦！？”我是老了，红的话说快了，我拐不过弯来。

“还能有什么？”梁秋霜拍了我一巴掌，她笑得真好看，别看她七十多岁了，“你要当外公了！”

我也笑了，肯定没有梁秋霜好看，因为我不知道是怎么笑的。

二〇〇六年，是我们家大喜之年！

由三红文化发展有限公司筹建、经营的“中国傩艺园”正式破土动工，国内傩学专家和中国五十七个傩村都派人参加了奠基仪式，劳森的祖母也回来了，我陪她上到九华山的“肉身宝殿”，请了佛、还了愿。同一天，白水河三十一个傩村定为省级文物单位，傩村新的安置小区在“中国傩艺园”以西距秋浦城不到五里的齐云山剪彩破土。

秋浦傩被列入国家非物质文化遗产名录，我被国家授予“傩艺传人”，秋浦县政府命名我为“秋浦文化名人”，聘为秋浦傩艺团艺术顾问。有那么一点让我不快的是，白水河其他四个傩堂也各有一个传人，他们是：钱姓傩堂的钱壮虎、李姓傩堂的李夯基、梁姓傩堂的梁尚武、芬姓傩堂的芬光耀。为此，我专门找金全森问过，这是谁定的？金全森看在我是他伯的分上，仔细地解释一遍，政府是按文件要求、按人选实际报的、审的和批的，我无言以对。但还是对金全森说：“他们四个，还有一个吃了枪子的钱壮马（又名钱卫彪），‘文化大革命’的时候，都是把傩当着‘四旧’破的小将，怎么也和我一起成了‘傩艺传人’呢？经过那日子的人还有不少都活着呢！”

最大的一喜是，红给我生了个大胖外孙，起名劳动，小号金蛋！红说：“只有劳动，才可能挣到金蛋。”可那小子百日见到我时，哇哇地狠哭。气人的是，方立业一伸手，他还就让抱了，气得了我胡子都红了半截。红怀孕三个月之后，回秋浦签订“中国傩艺园”的相关协议时，听了我和梁秋霜的劝，与方立业一家人有了团圆。红让儿子喊我“爷爷”、喊方立业“外公”，方立业应着比我还乐呵，其实他早是两个孙儿的爷爷、五个外孙的外公了。

正月十五
（戊子年甲寅月辛卯日·元宵节）

2008 年 2 月 21 日
（星期四）

宜　祭祀　斋醮　裁衣　合帐　冠笄　订盟　纳采　嫁娶
　　入宅　谢土　入殓　移柩　破土　安香　放水　出行
　　祈福　求嗣　立碑　上梁　会亲友

忌　掘井

新加坡榴莲剧院接待室。微微的暖风随意改变着季节的色彩，顺墙溜放着的杜鹃，红得依然那么正宗，只是开得有些过头，稍不小心便会枯将下来，也许三两天，也许就在这次接待之后，反正它们接不上这里的春天。宽大的桌子中间，憋着劲往上蹿的水仙倒是有章有法，花是花，苞是苞，养得很娇气，它是属于这个季节，也属于这个空间，自然胎带着几分可爱。

秋浦傩艺展演团一行二十四人，身着暗红色唐装。他们进来时，大多数脸上还带着对剧院外形的惊喜。

从行程来看，接待方对他们十分重视，每一个步骤都作了精心安排。午后的正阳铺洒在新加坡河入海口时，克拉克码头游船热情地载上他们，开始散游在新加坡河上，流动的风光令他们恨不得满脑袋都长上眼珠子……当船驶过莱佛士登陆点、转弯行至浮尔顿桥时，“榴莲剧院，看，榴莲剧院到啦！”发出惊叫声的是鼓手刘天成。他完全成了一个游客，傩傩当心他晚上会不会忘了鼓点。谁都看见了，两瓣巨大的银色“榴莲”静卧在一片绿树丛林之中，仿佛等着傩艺展演团来一口一口地吃掉它。

其实，傩傩更喜欢榴莲剧院不远处的维多利亚剧院，他喜欢那与蓝天融为一体的皇冠形的圆顶，喜欢那高大巍峨的钟楼，当然更喜欢矗立在广场上的青铜雕像。他是一位名叫史丹福莱佛士的爵士，傩傩之前连他的名号都不知晓，但他让傩傩有了见面熟……这是昨天金三红带傩傩事先来看看演出场地时的感受。他没有说，之所以选择榴莲剧院，不仅仅是因为金三红喜欢吃榴莲，而这里是新加坡滨海艺术中心的标志性建筑和场所。

“不行！”傩傩看完桌子上摆放好的一张粉红色的 A4 纸，尽管他压低着嘴里的声音，但粗大的手指骨节还是敲响了桌面。

屋子里的人全都放下各自的话头，剧院艺术指导也是金三红同学的任蕴芳女士赶紧停住与刘天成热火的讨论……这时，接待室的两扇大门开了，金三红和一位高大壮实的中年男士笑盈盈地走了进来，“哪里，哪里！还请焦先生多多指教！”任蕴芳身子正转向傩傩这边，脸却扭给了金三红。

中年男士是榴莲剧院的总经理，姓焦。他迅速地打开脸，犹如又一朵杜鹃花，“热烈欢迎各位艺术家前来我院演出指导！”他一口纯正的汉语，使在座的顿时失去了在异国他乡可能有的水土不服。

“焦总”除老一套的客气之外，重点介绍了当晚演出前我国驻新加坡大使馆文化参赞和新加坡文化官员接见演出人员的细节，金三红也十分有礼节地代表全体成员对剧院大力支持表示了衷心的感谢并决定拿出最优异的演出水准回报剧院、回报新加坡热心观众。主客双方在交谈中，金三红看到傩傩一直紧锁着眉头，额上起垄着三条地沟，她在讲话时，他三番五次地看手机又在看手表，他是在嫌她的话多呢，还是他有话要说？于是，在她说完之后，便问了一句：“各位，还有什么话要说！”大家都笑着摇头，傩傩摇得最快。

匆匆地送完“焦总”，金三红折回接待室时，所有的人都拧着神听傩傩在说话。“三个地方得改，一是时间，政府官员接待后就演出，来不及，他们至少得提前半个小时……”

“这……”任蕴芳急急地站在他身后，搓起手，当她看到金三红进来，提起鼻翼，“金董事长，您看……”

“爸爸，”金三红一直在看着傩傩，“让官员提前接见我们恐怕不可能。怎么了？您慢慢说。”

傩傩又捡起那张粉红色的纸，轻轻抖了抖，“政府的大官不改接见时间也行，那我就不得参加了。”

“您是傩艺大师，”任蕴芳抢过话说，“使馆的郭怀军文化参赞点名要拜见您。”

“你们看，”傩傩说，“官员们接见是六点二十至七点，之后还要合影，七点半准时演出……”

“爷爷，”团里人都晓得刘天成和傩傩是忘年交，这时也只有他敢接傩傩的话，“我们有个十分八分钟就行，不就戴戴脸子、穿穿衣吗，这又不是头一回？”

“上台前得给我留半个钟头……”傩傩只说了半句话。

“大师，”任蕴芳看了看金三红，又低头问傩傩，“金董事长之前没有提及这个时间段，我能不能问问您有何贵干？”

“对不起，我不能告诉你。”傩傩说，“另外，还有两个地点要改。傩戏的最后一定要收场在‘团圆’戏上，但不能是这个《薛仁贵征东》的‘团圆’……”

剧团刘指导站起来想解释，金三红示意他坐下。她说：“爸爸，这是我定的，我和刘指导主要是考虑到这出戏有看头……”

“我不来，也就算了，”傩傩捋一把胡子，“白水河的傩有四出‘团圆’戏，但各有不同。《薛仁贵征东》的‘团圆’戏带煞气，《花关索》的带神气，《寻夫记》的带阴气，只有我们金姓村的《刘文龙赶考》带着和气，所以叫‘锦团圆’。改过来！”

“爸爸，我们这是在新加坡演出呢。”金三红看了一眼大家。

“今天是正月十五元宵节！”傩傩点了点桌子，“这里是新加坡，可买票看戏的十成九的是中国人。”

金三红这才想起来，昨天带傩傩到榴莲剧院时，他特意去问了问排队买票

傩戏

刘文龙

的人。

“能改得过来吗?”任蕴芳在拿话问金三红。

“听傩傩大师的,改过来吧?”剧团刘指导也在问金三红。“这些戏都排过,演了不下百场,到时只要锣鼓点起准了……”

刘天成说:“我这里没有问题。”

“没问题就好,那就听剧团艺术顾问的,最后一场改成‘锦团圆’。”金三红说完,招手让任蕴芳坐到她身边。

“都是‘团圆’戏,改也就改了,”任蕴芳说,“反正新加坡也没有几个人懂傩的。”

“哎!话可不能这么讲,他们越是不懂,我们越要正本子上演。”傩傩说,“文化传播,什么时候都不能掺水兑假。更何况,我们千万不能小瞧了住在外国的中国人,他们很多人对我们的传统文化研究得比我们还要深。”

傩傩呛了任蕴芳一个大红脸,她连忙说:“对不起,大师!”

“我也知道,你不是那个意思。”傩傩给了她一个台阶,“所以,我也要求,将黄梅戏《天仙配》选段和折子戏《补背褡》拿出来。”

“爸爸,那可不行,”金三红有些急了,“这是剧院在听取观众意见时,必须增加的,否则给退票!”

“你让我把话讲完呗,”傩傩说,“演员都带来了,能不让演吗?我是讲不能裹在傩戏里演,等‘锦团圆’结束再上演,把报幕词改成是傩戏之后奉送给观众的小戏,不就行了吗?傩戏就是傩戏,不能想添什么就添什么,那不成了猪杂碎?”

“大师说得有道理,”任蕴芳主动说,“那赶快定下来吧,时间也不多了,大家多少还得准备准备。不过,傩傩大师务必要参加接见,否则……”

金三红在桌下拉了拉任蕴芳的衣摆。她说:“请大家跟随任小姐到后台做好准备!”

金三红喊住了傩傩,傩傩喊住了刘天成。

"爸爸。"金三红喊得娇娇的。

"对文化参赞说我身体不舒服,天成也得跟着我。"傩傩说,"你别问那么多了,爸爸还能害你吗?今天要不是正月十五,要不是在新加坡,爸爸什么都会依着你。去吧,你还有好多事要做呢。"

金三红走后,傩傩也没有对刘天成讲什么。刘天成跟着傩傩从前台转到后台,之后,俩人坐到男女两个更衣室之间走道的一对供临时休息的座椅上。

傩艺剧团的男女演员和剧院的工作人员来来回回,仿佛在为所有的灯光穿针引线。刘天成把他们当着戏在看。

傩傩卧在浅椅里,闭着眼,像是在养神,只有刘天成知道他在用神,因为他额上的那块月形疤痕忽而红、忽而白、忽而青,更多的时候是归隐在岁月的褶皱里。惊奇的是,他的脸上哪怕波涛汹涌,宛若银针的胡须纹丝不动。

刚才,任蕴芳过来招呼傩艺团演员准备接见时,金三红也过来了,她换了件过膝的紫色呢装,很得体。她用嘴努了努傩傩,意思是问他想做什么,刘天成摇摇头。傩傩喜欢刘天成,正是该问的话,他问的是个时候;不该问的话,撬开牙也不吱声。

后台顿时静了下来,让人能听到灯光下泻的哗哗声。远处的钟在一下又一下地敲打着时点,不用数,七下。

"天成,把箱子打开!"傩傩从椅子里鼓了起来,他拍了拍衣裳,没有一丝尘土,只是习惯而已。

傩傩有一只大布箱,黑色的,里边还有一只小皮箱,也是黑色的。出宾馆来榴莲剧院时,他将拎着的小皮箱交给了刘天成。所以,他在对金三红说刘天成也要跟着他不参加接见时,刘天成想到了一切应该与小黑箱子有关,果然不假。

打开皮箱,一只扎了口的金黄色布袋躺在里边,刘天成正要伸手去拎。

"双手!"傩傩说,"那是太子菩萨!"

刘天成明白了，傩傩在演出前要请阳神，“爷爷，傩艺团的脸子都没有开光呢！”

“时代不同了，好脸子，傩神不用请自己会附上来。”傩傩说，“有秋浦土主太子菩萨护着，傩戏演出才能成功。天成啦！今天是元宵，在白水河是大演的日子。要是哪张脸子上附了神呢？我们一不请、二不送，傩神能不怪罪？做总比不做好吧。傩福！”

刘天成听到了傩傩喊他的小名，半天才反应过来：“在！”

傩傩接过太子菩萨，正放到椅子中间的茶几上：“来，傩傩爷带着你，请阳神！”说完，朝太子菩萨跪下，刘天成也并排跪下。

傩傩作揖道：“太子菩萨在上，秋浦傩艺团前来异国新加坡，适逢元宵吉日，唯恐真神相随，特请您转告，权着相请。弟子若有纰漏不周，归责于我一人。”

傩傩朝太子菩萨磕下三个头，开始请阳神——

伏以

神通浩浩，圣德昭昭。凡有祈祷，必蒙感应。

传此信香，一心拜请：有劳戊子年甲寅月辛卯日酉时，传奏功曹、值符使者，转奏天地三界，十方万灵，满空真宰，天下胡公，正乙总管，殿前打参十大元帅，行祠文孝昭明圣帝，二郎七圣贤神。

听下第一请，刘天成开始知道傩傩诵咏的是李姓傩堂的请阳神簿，它是白水河请神最多的傩堂，从秋浦县城的池口一直请到白水河，有名有位的神高达三百六十八位。

再运真香，一心拜请：池州府府主城隍，秋浦县县隍主者，府县衙司土地之神，谯楼鼓阁祀典神祇，府门首楠木大将军，通济桥、玉管桥、泄水桥桥梁使者，清溪上下有叩明神，齐山寺、九华二圣，桃坡水口水府之神，新开路阿弥陀佛，横山邱村畈嚎啕耍戏之神，潘家桥桥梁使者，福田社社令之神……

刘天成抬起头，耳里一心听着傩傩请的各位大小神仙，眼与太子菩萨对视：他是一副儿郎相，却英气四溢，印堂饱满而光洁，眼骨厚宽而圆韵，鼻向粗直而挺拔，略鼓的双腮里含着一口真气……傩傩已经沉浸进去了。

再运真香，一心拜请：本族嚎啕会上之神，白水河桥上二十四位老郎师父，同班十三太保、三十六位尊神，二郎爹爹、包公、萧女、晏公耍乐明神、金花小姐、梅花小娘、三伯公公、三伯婆婆。

……

照完合影的演员一窝蜂地往后台涌来。

“大师这是在干什么？”走在前边的任蕴芳不解地问。

“嘘！”金三红立即拦住了后面快要过来的演员，“芳子，请将他们带着从剧院正口进去换装，行吗？”金三红她们在大学都喊任蕴芳“芳子”，她被叫作“红孩儿”。

任蕴芳似乎意识到了什么，她迅速转过身，“各位艺术大师，请你们跟我这边走。”

刘天成听到响动，回头只看到了金三红。她立在那里，被灯亮装饰得像……像什么呢？刘天成当时没有想起来，好久也没有想起来，直到在美国演出时看到了自由女神，才……但他谁也没有对谁说。

傩傩只在自己的请神世界里，他专注着——

……今晚在他乡华堂，搬演戏文，恐有阴阳人等高声喊叫，冒犯神明，神圣赦宥。弟子不敢多言,来有香烟奉请去有纸马钱财,用凭火化。处非留神之所,亦非歇马之亭,来时留恩留福,去时降吉降祥,岂敢羁留圣驾。退下香烟,请神各登龙宫宝殿,稽首皈依,谢劳神力,永保吉祥如意。

傩傩嘴角生沫,回过头,看到了金三红也跪在了身后。他说:"红啊! 礼多人不怪,神也一样。新加坡的中国人太多,信傩的也不少,有神我们就得请啦!"

"爸爸!"金三红上去搀扶起傩傩,"我国的文化参赞邀请您陪他一同看傩。"

"这多不好!"傩傩又伸手拍拍膝盖。

任蕴芳陪着傩傩进入剧场。他抬头一看,上下两层的剧院满满当当。他的位置是第三排的四号,左边是文化参赞,右边是新加坡一个什么文化艺术中心的主任。任蕴芳在介绍时,剧院的那种乱象跟中国剧场演出前差不多,说话声很大,他没有听清。

大幕开启,锣鼓点子挤了出来,傩戏开演。

"郭参赞,"傩傩向驻新大使馆文化参赞郭怀军介绍傩戏,"这次到新加坡演出,公司非常重视,今晚所有的剧目都进行了精心地编排。台上演的《刘文龙》选的是我们白水河芬姓村的一个本子,因为他们第四出'小考'场次里保留了很多对联。"

"噢,"郭怀军点点头,他又将身子斜到傩傩边上,"在国内,我们提出到文化时,经常讲'越是民族的就越是世界的',其实这话得细说,如果我们民族的东西不为世界所知、不为世界所用,它怎么可能是成为世界的呢? 像傩,我盲目地说一句,可能国内有很多人都对他缺乏了解。文化一定要走出去,走出去也是一种发展。傩,只要这么走下去,一定是中国的也是世界的。"

"您是文化参赞,站得高看得远,"傩傩说完,指了指台上。

台上的“老爷”已经开始出对考“童生”。

“老爷”出:青云有路,匆匆踏马而来;

先一“童生”对:金榜无名,悄悄搭船归去。

“好!”有人在傩傩身后喊好。随后,只要有对子对上,叫好声、鼓掌声一片。

等考到“刘文龙”时,台上你来我往,演出进入高潮。真如戏本所唱“文也对、武也对,有对必对”。

“老爷”再出:“三个牌坊,阁老、尚书、都御史;”

“刘文龙”再对:“一科甲地,状元、榜眼、探花郎。”

“老爷”又出:“斑笋穿篱,虎见铁枪忙奔走;”

“刘文龙”又对:“黄梅落地,鸟闻金弹奋高飞。”

“老爷”还出:“蜡烛心直肚肠弯,亮!毫光透顶;”

“刘文龙”这回对的是:“屁眼洞小情性急,嗱!臭气熏天。”

剧院里一阵哄笑,参赞也忍不住笑了。

“傩戏出自乡野,难免粗俗。”傩傩有些不好意思,“我小时候,傩堂午夜歇场‘吃邀台’时,还偷听到过荤段子。八十年代复傩时,都删了。剧团演出的本子尽管都进行了加工,但有些地方是没法变动的,动了就不成傩戏了。”

“我认为这很好,虽说语言粗俗了些,但对仗工整,更有利于对人物的塑造,很有个性。”参赞说,“我有位大学同学,就是你们安徽枞阳人,他满肚子的谜语,不过全是那些荤面素猜,我至今还记得,他说的‘老玉米’的谜面是‘长在半中腰,有皮也有毛,长有五六寸,子孙里边包。’您老是傩艺大师,我们有些古老艺术与粗俗同在,不能因为有那么一点瑕疵,就全盘否定,应该向玉雕大师学习,变瑕点为亮点。您说对吗?”

“是的,是的!”傩傩说,“郭参赞春节回国,一定要到我们白水河,去看看原汁原味的傩。”

“这些我都听金董事长说了,”郭怀军轻轻地拍着傩傩的手背,“你们做得很好,既留住了艺术,又走向了市场,应该说是为原生态文化的开发蹚出了一条新路。”

“好,好!”剧院里又是一阵叫好。原因“刘文龙”对上了“老爷”出的最后一道对子,获得通过。“老爷”出的是拆字联“寸土为寺,寺旁言诗,诗曰:明月送僧归古寺”,“刘文龙”快嘴对上:“双木成林,林下示禁,禁云:斧斤以时入山林”。

之后是《范杞良》《陈州粜米记》和《章文选》,段段精彩,观众掌声不息。

接下来是傩仪表演,没有“报台”。当五位“神人”官衣出场时,全场肃穆。

“这是‘五星拱照’。”傩傩把声音压得差不多只有郭怀军能听见,但他右边的新加坡一官员伸过头来,也想听听。这样,他就只好坐直身子说:“前面这位边出场边敛物的是‘招财进宝’的财星,随后的是禄星、寿星、喜星和福星。财神,有文财神和武财神之分,二神都有两说,文财神有的指商代大臣比干,有的指春秋越国大臣范蠡;武财神,一个是道教中的赵玄坛赵公明,一个是三国大将关羽。白水河傩堂请的是赵公明……”

突然,傩傩身后有位观众伸过头,不满地说:“请前面的这位老先生能不能安静些?”

“对不起,对不起!”郭怀军急忙回头道歉。

“五星”已全部上到置于台中的条凳,高高在上。自家门之后,“福星”开唱——

福星:(唱)福自天申,如月恒兮如日升,气秉乾坤振,治乐唐虞顺,福星降子辰万家春,富贵康宁,膝下儿孙盛,降福解元结福升,降福解元结福升。

傩傩回头看了看身后的人,他们恨不得把眼按到戏台上,他回身时还是忍不住贴着郭怀军瓮声道:“五星的唱腔不多,但句句都是青阳腔,最正。您品品！”

禄星：(唱)禄位高升，四民为友士为尊，民选家声盛，品立朝刚正，禄星进善门，榜同登，乃武乃文，辅佐当今朕，愤刻冲霄万里程，愤刻冲霄万里程。

寿星：(唱)寿比南山，高民博厚更无疆，心理太和养，兆化难相强，寿星到吉方，百世昌，平上天良，自得期颐想，寿而壮且寿安康，寿而壮且寿安康。

财星：(唱)大道生财，左右逢源遂称怀，千万常相赛，金银归满载，财星立瑶台，降隔来，庶事安哉，永是春风快，一团和气自生财，一团和气自生财。

喜星：(唱)喜气洋赓，万紫千红总是春，堂上椿萱盛，万事皆兴顺，喜星进吉门，喜气腾，科甲连登，利市财源滚，平地雷鸣忽一声，平地雷鸣忽一声。

“五星”的每一句话、每一声腔，都引起着观众热烈的回应，演出进入高潮。

“五星拱照”出自梁姓傩堂，中间夹演傩舞“魁星点斗”。傩艺剧团和新加坡电视台两位主持人在台上你一句来、我一句往地将“魁星点斗”的要意说得透亮，观众也看得心满意足。

要不是身后有人给傩傩提意见，他这时很想将白水河为什么选“魁星”为主文运一事说说。老许元先生为此说过：《孝经援神契》中有“奎主文章”之说，魁为首，图个吉祥，所以有了“魁主文章”。

“魁星”点斗完毕，立于“五星”之前。

“福星”续说“魁星”之功——

福星：(白)一点风调雨顺，二点五谷丰登 ，三点万事如意。

（唱）万福攸同，三阳开泰喜相逢，会上连科中，贵子张仙送，五星下天宫，贺年丰，如变时容，永想太和颂，须在皇恩雨露中，须在皇恩雨露中。

众星：（唱）我今降福消灾去，回奏天庭拜玉阶。

傩仪、傩舞之后是当晚最后一场傩戏“团圆”。

猩红色大幕一拉开，傩傩看到“刘文龙”一身吉服踱上舞台，他满意地点点头，说明将上演的正是他改过来的《刘文龙赶考》“锦团圆”。

刘文龙：（白）叫杨兴！

杨兴：（白）有。

刘文龙：（白）前去通报太老爷、太夫人、少夫人，你说官人回来了。

杨兴：（白）太老爷已到接官亭上等候多时了。

刘文龙：（唱）离故里，十八春，遥望椿萱痛在心。更窥萧氏半含泪，忽见容颜大改形。

刘老爷：（白）我的儿！我望你望得眼儿穿，今日回来泪未干。

你今日到了家中，一家骨肉团圆，不须啼哭。苦只苦了那贤孝的媳妇，若是没有这个贤孝媳妇，我二老也不能见你了。

刘文龙：（白）如此爹娘请上，容孩儿拜谢养育之恩。

刘老爷：（白）我二老见你也是喜欢的，不用拜谢。

刘文龙：（唱）拜高堂，养育恩，儿去勤王十八春。满拟名成归故里，怎知儿做不孝人。

刘老爷：（唱）吾见儿，喜非轻，十八年来受苦辛。移孝作忠古来有，青史吾儿定标名。

刘文龙：（白）娘子，你为我受了多少辛苦、多少磨难，容我拜谢。

萧女：（白）家中事务，做媳妇理当承担，不劳拜谢。

刘文龙：（唱）你为我，受苦辛，高堂菽水代殷勤。又兼割股感天地，千年万载报不尽。

萧女:(唱)不怨天,不尤人,三宿夫妻百年恩。菽水告匮奴心歉,苦守无二等夫君。

刘老爷、刘文龙、萧女:(白)今朝喜得团圆、团圆,大家拜谢苍天、苍天。谢菩萨保平安,谢菩萨保平安。

太白金星执刀上场,站到上场“五星”留下的凳子上。

傩傩将身子斜到文化参赞身边,贴着耳根对他说:“傩戏快要结束了,我得到后台收场去。下边是黄梅戏选段,您慢看!”

“好的。”郭怀军说,“改日一定向您多多请教!”

傩傩尽力塌下腰,嘴里小声地说着“借过”,离开观众席,前去后台。

台上的戏,在锣鼓点子里演得有板有眼喝彩声一波胜过一波。

“哎耶,哎耶——”剧场警报系统自动打开,发出类似苦痛的尖叫。

“不好了,有火灾!”谁的一声惊叫,比火警更明确地通告了很多还沉浸在“夫妻双双把家乡”黄梅调里愉快的神经,全场每个人却以最快的方式开始选择逃离。

“观众朋友们,请不要惊慌,”剧院管理员迅速拿到麦克风,“前二十排的观众从台前两个安全口撤离,后二十排的从进门单双号检票口出,楼上的观众由检票员引领着从音乐厅出口走。台上的艺术家跟我来,请大家要快速、要冷静!”

整个榴莲剧院都在紧张有序地撤离,同时,四台消防车已经驰到剧院左边的银壳边上,剧院安保电子眼很快锁定火情是来自三楼歌剧厅的男卫生间。两支高压水枪准确地射向一扇玻璃窗,一缕青烟在第一枪水进入之时便失去了火的力气。

月光如洗,疏散出来的观众全都停在广场上,多少有些惊恐地回望着这个大大的“榴莲”到底要干什么？他们没有想很快离去，似乎要找到答案才走。

人们议论纷纷——

“哪来的大火，不会是报警器坏了吧?”

“警察已经进去了，可能是电线短路。”

“吓死了！这么现代化的剧院要是发生火灾还得了?”

“哎！你们来时在网上查过没有？中国人在办傩时有很多禁忌，今晚不会是犯了傩神吧?”

……

夜风裹挟着消防枪里飘散在空中的水珠，秋浦傩艺团的演员们带装出来，显出了冷意，有人开始裹起戏服。

“金董呢？金三红呢?”任蕴芳像一只蜜蜂在广场的人群中钻行，即使钻到了傩艺团的人堆里，也没有看到。

“哎！任小姐，”还是刘天成眼快，“我们都在这里呢。”

“金董，不好了，不好了，”任蕴芳抓住金三红胳膊，扯着就走，“傩傩大师被警方认定为纵火犯抓起来了!”

“啊?!”傩艺团的人都跟着往“榴莲”吱开的大嘴边上跑……

三名新加坡警察正铐着傩傩从剧院出来，傩傩全身上下湿透得仿佛从水里刚捞出来。

“警察先生，”傩傩不停地在说，“我不是纵火犯，我是在送神。送神是我们傩戏演出的一部分。”

“爸爸!”金三红脱下大衣，冲上去披到了傩傩身上。

傩傩上了警车。

广场上的人陆续走向回家的路，大“榴莲”依然鼓鼓囊囊地胀得发光，不远的新加坡河似乎要睡了，有人听到了她的哈欠声。

金三红和榴莲剧院的“焦总”、文化参赞郭怀军，还有新加坡警方，很快核实这起火灾的前因后果——

傩傩离席进到后台，等着谢幕的傩戏团演员大多在听着台上正演黄梅小戏《补背褡》，只有一男一女准备唱《天仙配》的两个演员在换装，嘴里还在你一来、我一往地骂着俏。他扫了一眼，快快地收起了“刘文龙”和番的节幡、财星捧的元宝、魁星用的朱笔等纸扎。从后台出来，他直接进到早已看好的、贴着叼有烟斗标志的卫生间。

傩傩用力将纸扎撕扯成片，堆到卫生间靠窗户的地方。他双膝跪下，点燃纸扎，口里诵起李姓傩堂最短的送神诗——

一年兴一年，买马置庄田。

合门齐发迹，富贵永绵绵。

其实在他开口之时，警报已经响起，但他没有听见。直到大水喷射进来，他才意识到“大事不好”，那水比他三十八岁那年白水河决堤要大得多。

我并没有送走傩神！

我亲眼看着，新加坡消防车的大水淹没了送神的青烟。

我把自己送进了新加坡警察局。

填了很多表，来了很多人，说了很多话，最后还是文化参赞郭怀军动了驻新大使。红交十万块保证金，我才被释放出来，但新加坡警察局依然一丝面子不给地将我定性为“不受欢迎的人”，要我在四十八个小时内必须出境。

红，还有榴莲剧院的姓焦的总经理和叫什么经纪人的任蕴芳小姐将我送回宾馆的一路上，我窝在车角里，一声不吭。我有什么好说的呢？

我看了一眼老表，已是凌晨三点一十二分，实际的北京时间应该是三点零一分。老王头的这只表，从去年冬天梁秋霜过世时开始往快里走，通过半个多月地核对，它一天要快十一分钟。一只表，抢什么时间呢？好去死啊！

我在关门时，红不放心地问我要不要让刘天成过来陪我。

“没有事了，”我竭力轻松起来，“你也早点去睡吧！”

我将自己扔进浴缸泡透了身子。我是担心感冒，那样，又会给红再添麻烦。穿上浴袍，躺到柔软的大床上，我久久不能入睡，很想给哪个打打电话，但又能给谁打呢？要是梁秋霜还在就好了，金大杉也行，可他们……

“滴滴滴……”床头的电话响了。

我以为是红对我不放心，但不是红，是一位问我要不要“服务”的小姐。实在也是一晚上被折腾得头昏脑涨，想着能按摩按摩也好，就答应了。

进来的是一位高个长发白嫩的姑娘，话说得很轻，好比白水河里的水草在摆动。

“先生，您稍等……”她微笑着走进卫生间。

我又拉过一只枕头垫到脖子下边，闭上了眼。不一会，听到她出来的“悉悉”声，感觉到她走到床前，我睁开眼，只见她赤身裸体地掀被子进来……

“出去！”我呼地弹起身，两手紧紧地揪住被子，大声喝道，“你当我们中国人是什么人了？出去！”

“先生，您……”她被我的突然翻脸吓住了。

“滚！”我气得浑身发抖，一把抓起床头电话，“你再不走，我就给你们新加坡警察局报警了！”

她仿佛被电击了，愣了不到三秒钟，白亮亮地冲向卫生间，很快又从卫生间里旋出了房门。

我倒到床上，什么时候睡着的，不知道。

“肯定是这个屋子，昨晚我跟着来过。”

“你‘土地’不去，哪个去？”

“傩傩一辈子为我们搭几条命，就这么一声不吱地走，还叫神吗？要讲，就快点去讲，月亮都下去了！”

……

我被吵醒了。等真的感觉到不是在做梦，我没有马上起床，而是将身子死死地压在床上，在静听窗外的争吵。这会是哪个呢？要知道，我住在宾馆的六楼啊。

“好吧？我来给你们敲窗子!”一声老腔。“傩傩是好人，不会怪我们的。”

我一翻身，快快地打开窗户。

“啊……”我被眼前的景象惊呆了。

一群傩神，立在窗前两棵高大的棕榈树上。

“‘皇帝’!”我大声地叫喊着。“皇帝”朝我招招手。“你们这是做什么呢？回白水河吗?”他们点头不语。“嗖!”“皇帝”带走了一道金光，吓得我满眼金星。

我又喊了声“关公”，“关公”也朝我招招手，同样迅速地消失在金光里。

我明白过来，傩神是来和我告别。我连忙按照金姓傩堂“龙床”上的排位，一声高似一声地喊着他们的名字，他们也都在我的呼喊声中飘离、远逝。

只有“土地”没有，他一直陪着我送神，直到最后。

“‘土地’公公，您老回吧？我也马上回白水河……”我不知道我的脸上什么时候湿了一片，但我实在没有感觉到是在流泪。我流什么泪？傩神这么看得起我，我笑才是。

“哈哈哈……”“土地”笑着走了，满嘴的前山金村人的腔调。

夜，瓦蓝瓦蓝地罩着新加坡。

我的身子一下轻飘起来，能清晰地听到骨头里像皮管的自来水一样往外哗哗地流淌着……哪里是出口？我一时找不到。只能用脚心紧紧地抓着地板，双手牢牢地扣着窗台，我依然不停地在寻找着身体的出口……是七窍？是指尖？是肚脐？……哎！是小腹！不，是小腹的下边，再往下，所有的液体甚至裹着固体都流向到了那里！那里正在“惊天动地”——它在成长，它在壮大，它仿佛不是一个储存器，而是一只即将老去的猛兽，它在寻找丢失的时光，它在反抗拥有的虚空,它到底要干什么?我不知道……它的酸胀甚至有些疼痛,让我懂得它属于了我,尽管来得很迟,很迟。

我已经不再担心被蓝色的夜空吸走,而是产生了一种平生从未有过的惧怕,我会爆炸的?!

我终于……终于腾出手,满掌地抓着睡裤的腰带,轻轻地、轻轻地撑开——我的命根子,变得又粗又硬,整个地生着一层雄光……

太阳起来了。新加坡的太阳也是从东方升起的,也是红色的。

这天,我八十八岁七个月零九天。

2010 年 2 月 20 日至 2012 年 4 月 4 日 准备

2012 年 4 月 5 日至 2012 年 9 月 15 日 初稿

2012 年 11 月 21 日至 2012 年 12 月 4 日 二稿

2013 年 5 月 6 日至 2014 年 12 月 23 日 定稿